尋秦記

新編
完整版

Vol.
08
〔完〕

黃易

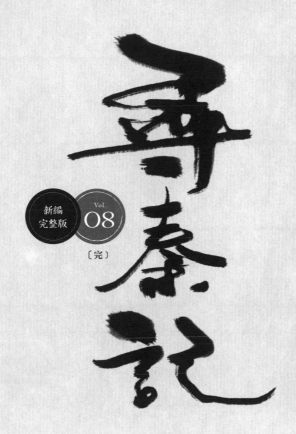

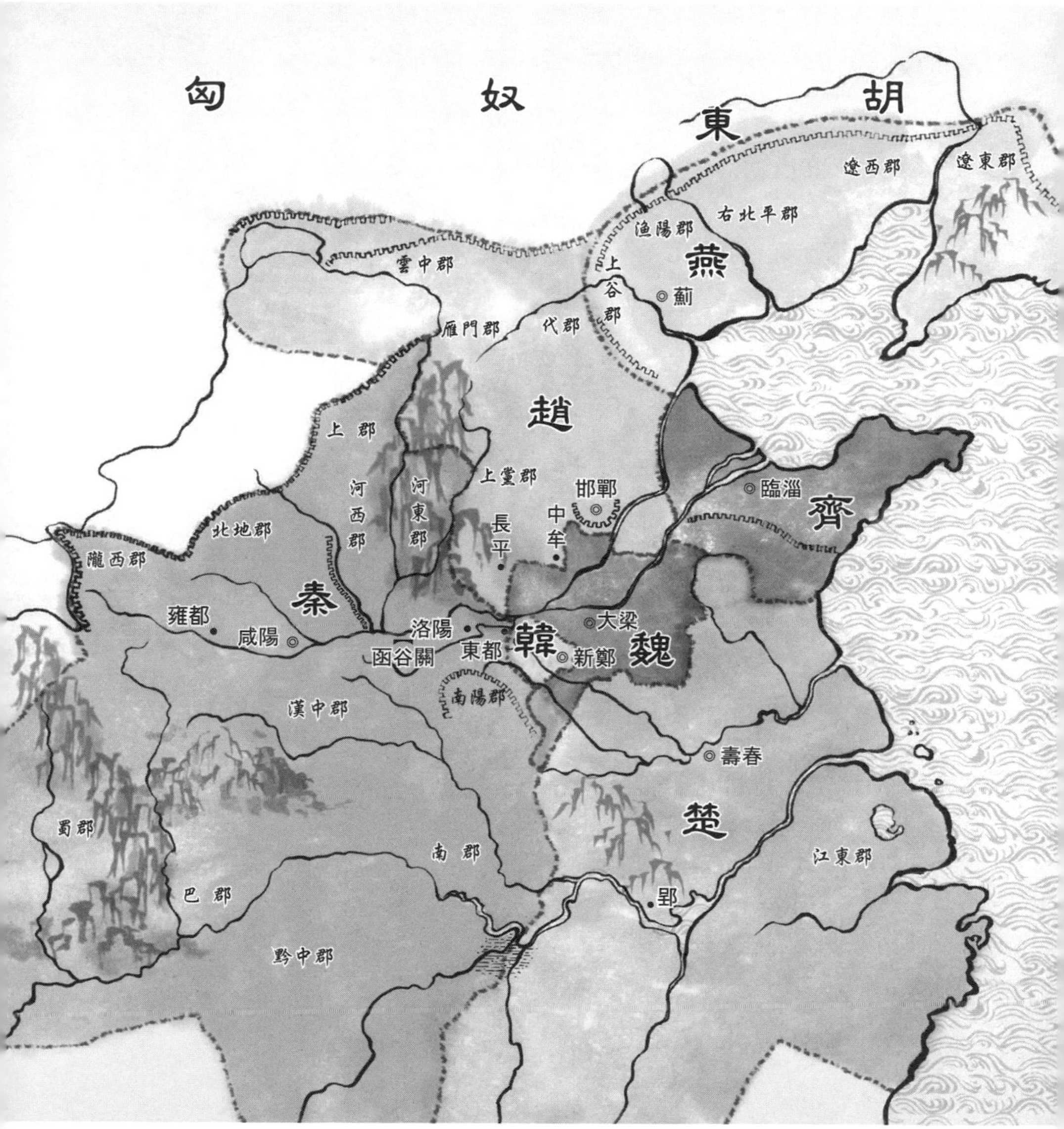
匈 奴
東 胡
遼西郡
遼東郡
右北平郡
漁陽郡
燕
上谷郡
薊
雲中郡
雁門郡
代郡
趙
上郡
河西郡
河東郡
上黨郡
邯鄲
中牟
長平
臨淄
齊
北地郡
隴西郡
秦
雍都
咸陽
洛陽
函谷關
東都
韓
大梁
新鄭
魏
漢中郡
南陽郡
壽春
楚
蜀郡
南郡
江東郡
巴郡
郢
黔中郡

戰國七雄分佈簡圖

尋秦記

卷08

目錄

第一章　偎紅倚翠

聽松別館是庭院式佈局，前堂後寢，左右對稱，由大門起，依次排列是小廣場、門廳、正廳、後廳；兩側是花廳、書室等休閒之地；接著是個大花園，然後是三進式內宅，由八個四合院落組成，尊卑有序。院落前後間以亭園、花木作點綴。

鳳菲的主樓設在八個四合院正中處，四周疊假山，鑿泉池，栽花植樹，佈列盆景，環境優美。

項少龍離開主樓時，大雪方停，月亮在雲後露出半邊臉兒，金黃的色光灑在變成銀白色世界的園林裡，頓使項少龍緊張的心情鬆弛下來。

若和鳳菲在主樓上共度春宵，豈非人間大快事？

想到這裡，項少龍嚇了一跳，停在林木間，暗忖這麼下去，終有一晚會把持不住，和鳳菲發生男女歡好之事。看著周遭怡情養性的勝景，更感宦海的險惡。

正心生感慨，祝秀眞甜美的聲音在身後響起道：「沈管事何事在這裡長站離不去呢？」

項少龍轉過身去，這美女像月夜中的仙靈般，盈盈而至，到兩體快要相觸時，才止步仰起吹彈得破的粉臉，含情脈脈地等待答案。

他當然不會告訴他心中所思，胡謅道：「我在欣賞園林的佈局，設計者定是高手，把裡裡外外的人工美和自然美合為一體，在有限的空間創造出無限的意境。」

就在此刻，他察覺到主樓上鳳菲閨房的窗子燈光明滅的閃了一下，醒悟到樓內人移到窗前，又閃到一旁，遮蔽燈光，才造成這般情況。哪還不知她正偷聽他們兩人說話。

祝秀眞聞言露出迷醉的神情，讚歎道：「沈管事形容得眞好，我只想到花木可寄情，例如對芭蕉以聽雨，觀果樹以賞秋實，粉牆竹影，卻從沒想得像沈管事般透徹深入。」

項少龍微笑道：「秀眞小姐爲何尚未就寢？」

祝秀眞牽著他衣角走到遠離主樓一個水池旁，低聲道：「今天沙立來找我。」

項少龍皺眉道：「爲何我會不知道？」

祝秀眞解釋道：「是由谷明開後門讓他來秘密見人家。秀眞和他曾有一段情，很難狠下心不見他一面。」

項少龍腦海浮起沙立被逐前狠毒的眼神，沉聲道：「他有甚麼話說？」

祝秀眞歎道：「我本不該說出來，但他不是說著玩的，故不得不向你報告。他說要把你和張泉碎屍萬段，聽他口氣，似乎有人在背後撐他的腰。」

項少龍想起谷明、富嚴等一眾他的舊手下，登時回復以前與人鬥爭的悍勁，暗忖若不先發制人，清除內奸，說不定一個疏忽下，會陰溝裡翻船，吃個大虧。

冷然道：「你沒有套出在他背後撐腰的是甚麼人嗎？」

祝秀眞惶然道：「他不肯說。唉！你可否放過他呢？他已變得一無所有了。」

項少龍啞然道：「若你夠愚蠢，他至少還擁有你和你的財富，只看他背後有人在撐腰，當知他只是在利用你。」

祝秀眞羞慚的垂下頭去。

項少龍拍拍她香肩道：「回去睡吧！我會處理此事，但以後千萬別再單獨見他，有問題立即來找我商量。」

祝秀眞扯著他袖角赧然道：「今晚讓人家陪你好嗎？現在你已成了團內的大英雄。」

項少龍伸手在她臉蛋捏了一下，笑道：「我累得差點沒命，還嚇得出過幾次冷汗，現在只想倒頭大睡，小姐的好意留待來日吧！」

祝秀眞追在他身後獻媚道：「我最懂推拿之法，讓人家伺候你好嗎？保證你會不知不覺的酣然睡去。」

項少龍大爲意動，不過自忖剛被鳳菲挑起火頭，若給祝秀眞推拿之手再加燃點，星星之火可以燎原，把持不住時就要破了自定的戒律。

想到這裡伸手把她摟到身前，蜻蜓點水的吻了她朱唇，柔聲道：「有你這標緻的人兒在榻上，我哪能不動心呢？又何能酣然入睡？」

祝秀眞嬌喘連連道：「你就是不歡喜人家，才不讓人家服侍你。」

項少龍又哄又吻，好不容易脫身離開。未到房門，給張泉截著，扯入房內，道：「你怎樣說服仲孫龍放人的？是否答應了他某些條件？」

對他自不能像對鳳菲般坦白，項少龍裝出抹一把冷汗的神色，低聲道：「幸好當時有楚相國李園在，他知道我是大小姐的人，從旁說項，仲孫龍怕得罪他，方肯放人。」

張泉皺眉道：「李園該不是對大小姐有野心吧？今次差點弄出禍來，皆因你沒有事前向我請教管束下人之道，下次不要這樣了。」

項少龍倒同意此點，不過若非如此，也不能知道李園情義仍在。心中一動道：「你知否誰在背後撐沙立的腰？」

張泉顯是不知道沙立曾秘密來見祝秀眞，聞言大吃一驚，道：「發生甚麼事？」

項少龍含糊地道：「大小姐告訴我有人見到沙立在附近出現。」

張泉思索半晌，搖頭道：「我不大清楚，沙立本身是趙人，說不定是爲趙國某權貴服務。」

項少龍暗忖這資料已非常管用，遂告辭回房。

才踏入房中，一陣似有若無的清香傳入鼻內。

項少龍怕是悶香一類的東西，立即閉起呼吸，待要點燈，董淑貞嬌柔的聲音從臥榻傳來道：「人家不要燈光嘛！」

項少龍大感頭痛，他今晚已先後被鳳菲和祝秀眞挑起慾火，定力每況愈下，而董淑貞只是個最高級的名妓，就算攀摘了都不須負上情債，一時間使他的心更是蠢蠢欲動。

董淑貞狐媚的聲音又響起道：「還不過來！」

項少龍苦笑著走過去，淡淡月光由窗外透入，兼之他習慣了房內的暗黑，已可隱約見物。

揭開帳帷，董淑貞擁被而坐，媚笑道：「不要誤會，人家只是有密話要和你說。」

項少龍暗忖那被內該不會是個赤裸的胴體，竟隱隱湧起一陣失望。

項少龍脫掉鞋子，隨手把脫下的外衣拋在椅上，鑽入帳去，盤膝面對她坐下，道：「有甚麼話得在榻上才可說出來？」

董淑貞氣質雖及不上鳳菲，卻也所差無幾，足可與單美美媲美，而且青春少艾，方在妙齡，無論哪一點都是教人情難自禁的惹火尤物，兼之項少龍早被挑起慾念，說不動心是騙人騙己。

董淑貞兩手鬆開，任由棉被滑下，露出曲線無限美好的赤裸上身。在朦朧的月色中，特別強調了挺秀的鼻子，高聳的酥胸，勾畫出無比動人的輪廓。最要命是她有點緊張的急促呼吸著，令上身豐滿的肌肉微微顫動，更形成使項少龍魂爲之銷的誘惑節奏。

項少龍心中一蕩時，董淑貞光滑溫暖的肉體鑽入他懷裡，讓他享受到滑膩香軟的女體黏貼摩擦的高度刺激。

項少龍雖情不自禁地把她擁緊，心中仍是保持澄明清醒，低聲道：「你先說清楚來意好嗎？」

董淑貞不依的一陣扭動，頓時更令項少龍心搖神蕩，須咬牙苦忍，勉強集中精神道：「你若是想以身體來收買我，只會令我生出鄙視之心。」

他少有以這種殘忍的語氣對付女性，卻知若不如此，勢守不住瀕陷的一關。

董淑貞果然嬌軀劇震，離開了他。

項少龍腦海中仍充滿摟著她光滑柔軟的蛇腰那迷死人的感覺，忍不住湊過嘴去，飽嚐索吻的滋味。

不一會兒董淑貞重新纏上他粗壯的脖子，但唇分之後，再沒有故意挑逗的行動。

董淑貞見他沉默不語，幽幽道：「你不歡喜淑貞嗎？」

就算明明不歡喜她，項少龍怎能說得出口來，何況只是違背良心的話，苦笑道：「不歡喜你的男人，就是不正常的。可是現在形勢險惡異常，前門有虎，後門有狼，若我和你一旦相好，卻又搞不清楚彼此的利害關係，會把事情弄得更複雜，有害無益。」

董淑貞坐直嬌軀，歉然道：「我倒沒想過這點，只是希望獻身於你後，能得多一點你的歡心和憐惜。你這人眞厲害，仲孫龍竟要賣帳給你。」

項少龍奇道：「爲何你不像其他人般，以爲我私下和仲孫龍有秘密交易呢？」

董淑貞甜笑道：「因爲我知道你不是這種人。」

項少龍泛起知己的感覺，仍怕她只是討好他，低聲道：「假若我可使大小姐安然退隱，而你則可繼承她的事業，組成自己的歌舞姬團，你覺得如何？」

董淑貞嬌軀劇顫，旋則淒然搖頭道：「這是沒有可能的。我剛聽到消息，大小姐已將我們做了送人的禮物，而這人在東方六國裡有很大的影響力，現在我唯一的希望是有人安排我帶點細軟私下離開，到哪裡去都不要緊。」

項少龍微笑道：「你該早知有這樣的事，而不是剛探聽得來的吧！」

董淑貞點頭道：「你的推測不錯。但直至今天，我終猜到那人竟是韓國的當權侯爺韓闖，這人交遊廣闊，與二王子田建關係密切，我們怎鬥得過他，還妄想脫離他的魔爪？」

項少龍心中一震道：「你怎知是他？」

董淑貞冷笑道：「今午韓闖曾秘密來過，只是你不知道吧！若鳳菲不是與他有勾結，怎肯私下見這好色的傢伙。他在榻上的醜態，想起來便令淑貞作嘔。」

項少龍方曉得韓闖亦是董淑貞的入幕之賓，難怪對她念念不忘。柔聲道：「放心吧！我自有辦法把事情弄妥。」

董淑貞怔怔地瞧他好半晌後，歎道：「這種事，憑你一句空口白話怎能使我信任？若你拿不出具體的事實，我只好自己想辦法。」

項少龍怕她著涼，摟著她躺到被窩裡，咬著她耳朵道：「若你倚賴張泉，只是與虎謀皮，這人品格低下、心腸歹毒。至於我如何幫你的細節，除非你向我清楚表明心跡，否則很多事我都不會跟你詳說。」

董淑貞誤會他的意思，擁著他深吻道：「你要我怎樣做都可以。」同時伸手撫摸他的背肌。

項少龍大感吃不消，制止道：「我不是要你這樣，而是想你清楚說出你和張泉或其他人的關係等諸如此類的實情。」

董淑貞停止挑逗他，蹙起黛眉道：「但我怎知你不是一心只為大小姐效力，說真的，論財富我遠及不上大小姐，姿色更遜於她，而你對人家的身體又不感興趣似的，教人有甚麼信心以為可縛住你呢？」

項少龍訝道：「你剛才不是說知道我是怎樣的人嗎？」

董淑貞苦笑道：「可是你對人家的印象一向不大好嘛！」

項少龍誠懇的道：「現在早改變了，事實上我根本不須騙你。因為我早知你和張泉的關係，只是要你親口說出來以表誠意而已。」

董淑貞道：「好吧！我曾陪過他幾晚，他這人很有辦法，大小姐很忌憚他。他要我把大小姐這次兩臺歌舞的歌譜抄一份給他，那他就可安排我平安留在齊國，不用到韓國去。」

項少龍失聲道：「甚麼？」

旋則醒悟這歌譜定是交給田單，因為蘭宮媛是田單的人。只要蘭宮媛先鳳菲表演，旋律有點肖似，就可沉重地打擊擾亂鳳菲的陣腳，此計可算卑劣之極。

董淑貞再深吻他一口，得意地道：「你想不到吧！只要能傷害鳳菲的事，我都不怕做。我還會在表演前溜走，好教她知道光榮並非憑她一個人掙回來的。」

項少龍急道：「那你已把曲譜交給張泉了嗎？」

董淑貞道：「若交了給他就不敢說出來，現在我甚麼都對你說了，沈爺你又可拿甚麼出來哄人家呢？」

至此項少龍深深領教到這些名姬的心腸手段。最厲害處是她們懂得男人的心理，扮出可憐兮兮亟需同情保護的模樣，又不吝嗇身體，軟語相求。其實無論是董淑貞或祝秀眞，都各有自己的一套伎倆。

像董淑貞現在使出來的就是變相的威脅。她認定沈良是鳳菲的人，所以透過他向鳳菲傳遞訊息，若不肯放人，鳳菲便要在這場歌舞拚鬥中敗於另外兩大名姬之手。當然她會有特別手段，不怕鳳菲逞強施壓。

至於她爲何會忽然知道韓闖牽涉在此事內，當然是祝秀眞告訴她。而祝秀眞卻是由沙立處聽來，但祝秀眞卻把這麼重要的消息瞞著他。幸好項少龍知道兩女的親密關係，才能從中推斷出來。

她們仍是在合作無間，只不過各盡其力，分頭進行。

對董淑貞和祝秀眞來說，已認定沈良私下被仲孫龍收買了，才能令仲孫龍放人。她們當然毫不在乎鳳菲的命運，祝秀眞索性不問，而董淑貞還贈他一頂高帽，弄得他飄飄欲仙。連鳳菲這表面擺著完全信任他的美女，亦在見韓闖一事上瞞他，足可用「居心叵測」來形容。

項少龍想得頭大如斗，呻吟道：「你的所謂坦誠相告，實在可怕。唉！二小姐，你知否就這麼一句話，令我首次起了一走了之，甚麼都不管的想法。」

董淑貞又熱情地獻上香唇，低笑道：「淑貞知沈爺不是有首沒尾的人。」

項少龍暗忖你看得很準。驀地發力抱得她差點折了腰肢，在她小耳旁冷哼一聲，道：「董淑貞，若你當我只偏幫大小姐，再向我使手段，終有一天你們會悔恨終身的，相信嗎？」

董淑貞吃驚的低呼一聲，嗔道：「人家只是向大小姐使手段，你嘛！只求你憐惜人家吧！」

項少龍感到她又像一條水蛇般在懷裡扭動，大感吃不消，推開她少許，柔聲道：「若我是鳳菲，一旦發覺你們存有這麼一份曲詞，只要把你和秀貞兩人抓起來，必可找出那份曲詞的下落，要不要賭一賭看看。」

董淑貞像受驚小鳥般抖顫一下，使項少龍知道命中她的要害，那就是她和祝秀眞的聯盟關係。祝秀眞是一面倒的軟功，董淑貞卻是軟中帶硬，都是針對沈良而施展的手段。換了自己定力稍差，早已沉迷於她們股掌間，再難自拔。

幸好他先前打定主意，不肯墜進溫柔陷阱裡，故可保持清醒。說不定兩女跟沙立早有協議，聯合起來對付他和鳳菲。

在董淑貞和祝秀眞的立場，誰能予她們最大的利益，她們就靠向誰。若項少龍以爲她們對他另眼相看，就是不折不扣的傻瓜。

兩人在昏暗的室光裡互相對視。

好一會兒董淑貞才幽幽道：「你爲何會這麼想呢？」

項少龍歎道：「你回去想想好嗎？曲詞一事，我絕不會代你告知大小姐，要說自己去說。當有一天你肯無條件的信任我，不再暗中去勾結像張泉、沙立那種卑鄙之徒，你便來向我說一聲，那時我才會眞的幫助你們，且不會要求任何回報。」

董淑貞還要狡辯，項少龍怒喝道：「給我滾！」

兩行淚珠由董淑貞眼角瀉下，默默離榻。

項少龍看著她在帳外「窸窸窣窣」的用衣服遮蓋羊脂白玉似的胴體，差點忍不住喚她回來，最後還是狠起心腸目送她離去。

第二章　前嫌盡釋

項少龍一覺醒來，已是辰末巳初，還是肖月潭把他喚醒的。

項少龍這時成了團內的特權階級，教人把早點送進房來，兩人邊吃邊談。

到項少龍把昨夜發生的事告訴肖月潭後，肖月潭抹了一額汗，道：「幸好李園夠義氣，否則你昨晚就完了。有了李園的支持，形勢大改。現在就算你暴露身分，齊人仍不敢碰你，李園也不會讓齊人這樣做。」

項少龍道：「有探到甚麼消息嗎？」

肖月潭道：「只是舉手之勞吧！鄒大師仍然健在，現居於稷下學宮，齊人對他奉若神明，若要表露身分，最好是透過他，只要他對齊王說一聲若殺害你必生橫禍，保證用劍指著襄王的咽喉，他都不敢動你半個指頭。」

項少龍大喜道：「我要先見他一面，再決定該怎樣做，肖兄可否安排？」

肖月潭道：「這個沒有問題，待會我去求見他。呂不韋今午會來，我將派人嚴密監視張泉，他一拿到錢，便是他倒楣的一刻。」

項少龍道：「不要傷得他太重，我還要利用他來間接推測呂不韋的動靜。」

肖月潭冷哼道：「這種人殺了他都嫌把手沾污，少龍放心好了。」

又笑道：「還記得我們的人裡有個叫仲孫何忌的嗎？他是仲孫龍的堂姪，我會請他打聽仲孫龍的舉動，他一向不滿堂叔，又對鳳菲非常崇慕，必肯仗義幫忙。不過少龍若肯亮出朵子，保證以仲孫龍的強橫，亦不敢輕舉妄動。唉！若知你能回秦國去，誰敢冒得罪你之險。包括三晉在內，雖然誰都希望對方向你出手，但要任何一國負上殺你之名，卻是休想。」

項少龍點頭同意。當日自己落荒而逃，三晉齊心合力來追殺自己，現在銳氣已過，又正向小盤求和，誰仍肯來對付他項少龍呢？最妙是齊人表面上定要擺出全力維護他的姿態，以保持和秦國的良好關係。

對齊人來說，首要目標是世仇燕國，而非秦人或項少龍。再加上李園這大靠山，項少龍隨時可重見天日，不用躲躲藏藏的做人。

項少龍頗有吐氣揚眉之感，不過仍有點捨不得目下所扮的角色，笑道：「楚國是李園，韓國是韓闖，秦國是呂不韋，其他三國來的是誰？」

肖月潭油然道：「魏國自然是你的老朋友龍陽君，趙國則是郭開。至於燕國，太子丹當然不敢親來，到的是他的大將徐夷則，此人陞了官，還被燕王喜封作陽樂君。」

項少龍苦笑道：「果然全是老朋友，這裡最大的青樓是哪一間，不若在那裡擺上兩席，開個敘舊聯歡會。」

肖月潭欣然道：「少龍開始有說笑的心情了。」

就在此時，敲門聲響，有小婢來報道：「石素芳的金老大來了，想見沈管事。」

項少龍大感愕然，肖月潭笑道：「此人有點豪氣，不是壞蛋，少龍不妨看看他有甚麼事。」

項少龍把果核放進舌底，才到前廳與金老大見面。

金老大雖曾在咸陽見過項少龍，但明顯地完全認不出是他。尤其項少龍語調帶點口吃的古古怪怪，更不惹疑。

寒暄過後，兩人分賓主坐下，侍女奉上香茗，項少龍以他的「果核之聲」斷斷續續道：「不知金老大找小弟有何貴幹？」

金老大笑道：「自然是要來祝賀沈兄當上管事之職，若是張泉那傢伙仍據此位，休想我踏入此處半步。」

項少龍毫不奇怪，因為張泉正是這種人人鄙視的小人。不過金老大乃跑慣碼頭的人，理應不會開門見山的數別人長短，這麼說是試探自己居多。

微笑道：「希望將來金老大不會因有我沈良在，而不屑光臨。」

金老大微俯過來，低聲道：「現在外面謠言滿天飛，說鳳小姐臨淄之行後退隱田園，不知此事是否屬實？」

項少龍苦笑道：「你教我怎樣答你，是否想逼我說謊？」

金老大欣然道：「我明白哩！今次我特地來訪，是想安排素芳與鳳小姐見面打個招呼，素芳一直很仰慕鳳小姐的才藝。」

項少龍道：「我雖不能為大小姐作主，但應該沒有問題，老大請說出時間來吧！」

金老大道：「不若在午後時分！最好我們兩人都在場。」

項少龍心中一動，知道這並非閒敘那麼簡單，否則金老大何須在旁。

金老大的身分與自己正管事的身分，可說是判若雲泥。人家乃一團之主，石素芳地位雖超然，但名義上仍只是他旗下的當家花旦，而他項少龍則是個大跑腿。他說希望自己在場，只是客氣話吧！

項少龍道：「這個我明白，老大可否透露少許玄虛，教我好向大小姐傳話。」

金老大點頭道：「煩請告知鳳小姐，說有人全心求勝，不擇手段便可以。」

項少龍想起柔骨美人蘭宮媛，恍然道：「明白了。我這就去通知大小姐。」

金老大欣然告辭。

項少龍想找肖月潭，但他剛剛離開，又給張泉扯著問長問短，敷衍了他，才能脫身到鳳菲的主樓去。

鳳菲等正在內廳排舞，董淑貞和祝秀貞都有點花容憔悴。項少龍猜董淑貞定是離開他的房間後，去找祝秀貞商量，說不定還幹了假鳳虛凰那回事，所以自不能精神奕奕。

小屏兒見他來到，故意避到一角，不與他打照面。幸月則連飛媚眼，擺出請君大嚼的誘人樣兒。而其他美姬對他亦態度大改，顯示經昨晚一事後，他的地位大爲改觀。

鳳菲正在指點雲娘一眾樂師，見項少龍來到，裊娜多姿地走到他旁，低聲問道：「金老大來找你幹甚麼？」

項少龍說出來，淡淡道：「韓闖來找你幹甚麼呢？」

眼角到處，董淑貞等無不偷偷注視他們的神情。

鳳菲不悅道：「你要管的事愈來愈多了。」

項少龍心中有氣，冷冷道：「肯否讓我管，決定權當然在大小姐手上，大小姐一句話即可使我捲鋪蓋到街頭去露宿。」

鳳菲美目生寒，盯著他嘲弄地道：「有解子元和李園等大貴人看顧，沈大爺何用落魄街頭？」

項少龍知她其實心中悽惶，軟化下來，道：「算我語氣過重好了，你有事瞞我，我自然不高興。」

鳳菲呆了片晌，歎道：「你愈來愈像鳳菲的夫君大人，爲何我每一件事都要告訴你呢？」

今次輪到項少龍有點理屈詞窮。

理論上，鳳菲確沒必要告訴他曾見過某人。問題是事情牽涉到董淑貞等人的命運，所以項少龍才會關心，這實在是立場的問題。

項少龍無奈道：「好吧！我以後再不理你這方面的事。」

鳳菲默然片刻，低聲道：「爲何我們晨早第一次見面，便要吵架呢？」

項少龍衝口而出道：「因爲我們都在著緊對方。」

鳳菲嬌軀一震，把門的家將唱喏道：「魏國龍陽君到！」

項少龍登時頭皮發麻，鳳菲已欣然道：「請君上進來！」

只看鳳菲神態，便知她和龍陽君關係密切，龍陽君或者是鳳菲唯一不用擔心會對她有非分之想的「男人」。

項少龍避無可避，龍陽君在一群從衛前呼後擁中踏進內廳。包括鳳菲在內，全體姬婢樂師福身曲膝，半跪迎接這魏國的紅人，只有項少龍怎都「曲」不下去。

龍陽君一眼看到他，「嬌軀」劇震，呆在當場，不能置信的目瞪口呆。

鳳菲等無不大感愕然。

項少龍一聲長笑，抱拳道：「君上別來無恙。想當年沈良在無忌公子府作客卿時，曾與君上把酒夜話，想起時光流逝，實令人不勝感慨。往者已矣！沈良差點把往事都忘記哩！」

龍陽君掠過羞慚之色，恭敬回禮道：「難得沈兄肯不記舊事，本君沒齒不忘，無忌公子之事，本君只是迫於形勢，事後恨不得立即自盡，唉！我不知該怎麼說下去。」

兩人藉信陵君魏無忌一事解決恩怨，一方表示原宥，一方則認錯求情。除了龍陽君身旁熟悉項少龍的高手焦旭外，其他人似明非明，一頭霧水。

鳳菲等固然驚訝至極，駭然沈良原來這麼有身分地位。龍陽君的手下卻是大惑不解，怎都不明白當日弄掉信陵君後還要擺酒席慶祝的主子，竟是心中後悔。

情況確是非常微妙。

鳳菲站直嬌軀，欣然道：「原來君上和敝管事沈先生竟是素識，那眞是太好了！」

項少龍環目一掃，見由鳳菲以至小屏兒，上上下下的眼光無不透出異樣神色，既尷尬又叫苦，知道她們都在懷疑自己和龍陽君是否有著不可告人的關係。最糟是自己從未向她們任何一人證明自己是「正常男人」，而「不正常」卻屢有表現，使情況越發曖昧。

小屏兒更露出恍然、釋然的神態，教他甚是難堪，他從未想過會陷進如此處境中。

龍陽君神態忽地變得無比輕鬆，舉步走過來，同時向眾姬笑道：「各位小姐請勿因本君在而影響排練，當本君是個旁觀者好了。」

董淑貞狠狠瞪項少龍一眼，與眾姬繼續研練舞技。

龍陽君來到項少龍前，先伸手與他緊緊一握，才鬆開手對鳳菲道：「鳳小姐有沈兄爲你辦事，一切煩惱當可迎刃而解。」

項少龍心中一震，始知道龍陽君方是鳳菲的眞正保家。而韓闖只是另一顆棋子，換了他是鳳菲，亦只會相信龍陽君而非好色的韓闖。不過鳳菲若想安然往咸陽去會那神秘情郎，最好是同時有魏、韓兩國的有勢力人士照應，而龍陽君當然有能力監管韓闖。

鳳菲嬌軀微顫，看了看沈良，又瞧瞧龍陽君，顯是弄不清楚龍陽君的含意，低聲道：「君上見過韓侯沒有？」

項少龍心知肚明，這等若問龍陽君知否有呂不韋牽涉在內的最新發展。果然龍陽君道：「當然見過，也知道小姐的心事，不過有智計過人的沈兄爲你運籌謀算，呂不韋只會吃不完兜著走。」

鳳菲由訝異變爲大吃一驚，怔在當場。

龍陽君知道因得項少龍的原諒而太過興奮，說話過於「老實」，補救道：「沈兄的才智確令我這曾是他對手的人亦佩服得五體投地。」

陪龍陽君前來的焦旭伸手緊捏項少龍的臂膀一下，頗有識英雄重英雄的意味。在經歷這麼多苦難，項少龍湧起滿腹辛酸的感覺。

鷹王殉主的情景，再活現心潮。

鳳菲見到他一對虎目射出神傷魂斷的神色，還以爲他思憶故主，芳心升起無法形容的滋味。

龍陽君瞥了正試演舞步的諸姬一眼，向鳳菲道：「本君想與沈兄借一步說話，才再向鳳小姐請安。」

鳳菲哪能說不，只好答應。

項少龍和龍陽君到了側廂，遣走下人後，龍陽君湧出熱淚哭道：「我簡直不是人，少龍這麼待我，我卻……」

在項少龍百般勸慰下，他才好過了點，「秀目」紅腫的道：「我將此事告訴韓闖，給他罵了個狗血淋頭，說在戰場上分生死無話可說，卻怎能在你落難時不施援手？」

項少龍大奇道：「你怎可以連這事情都告訴韓闖，你信任這傢伙嗎？」

龍陽君愧然道：「憋在心內太辛苦了，我情願被人責罵出賣，不過我除了少龍……嘿！除了少龍外，就數他可說點心事，他還有很多事要倚仗奴家。」

項少龍很想說造夢都想不到韓闖這麼有義氣，但說出來怕更傷「沒有義氣」的龍陽君的「芳心」，道：「那你代我通知他一聲，講明我在這裡的身分，因為我還要請他高抬貴手，放過董淑貞諸女。」

龍陽君顯是清楚韓闖和鳳菲間的交易，點頭答應，道：「現在你除了要提防田單和呂不韋外，更要小心郭開，這奸鬼特地把你的『怪兵器』帶來齊國獻與襄王作賀禮，好拖齊人下水。弄得襄王進退維谷，接禮則怕開罪嬴政，不接又怕人笑他怕了秦人。」

項少龍聽得牙都癢起來，狠狠道：「你可否給我打聽我這把『百戰寶刀』的下落，我必須把它弄回手上。」

龍陽君點頭答應，歎道：「令儲君曾派來特使，警告我們三晉誰若敢損你半根寒毛，必會不惜一切發動報復，嚇得我們立即取消所有搜捕你的行動。趙人最慘，被你們連下五城，李牧又不敢離開中牟，而我們新敗不久，想助趙人亦有心無力，所以現在郭開對我們恨之入骨。昨晚在招呼鳳小姐的筵席上，還對我和韓闖冷嘲熱諷，態度惡劣非常。」

項少龍問道：「田單現在的情況如何？」

龍陽君道：「他仍握有實權，最大的弱點是他捧的田生昏庸無能，遠不及二王子田建受人擁戴。這田建雖不算甚麼人才，卻懂籠絡人心，不似田生的驕傲自負。現時觀之，太子之位落在誰的手上，仍是未知之數。」

接著有點尷尬道：「少龍怎能先知先覺的離開敝府，又成了鳳菲的管事？」

項少龍本不想說，但怕他疑心自己不肯原諒他，所以做出簡略交代，當然對曾入魏宮之事隻字不提。

龍陽君聽罷羞悔一番後，道：「少龍打算何時亮相，那就可名正言順的取回寶刀。」

項少龍躊躇道：「我好像有點不習慣回復自己身分，看情況再說吧！」

龍陽君道：「若不須暴露身分，就不宜暴露。所謂『齊國多狂士，稷下多狂徒』，稷下那些狂人縱情放志，看不起天下人，文是如此，武更如是。尤其曹秋道一向護短，他那些得意門生，確有幾個得他眞傳，在臨淄一向稱王稱霸。現在少龍已隱爲曹秋道外天下第一名劍，若你來此一事傳了開去，必惹來無謂煩惱。這些比武之事連齊王也難以阻止，而且如果能在公平決戰裡殺死你，嬴政怕都要有口難言。」

項少龍哪還有爭雄鬥勝之心，點頭道：「君上說得對，田單、呂不韋和郭開肯定會乘機煽風點火，若惹出曹秋道，說不定會像呂不韋遇上我般吃不完兜著走，那就糟透了。」

龍陽君忍不住「噗哧」「嬌笑」，舒暢地道：「今晚奴家可以好好睡一覺哩，自那晚後，人家鬱痛得心兒都碎了。」

項少龍見他確是一副「爲情消瘦」的樣子，憐惜道：「由始至終，我都沒有怪你。」

龍陽君仍不想離開，給項少龍催促道：「我們不宜傾談過久，你自己回去向鳳菲交代，我也該去看看幾個給仲孫龍手下打傷的同伴。」

龍陽君愕然道：「仲孫龍這麼快便來行凶嗎？」

項少龍再費唇舌把事情說出，龍陽君羞愧道：「我竟連李園都比不上，眞不算是人。」

項少龍再好言安慰一番，龍陽君依依不捨的去了。

第三章　兩女相遇

龍陽君走後，鳳菲出奇地沒找他說話，到吃過午膳，小屛兒始奉命來召他去相見。

項少龍隨在小屛兒身後，往內廳走去，多天不肯和他說話的小屛兒忽和顏悅色道：「原來你是好男風而不愛女色，小屛兒死心哩！」

項少龍爲之啼笑皆非，明知不該否認，卻又不能不否認，歎道：「實情如何，小屛姊終有一天會明白的。但我卻有一事不明，小屛姊不是該與大小姐共進退嗎？爲何卻好像……好像……嘿！」

小屛兒掩嘴笑道：「你是想說爲何我好像很想找人來嫁的樣子吧？事實上我從沒想過要嫁給你，只是不滿你不當人家是人的樣子。小姐常說女人的第一次最重要，定要找個懂憐香惜玉的人才行。我當然不會離開小姐，但在這方面小姐卻予人家自由嘛！」

項少龍心中一蕩，道：「若有了身孕怎辦？」

小屛兒俏臉微紅道：「這個何用你來擔心，團中誰都懂得防避之法，唔！你對女人還有興趣嗎？爲何要問這種羞人的事？」

項少龍見她認定自己好男色不好女色，暗忖這次跳下黃河都洗不清，只好閉口不言。

內廳一側擺滿樂器，除鳳菲外靜悄無人，小屛兒退下後，項少龍在鳳菲旁坐好，道：「大小姐以前和石素芳見過面嗎？」

鳳菲不大感興趣的搖搖頭，道：「金成就是個人才，八面玲瓏，頗受人尊敬，可惜我遇不上這等人，否則現在不用受你的氣。」

項少龍道：「大小姐仍是餘怒未消嗎？」

鳳菲垂首嬌笑道：「誰敢惱你這個連龍陽君都要肅然起敬的人呢？何況你歡喜時就把人又抱又吻，惡起來便罵個不休，幸好現在鳳菲再不用擔心你會要人陪夜，否則就睡難安寢。」

項少龍洩氣道：「竟連你都那麼想？」

鳳菲搖頭道：「不！只是她們都那麼想吧！幸月失望得哭著回房去，但我卻知道你非不愛女色，至少我曾親身體會過。這樣說只是氣不過你那副可恨模樣，故意挖苦你。」

項少龍苦笑道：「你對我眞好。」

鳳菲道：「現在我愈來愈摸不清你是怎樣的一個人。龍陽君保證你可以絕對信賴，與談先生說的如出一轍，可知你信譽昭著，鳳菲再不會三心兩意，很想聽聽你的計劃。」

項少龍淡淡道：「先安內，後攘外，此乃不二法門。若大小姐可授我全權，我會先對付張泉、沙立和他們的餘黨，只要能安然抵達咸陽，一切大功告成。」

鳳菲淒然道：「你好像忘記呂不韋在咸陽的勢力有多大？」

項少龍故作驚訝道：「大小姐的情郎不是項少龍嗎？呂不韋能奈他何？」

鳳菲知道說漏了嘴，大窘道：「但他現在身處戰場，最怕還未見到他，便先給呂不韋找到。」

項少龍心中好笑，故意耍她道：「這方面沒有問題，只要通知烏家，他們自會護著大小姐的。」

鳳菲漲紅著臉道：「萬萬不可，我和他的事沒有人知道，唉！到時再說好嗎？」

項少龍放過她，看看天色，道：「石素芳該來了，我先到大門接她，大小姐還有其他吩咐嗎？」

鳳菲道：「今晚有其他事嗎？」

項少龍搖頭道：「今晚我要去拜訪解子元，有甚麼事呢？」

鳳菲道：「沒事了！我本想你陪我去赴齊王和田單歡迎呂不韋的廷宴，讓你可在旁看看他，現在算了。」

項少龍暗叫好險，自給龍陽君和李園認出來後，再沒信心面對呂不韋。

肖月潭提出易容建議時，並沒有想過他會面對面的與這兩人相見，所以不能怪他。

鳳菲大有情意地白他一眼，道：「今晚到人家臥室來好嗎？人家還有很多事想請教你呢！」

項少龍知她開始信任自己，欣然去了。

才步出大門，石素芳的車隊來了。項少龍忙佝僂起身子，又把果核放到舌底，迎了上去。

神采依然的石素芳從容步下車來，項少龍和一眾鳳菲那邊的人，自然而然被她絕世容色所懾，躬身施禮，不敢平視。

兩個俏婢爲她整理好披風，石素芳在金老大的陪伴下，來到項少龍身前。

這美女不施脂粉，秀髮集中頭頂，然後編成一條短辮，下垂於腦後，有種說不出的輕盈寫意，與她一向獨異的作風配合得天衣無縫。

在禦寒的披風中，她在襦衣上加上一件背心，兩肩有襠，襠上施帶，加上腰間綴了三條腰帶，形成明顯的細腰，又強調了她酥胸的線條美，使她更是綽約多姿。

項少龍不由暗讚她聰明。若純論美麗，恐怕只有紀嫣然、琴清又或李嫣嫣可堪與鳳菲媲美。但石素芳利用自己獨特的優點，立時顯得並不比鳳菲遜色。

兩女表面是友好拜會，其實無可避免地暗中較量起來。

石素芳顯然認不出項少龍，金老大介紹兩人認識時，她只是禮貌的還禮。項少龍連忙在前引路。

金老大踏前兩步，和他並肩而行，道：「剛才我收到消息，沈兄曾獨闖仲孫府向他要回被擒的手下，可是真有其事？」

項少龍心想原來在臨淄消息竟可流傳得這麼快，答道：「只是一時僥倖吧。」

金老大登時對他刮目相看，豎起拇指道：「難怪鳳小姐委沈兄以重任，不過仲孫龍此人一向霸道，失了的面子定要討回來。我看沈兄連佩劍都沒有一把，待會我使人送來好了。若趁手的話，就以之傍身吧！你若推辭，便是不當我金成是朋友。」

項少龍笑道：「那我唯一選擇只有衷心致謝。」

石素芳悅耳的聲音由後傳來道：「仲孫龍之子仲孫玄華乃忘憂先生曹秋道最得意的四名弟子之一，沈先生小心啊！」

金老大亦苦口婆心道：「我雖不知沈兄劍法如何，不過此人在臨淄確是未逢敵手，與田單旗下的第一劍手旦楚齊名。沈兄遇上他時，若覺沒有把握可棄劍認輸，稷下劍手均極重聲名，不會對認輸的人出手。嘿！交淺言深，沈兄勿要怪我。」

項少龍生出好感，點頭道：「小弟感激還來不及，怎會怪你？」

背後的石素芳訝道：「想不到沈先生胸襟如此廣闊，竟一點不因金爺認爲你比不上仲孫玄華而不高興。」

項少龍心中微懍，岔開話題道：「稷下多名劍手，除這兩人外，該還有很多出類拔萃之輩吧？」

金老大道：「善劍的人多不勝數，但能稱得上出類拔萃者，不過數人而已。像麻承甲和閔廷章均極負盛名，專愛找人比試，沈兄昨夜露了一手，說不定會惹來麻煩。」

石素芳柔聲道：「給他們天大膽子，都不敢闖到這裡來生事，但假若沈先生到外面去，便難保他們不來挑惹。」

項少龍道：「多謝小姐指點。」

此時已抵鳳菲所居的主樓階梯前，鳳菲出門相迎，兩女打個照面，均用神打量對方，連最細微處都不肯放過。

鳳菲嬌笑道：「聞得石妹子豔名久矣，今天終於得會。」

石素芳行了後輩之禮，迎上去拉著鳳菲的纖手道：「菲姊莫要抬舉素芳，剛才見到菲姊時，幾疑爲天人下凡哩！」

鳳菲發出銀鈴般的動人笑聲，挽著石素芳步進廳堂。

項少龍見金老大仍被鳳菲的絕世容色震懾得呆若木雞，撞了他一記，他才懂得隨項少龍入廳。

鳳菲、項少龍和石素芳、金老大兩組人分坐兩邊，小屛兒奉上香茗。

項少龍忽然生出奇怪的感想。在某一程度上，呂不韋不擇手段要得到鳳菲，實存有與項少龍比較之意。因爲紀嫣然已是他項少龍的，呂不韋追求琴清又告觸礁，除非得到鳳菲，否則在這方面就要被項少龍比下去。

實情是否如此，恐怕連呂不韋自己都不自覺。

客氣一番後，石素芳謙虛地道：「金爺有他想說的話，素芳卻是誠心來向菲姊請益，如何才可若菲姊般顛倒眾生呢？」

鳳菲明知她是謙虛之語，因爲石素芳正是另一個顛倒眾生的名伎，仍感受用，和顏悅色道：「妹子勿要抬舉鳳菲才眞，我們這些賣藝者，不外『妙舞清歌、皓齒明眸、因人獻藝、拿手絕活』十六個字，更要謹記我們既是歌舞的創造者，也是文化的傳播者。」

石素芳欣然道：「十六字眞言，素芳願聞其詳。」

鳳菲美目轉到項少龍身上，淡淡道：「不若由沈管事代我解說吧。」

石素芳和金老大難掩訝色，一向心高氣傲的鳳菲，怎會讓一個下人來代她說話？

項少龍當然知道鳳菲是考較他，卻是心中叫苦，現在他舌底多了一粒果核，只要一開腔，立會使鳳菲這聰明女發覺自己怕石素芳認出他的聲音來，若還不生疑就是怪事。

只好道：「我剛才咬損了舌頭，不便說話，還是大小姐……嘿！」

見到三人無不瞪大眼睛看他，只好收口，尷尬的攤了攤手。

見到他聳肩攤手的瀟灑動作，石素芳泛起似曾相識的感覺，但一時仍未想到眼前此人是項少龍，只奇道：「原來沈先生竟是行家，有機會倒要請教。」

金老大笑道：「我也給大小姐引出興趣來哩！」

鳳菲狠狠盯項少龍一眼，悠然道：「妙舞清歌，皓齒明眸，指的不過是色、藝兩事。兩者合而爲『風致』，以嫻靜溫雅爲理想，才能使人入迷。妹子不要考較人家嘛！你自己便是箇中能手啊！」

石素芳搖頭道：「菲姊萬勿謙讓，我們三大名姬中，論色藝才情，見者無不推菲姊爲首，可見早有公論。故聞得菲姊要退隱田園，怎都要來拜會菲姊，恭聆清誨。」

金老大道：「敢問大小姐因人獻藝、拿手絕活又作何解？」

項少龍看看鳳菲，又瞧瞧石素芳，飽餐秀色，毫不覺悶，還願時間愈長愈好。

想不到極難對付的「三絕女」石素芳，在鳳菲面前表現得這麼虛心，若不是眞想偷師，就是別有居心。

不過鳳菲也是厲害之極，石素芳想從她身上佔便宜，絕非易事。

鳳菲淡淡道：「不同的階層，有不同的審美趣味。若演出於宮廷，當以喜慶吉祥爲主；文墨之士，則偏愛清幽的格調、悠深纏綿的情思；當觀者只是平民大眾，必須著重熱烈的氣氛，加強悲歡離合的渲染，才能激起觀者的情緒。」

金老大擊几歎道：「只這幾句話，素芳終身受用不盡。」

石素芳欣然道：「拿手絕活當如菲姊般，建立起自己個人的丰神格調，任人怎麼學均只是形似而神非。」

項少龍想起鳳菲離經叛道、別樹一格的唱功，不由心中舉腳同意。

鳳菲不以他們的讚美爲意般，淡淡道：「閒話說過，金老大今次偕妹子來，究竟有甚麼可指點鳳菲之處？」

金老大肅容道：「不知大小姐有否聽過以風流著稱叫齊雨的名公子呢？」

鳳菲皺眉道：「略有耳聞，聽說此人是公卿之後，憑著一張俊臉和三寸不爛之舌，迷倒無數可憐女子，不知老大爲何忽然提起此人。」

項少龍聽到齊雨，想起當年趙穆透過他迷倒趙雅，如今伊人已逝，先是心中一痛，接著見鳳菲說「三寸不爛之舌」時粉臉微紅，知她想到自己，又是心中一蕩。兩種不能相容的感受紛至沓來，教他不知是何滋味。

金老大續道：「此人現在與柔骨女蘭宮媛打得火熱，前兩晚在這裡最大的青樓倚雅院酒醉後還大發狂言，說今趟蘭宮媛必可蓋過大小姐的光芒，且使大小姐飲恨收場，言語奇怪。」

鳳菲在這種情況下顯示出她的修養，玉容仍是平靜無波，只是露出深思的神色。

石素芳柔聲道：「我們不禁為菲姊擔心起來，他的話只提菲姊而不說素芳，似乎正進行某種陰謀，且更似成功在望，教人奇怪。」

項少龍聽得大為懍然，猜到是與曲詞洩出一事有關，但照理歌譜該仍在董淑貞手上，齊雨怎能這麼有把握呢？

愈想愈是不安，哪還有心情坐下去，長身而起。

三人均訝然瞧來。

項少龍告了個罪，逕自離開去找董淑貞，這美女正在房中休息，項少龍直闖進去，遣走婢女後，劈頭道：「你秘密抄下的歌譜在哪裡？」

董淑貞不悅道：「你是否想動刑逼供？」

項少龍壓下怒火，坐下道：「齊雨公然聲稱可令大小姐飲恨收場，若非有歌譜在手，怎敢出此狂言？」

董淑貞臉色微變，接著堅定的搖頭道：「歌譜仍在這裡，唉！人家剛向秀眞要回來，正準備交你燒燬哩！」

項少龍道：「那就立即拿出來吧！」

董淑貞憤怨的瞪他好一會兒，移到一角的箱子前，取出一個竹筒子，發脾氣的朝他擲來。

項少龍輕鬆接著，拔起塞蓋，取出一卷帛書。打開一看，立時色變，駭然道：「上面爲何半個字都沒有？」

今次輪到董淑貞臉色遽變，悽惶地挨了過來，一看下呻吟道：「天！誰人把歌譜掉了包？」

項少龍的心直沉下去，除非鳳菲能在表演前的十天內另創新譜，否則只能跟在人後重唱舊曲，自是大爲失色，因爲新譜是專爲賀齊王之壽而作的。

董淑貞臉如死灰地顫聲道：「這是沒可能的，秀貞和我已非常小心。」

項少龍歎道：「現在惟有向大小姐坦白說出來，看看有沒有補救辦法。」

董淑貞撲入他懷裡，渾身抖顫道：「沈良救我！」

董淑貞和祝秀貞兩女跪在鳳菲身前，垂頭喪氣有若死囚，但到現在仍不明白給誰以偷龍轉鳳的手法盜去歌譜。

鳳菲俏臉再無半絲血色，嘔心瀝血的創作給蘭宮媛據爲己用，對她打擊之大，可想而知，這時她連處罰兩女的心情都失去了。

項少龍亦是一籌莫展，道：「只要大小姐能演頭場，就不怕歌譜落在蘭宮媛手上。」

鳳菲搖頭道：「早說好由我做壓軸表演，何況此事田單一手安排，既有陰謀存在，怎容我們更改。」

項少龍道：「大小姐可否另創歌譜？」

鳳菲苦笑道：「除非可在一天內想出來，否則何來練習的時間，如何能有精采的演出？唉！內奸難防，不過鳳菲也該負上責任。」

董淑貞和祝秀真聞言哭倒地上。

項少龍不由對鳳菲湧起敬意，這美女雖是自私了一點，但仍能在這種情況下自省其身，胸襟實異於常人。

鳳菲朝項少龍瞧來，眼中射出絕望的神色，語氣卻出奇的平靜，道：「獻醜不如藏拙，我曾答應會以新歌賀壽，怎也無顏以舊曲新詞交差，看來只有裝病辭演一法了。」

項少龍忽然虎軀猛顫，雙目放光，沉聲道：「我曾試作一曲，假若我把調子哼出來，不知可否刺激大小姐的靈思，改成合適的歌譜？」

事實上他哪懂作曲，只不過在二十一世紀，常到卡拉ＯＫ唱歌，有十來首特別滾瓜爛熟，希望能在這山窮水盡的時刻拿出來充數。

這些曲子與古調雖截然不同，不過落在鳳菲這古代的音樂天才手上，自能編成這時代的出色音樂。

鳳菲道：「唱來聽聽。」

項少龍苦笑道：「我只懂哼，不懂唱。」

鳳菲顯然並不把他「作」的曲放在心上，沒好氣的道：「那就哼來聽吧！哼！又說咬損了舌頭，現在說話不知多麼流利。」

項少龍哪有閒心理會她算舊帳，揀了一首當時最流行的歌〈我不能離開他〉，哼了起來。他的哼聲確令人不敢恭維，但旋律仍大致沒有走樣。

起始兩句時，鳳菲仍不以爲意，但到項少龍尷尬地哼至一半，她由動容變爲驚訝，連董淑貞等兩女都收止哭聲，不能置信的直瞪著他。

一曲既罷，項少龍手足無措，老臉通紅的道：「怎麼樣？」

鳳菲呆若木雞的瞧他好一會兒，才吁出一口氣，道：「你這人總能教人驚異，如此古怪的調子我還是初次得聞，不過卻非常悅耳，只是調子太哀傷了，不適合歡樂的氣氛。」

項少龍急道：「我還作有另一曲。」

鳳菲一呆道：「你不是說只作過一曲嗎？」

項少龍只好道：「剛才我是亂說，事實上我作了十多首曲。」

鳳菲動容點頭，似記起某事般轉向兩女喝道：「還不給我滾出去。」

兩女慌忙離開，臨走時看項少龍的眼光，可令任何男人陶醉上幾年。

項少龍又揀了首輕快的〈海軍進行曲〉哼出來。

鳳菲聽罷長身而起，投入他懷裡，把他摟個結實，道：「就算你想要鳳菲的身體，鳳菲也會立即獻給你，只求你把所作的歌曲全部哼出來，今趟我要蘭宮媛這賤人敗得口服心服。」

項少龍離開鳳菲的主樓時，像剛發了一場夢。

他當然不會乘人之危佔有鳳菲，卻清楚知道憑著這十來首歌把鳳菲的芳心徹底征服。並非說鳳菲就這麼愛上他，而是鳳菲對他有若他對李牧的心服口服。項少龍雖感慚愧，但要助鳳菲打敗蘭宮媛的熱情蓋過一切。

離開主樓的花園，給董淑貞等兩女截著。

項少龍想起解子元的約會，好言安慰她們，又著她們莫要驚擾正努力編曲的鳳菲，道：「你們最好想想有誰知道你們歌譜的藏處，此人必須給揪出來。」

祝秀眞道：「此事惟有張泉曉得，但他若曾到我房來，理該瞞不過下人的耳目。」

項少龍道：「他只要收買你們的侍女，不是可輕易辦到嗎？」

祝秀眞露出醒悟的神色，項少龍乘機告退。

來到大廳，金老大答應贈他的劍剛剛送到，項少龍拔劍一瞧，雖及不上血浪，但劍質上乘，且劍身沉重，頗合他意，不由對金老大更生好感。

肖月潭說得不錯，金老大是個有豪氣的人。

安排把鳳菲今晚所有的約會推掉後，項少龍加蓋衣帽，離開聽松別館。

雨雪飄飛下，街道行人稀疏。

想想都覺好笑，難怪別人覺得自己深不可測、智計才藝層出不窮，皆因有二千多年的文化遺產在撐他的腰。今晚自己若要對鳳菲動口動手，佔點便宜，保證她會「逆來順受」。

只不過自己當然不肯這麼「乘人之危」。佔佔便宜顯然是快事，但玩出火來，奪人所愛，就非是他所願見的。像現在般與諸女保持親密但沒有肉慾的關係，反更有一番動人滋味。

當初兵敗逃亡，哪想得到會有今天的日子。

鳳菲再次排演歌舞時，實須做點保密的功夫，以免珍貴的知識產權再被盜版。雖然他也是盜版別人的版權，幸好不會產生利益衝突的問題，因爲在二十一世紀的時候，所有古曲都散佚了。而想深一層，即使蘭宮媛再得到新曲，亦來不及練習，所以鳳菲她們以新譜唱舊詞，蘭宮媛只能徒呼奈何。

想到這裡，後方蹄聲驟響。

他本不以爲意，但當蹄聲到了離他十多丈時放緩下來，他立即生出警覺之心。

矛尖震盪的聲音隨即響起，他的手握到金老大新送的長劍把手處，收攝心神。

來人只是單槍匹馬，但聽馬蹄的節奏，便知對方是訓練有素的戰士。

項少龍嘴角抹過一絲笑意，頭也不回，放慢腳步，從容自若的在雨雪中漫步而行。

金老大警告過的挑戰，終於發生。

第四章　羅敷有夫

項少龍的心神進入止水不波的境界，步伐穩定而暗合某種節奏，準確地估計對方接近的速度和距離。

自從坐時空機器來到古戰國的時代後，他沒有一天不摸著兵器過活，對各類型的兵器均非常熟識。此刻細心聆聽，立即推翻起始時認爲來襲者是持矛的想法，而肯定對方用的是長戟。

戟可說是直刺的矛和橫砍的戈的混合體，既可扎刺，又能鉤擊，衝刺時發出的響音，明顯與矛或戈不同。

項少龍很想回頭看上一眼，但卻知若如此做，就會失去自己高深莫測之勢，而且會引發對方全力加速衝刺。

一陣風迎面吹來，雨雪打得項少龍幾乎要閉上眼睛。

風聲更使戟音、蹄聲模糊起來。這時後方來騎到了兩丈之內，略一發力，可在眨眼的工夫對他展開攻擊。

驀地一聲「沈良受死」，有若平地起了個焦雷般在後方響起。

項少龍猛地閉上眼睛，往右橫移，到了馬道之中，右手放開劍柄，改以左手拔劍。

要知他一直靠左方的行人道緩步而行，又以右手握劍，換了任何人由後方攻來，必然以爲他會移往左方，好拉長距離，再以右手拔劍擋格。誰知他竟反其道而行，右移到馬道之中，使敵人的長戟完全攻錯方向。

差之毫釐，謬以千里。何況是生死相搏的時刻。

那人驚呼一聲，想把長戟攻擊的方向改變，已遲了一步。

項少龍頭也不回，反手一劍刺在衝過了頭的馬股上。戰馬痛嘶一聲，狂竄往前，差點把騎士甩下馬來。

看對方一人單騎，逃命似的消失在風雪裡，項少龍心中好笑。

此仗得勝看來輕鬆容易，其實箇中包含了膽量、時間的拿捏，以及身法、步法各方面的配合，最妙是那陣突來的風雪，他項少龍固然受影響，但對迎風策馬奔來的敵人影響更大，否則他項少龍恐難施展適才的策略。

項少龍回劍入鞘，轉入一條橫巷，急步走一段路，認準解府的方向，不到半個時辰終於到達目的地。

他對把門的家將報上姓名，被領入府內，在外廳等候。

奉茶伺候的小婢以奇怪的眼光打量他，又交頭接耳，仿似他像頭不知由哪處鑽出來的怪物般。

項少龍給看得渾身不自在時，解子元臉青唇白的來了，揮退下人後，坐到他身旁，低聲道：「今趟慘的眞不是時候，不知誰把我昨夜去逛青樓的事告知內子，剛才她大發雷霆，只差未動手打我。沈兄快溜，現在說甚麼她也不會相信的。」

項少龍同情地道：「那麼過兩日我再來找解兄吧！」

解子元把他拉起來道：「快點！」

兩人急步朝大門走去，一聲嬌叱傳來，喝道：「哪裡走！」

解子元渾身一震，像被點了穴般動彈不得。

項少龍亦是虎軀劇震，不能相信的呆在當場。

環珮聲響，解子元的惡妻來到兩人身後，冷笑道：「要到哪裡去？你當我不知道你兩個人的把戲嗎？」

又嬌喝道：「解權你給我滾出來，我要你把昨夜的事一字不漏的說出來，萬事有我擔保。」

解子元如遭雷殛，原來連他最後一個「忠僕」都給收伏。

解權不知由哪裡鑽出來，跪倒地上，顫聲道：「少爺！小人是被逼的。」

解子元機械化的轉過身去，哭喪著臉道：「這事全是我想出來的，不關沈兄的事。」

項少龍仍背對解子元的夫人，心中百感交集，因為他從聲音認出解子元的夫人正是他曾經深愛過的善柔。

她終於放棄到處流浪的夢想，落葉歸根做了解家婦，還生下兩個兒子。

這時他最想做的事，是頭也不回的離開解府，使善柔永遠不曉得他曾來過。

他亦明白解子元為何既愛她又怕她，說實在的，那正是善柔給予男人最大的「樂趣」。

直至今天，他對與善柔相處的每一刻仍是回味無窮。

解子元的「義氣」，把責任全攬到自己身上，更使他心中感動。

想走是一回事，卻無法舉腳踏出半步。

善柔的矛頭指向他了，喝道：「你就是那個沈良？看你生得牛高馬大，卻是膽小如鼠，竟連正眼看人都不敢嗎？」

眾婢僕立時發出「嗡嗡」笑聲。

項少龍平靜地道：「解夫人可否把其他人請出廳堂，沈某想私下替解兄說兩句話。」

解子元急道：「這全不關沈兄的事，夫人啊！放沈兄離去好嗎？要罰，罰我好了。」

出乎所有人意料之外，善柔亦像被點了穴般，不言不語的在發呆。

項少龍感到善柔的目光刺在他背上，心中眞不知是何滋味。

人人均莫名其妙時，善柔道：「所有人給我滾出去。」

解子元愕然道：「爲夫也要出去嗎？」

善柔大發嬌嗔道：「爲你的甚麼夫，你第一個給我滾出去！」

不片晌，所有人走得乾乾淨淨，空曠的大廳只剩下他們兩個人。

善柔急促的呼吸聲在他身後響起，項少龍緩緩轉過身來，四目交投，雙方觸電般抖顫一下。她豐滿了少許，但豔麗更勝往昔。

善柔朝他衝前兩步，旋又停下來，辛苦地克制自己要投入項少龍懷內的衝動。

項少龍喉頭打結，千言萬語，都不知從何說起，最後一聲長歎，搖頭苦笑，步往大門。

善柔追了兩步，低喚道：「少龍！」

項少龍硬著心腸不應，走出門外。

十多道目光立時落在他身上，婢僕家將們對他能「衣冠皮肉完整無缺」的走出來，都驚訝得合不攏那張大了的嘴。

解子元橫裡撲出來，摟著他肩頭朝外門走去，興奮地道：「沈兄和她說了些甚麼話？」

項少龍胡謅道：「嫂子雖是霸道了點，卻非是不明白事理的人。我向她解釋了壓迫力愈大，反抗力愈強的道理，假設她任解兄出去胡混，保證不須太久解兄就生厭倦。」

解子元道：「我怎會厭倦呢？她怎麼答你？」

項少龍道：「她說要好好想想。」

解子元大喜道：「這是天大的轉機，沈兄留下陪我聊聊好嗎？」

項少龍此時肝腸像打了結般難受，哪有興趣和他閒聊，投其所懼的恐嚇道：「你最好乖乖的入內去陪伴嫂子，若她以為你又在打鬼主意，說不定連想想都省了。」

解子元大吃一驚，忙放開摟著項少龍的手，神情教人發噱。

項少龍揮手作別，走出解府，來到風雪漫天的大道，心中一片茫然。

到臨淄後，他一直想方設法找尋善柔，卻絕想不到會在這種情況下遇上她，而她還是別人的妻子。

解子元該是好夫婿，唉！當年美蠶娘改嫁別人，他並沒有多大感觸，說到底皆因感情基礎薄弱，但他確曾深愛過善柔。

他尊重善柔的選擇，而且自己已有幸福美滿的婚姻和家庭，只不過來到齊國這陌生的地方，容易生出孤單落寞的感覺，才會因善柔已難和自己再續前緣而神傷。

風雪打在臉上、頭上，既寒且痛，使他像從一個夢中醒過來般。再歎一口氣，項少龍舉步朝別館走回去。

過去的就讓它過去吧！他誠心爲拋棄了仇恨的善柔祝福。

回到別館，肖月潭恭候多時，見他這麼早回來，訝道：「我聽你的手下說你會很晚回來，正要離開，咦！你的臉色爲何這麼難看？」

項少龍拉他入房，坐下道：「你該聽過善柔吧！她是致致的親姊，曾與我有一段情，現在竟成了解子元的妻子。」

肖月潭愕然道：「又會這麼巧的。」

項少龍不想磨在這事上，岔開話題問起鄒衍，肖月潭神色古怪道：「鄒大師不知到何處去尋找自己的墓穴，已有十多天沒有回家。」

項少龍聽得心都抽搐了一下，無言以對。

肖月潭壓低聲音道：「呂不韋今午乘船抵此，同行的尚有韓竭和許商。」

項少龍奇道：「韓竭不是嫪毒的人嗎？」

肖月潭道：「只此一事，可知呂不韋和嫪毒暗中結成一黨。韓竭乃『稷下劍聖』曹秋道四大弟子之一，有他穿針引線，稷下出身的劍士說不定會站在呂不韋和田單的一邊，那形勢將截然不同。」

頓了頓續道：「以呂不韋的手段，必可令齊王深信倘改立田建，將會破壞和秦國的關係，若再加上曹秋道站在大王子田生和田單的一邊，這場王位之爭，輸家不是田建才怪。」

項少龍無可無不可的道：「誰輸誰贏，均是齊人的家事。現在我關心的是如何爲歌舞姬團的諸位美人兒完成她們的夢想，呂不韋愛怎麼搞便怎麼搞好了。」

肖月潭訝道：「我很少見到少龍這麼意氣消沉的，你難道不覺得抽呂不韋的後腿是很有趣的一回事嗎？你今晚好好睡上一覺，明天醒來時或者會改變想法。」

項少龍苦笑道：「除非我以項少龍的身分出現，否則如何左右齊王的決定；而且這麼一來，等若明請呂不韋來對付我。噢！差點忘記告訴你，龍陽君已識穿了我。」

肖月潭連忙追問，到項少龍解釋清楚，肖月潭興奮地道：「若是如此，形勢會完全不同。現今齊人最怕的是楚人與三晉聯手，抑制他們對燕國的野心，只要田單不敢明目張膽的對付你，我們便容易應付多了！」

項少龍苦惱道：「有其利必有其弊，若我公然以項少龍的身分面世，呂不韋、田單，甚至郭開都會暗使手段來對付我，但假若我仍在充當沈良，則又須應付仲孫龍和齊國劍手的挑惹，正是左右做人難。」

敲門聲響，原來是小屏兒奉鳳菲之命請他去說話，肖月潭低聲說了明天見後，告辭離開，而項少龍則隨小屏兒去見鳳菲。

鳳菲在主樓二樓的廳內撥弄弦琴，發出似有若無，仿似由九霄之外傳來的仙音，神情專注，直待項少龍在她對面坐下，仍像覺察不到他的來臨。

小屏兒退往樓下，項少龍舒適的半臥半坐地倚在軟墊上，既飽餐美女的絕世姿容，又耳聞天籟仙音，因善柔而興的失意惆悵，不由減少三分。

鳳菲纖手操琴，再爆出幾個清音後，倏然而止，仰起俏臉往他望來，鳳目生輝道：「沈先生可認得這段樂章嗎？」

項少龍呆了一呆，茫然搖頭。

鳳菲甜甜笑道：「這正是由你那些小調變化而來的曲譜，你這人呢！竟會聽不出來。」

項少龍搔頭尷尬道：「眞的一點聽不出來，怎會是這樣的？」

鳳菲柔聲道：「人家當然不能一板一眼跟足你的曲調，變化幾趟後，便成了這樣子！歡喜嗎？」

鳳菲從未試過以這種撒嬌式的神態語氣跟他說話，項少龍受寵若驚道：「大小姐確是高明，不知是否已爲今次賀壽的樂曲全換上新調呢？」

鳳菲美眸望往窗外的雪夜，歎道：「你知否人家直到這一刻才驚覺到外面下著大雪，自聽到你那些怪調後，鳳菲像著了魔的一首接一首把新曲譜出來，想不到竟可如此容易。」

項少龍大喜道：「恭喜大小姐。」

鳳菲的目光移回到他臉上，美目深注道：「你究竟是怎樣的一個人？」

項少龍笑道：「有手有腳，有眼耳口鼻，和任何人沒有甚麼大分別。」

鳳菲道：「可是在我眼中，你卻像是從仙界下凡的神仙，拯救遇上困苦的世人。唉！若眞有神仙，那該是多麼美麗的一回事。人世間實有著太多事令人生厭，有時我甚至會憎厭自己。」

項少龍思量片刻，點頭道：「有很多事確會令人不耐煩的，不過大小姐可知在別人眼中，你正是高不可攀的天之驕子，以能拜倒在你裙下是無比光榮的事。」

鳳菲斜椅墊上，嬌笑道：「你的用詞眞怪，甚麼『高不可攀的天之驕子』、『拜倒裙下』，唉！鳳菲僅是個平凡的人，只有在創作和表演時，我才感到自己有少許的不平凡。」

接著秀眸閃閃的瞧著他道：「今晚在這裡陪人家談天好嗎？每逢作成一曲，我都很難入睡，卻又苦無傾談的對象。」

項少龍嚇了一跳，怔怔的道：「我終是下人，大小姐這樣留我在閨房裡，不怕別人閒言閒語嗎？」

鳳菲哂道：「你前兩晚的勇氣到哪裡去了？換過是別的男人，在眼前情況，恐怕趕都不肯走吧？」

項少龍苦笑道：「自得知大小姐的情郎是項少龍後，我愈想愈驚，將來到咸陽時，若有人向他通風報訊，知道我曾在大小姐閨房內留了一晚，就算甚麼事都沒有做過，恐怕亦要小命不保，大小姐以爲然否？」

鳳菲呆了起來，無言以對。

項少龍心中好笑，這叫「以子之矛，攻子之盾」。以她的「項少龍」來壓自己眞正的項少龍，實是荒謬絕倫。

好一會兒後，鳳菲苦惱道：「男人不是色膽包天的嗎？爲何你在其他事這麼膽大妄爲，偏在此事上如此膽小？」

項少龍故作驚訝道：「聽大小姐的口氣，似乎除了想和小人秉燭談心之外，還有別的下文？」

鳳菲「噗哧」嬌笑，風情萬種的橫他一眼，欣然道：「和你這人說話很有意思，一向以來，只有我鳳菲去耍男人，想不到現在卻給你來耍我。來吧！」

項少龍愕然道：「來甚麼呢？」

鳳菲嘴角含春嬌媚地道：「先爲人家脫掉靴子好嗎？管事大人。」

項少龍呆瞪她半晌，囁嚅道：「大小姐不是認眞的吧？這種事開始了就很難中止，那時大小姐想反悔都不行。」

他的話並不假，像鳳菲這種比得上紀嫣然和琴清的美女，蓄意色誘一個男人時，恐怕坐禪的高僧亦要把持不住，何況是他項少龍。

忽然間，外面的風雪、室內掩映的燈光、火爐傳來的暖意，都以倍數的強化了那本已存在著浪漫溫馨的氣氛。

看她的如花玉容，眉梢眼角的風情，聳胸細腰，誰能不躍然動心？

鳳菲白他一眼道：「沈管事想到哪裡去了，人家要登榻睡覺，自然要脫掉靴子，剛巧小屛兒不在，只好由你代辦罷了！」

項少龍差點給氣死，猛一咬牙，移身過去，探手拿起她右足。

鳳菲驚呼一聲，皺眉道：「沈管事你溫柔一點好嗎？」

項少龍感到自己的呼吸急促起來，左手托著她纖足，右手滑上去，愛撫她完美無瑕的小腿，歎道：「羊脂白玉，不外如是。」

鳳菲嬌軀抖顫起來，星眸半閉的柔聲道：「你若答應我不再往上推移，我便任你就這樣佔點便宜，當作是報答你令我度過難關的酬勞。」

項少龍氣道：「大小姐這麼說，豈非在提醒我要繼續深進嗎？」

一邊說，手已毫不客氣的往上移去。

按著。

鳳菲感到項少龍的手越過膝頭，正探索自己不可侵犯的大腿，嬌吟一聲，伸手把項少龍的手隔裙

項少龍把手抽回來，一本正經地爲她脫下兩足的棉靴，然後拿她雙足一陣搓揉，弄得鳳菲嬌體發軟，媚眼如絲。

項少龍一把將她抱起，往她閨房走去。

鳳菲摟緊他脖子，在他耳邊吐氣如蘭地道：「你害死鳳菲呢！」

項少龍奇道：「怎樣害你？」

鳳菲道：「你若令人家愛上你，不是害死人家嗎？」

項少龍清醒過來，暗叫好險，自己確不宜與這心有所屬的美女發生關係，否則徒使事情更爲複雜和難以預料其後果。

將她安放榻上，項少龍俯頭在她香唇吻了一口，柔聲道：「大小姐放心吧！只要我想起你是項少龍的人，向天借膽我都不敢碰你。」

言罷，逃命似的溜掉了。

第五章　餘情未了

剛離開鳳菲的閨房，給手下截著報告，張泉在大門外給人打了一頓，只剩得半條性命。

項少龍心知肚明是肖月潭使的手段，卻不能不去慰問他。到了張泉房外，撞著他的心腹昆山，這小人一臉憤慨的道：「定是仲孫龍派人幹的，臨淄眞是野蠻人當道的地方，全無法紀。」

項少龍暗忖你們這麼想最好，可省去我不少唇舌，低聲問道：「傷得怎麼樣？」

昆山道：「主要是頭、臉中了幾拳，眼腫得差點看不到東西，唇角也爆裂，那樣子令人看得心中難受。」言罷唉聲歎氣的走了。

項少龍步入房內，出奇地董淑貞和兩個俏婢正爲張泉敷治傷處。

果如昆山所說的，張泉那副被打得像豬頭的樣子，短時間內休想出來見人。這是肖月潭狠辣之處，務要令張泉難以爲呂不韋工作，不得不進一步倚賴他項少龍。

董淑貞坐在榻邊，幽幽的横他一眼，歎道：「那些人眞狠心，看！打得副管事變成這個樣子。」

張泉呻吟道：「是否沈兄來了？」

項少龍想起千嬌百媚的董淑貞曾陪這卑鄙的人睡過幾晚，心中一陣煩厭，有點不客氣的對董淑貞道：「你們出去一會兒，我有話和張兄說。」

董淑貞不悅的蹙起黛眉，吩咐兩婢退下，斷然道：「有甚麼話是淑貞不能聽的？」

張泉辛苦地道：「二小姐請出去片刻。」

董淑貞呆了一呆，忿然去了。

今趟輪到項少龍坐在董淑貞的位置，俯頭低聲道：「究竟是怎麼一回事？」

張泉腫得像豬唇的嘴巴，含糊不清的道：「我其實沒有甚麼大礙，他們只是打我的頭，又逼問我爲何去見主子，我當然死都不肯說。唉！最可恨是主子給我的錢都被搶走，那些錢本是要給你的。」

此正是肖月潭計謀的厲害處，張泉不但沒錢來收買沈良，還不能再去見呂不韋。

項少龍道：「張兄要去見的究竟是誰？」

張泉道：「現在還不能對你說。唉！想不到有仲孫龍插手在這件事情內，現在我們整團人全在他的爪牙嚴密監視中，你也要小心點。」

項少龍哪有心情和他說下去，長身而起，道：「張兄好好休息吧！」

張泉一把拉著他衣袖，焦急地道：「你怎都要幫我這個忙，遲些我再去弄錢回來給你。」

項少龍道：「我可爲張兄做些甚麼事？」

張泉道：「設法成爲鳳菲的心腹，打探她和龍陽君的關係。」

項少龍苦笑道：「若你是鳳菲，就算我成了你的心腹，你會把與自己終身有關的事洩露給我知道嗎？」

張泉辛苦地道：「鳳菲是不會相信任何人的，包括龍陽君在內。因爲魏王對鳳菲亦有野心，所以鳳菲最後只能倚賴你，明白嗎？」

項少龍怔了半晌，點頭道：「好吧！我看看怎麼辦，但一天未收到錢，張兄休想我肯與你合作。」

揮開他的手，逕自出房。

董淑貞恭候門外，見他步出房門，將他扯到園內的小亭去，幽怨地道：「你是否在惱人家呢？」

項少龍哂道：「小人怎敢，二小姐無論怎樣騙我和不信任我，我這小管事也只好逆來順受。」

董淑貞「噗哧」笑道：「看你怨氣沖天的樣子，淑貞給你賠罪好嗎？唉！人家現在不知該怎樣方可討你歡心，你是否只好男風不愛女色的？」

項少龍苦笑道：「是否凡認識龍陽君的人，都變成只好男風的呢？」

董淑貞整個嬌軀貼了上來，玉手纏上他的脖子，笑道：「還要瞞人，只看他瞧你的媚樣兒，雙目噴火似的，便知你是他的男人。因爲你若非他的男人，他怎會以這種態度對你。現在淑貞唯一的希望，就是你除了男人外，也歡喜女人。」

項少龍呆了起來，心想今次確是跳進黃河都洗不清這冤屈。

探手下去大力打一下她的香臀，無奈道：「那妳就當我是你想的那樣好了。請問二小姐，可以放我回房休息嗎？」

董淑貞誇張的痛呼「哎喲」，用力把他抱緊，咬他耳朵道：「你若不歡喜正路，淑貞也可奉陪。」

項少龍抓著她香肩，把她推開少許，正容道：「二小姐的好意，小人心領了。不過你仍未弄清楚一件事，即使你和秀貞沒與我有親密關係，我沈良仍會爲你們安排好一切，絕不教你們淪爲權貴的姬妾。此事若有一字虛言，教我沈良不得好死。」

董淑貞平靜下來，怔怔的凝視他半晌，輕聲道：「你爲何肯這麼做？又知否動輒會惹來殺身之禍？若教鳳菲知道你要破壞她的計劃，第一個不放過你的正是她。」

項少龍道：「你說我是傻瓜、笨蛋甚麼都可以，但我卻決定了要這麼做，只要你們肯乖乖聽話，我便有辦法。」

董淑貞嬌媚橫生的扭動著嬌軀道：「我們還不夠乖嗎？」

項少龍哂道：「乖得太過分，不但對我乖，還對張泉和沙立乖，誰有利用價值便對誰乖。但我要求的並不是這種乖，你回去好好想想。但時間已無多，表演過後將是行動的時刻，若錯過時機，莫要怪我沒有幫你。」

董淑貞渾身一顫，伏入他懷內道：「沈良啊！你說得人家六神無主呢！可否清楚點告訴淑貞你為人家做的是何打算呢？」

項少龍愛憐地吻她臉蛋，誠懇地道：「你們若再不肯對我推心置腹，恐怕我沒有辦法幫助你們。我的打算是把你捧為繼承鳳菲的另一名姬，而鳳菲則可安然歸隱，過她自己選擇的生活。」

董淑貞悽惶地道：「你說的當然是最理想的安排。但怎辦得到呢？鳳菲現在視我如敵人，絕不會答應，縱是答應，也須眾人都肯承認才行。這根本是不可能的事。」

項少龍胸有成竹地道：「鳳菲方面包在我身上，至於你能否成為鳳菲以外的另一名姬，就要看你自己的本領。」

董淑貞愕然道：「我的本領？」

項少龍道：「我會說服鳳菲讓你在其中一齣歌舞擔正主姬的角色，只要你的表演不大遜色，而我又能在例如龍陽君等有身分、有地位的人面前為你美言幾句，甚至邀你到某幾個權貴處表演，哈！你說那會是怎麼樣的情況？」

董淑貞劇震一下，倏地離開他，一對美眸閃動著前所未有的神采，顫聲道：「你有把握說服鳳菲嗎？」

項少龍伸手捧起她的臉蛋，有點情不自禁地痛吻她的香唇，直至她嬌喘連連，才放開她道：「給我三天時間，我會教鳳菲親口向你說，你卻須和秀眞放棄一切不軌行動。現在乖乖的去睡覺吧！」

董淑貞給他吻得嬌體發軟，媚眼如絲的昵聲道：「今晚讓人家陪你好嗎？淑貞給你弄得身子都燙熱了。」

項少龍也是慾火大熾，暗怪自己不該挑起對方情慾，硬下心腸把她扭轉嬌軀，推得她走前十多步，到了通往她宿處的迴廊，笑道：「你不是說我只愛男風嗎？去找秀眞告訴她這個消息吧！切記不可予第三個人知道，否則就不靈光！」

說完匆匆溜回房去。

翌日醒來，還未吃早點，手下通知解子元來找他，項少龍心中暗驚，最怕是善柔告訴了他和自己的關係，那見面時就非常尷尬。

好在來到前廳，解子元熱誠如昔，先著他遣退侍奉的婢僕後，興奮地道：「沈兄眞行，內子昨晚不但沒有怪責我，還准我和你交朋友。她說有你看管我，偶爾出去胡混都沒有關係，啊！沈兄眞是我的救星和朋友。」

項少龍心中叫糟，知是善柔對他餘情未了，所以才會有此轉變，使解子元欣喜若狂。

不由問道：「解兄不用上早朝嗎？」

解子元道：「大王昨晚著涼，故休朝一天。嘿！沈兄今晚有空嗎？」

項少龍見他像沒有繫頸的猴兒般興奮，警告道：「小心尊夫人是試探你的呢？」

解子元拍胸保證道：「我的夫人說得出來的話一定做得到，絕不會是騙我的。她今晚要請沈兄到舍下吃飯，膳後我們可把臂出遊，讓小弟好好招呼沈兄，哈！」

項少龍苦笑道：「你好像一刻都等不來的樣子。」

解子元毫無愧色道：「當然，只有躺伏在陌生美女的懷裡，嗅吸她們的香氣，我的腦筋才會靈活起來。唉！你不知大王催得我多麼緊，若我寫不好柔骨女的賀壽詞，今次就眞的糟糕。」

項少龍暗忖原來如此，心中一動道：「你這兩天有沒有看過蘭宮媛的排演？」

解子元苦著臉道：「我怎敢見她，昨天在宮內撞到她的相好齊雨，他還對我冷嘲熱諷，若非我脾氣好，定要教他好看。」

似是記起另一件事般，忽然又道：「沈兄和仲孫龍究竟是甚麼一回事？」

項少龍簡略的說出來後，解子元懊惱道：「這就糟了，昨天他派人來試探我和沈兄的關係，我不虞有他，照實說是新相識的朋友，唔！待會我要親自去找他說話，再不然找二王子出頭，不信仲孫龍敢不賣帳。」

項少龍好整以暇的道：「多一事不如少一事，解兄不用插手此事，徒使事情更複雜，我自有應付之法。」

解子元懷疑道：「沈兄知否仲孫龍在這裡的勢力可比得上王侯，他若這麼吃了沈兄的虧，是絕不會輕易罷手的。」

項少龍道：「放心吧！若眞須解兄幫手，我當然會來求解兄！」

解子元道：「以後有甚麼事儘管對我說。現在我要趕回官署辦事，今晚我來接你好嗎？」

項少龍還有甚麼話好說，只好點頭答應。

解子元歡天喜地的站起來，忽聽門官唱喏道：「大小姐到！」

解子元嚇了一跳，與項少龍恭立迎迓。

鳳菲身穿黃底白花常服，外披一件棉背心，在數名侍婢簇擁下輕步進入大廳，高雅雍容、豔光四射，看得解子元眼都亮起來。

鳳菲先狠狠橫項少龍一眼，才蹙起黛眉瞪著解子元，道：「解大人是怎麼了？人說過門不入，解大人卻是入門都不向鳳菲打個招呼！鳳菲是如此令大人不屑一顧嗎？」

解子元也眞絕，毫不掩飾地一揖到地道：「鳳小姐錯怪在下，自宮宴見過小姐，在下便給小姐勾去魂魄，直到今天才回復正常，試問在下還怎敢造次。」

鳳菲和眾婢都忍不住笑起來。

項少龍童心大起，一手摟他肩頭，另一手掩著他眼睛，推他往大門走去，笑對鳳菲道：「小人護送解大人走好了。」

鳳菲笑得花枝亂顫，駭得項少龍忙收回眼光，怕像解子元般失掉魂魄。把解子元推出府門，才放開掩著他眼睛的手。

解子元吁出一口氣，道：「如此尤物，世所罕見。難怪仲孫龍不擇手段務要把她弄上手。」

項少龍道：「解兄心動了？」

解子元正容道：「說來沈兄或不肯相信，每次我回到家中，都會將外邊的女人忘得一乾二淨。」

項少龍欣然道：「這就最好，我明白了！解兄只是爲了作曲塡詞才會去青樓胡混的。」

解子元歎道：「沈兄確是我的知己。」

送走解子元後，鳳菲在廳內候他共進早膳，頗有點妻子伺候夫郎的神態，看得項少龍暗暗心驚。

伺候的小屛兒給鳳菲差走，這美女問道：「解子元見到你時像換了另一個人般，神情又這麼興奮，究竟他因甚麼事找你？」

項少龍故意賣個關子，道：「這是男人的秘密，大小姐最好不要知道。」

鳳菲大嗔道：「你愈來愈不將人家放在眼內，小心我會對你不客氣。」

項少龍微笑道：「大小姐息怒，我們只不過約了今晚到青樓鬼混而已！」

鳳菲愕然道：「男人是否都是天生的賤骨頭，放著這裡美女如雲，卻要付錢去討好那些庸姿俗色。」

項少龍訝道：「大小姐是否暗示連你自己都可任小人一親香澤呢？」

鳳菲又氣又惱道：「你還要說這種話！」

項少龍大感快慰道：「大小姐莫忘了每次都說自己是被逼的呢！」

鳳菲差點氣得動手揍他，旋又平靜下來，歎道：「看來是奴家給你勾去魂魄才眞。好像你想我開心，鳳菲便要開心；要人家苦惱，人家就要苦惱。告訴鳳菲好嗎？你如今究竟想人家怎樣呢？」

項少龍柔聲道：「自然是想大小姐乖乖聽話，那我就可完成宏願。」

鳳菲回復冷靜，瞧了他好半晌，輕輕道：「說吧！」

項少龍正容道：「我希望能依團內每個人的願望，玉成他們的理想。」

鳳菲歎道：「我開始相信你確有這種誠意。但問題是你沈良憑甚麼資格辦得到？這不是我答應就成，還牽涉到其他的人與事。」

項少龍淡淡道：「最關鍵處是大小姐肯否點頭，其他的由我解決。」

鳳菲哂道：「好吧！算我答應好了。你如何去應付韓闖、仲孫龍、呂不韋和田單這麼多有權有勢的人？」

項少龍正要答話，下人來報，韓闖駕到。

第六章　撲朔迷離

韓闖隔遠向兩人施禮道：「鳳菲小姐好，沈良兄好！」

項少龍放下心事，知韓闖由龍陽君處得到消息，有備而來，不虞會洩露自己的秘密。

鳳菲大訝道：「侯爺也認識沈良嗎？」

韓闖大步走來，笑道：「當年在邯鄲，沈兄還曾幫了我幾個大忙，怎會不認識？」

鳳菲倒沒有懷疑，但項少龍在她心中顯然大大加重分量，欣然道：「那鳳菲需要避席讓侯爺先和老朋友敘舊嗎？」

這當然只是客氣說話，豈知韓闖猛地點頭道：「鳳小姐眞懂體貼我們。」

鳳菲爲之愕然，似乎沈良在韓闖眼中比她鳳菲更重要，只恨話已出口，再收不回來，與上來伺候的小屛兒一齊退出廳外。

韓闖坐到項少龍身旁，喜道：「得知少龍無恙，我高興得整晚睡不著！」

項少龍聽得呆了起來，一向以來，他都不大喜歡韓闖，卻想不到他對自己的交情，竟超越對國家的忠誠。

苦笑道：「別忘記小弟乃貴國要除之而後快的人啊！」

韓闖歎道：「這是無可奈何的事，大家各爲其主，異日說不定尚要在沙場上見個眞章。但現在又不是打仗，我們自然仍是肝膽相照的朋友！」

苦笑一聲，韓闖眼中射出深刻的感情，緩緩道：「當日我戰敗遭擒，自忖必死，豈知少龍想也不想就放了我，我韓闖一生裡從未曾那麼感動過。現在就算有人拿劍威脅我，我也絕不肯做任何對不起少龍的事。」

項少龍低聲道：「政儲君正式登基之日，將是我離秦遠赴塞外引退之時，所以侯爺該不會再有與我對陣的機會。」

韓闖一震道：「嬴政怎肯放你走？沒有了你，秦國等若斷去一條臂膀。」

項少龍道：「這是我和政儲君的約定，但你絕不可因此而疏忽大意。秦國猛將如雲，王翦、桓齮、蒙武、蒙恬無一是好惹的人。」

韓闖哂道：「我不信有人及得上你。」

項少龍失笑道：「別忘了我給李牧打得灰頭土臉、落荒而逃！」

韓闖道：「勝敗乃兵家常事，何況你敗得漂亮，保存了主力，故未算眞敗。事後我和李牧談起此事，他也表示佩服。李牧本有把握盡殲你們深入境內的孤軍，豈知硬給你牽制著，害得他無法在滕翼大軍回到中牟之前啣尾窮擊，致痛失良機。否則說不定我們可乘勢組成另一支合縱軍，直殺到咸陽！唉！勝勝負負，就只這麼的一步之差。」

項少龍笑道：「那你該恨我入骨才對。」

韓闖尷尬道：「少龍勿要耍我，這已是既成事實，我今天能在這裡風流快活，全拜少龍所賜。」

項少龍點頭道：「大家既是兄弟，客氣和門面話不要說了，你今次來臨淄，不只是賀壽那麼簡單吧！」

韓闖笑道：「少龍最明白我，否則齊王壽辰關我屁事，但我卻絕不介意來這裡，你試過齊女沒有，確是精采。」

項少龍失笑道：「你是死性不改，到哪裡就胡混到哪裡。」

韓闖老臉一紅，道：「莫要笑我，這叫『得快活時且快活』，異日若你秦軍東來，第一個遭殃的是我們韓國，那時我想胡混亦不成呢！」

項少龍道：「我只是說笑吧！」

韓闖鬆了一口氣，道：「說眞的，我確有些怕你，或者該說是尊敬你吧！所以你說話最好留情些，若嚇得我再不敢去鬼混，那就糟糕。」

兩人對望一眼，忍不住開懷大笑，感受到兩人間再無半點隔閡的友情。

韓闖想起一事，道：「你知否郭開那傢伙將你的怪兵器獻了給齊王作賀禮，害得齊王接也不是，拒絕更不是。最後不知是誰出的主意，齊王把那東西賜給曹秋道，供奉在稷下學宮的大堂裡。」

項少龍恨得牙癢癢的道：「今晚我就去把我的百戰寶刀偷回來。」

韓闖駭然道：「千萬不可！曹秋道這老頭兒愈老劍法愈出神入化，少龍雖是厲害，但遇上他絕不能討好。」

項少龍笑道：「我只說去偷，並非去搶，怕甚麼呢？」

韓闖仍是擔心，提議道：「少龍回秦後，只要嬴政修書一封，請齊人把刀歸還，保證齊人乖乖從命，何用去冒這個險？」

項少龍道：「讓我自己仔細想想，嘿！能活動一下筋骨也不錯。是了！你是否和鳳菲有密約？」

韓闖尷尬道：「原來你知道了，是否有甚麼問題？」

項少龍定神瞧了他好半晌，微笑道：「看來你眞有點怕我。」

韓闖苦笑道：「現在連李牧都有些怕你，何況是我。有甚麼話就說吧！我從來猜不透你的。」

項少龍道：「鳳菲今次請你幫忙，許給你甚麼好處？」

韓闖歎道：「這本是公平的交易，不過看在少龍分上，我惟有忍痛放棄一親鳳菲香澤的機會！」

項少龍失聲道：「甚麼？」

韓闖奇道：「你竟不知此事嗎？早知如此我就不說出來。」

項少龍心中翻起滔天巨浪，一直以來，無論他或董淑貞等，都被鳳菲騙得深信她要把董淑貞等送與韓闖，以換取韓闖的幫助，此事合情合理，故項少龍深信不疑，怎想得到只是鳳菲放出的煙幕。

她爲何要說謊？這三大名姬之首究竟在玩甚麼把戲？

當日鳳菲說過奉某人之命來毒殺他，後來又放棄了，這幕後的指使者說不定是她的眞正情郎。他項少龍仇家遍天下，太多的可能性使他無從猜估。

項少龍深吸一口氣，好令頭腦清醒點，低聲道：「鳳菲要你怎樣幫她的忙？」

韓闖道：「她說要在我韓國的一所別院躲上三個月，待別人淡忘對她的事後，她就會離開。」

項少龍道：「她是否講好要和你一起離開臨淄？」

韓闖道：「當然是這樣，有我護她，誰敢不賣帳。」

項少龍又多發現鳳菲的另一項謊話，因她曾表示過須沈良送她離開臨淄，再與韓闖會合。她究竟在玩甚麼手段？

韓闖歎道：「唉！想不到會有少龍牽涉在其中，我和龍陽君的好夢都要成空！」

項少龍一震道：「你們不是眞心幫她的嗎？」

韓闖惋惜的道：「這種世間罕有、色藝雙絕的大美人，誰肯放她歸隱。唉！其實我和龍陽君約好了先由我享用她一段時間，再由龍陽君接她到魏國獻給魏王，現在當然不敢這麼做，龍陽君正爲此苦惱哩！」

項少龍倒吸一口涼氣，問道：「你知否鳳菲的秘密情郎是誰？」

韓闖愕然道：「她竟有情郎？難怪變得這麼風情撩人的！」

項少龍心中一動，道：「你何時感到她的轉變？」

韓闖思索一會兒，緩緩道：「該是她咸陽之行後的事。」

項少龍拍案叫道：「那她的情郎必是在咸陽時認識的，亦因此動了歸隱嫁人之心。可是她爲何要來到這裡才退走？以她的才智，難道不知你們所有人都對她有不軌企圖嗎？」

韓闖苦笑道：「我也給你弄得糊塗，現在你要我怎辦好呢？」

項少龍沉吟道：「你裝作甚麼都不知情，照以前般與她虛與委蛇，不要洩露任何事，遲些我再和你商量。」

韓闖道：「好吧！現在我去和她說兩句話就離開。你可知我落腳的地方嗎？就是隔兩間的聽梅別館，有甚麼事隨時可來找我。」

韓闖到後院找鳳菲，項少龍仍留在廳中沉思。

假若鳳菲的情郎是在咸陽結識的，且又是那情郎指使她來害項少龍，那她的情郎極可能是屬於呂不韋派系的人，究竟是誰？

能令鳳菲傾心的人，絕不會是平凡之輩，會否是管中邪，又或是許商？

但細想又不大對勁。因爲若是如此，呂不韋何用收買張泉來查探鳳菲的情人是誰？且無論是管中邪或許商，均不會爲鳳菲捨棄大好的前途。

若不是呂系的人，究竟會是誰？

項少龍想得頭都大起來時，小屏兒來請他去見鳳菲，他方知韓闖走了。

鳳菲在閨樓上的小廳見他，小屏兒退往樓下，這口不對心的美女美目深注地瞧著他道：「看來各國有頭有臉的人，全是你的老朋友。如此我更是奇怪，憑你的交遊廣闊，爲何要落魄大梁兩年之久，最後竟淪落至當了個小御手？」

項少龍心中篤定，因爲張泉確是從大梁的官家馬廄把他「聘」回來的，淡淡道：「正因爲他們是我朋友，我才不想他們爲難。」

鳳菲不解道：「你這話是甚麼意思？」

項少龍正容道：「因爲我和趙相郭開勢成水火，如非有我居中奔走，廉大將軍難以安然離趙。所以若任何人收留我，會成爲郭開的仇人。」

鳳菲呆了半晌，幽幽道：「你和各國權貴有這麼多不清不楚的關係，教人家怎敢信任你？」

項少龍哂道：「那又有甚麼分別？你根本從來沒有信任過我。」

鳳菲俏臉轉寒，不悅地道：「除了開始的一段時間，我怎樣不信任你？」

項少龍把心一橫，冷然道：「大小姐的情郎究竟是誰？」

鳳菲愕然道：「人家不是說給你知了嗎？」

項少龍露出一絲冷酷的笑意，雙目寒芒大盛，緩緩搖頭道：「那只是你用來敷衍我的手段吧！否則大小姐不會不去中牟，而要到咸陽城了。」

鳳菲沒好氣的道：「就憑這點便指我騙你，沈管事是否太過魯莽？」

項少龍心念電轉，淡淡道：「不如讓小人來猜猜大小姐肯與之共效于飛的情郎是誰好嗎？」

鳳菲一派安詳的道：「嘴巴長在你身上，你愛怎麼猜、怎麼說都可以。」

項少龍知她根本不認為自己可以猜中的。而事實上自己確是不知道，只是作勢哄嚇，笑著道：「大小姐以為很難猜嗎？」

鳳菲白他一眼，道：「再說廢話，看我把你趕出去。」

項少龍滿懷信心道：「大小姐不會這麼做的，因為你最愛玩遊戲手段，有我這麼一個對手，你不知多高興。」

鳳菲嗔道：「你竟敢這樣說人家！」

項少龍好整以暇道：「大小姐自己『雞食放光蟲，心知肚明』，我這話是對是錯？」

鳳菲一呆道：「『雞食放光蟲』？哪會有這樣的蟲，虧你想得出來。」

接著苦惱的道：「快說吧！不要再兜兜轉轉。」

項少龍大樂道：「這叫『智者千慮，必有一失』，憑你這句話，已知大小姐的情郎非是項少龍。」

鳳菲小嘴不屑的一撇，淡淡道：「我只是好奇你胡思亂想下想出甚麼東西來，我何時作過這樣的承認或否認。」

項少龍移到她身後，伸手摟著她沒有半分多餘贅肉的動人小腹，略一用力，鳳菲嬌聲呻吟，軟倒在他懷內。

項少龍咬著她的小耳珠，嗅吸她鬢髮的香氣，柔聲道：「你的情郎定是秦人，卻不是項少龍，而且是他的對頭人。」

鳳菲嬌軀猛顫，仍堅持道：「你想到哪裡去了，有甚麼根據？」

項少龍貼上她嫩滑的臉蛋，笑道：「道理很簡單，因爲那時你以爲我和張泉有勾結，故想藉我之口，使呂不韋誤以爲你的情人是項少龍。」

鳳菲道：「可是你又憑甚麼指那人是項少龍的對頭？」

項少龍這才知自己露出馬腳，暗罵自己求勝心切，太好逞強。因爲鳳菲奉命害項少龍一事，只他項少龍知道，當然不可以說出來。眉頭一皺，胡謅道：「因爲這等若加深呂不韋對項少龍的仇恨，若非你的情郎是項少龍的死敵，你怎會這樣去害他？」

鳳菲嗔道：「不要胡說，首先我從不懷疑你會和張泉勾結，而我的情郎亦眞的是項少龍。唉！不過現在我也有點糊塗，先不說這些，你來親親人家好嗎？」

項少龍淡淡道：「大小姐是否害怕我說下去？」

鳳菲猛地掙脫他的摟抱，別轉嬌軀向著他道：「說吧！看你還能說出甚麼荒誕的想法來。」

項少龍用指頭逗起她的下頷，在她唇上蜻蜓點水的輕吻一口，微笑道：「那就更易猜哩！在咸陽敢與項少龍一系爲敵的只有呂不韋和嫪毒兩大派系，而此人能令大小姐傾心，必然是既有身分地位，又是智勇雙全，呂不韋和嫪毒可以不論，因若是他們，大小姐就不須左瞞右騙。既是這樣，此人是誰，可謂呼之欲出。」

鳳菲露出震駭的神色，轉瞬又回復平靜，垂首道：「不要胡猜，鳳菲不若就從了你沈良吧！」

項少龍哂道：「害怕了嗎？否則何用說這種違心之言。」

鳳菲氣道：「人家說的是眞心話，不信就給我滾！」

項少龍霍地站起，再唬嚇道：「我知道他是誰了！」

鳳菲平靜地道：「我很累，不管你知不知道，我只想靜靜的休息一會兒。」

項少龍朝樓梯走去，忽然劇震轉身，回頭狠狠盯緊她道：「他是韓竭吧？」

鳳菲猛地一抖，臉上再無半點血色。

第七章　惡煞臨門

鳳菲雖不肯承認，但項少龍幾可肯定她的情郎必是韓竭無疑。可以想像鳳菲在咸陽認識韓竭，兩人熱戀起來，卻明白若讓呂不韋或嫪毒知道的話，必會從中阻撓。最糟的是呂不韋和嫪毒暗中勾結，那就算嫪毒點頭也沒有用處。所以兩人相約來齊，進行例如私奔等諸如此類的大計。因爲韓竭乃曹秋道的得意弟子，故大可陪呂不韋前來臨淄。

在這種情況下，沈良這管事的作用就大了，因爲鳳菲須有人爲她安排和掩飾，讓她安然離齊。既然鳳菲的情人是韓竭，那當日鳳菲要殺項少龍該是嫪毒和呂不韋聯合策劃的陰謀。鳳菲臨時改變主意，皆因生出與韓竭遠走高飛之意，故犯不著冒這個殺身之險。

再往深處推想，鳳菲說不定是奉田單之命，再由呂不韋安排她以毒指環來加害自己，只要是慢性毒藥，多日後他項少龍才毒發身亡，又或毒盲眼睛等諸如此類。陰謀得逞之後，那時鳳菲早安然離開。

項少龍雖仍未清楚其中細節，但有信心掌握了大概的情況。

尚未步出前廳，碰上來找他的肖月潭，兩人避到幽靜的東廂去。

項少龍道：「有沒有辦法給我弄一份稷下學宮的地形圖？」

肖月潭嚇了一跳道：「你要來做甚麼？曹秋道可不是好惹的。」

項少龍道：「我只是去把自己的東西偷回來，齊王將我的百戰寶刀賜了給曹秋道，掛在稷下學宮的主堂裡。」

肖月潭道：「我正想來告訴你這件事，誰說給你知的？」

項少龍把今早韓闖來找他的事說出來。肖月潭眉頭大皺，沉吟良久，道：「少龍勿要怪我多言，韓闖這人我知之甚深，既好色又貪心，自私自利，爲求目的，做事從不講原則。就算你對他曾有大恩，亦毫無分別。」

想起今早韓闖誠懇的樣子，項少龍很難接受肖月潭的看法，但肖月潭又是一番好意，一時使他說不出話來。

肖月潭語重心長的道：「少龍萬勿鬆懈下來，你現在只是由一種險惡形勢，轉到另一種險惡形勢裡。若我是你，就絕不相信三晉的任何人，反是李園較爲可靠，說到底楚人並沒有三晉人那麼感受到嬴政的威脅。」

項少龍苦笑道：「現在我孤身一人，韓闖或龍陽君要對付我還不容易。」

肖月潭搖頭道：「你太易信人，首先韓闖等知此事絕不可張揚。若讓齊人知道眞相，說不定齊王會把你奉爲上賓，還恭送你返回咸陽。」

頓了頓又道：「又或者乾脆下毒手殺你滅口，這事誰都不能確定。」

項少龍默然無語。

肖月潭續道：「現在誰敢擔當殺害你的罪名？今天殺了你，明天秦國大軍兵臨城下，那可不是鬧著玩的一回事。」

項少龍道：「秘密殺了我又誰會知道呢？」

肖月潭道：「起碼會有李園知道，韓闖和龍陽君豈無顧忌。」再笑道：「要殺你是那麼容易嗎？誰不知項少龍劍法蓋世，而且一旦讓你走脫，這裡又非三管地頭，哪個人有把握可再度擒殺你？若我是他們，首先要教你絕不起疑，然後把你引進無路可逃的絕境，再以卑鄙手段，教你在有力難施下中伏身亡。」

項少龍出了一身冷汗，心中仍不大願意相信，口上敷衍道：「我會小心。」

肖月潭只是以事論事，點頭道：「或者是我多慮吧！但小心點總是好的。照理龍陽君已害了你一次，很難再狠下心腸下第二次手。但人心難測，尤其牽涉到國家和族人的利害，少龍好好想想。」

項少龍拍拍肖月潭的肩頭，感激道：「在這裡老哥你是我唯一完全信任的人，鳳菲的問題現在更是複雜。」

肖月潭忙問其故，項少龍說出心中的推斷，肖月潭眉頭緊鎖道：「我雖不認識韓竭，但觀他不遠千里往咸陽追求榮華富貴，眞肯爲了個女人放棄一切嗎？」

項少龍同意道：「據說韓竭乃韓國的貴族，在韓時早和嫪毒認識，既肯和嫪毒這種人相交，很難會是個好人，若他是騙鳳菲而非愛鳳菲，問題將更嚴重。」

肖月潭笑道：「這種事我們做外人的很難明白，鳳菲確是那種可使男人肯犧牲一切的女人。少龍不妨一試，好過白白便宜韓竭。」

項少龍搖頭道：「知道她的情郎是韓竭，我更不會碰她。」

肖月潭拍案道：「我想到哩！鳳菲必是打算潛返咸陽做韓竭的秘密情人，而此事已得嫪毒首肯，只是要瞞過呂不韋。」

項少龍歎道：「鳳菲眞箇狡猾，當日我告訴她說張泉背後的主子是呂不韋時，她還裝出震駭不已、慌惶失措的姿態表情，騙得我死心塌地，原來我竟是給她玩弄於股掌之上。」

肖月潭道：「我還探聽到另一件會使你頭痛的事，你要知道嗎？」

項少龍苦笑道：「我早麻木了，說出來亦不會有太大的不安。」

肖月潭道：「仲孫何忌照我的話去找仲孫龍打聽消息，原來這吸血鬼暗中派人通知稷下那班狂人，說你自恃劍法高明，不把齊國劍手看在眼內。唉！這人如此卑鄙，因怕開罪李園和解子元，故此在暗裡使卑鄙手段。」

項少龍聳肩道：「早有人來找過我，還吃了暗虧。若是明刀明槍，倒沒甚麼可怕的，總不會是曹秋道親來找我吧！」

肖月潭道：「你要小心麻承甲和閔廷章這兩個人，他們雖愛惹事生非，一副惟恐天下不亂的性子，但確有眞實本領。」

話猶未已，家將費淳慌張來報：「管事不好了，有群劍手凶神惡煞的來到，指名道姓的要見管事。」

兩人愕然互望，暗忖又會這麼巧的。

項少龍不想肖月潭捲入這種麻煩事裡，更不欲暴露兩人的親密關係，堅持一個人去應付來鬧事的人。

自今早與韓闖的一席話推斷出鳳菲一直在瞞騙他後，他對自己的「一番好意」大感心灰意冷。對韓竭這堪與他項少龍匹敵的劍手，他雖無好感亦無惡感，但若要歸類，此君應該是「好人有限」之輩，可是鳳菲卻被韓竭英俊的外表迷倒，爲此，在自己心中鳳菲的地位因而急遽下降。他雖對鳳菲沒有野心，但總希望她付託終身的是個有品格的人。

現在他心情大改，只希望能安排好董淑貞等人的去路便功成身退，返咸陽去與嬌妻愛兒相會，再耐心等待小盤的登基和與呂、嫪兩大集團的決鬥。

肖月潭雖指出韓闖不大可靠，但他依然認爲韓闖對自己的交情是超越了人性卑劣的一面。直到此刻，他仍對人性的善良有近乎天眞的信念，因爲自己正是這麼的一個人。沒有人比他更痛恨仇殺和鬥爭，但在這時代裡，這一切平常得就像呼吸的空氣。

左思右想間，項少龍跨過門檻，踏入前院主廳。

五名高矮不一的齊國年輕劍手，一字形的排開在大廳正中處，十道目光在他甫進來的剎那，射到他身上去。

這些人穿的是貴族的武士服，只看他們華麗的佩劍，便知若非公卿大臣之後，就是富商巨賈的兒子。張泉的親信昆山和家將馮亮、雷允兒等一臉憤然之色的站在一旁，顯是被這些傲慢無禮的人激怒了。

說實在的，項少龍現在心情大壞，很想找這些送上門來的人開刀。但卻知如此一來，只會把事情愈鬧愈大，最終是惹來像仲孫玄華、旦楚、麻承甲、閔廷章那類高手的挑戰。

眼前五人絕沒有這類級數的高手，從氣勢、神態便可以斷定。但也不宜太過忍讓，否則對方會得寸進尺，使自己在臨淄沒有立足之地。

如何在中間著墨，最考功夫。

其中最高壯的青年冷喝道：「來人可是自誇劍術無雙的狗奴才沈良。」

項少龍冷哼一聲，直逼過去。

五人嚇了一跳，手都按到劍把去。

項少龍在五人身前丈許止步立定，虎目一掃，霎時間把五人的反應全收入腦內，微笑道：「這位公子高姓大名，為何一出言便犯下兩個錯誤？」

那高壯青年顯是五人的頭領，雙目一瞪，聲色俱厲道：「行不改姓，坐不改名，『快劍』年常就是本公子，我犯的是甚麼錯？」

只聽他的語氣，便知他給自己的氣勢壓著，心中好笑，淡淡道：「首先我從沒有認為自己的劍術有甚麼了得，其次我更不是狗奴才。」

另一矮壯青年嘲笑道：「歌姬的下人，不是狗奴才是甚麼東西？」

其他四人一起哄笑，更有人道：「叫你的主子來求情，我們就放過你。」

昆山等三人和隨項少龍進來的費淳都露出受辱的悲憤神情，但又知這些人是惹不得的，無奈之極。

項少龍從容自若，裝作恍然的「啊」一聲道：「原來替人辦事的就是狗奴才，那齊國內除大王外，不都是狗奴才嗎？」

這五人均是有勇無謀之輩，登時語塞，說不出辯駁的話。

項少龍語氣轉趨溫和，施禮道：「敢問五位公子，何人曾聽過沈某人自詡劍法無雙，可否把他找出來對質，若眞有此事，沈某立即叩頭認錯。」

五人你眼望我眼，無言以對。

昆山乘機道：「小人早說必是有人中傷沈管事哩！」

年常有點老羞成怒的道：「橫豎我們來了，總不能教我們白走一趟，沈管事露一手吧！」

項少龍笑道：「這個容易，沈某的劍法雖不堪入五位大家之眼，但卻有手小玩意，看刀！」

猛喝聲中，左、右手同時揚起，兩把早藏在袖口內的匕首滑到手裡，隨手擲出，左、右橫飛開去，準確無誤的分插在東、西兩邊的窗框處，高低位置分毫不差。

包括昆山等在內，眾人無不駭然色變。最難得是左右開弓，都是那麼快和準。

項少龍知已震懾著這幾個初生之犢，躬身施禮道：「沈某尚有要事辦理，不送了！」從容轉身，離開廳堂。

項少龍藉肖月潭馬車的掩護離開聽松別館，往找「最可靠」的李園。

肖月潭讚道：「少龍眞懂齊人愛面子的心態，這麼一來，這五個小子哪敢說出眞話，只會揚言你向他們認錯，弄到誰都再沒興趣來找你。」

項少龍搖頭歎道：「仲孫龍既是愛面子的齊人，怎肯罷休。」

肖月潭道：「你今次找得李園出馬，仲孫龍怎都要忍這口氣的。」

頓了頓又低聲道：「知否剛才鳳菲和小屏兒在幾個心腹家將護送下由後門離開呢？」

項少龍愕然道：「你怎知道？」

肖月潭答道：「雲娘見到嘛！是她告訴我的。」

項少龍皺眉道：「會否是去見韓竭？我若可跟蹤她就好了。」

肖月潭道：「你在這裡人地生疏，不給人發現才怪。」

此時蹄聲驟響，數騎從後趕來。

項少龍探頭出去，原來是金老大金成就和幾名手下策馬追來，叫道：「沈管事留步。」

肖月潭吩咐御手停車。

金老大來到車窗旁，道：「沈管事有沒有空說幾句話？」

項少龍哪能說「不」，點頭答應，對肖月潭道：「老哥記得給我弄稷下學宮的地形圖，我會自行到李園處。」

步下馬車時，金老大甩鐙下馬，領他到附近一間酒館，找了個幽靜的角落，坐下道：「沈兄！你今趟很麻煩呢！」

項少龍苦笑道：「我的麻煩多不勝數，何妨再多一件。」

金老大豎起拇指讚道：「沈兄果是英雄好漢，我金老大沒交錯你這朋友。」

項少龍心中一熱，道：「金老大才眞夠朋友，究竟是甚麼事？」

金老大道：「昨晚田單爲呂不韋舉行洗塵宴，我和素芳都有參加，我恰好與仲孫龍的一個手下同席，閒聊中他問我是否認識你，我當然不會透露我們間的眞正關係。」

項少龍笑道：「不是懸賞要取我項上的人頭吧！」

金老大啞然失笑道：「沈兄眞看得開，但尚未嚴重至這個地步，你聽過『稷下劍會』這件事嗎？」

項少龍搖頭表示未聽過。

金老大道：「每月初一，稷下學宮都舉行騎射大會，讓後起之秀有顯露身手的機會，今天是廿七，三天後就是下月的劍會，照例他們會邀請一些賓客參加。嘿！那只是客氣的說法，不好聽點就是找人來比試。」

項少龍道：「若他們要我參加，我大可託病推辭，總不能硬將我押去吧！」

金老大歎道：「這些邀請信均是通過齊王發出來的，沈兄夠膽不給齊王面子嗎？聽說仲孫龍的兒子仲孫玄華對沈兄震怒非常，決定親身下場教訓你。他雖不敢殺人，用的也只是木劍，但憑他的劍力，要打斷沈兄的一條腿絕非難事。」

項少龍立時眉頭大皺，他怕的不是打遍臨淄無敵手的仲孫玄華，而是怕到時田單、呂不韋等亦爲座上客，自己不暴露身分就是奇蹟。

金老大低聲道：「沈兄不若夤夜離開臨淄，鳳小姐必不會怪你。」

項少龍大爲意動，這確是最妙的辦法，但董淑貞她們怎辦呢？如此一走了之，日後會成一條梗心之刺，休想心中安樂。

金老大再慫恿道：「仲孫龍勢力在此如日中天，連有身分地位的公卿大臣也畏之如虎，沈兄怎都鬥他不過的。」

項少龍歎道：「多謝老大的提點，這事我或有應付之法。」

言罷拍了拍金老大肩頭，往找李園去了。

第八章　同遊牛山

項少龍來到李園客居的聽竹別館，與聽松別館只隔了兩個街口。由此可見鳳菲的地位竟可比得上貴爲相國的李園。

他在門官處報上沈良之名，那人肅然起敬道：「原來是沈大爺，相爺早有吩咐，不過相爺剛出門，沈爺有沒有口訊留下呢？」

項少龍很想說請他來找我吧！但想想這似非自己目下的身分該說的話，遂道：「煩請告知相國我來過便成。」

此時中門大開，一輛華麗馬車在前後十多名騎士簇擁下馳出大門，但因車窗被垂簾阻隔，看不到裡面坐的是甚麼人。

馬車遠去後，項少龍壓下詢問門官的衝動，踏上歸途。

這日天朗氣清，寒冷得來卻很舒服，項少龍雖在人車爭道的熱鬧大街信步而行，心底卻感到孤單寂寞。在逃亡途中，他所有精神、時間都用在如何躲避敵人的思量上，反是到了臨淄，遇上這麼多新知舊友，他竟會有寂寞的感覺。

他遊目四顧，看著齊都的盛景，深切體會到「冠蓋滿京華，斯人獨憔悴」的意境滋味。除了肖月潭外，他再無人可以信任。最痛苦是他根本無可用之兵，否則只要派人密切監視韓闖，便可知他會否出賣自己。例如假設他不斷去見郭開，即可知道他對自己不忠實。

三晉關係一向密切，郭開的老闆娘更是韓闖的族姊韓晶，若要對付項少龍，兩人必會聯合在一起。在那種情況下，龍陽君怎敢反對。

他們唯一的阻礙可能是李園，但他肯否冒開罪三晉來維護自己，恐怕仍是未知之數。

想得頭都大時，心中忽生警兆，只見一騎迎面而至，馬上騎士俯下來道：「這位兄臺怎麼稱呼？」

項少龍愕然望向對方，肯定自己從未見過此人，戒心大起，道：「有甚麼事呢？」

那人非常客氣，微笑道：「敝主人是清秀夫人，小人奉她之命前來請先生往會，因夫人沒有把先生的高姓大名告訴小人，才會冒昧相詢。」

項少龍恍然剛才離開聽竹別館的是清秀夫人的座駕，暗忖若非李園曾告訴她自己來了臨淄的事，就是自己的裝扮糟透了。

於是報上沈良之名，隨騎士往見曾受過婚姻創傷的美女。

項少龍登上清秀夫人恭候道旁的馬車，這個把自己美麗的玉容藏在重紗之內的美女以她一貫冰冷的聲音道：「上將軍你好！請坐到清秀身旁來。」

項少龍見不著她的眞面目，心中頗爲失望，更知坐到她身旁的邀請，非是意欲要親近一點，只是方便說密話，忙收攝心神，坐了下來。

一股女兒家的芳香沁入心脾，馬車開出，在繁榮的古都大道上緩緩前進。

忽然間，他再不感到寂寞，當因馬車搖晃使兩人的肩頭不時碰在一起時，不由想起當年在大梁與紀嫣然共乘一輿的動人情景。

清秀夫人淡淡道：「上將軍的裝扮很奧妙，若非清秀從李相爺處得知上將軍來了臨淄，恐怕認不出來。」

項少龍心下稍安，苦笑道：「希望李相爺不會逢人便說我來了齊國才好。」

清秀夫人不悅道：「李相爺怎會是如此不知輕重的人，只因清秀乃琴太傅的至交好友，所以才不瞞人家吧！」

項少龍衝口而出道：「我尚以爲夫人與李相爺的關係不大好哩！」

清秀夫人隔簾望往窗外，默然片晌，柔聲道：「又下雪了，只不知牛山現在是何情景，上將軍有興趣陪清秀到那處一遊嗎？」

項少龍想不到她竟突起遊興，還邀自己相陪，訝道：「牛山？」心中湧起受寵若驚的滋味。

天色暗沉下來，片片雪花，飄柔無力的降下人間。

清秀夫人若有所思的凝望窗外，輕輕道：「『牛山春雨』乃臨淄八景之首，不過近年斧斤砍伐過度，致有牛山濯濯之歎，幸好經過一番植樹造林，據說又回復了佳木葱鬱、綠茵遍地的美景，現在是隆冬，當然看不到這情景哩！」

項少龍這才知道「牛山濯濯」的出處，點頭道：「夫人既有此雅興，項某敢不奉陪。」

清秀夫人發出開赴牛山的指示後，以充滿緬懷的語氣道：「清秀少時曾隨先父到過牛山，時值陽春三月，淄水湍湍，泉水從山隙間流瀉而出，潺流跌宕，水氣蒸騰，如雨似霧，望之宛若霏霏煙雨，到今天仍然印象深刻。」

項少龍聽她言談高雅，婉轉動人，不由一陣迷醉。暗忖她的面紗仿若牛山的煙雨，使她深具朦朧的迷人之美。

清秀夫人續道：「清秀很怕重遊一些曾留下美好印象的勝地美景，因為深怕與心中所記憶的不符。」

項少龍訝道：「那今次為何重遊舊地？」

清秀夫人緩緩搖頭道：「我自己都不明白，或者是因有名震天下的項少龍相陪吧！」

項少龍道：「原來項某在夫人心中竟有點分量。」

清秀夫人朝他望來，低聲道：「剛才妾身見上將軍形單影隻的站在府門處，比對起上將軍在咸陽的前呼後擁，竟生出滄海桑田、事過境遷的感觸。最後忍不住停下車來與上將軍一見，上將軍會因此笑人家嗎？」

項少龍愕然道：「原來夫人竟對項某生出同情之意。」

清秀夫人搖頭道：「不是同情，而是憐惜，上將軍可知自己的處境非常危險嗎？」

馬車此時穿過城門，朝南馳去。

項少龍苦笑道：「夫人此話必有依據，少龍洗耳恭聽。」

清秀夫人淡淡道：「上將軍的瀟脫和不在乎己身安危的態度，乃清秀生平罕遇，就算不看在琴太傅面上，清秀也要助你。」

項少龍壓低聲音問道：「你這些侍衛靠得住嗎？」

清秀夫人道：「上將軍放心，他們都是隨侍妾身十多年的家將，況且他們根本不會想到你是項少龍哩！」

頓了頓後，湊近少許，在他耳旁吐氣如蘭，面紗一顫一顫的道：「昨天李相爺入宮找我的妹子寧夫人，神情困苦，在妾身私下追問，才說出你的事來。」

項少龍一震道：「那就糟了，他還有甚麼話說？」

清秀夫人道：「他哪會眞的向妾身傾吐，但妾身可肯定他確把上將軍視爲肝膽之交。問題是他身爲楚相，很多時都得把個人得失愛惡抛在一旁，處處以國事大局爲重，否則何須苦惱？」

項少龍陪她歎一口氣，一時找不到說話，暗想李園初見他時眞情流露的情況過後，自會開始考慮到實際的問題，又或因韓闖的壓力而煩惱起來。

除了肖月潭外，自己還可信誰呢？

清秀夫人一字一字地緩緩道：「若非是這等天氣，妾身會趁現在把車開往城外，勸上將軍不如一走了之，乾乾淨淨。」

項少龍想起到大梁時那場大病，兼之人生路不熟，猶有餘悸的歎道：「我尙有些責任未完成，不過縱有人要對付我，我亦不會束手就擒。唉！在夫人警告少龍之前，我已想到有這種情況出現的。」

清秀夫人點頭道：「事實早證明項少龍是應付危險的能者，況且眞正的情況如何，根本沒有人知道，或者妾身只是白擔心吧！」

忽又欣然指著窗外遠方一處山麓，道：「看！那就是輔助桓公稱霸的名相管仲埋骨之處。」

項少龍自然挨貼過去，循她目光往外望去，只見山野銀霜遍地，樹梢披掛雪花，素淨純美得使人心靜神和。雪白的世界更似和天空連接起來，再無分彼此。

不遠處屹立一座大山，淄河、女水兩河纏繞東西，岸旁數百年樹齡的松樹、樺樹直指空際，景致美不勝收。大山南連另一列層巖疊嶂的山巒，景色使人歎爲觀止。

清秀夫人垂下頭來，輕輕道：「上將軍，你……」

項少龍這才發覺自己胸口貼緊她一邊肩背，尷尬地挪開一點，顧左右而言他道：「沒有舟楫渡河，恐怕不能登山遠眺！」

清秀夫人淡淡道：「我們得回去哩！若妾身想找上將軍，該怎辦呢？」

項少龍見她語氣變得冷淡，激起傲氣，低聲道：「夫人最好不要牽涉在這事件內，生死有命，若老天爺不眷顧我項少龍，我又有甚麼法子，人算哪及天算。」

清秀夫人輕顫道：「人算不及天算，上將軍眞看得開，妾身不再多事了！」

回到聽松別館，項少龍心中仍塡滿清秀夫人的倩影，揮之不去。

他不明白爲何她會對自己這麼有影響力，或者是因爲她那種對世情冷漠不關心的態度，又或因她的驕傲矜持而使自己動心。

幸好這時的他充滿危機感，趁著有空閒，仔細研究聽松別館的形勢，以備有事發生時可迅速逃命，又把鉤索等東西取出來，繫在腰間，才感到慌虛的心踏實了點兒。

處理了一些歌舞姬團的日常事務後，又探問臥榻養傷的張泉，才返回房間小息，快睡著時，董淑貞來了。

項少龍擁被坐起身來，董淑貞見他一臉倦容，吃了一驚坐到榻沿道：「沈管事不是生病了吧！」

項少龍笑道：「老虎我都可打死兩頭，怎會有事呢？二小姐光臨可是有何指教？」

董淑貞驚魂甫定的拍拍酥胸道：「嚇死人哩！」又横他一眼道：「定要有甚麼事才可來找你嗎？來！讓我爲你推拿，包保你睡得好。」

項少龍翻轉身伏在榻上，欣然道：「讓我試試二小姐的高明手法。」

董淑貞脫下外衣，踢掉棉鞋，坐到他背上，伸手爲他揉捏肩肌，低聲道：「找到是誰把曲譜偷龍轉鳳了。」

項少龍想也不想的道：「是小寧。」

小寧是祝秀眞的貼身侍婢。

董淑貞大樂道：「沈管事今回錯了，偷的人是張泉，小寧曾見過他在附近鬼鬼祟祟的，入房後又見有些東西擺亂了，當時不以爲意，給秀眞問起才說出來。」

項少龍搖頭道：「我不信，那只是小寧諉過於人吧！噢！這處捏得眞舒服，我要睡了！」

董淑貞急道：「不要睡，你答應過人家的事有甚麼下文？」

項少龍知她問的是鳳菲肯否讓她有獨擔一曲的事，心中叫苦，坦白道：「尙未有機會和她說，明天告訴你好嗎？」

董淑貞伏下來，把他摟個結實，咬他耳朵道：「聽說韓闖和你是老朋友，你會否幫他來害人家呢？」

項少龍對韓闖再沒有先前的把握，苦笑道：「和他只是有點交情吧！哪談得上是老朋友，二小姐放心好了，只要我有一口氣在，都會爲二小姐盡力。」

董淑貞一顫道：「沈良你爲何語調悲觀，以前胸有成竹的定力到哪裡去了？」

項少龍一個大翻身，把她壓在體下，貪婪地吻她的香唇，直至她「咿唔」嬌喘，才放開她道：「世事每每出人意表，誰能眞的胸有成竹，只是盡力而爲，所以我才需要你們眞心信任。」

董淑貞媚眼如絲的瞧著他，秀目射出灼熱的神色，啞聲道：「原來你並不只是歡喜男人的。」

項少龍苦笑道：「誰說我歡喜男人呢？」

心中同時湧起慾火。自知道有可能被韓闖等出賣後，他的情緒陷進難以自拔的低潮裡，很想找尋一些刺激，好轉移自己的精神心事，而董淑貞正是送上門來的刺激。或者只有她動人的肉體，可使他忘掉所有不如意的事。

董淑貞探手勾著他的脖子軟聲道：「空口白話有甚麼用？用行動來證明你是喜歡女人吧！」

項少龍的意志崩潰下來，低頭要再嚐她唇上的胭脂時，有人在門外叫道：「沈爺，解子元大人來了，在大廳等你。」

項少龍生出不妥當的感覺，現在離黃昏尚有個多時辰，解子元爲何這麼早就來？

第九章　舊情難再

解子元的臉色頗難看，一副心事重重的樣子，見到項少龍一把扯著他往大門走去，道：「小弟忽然有急事，怕不能在約好的時間來接沈兄，所以提早來了。」

項少龍道：「解兄既有急事，大可改另一天。」

解子元搖頭道：「那解子元就有禍了，我本想遣人來接你，但細想下都是不妥當，橫豎順路，待沈兄到舍下後，請恕小弟失陪一會兒。」

兩人步出大門，廣場中三十多名家將，正和馬車恭候他們大駕。

項少龍是第一次見到解子元如此陣仗氣派，愕然道：「解兄好威風。」

解子元搖頭歎道：「我並不想這麼張揚，是仲孫龍逼我這麼做的，上車再談。」

從衛拉開車門，兩人登車坐好，馬車開出院門，解子元歎道：「不要看臨淄表面熱鬧繁榮，其實人人自危，恐怕朝不保夕。」

項少龍低聲問道：「解兄指的是否兩位王子的王位之爭？」

解子元訝道：「原來沈兄知道內情。」

項少龍道：「略知一二，看解兄愁眉不展，是否有甚麼突變，令解兄煩惱？」

解子元再歎一口氣，沉聲道：「有些事沈兄知道了不會有益處。沈兄先到舍下與內子聊聊，小弟見過仲孫龍後，才回來會沈兄。嘿！今晚怎都要出外逛逛，沈兄懂得怎樣和內子說項哩！」

項少龍啞然失笑道：「我還以爲解兄忘了。」

解子元苦笑道：「小弟現在比之以往任何一刻，更須到青樓解悶。」

項少龍關心善柔，自然愛屋及烏，亦關心起解子元來，卻知解子元不會隨便將王室的鬥爭向他這外人說出來，心念電轉，已明其故，試探道：「不是呂不韋在玩手段吧？」

解子元一震道：「沈兄怎會曉得？」

項少龍壓低聲音道：「我曾在咸陽逗留過一段日子，與秦廷的一些重量級人物非常稔熟，深悉呂不韋的手腕，故而一猜即中。」

解子元愕了一愕，玩味道：「『重量級人物』，這形容的詞句小弟還是初次聽到，細想又非常貼切，沈兄認識些甚麼人？」

項少龍隨口說出李斯、昌平君兄弟等人的名字，當然包括自己在內。

解子元聽得瞠目結舌，吁出一口氣道：「這麼說沈兄和嬴政身邊一群近臣有交情？其中最有本領的當然是項少龍，呂不韋千方百計都扳不倒他，順口一問沈兄，嬴政究竟是否呂不韋和朱姬的兒子？」

項少龍肯定道：「當然不是！否則他們的關係不用鬧得那麼僵。究竟呂不韋用了甚麼手段，累得解兄如此煩惱？他是否對你們大王說了些甚麼話？」

解子元顯然是好心腸的人，搖頭道：「這種事動輒是抄家滅族的大禍，小弟怕牽累沈兄，沈兄最好勿要理會。」

項少龍知不宜逼他，心忖自己無論如何不能讓人把善柔的家抄了。但一時卻苦無良策，因爲根本不知箇中情況。

解子元岔開話題道：「看來鳳菲很器重沈兄！」

項少龍想起與鳳菲糾纏不清的關係，隨口應了一聲，心中轉到齊國的王位之爭上。本來與自己全無關係的事，卻因善柔的緣故而變得直接有關。

田單和呂不韋是玩陰謀手段的專家，仲孫龍、解子元等一系的人，雖有各國之助，但能否成爲贏家，仍屬未知之數。

鄒衍若在就好了，由他這位以預知術名震天下的大宗師指著星星、月亮說上兩句話，比其他任何人的雄辯滔滔對齊王更管用。

馬車抵達解府，項少龍下車後，解子元足不著地的原車離開，到仲孫龍的府第與其黨人密議。

小婢領項少龍到內府見善柔，而項少龍則在心中不斷自我警惕，告訴自己善柔已嫁作人婦，絕不可再續前緣，否則怎對得住自己的良心？

善柔始終是善柔，沒有一般女子的軟弱扭揑，神態如常的將下人趕出偏廳，劈頭道：「我嫁人後變成會吃人的老虎嗎？一見到人家立即拚命逃跑，是否這一段時光逃慣了？」

接著「噗哧」一聲，橫了他充滿少婦風情的一眼，喘氣笑道：「壞傢伙到哪裡都是壞傢伙，竟敢串通子元來騙我，若不是看在致致分上，看我打不打折你的狗腿。」

項少龍見善柔「凶神惡煞」的模樣，反放下心來，毫不客氣坐下來，微笑道：「不抱兩個白白胖胖的兒子來給我看看嗎？小弟對任何長得像柔大姊的小傢伙，都好奇得要命，他們是否剛出世便懂舞拳弄腳、打人踢人？」

善柔笑得似花枝亂顫的倒在地蓆上，嗔道：「很想揍你一頓，唉！做了解夫人後，想找個敢還口或還手的人並不容易，師父現在又不肯再舞劍弄棒，他那班徒弟更是窩囊，害得人家怪手癢的。」

項少龍駭然道：「難怪解兄要遭殃呢！」

善柔狠狠瞪著他道：「不要把我說得那麼可怕，不若我們拿木劍對打玩兒好嗎？」

項少龍心中一動，道：「你師父有四個最得意的弟子，我知道其中兩人是韓竭和仲孫玄華，其他兩人是誰？」

善柔一臉不屑道：「甚麼四個得意弟子？恕我沒有聽過！只知師父最疼我善柔，仲孫玄華這龜蛋只懂縮頭縮腦，每次要他動手過招，總是推三推四，真想把他的卵蛋割下來。嘻！」

項少龍聽得捧腹大笑，這刁蠻美女做了母親仍不改一貫本色，確令他欣慰。順口問道：「田單知道你成了解夫人嗎？」

善柔冷哼一聲，道：「知道又如何？我不去找老賊算帳，他已應拜祖酬神。唉！真奇怪，殺掉那假貨後，我心中所有仇怨都消了，田老賊雖仍是活生生的，我竟可將他當作死人般。」

項少龍正容道：「談點正事好嗎？你清楚韓竭的爲人嗎？他究竟是怎樣的一個人？品性如何？」

善柔嘟起可愛的小嘴道：「可以和嫪毒狼狽爲奸的，會有甚麼好人？我一向對他沒有好感，不過手底尙算有兩下子。」

忽又皺眉道：「你爲何仍不滾回咸陽，致致要擔心死了。」

項少龍苦笑道：「我是走投無路才溜到這裡來，你當是來遊山玩水嗎？」

善柔點頭道：「聽說道路、河道給十多天的連綿大雪封了，離開火爐便做不成人似的，遲些我叫子元使人把你送走。」

項少龍大吃一驚，道：「萬萬不可，千萬莫要讓解兄知道我的身分，否則將來事情傳出去，他要犯上欺君之罪。」

善柔傲然道：「憑他解家的地位，最多是不當官，官有甚麼好當的？」

項少龍知她因父親當官遭抄家而對此深惡痛絕，同意道：「解兄人太善良，確不適合在官場打滾。」

善柔笑道：「他和你都不是好人，整天想到外邊鬼混，你差點成爲幫凶。」

項少龍淡淡道：「愈得不到手的東西愈珍貴，你試試逼他連續出去胡混十晚，保證他厭得以後都不再去。而且他到青樓去，似乎是要找作曲的靈感，非是眞的胡來。」

善柔杏目圓睜道：「是否他央求你來向我說項求情？」

項少龍事實上如解子元般那麼懼怕善柔，舉手投降道：「柔大姊該明白我是站在哪一方的吧！」

善柔解凍地甜甜笑道：「當然知道啦！你來了眞好，這樣吧！子元到外面胡混時，你就來陪我。」

項少龍失聲道：「甚麼？」

善柔道：「這才公平嘛！」

項少龍苦笑道：「坦白說，現在我每一天都爲保全自己的小命想辦法，我……」

善柔嗔道：「算了！你是寶貝嗎？誰要你陪？兩個都給我滾得遠遠的，否則莫怪我手下不留情。」

項少龍聽得啞口無言。

善柔卻横他一眼，「噗哧」笑道：「只是唬你吧！人家怎捨得趕你走？項爺是小女子的第一個情郎，這麼小小面子都不給你，你還如何在子元面前神氣起來。好吧！今晚准你們去勾三搭四，初更前必須回來，否則子元就要到你那處去睡。」

又摸摸肚子嚷道：「不等子元了！要吃東西哩！」

膳罷，解子元仍未回來，項少龍乘機告辭回聽松別館，剛跨入院門，把門的手下道：「楚國李相爺派人來找沈爺，但沈爺不在，只好走了。嘿！沈爺的人面眞厲害，我們這班兄弟以後都要跟著你呢！」

項少龍暗忖自身難保，哪有能力照顧諸位兄弟，敷衍兩句後，這位叫池子春的年輕家將壓低聲音道：「小人有一件事須告訴沈爺，沈爺心中有數便成，千萬不要洩露是我說出來的。」

項少龍訝道：「甚麼事？」

池子春道：「今天我見到谷明、房生兩人鬼鬼祟祟的溜出街外，便吊著尾跟去看看，原來他們竟是去見沙立，看來不會有甚麼好事，最怕他們是要對付沈爺你呢！」

項少龍心想自己又非三頭六臂，怎能同時應付多方面的事。上上之策是立即動手做另一對滑雪板，趁城外雪深至腰的千載一時良機立即「滑走」，保證縱使東方六國追兵盡起，亦拿他不著。

這個想法誘人之極，問題是他過不了自己那一關，更何況解子元那邊的事仍未知情況，教他怎放心一走了之。

拍拍池子春肩頭，勉勵幾句，朝內院走去。

池子春卻追上來，拉他到一角道：「尚有一事說給沈爺你聽，谷明回來後去見二小姐，接著二小姐和秀眞小姐就出門去了。」

項少龍心中大怒，董淑貞和祝秀眞竟如此不知好歹，仍與沙立勾結，枉自己爲她們冒生命之險而留下來。

回到內院，肖月潭在臥室所在那座院落的小偏廳等候他，欣然道：「你要的東西，老哥已給你辦妥，看！」

說著由懷裡掏出一卷帛圖，打開給他過目，正是項少龍要求的稷下學宮簡圖。

項少龍喜道：「這麼快就弄來了！」

肖月潭道：「費了我兩個時辰才繪成呢！」指著圖上靠最右邊的城門道：「這是大城西邊的北首門，又叫稷門，學宮在稷門之下、系水之側，交通便利，且依水傍城，景色宜人，故學宮乃臨淄八景之一，是遊人必到之地。」

項少龍細觀帛圖，歎道：「稷下學宮看來像個城外的小城，城牆、街道應有盡有，若胡亂闖進去找一把刀，等若大海撈針。」

肖月潭指著最宏偉的一組建築物道：「這是稷下學堂，乃學宮的聖殿，所有儀典均在這裡舉行，你的百戰寶刀便掛在大堂的南壁上。」

項少龍猛下決心道：「我今晚就去把刀拿回來。」

肖月潭愕然道：「該尚未是時機吧！少龍何不待離開齊國前才去偷刀？」

項少龍斷然道：「我今晚偷刀，明早離開，免得韓闖等人爲我費盡心思，左想右想。」

肖月潭駭然道：「大雪將臨淄的對外交通完全癱瘓，你怎麼走？」

項少龍信心十足的道：「我有在大雪裡逃走的方法，否則也來不到這裡，老哥放心。」

肖月潭皺眉道：「立即離開是上上之策，可是你不是說過要幫助鳳菲、董淑貞她們嗎？」

項少龍冷哼一聲，道：「那只是我一廂情願的天真想法，事實上我不過是她們的一顆棋子，現在我心灰意冷，只好只爲自己打算。」

這番話確是有感而發。目下他唯一不放心的是善柔，不過齊國的內部鬥爭，豈是他所能管得到，留下來於事無補。

下了明天離開的決定，他整個人變得無比輕鬆。吹皺一池春水，干卿底事。既然鳳菲、董淑貞等當自己是大傻瓜，他再沒有興趣去多管閒事。

肖月潭道：「我現在去爲你預備衣物、乾糧，明早來掩護你出城。」

忽又想起一事似的皺眉道：「今晚你怎樣去偷刀？除非有特別的通行證，否則誰會給你打開城門？」

項少龍一拍額頭道：「我忘記晚上城門關閉呢！」不由大感苦惱，想起積雪的城牆根本是無法攀爬的，但心念電轉，暗忖既然連珠穆朗瑪峰都被人征服，區區城牆，算是甚麼？

心中一動道：「老兄有沒有辦法給我弄十來枝鐵鑿子？」

肖月潭有些明白，欣然道：「明天我到鄰街那間鐵舖給你買吧！是否還需要一個錘子呢？」

項少龍笑道：「橫豎都是偷東西，我索性今晚一併去偷錘偷鑿，省得事後給人查出來。」

肖月潭同意道：「若是要走，實是宜早不宜遲。」

伸手拉起他的手，道：「呂不韋塌臺後，或者我會隨你到塞外去，對中原我已厭倦得要命。」

肖月潭離開後，項少龍把血浪寶劍取出來，又檢查身上的攀爬裝備，一切妥當，仍不放心，在兩邊小腿各綁一把匕首，休息半晌，穿衣往後院門走去。

大雪仍是無休止地降下來，院內各人都避進屋內去。院門在望，項少龍心生警覺，忙躲到一棵大樹後。

院門張開，三道人影閃進來。項少龍藉遠處燈火的掩映，認出其中兩人是鳳菲和小屏兒，另一人則是個身型高挺的男子，卻看不到樣子。

鳳菲依依不捨的和那人說了幾句話，那人沉聲道：「千萬不要心軟，沈良只是貪你的財色。」

項少龍心中一震，認出是韓竭的聲音。

知道是一回事，確定又是另一回事。忽然間，他有點恨起鳳菲來，以她的智慧，竟看不穿韓竭英俊的外表下有的只是豺狼之心。

鳳菲欲言又止，歎一口氣，沒有答話。到韓竭走後，兩主婢返樓去了。

項少龍心中一動，尾隨追去，在暗黑的巷道裡，韓竭送鳳菲回來的馬車剛正開出。

由於巷窄路滑，馬車行速極緩。項少龍閃了過去，攀著後轅，無聲無息的爬上車頂，伏了下來。

他並不知道這麼做有任何作用，純是碰碰運氣，若馬車走的不是他要去的方向，他可隨時下車。

在這樣的天氣裡，幹偷雞摸狗的勾當，最方便不過。

第十章　稷下劍聖

馬車轉入大街，速度增加。項少龍遊目四顧，辨認道路，心想這該不是往呂不韋所寄居相國府的方向，韓竭究竟想到甚麼地方去？

他本意只是利用韓竭的馬車神不知鬼不覺地離去，以避過任何可能正在監視著聽松別館的人，但此刻好奇心大起，索性坐便宜車去看個究竟。

長夜漫漫，時間足夠他進行既定的大計。他拉上斗篷，心情舒暢輕鬆。

自今早得肖月潭提醒後，被好朋友出賣的恐懼形成一股莫名的壓力，使他困苦頹唐。但猛下決心離開後，這股恐懼立時消失得無影無蹤。唯一擔心的是善柔，假若解子元在這場鬥爭中敗陣，以田單的心狠手辣，善柔將要面對另一場抄家滅族的大禍。對此他是有心無力，徒呼奈何。

馬車左轉右折，最後竟駛入解府所在的大街去。

項少龍心中大訝，韓竭到這裡要見誰？

馬車在仲孫龍府第的正門前停下來，接著側門打開，一個高挺的人閃出來，迅速登車，馬車又緩行往前。

項少龍心中奇怪，要知韓竭是隨呂不韋來臨淄，該算是田單一方的人，與仲孫龍乃死對頭。爲何韓竭竟會來此見仲孫龍府的人，還神秘兮兮，一副怕給人看見的情狀？想到這裡，哪還猶豫，移到車頂邊緣，探身下去，把耳朵貼在廂壁處全神竊聽。

一陣低沉有力的聲音在車廂內道：「師兄你好，想煞玄華。」

原來竟是有「臨淄第一劍」美譽的仲孫玄華，仲孫龍的得力兒子。

韓竭的聲音響起道：「你比以前神氣，劍術必大有進步。」

仲孫玄華謙虛幾句後，道：「師兄勿要笑我，咸陽的情況如何？聽說師兄非常風光哩！」

韓竭笑道：「嫪毒用人之際，對我自是客氣。不過此人心胸狹窄，不能容物，難成大器。反是呂不韋確是雄才大略，如非遇上個項少龍，秦國早是他囊中之物。」

仲孫玄華冷哼一聲，道：「項少龍的劍法眞是傳言中那麼出神入化嗎？」

韓竭歎道：「此人實有鬼神莫測之機，教人完全沒法摸清他的底子，你該看過他的百戰寶刀吧！誰能設計出這樣利於砍劈的兵器來？」

仲孫玄華同意道：「師尊收到大王送來那把刀後，把玩良久，沒說半句話，我看他是心動了。近十年來少有看到他這種神情。」

韓竭道：「先說正事，你們要小心田建與田單達成協議。」

車頂的項少龍心中劇震，終於明白解子元爲何像世界末日來臨的樣子。果然仲孫玄華歎道：「我們已知此事，想不到田單竟有此一著，師兄有甚麼應付的良策？」

韓竭道：「這事全由呂不韋從中弄鬼，穿針引線，把田單和田建拉在一起。唉！田單始終是當權大臣，若他肯犧牲田生，田建便可穩坐王位，非若以前的勝敗難測，你們現在的處境的確非常不利。」

仲孫玄華憤然道：「我們父子爲田建做了這麼多功夫，他怎能忽然投向我們的大對頭？」

韓竭歎道：「朝廷的鬥爭一向如此。對田建來說，誰助他登上王位，誰就是功臣，況且……唉！我都不知該怎麼說才好。呂不韋向田建保證，只要田單在位，秦國不單不會攻齊，還會牽制三晉，讓他可全力對付燕人，你說這條件多麼誘人。」

仲孫玄華冷哼一聲，道：「只有傻子才會相信這種話。說到底，這只是秦人遠交近攻的一套。」偷聽的項少龍糊塗起來，弄不清楚韓竭究竟是哪一邊的人。

韓竭忽地壓低聲音說了幾句話，聽不清楚的項少龍心中大恨時，仲孫玄華失聲道：「這怎麼成，家父和田單勢成水火，怎有講和的可能。而且以田單的爲人，遲早會拿我們來做箭靶的。」

韓竭道：「這只是將計就計，田建最信任的是解子元，若你們能向田建提出同樣的條件，保證田建仍會向著你們。」

聽到這裡，項少龍沒有興趣再聽下去，小心翼翼翻下車廂，沒入黑暗的街巷，偷鐵鑿去也。

項少龍找得西城牆一處隱蔽的角落，撕下一角衣衫包紮好錘頭，把一根根鑿了不斷往上釘到積雪的城牆去，再學攀山者般踏著鐵鑿登上牆頭。

巡城兵因避風雪，均躲到牆堡內去。項少龍藉鉤索輕易地翻到城外，踏雪朝稷下學宮走去。大雪紛飛和黯淡的燈火下，仍可看出高牆深院的稷下學宮位於西門外一座小山丘之上，房舍連綿，氣勢磅礡。

項少龍此時已不大擔心解子元在這場齊國王位之爭中的命運。既然田建最信任解子元，儘管田建投向態度轉變的田單，當亦繼續重用解子元，犧牲的只是仲孫龍和大王子田生。

拿了百戰寶刀立即有多遠逃多遠的想法，令他無比興奮。有滑雪板之助，頂多三十來天便可回到咸陽溫暖的家裡，世上還有比這更爲愜意的事嗎？

他由稷下學宮左方的雪林潛至東牆下，施展特種部隊擅長的本領，翻入只有臨淄城牆三分一高度的學宮外牆內去。認定其中的主建築群，項少龍打醒十二分精神朝目標潛去。

接連各院的小路、廊道在風燈映照下冷清清的，不聞喧譁，遠處偶爾傳來弄簫彈琴的清音，一片祥和。此時快到初更，大多數人早登榻酣睡，提供了項少龍很大的方便。

到達主堂的花園，見三個文士裝束的人走過。項少龍忙藏身樹叢後，豈知三人忽然停下來賞雪，累得項少龍進退不得，還要被迫聽他們的對答。

其中一人忽地討論起「天」的問題，道：「治國首須知天，若不知天道的運行變化和其固有的規律，管治國家就像隔靴搔癢，申公以爲然否？」

那叫申公的道：「勞大夫是否因見大雪不止，望天生畏，故生此感觸？」

另一人笑道：「申公確是勞大夫的知己，不過我卻認爲他近日因鑽研荀況的『制天命而用之』的思想，方有此語。」

暗裡的項少龍深切體會到稷下學士愛好空言的風氣，只希望他們趕快離開。

勞大夫認眞地道：「仇大人今次錯了，我對荀況的『制天命而用之』實不敢苟同。荀況的『不治而議論』，只管言，不管行，根本是脫離現實的高談闊論。管仲的『人君天地』則完全是兩回事，是由實踐的迫切需要方面來認識天人的關係。」

申公呵呵大笑道：「勞大夫惹出我的談興來哩！來吧！我們回舍煮酒夜話。」

三人遠去後，項少龍暗叫謝天謝地，閃了出來，蛇行鼠竄的繞過主堂外結冰的大水池，來到主堂西面的一扇窗下，挑開窗扇，推開一隙，往內瞧去，只見三開間的屋宇寬敞軒昂，是個可容百人的大空間，北壁的一端有個祭壇似的平臺，上方掛有長方大匾，雕鏤著「稷下學堂」四字。

最令項少龍印象深刻是堂內上端的雕花樑架、漆紅大柱，襯托得學堂莊嚴肅穆，使人望之生畏。此時大堂門窗緊閉，惟平臺上有兩盞油燈，由明至暗的把大堂沐浴在暗紅的色光裡。

虎目梭巡幾遍，才發覺百戰寶刀高懸南壁正中處，若跳將起來，該可剛好碰到刀把的尾端。項少龍心中大喜，跨過窗臺，翻進堂內，急步往百戰寶刀走去。

大堂內似是靜悄無人，項少龍心內卻湧起一股難以形容的感覺，非常不舒服。

項少龍手握血浪劍柄，停下步來。

「咿呀」一聲，分隔前間和大堂的門無風自動的張開來。項少龍心叫不好，正要立即退走，已遲了一步。

隨著一陣冷森森的笑聲，一個白衣人昂然步進廳來，他的腳每踏上地面都發出一下響音，形成一種似若催命符的節奏。最奇怪是他走得似乎不是很快，但項少龍卻感到對方必能在自己由窗門退出前，截住自己。

更使人氣餒心寒的是對方劍尚未出鞘，已形成一股莫可抗禦和非常霸道的氣勢，令他感到對方必勝的信心。如此可怕的劍手，項少龍尚是初次遇上。

項少龍猛地轉身，與對方正面相對。

這人來到項少龍身前丈許遠的地方，悠然立定。烏黑的頭髮散披在他寬壯的肩膊上，鼻鈎如鷹，雙目深陷，予人一種冷酷無情的感覺。他垂在兩側的手比一般人長了少許，臉手皮膚晶瑩如白雪，無論相貌、體型都是項少龍生平罕見的，比管中邪還要高猛強壯和沉狠。

他的眼神深邃難測，專注而篤定，好像從不須眨眼睛的樣子。黑髮白膚，強烈的對比，使他似是地獄裡的戰神，忽然破土來到人間。

項少龍倒抽一口氣道：「曹秋道？」

那人上下打量他幾眼，點頭道：「正是本人，想不到曹某今午收到風聲，這晚便有人來偷刀，給我報上名來，看誰竟敢到我曹秋道的地方撒野？」

項少龍的心直沉下去。知道他來偷東西的，只有韓闖和肖月潭兩人，後者當然不會出賣他，剩下來的就是韓闖，這被自己救過多次的人，竟以這種借刀殺人的卑鄙手段來害自己，實教他傷心欲絕。站在三晉的立場，項少龍最好是給齊人殺了，那時秦、齊交惡，對三晉有利無害。

項少龍打消取刀離去的念頭，但求脫身，連忙排除雜念，收攝心神，「鏘」的一聲拔出血浪寶劍，低喝道：「請聖主賜教！」

他知此事絕難善了，只好速戰速決，覷準時機逃之夭夭，否則若惹得其他人趕來，他更插翼難飛。

曹秋道淡淡道：「好膽識，近十年來，已沒有人敢在曹某人面前拔劍。閣下可放手而為，因曹某下了嚴令，不准任何人在晚上靠近這座大堂。若有違令者，將由曹某親手處決，而閣下正是第一個違規者。」

項少龍見對方劍未出鞘，已有睥睨天下、當者披靡之態，哪敢掉以輕心，微俯向前，劍朝前指，登時生出一股氣勢，堪堪抵敵對方那種只有高手才有的無形精神壓力。

曹秋道劍眉一挑，露出少許訝色，道：「出劍吧！」

項少龍恨不得有這句話，對這穩爲天下第一高手的劍聖級人物，他實心懷強烈的懼意，故見對方似不屑出劍的托大，哪會遲疑，使出《墨氏補遺》三大殺招最厲害的「攻守兼資」，隨著前跨的步法，手中血浪往曹秋道疾射而去。

項少龍實在想不到還有哪一式比這招劍法更適合在眼前的情況下使用，任曹秋道三頭六臂，初次遇上如此精妙的劍式，怎都要採取守勢，試接幾劍，方可反攻，那時他可以進爲退，逃命去也。

曹秋道「咦」了一聲，身前忽地爆起一團劍芒。

項少龍從未見過這麼快的劍，只見對方手動，劍芒立即迫體而來，不但沒有絲毫採取守勢的意思，還完全是一派以硬碰硬的打法。

心念電轉裡，他知道對方除了劍快外，劍勢力道更是凌厲無匹，奧妙精奇，比之以往自己遇過的高手如管中邪之輩，至少高上兩籌。那即是說，自己絕非他的對手。

這想法使他氣勢陡地減弱一半，再不敢硬攻，改採以守爲攻，一劍掃出。

「噹！」

項少龍施盡渾身解數，橫移三尺，又以步法配合，才勉強劈中曹秋道搠胸而來的一劍，只覺對方寶劍力道沉重如山，不由被震退半步。

曹秋道收劍卓立，雙目神采飛揚，哈哈笑道：「竟能擋我全力一劍，確是痛快，對手難求，只要你再擋曹某九劍，曹某便任由閣下離開。」

項少龍的右手仍感痠麻，知對方天生神力，尤勝自己，難怪未逢敵手。因爲只要他拿劍硬砍，已沒有多少人吃得消，何況他的劍法更是精妙絕倫至震人心魄的地步。

在這劍道巨人的身前，縱使雙方高度所差無幾，自己卻有矮了一截的窩囊感覺。不要說多擋他九劍，能再擋下一劍實在相當不錯。

項少龍明知若如此沒有信心，今晚必飲恨此堂，可是對方無時不在的逼人氣勢，卻使他大有處處受克制的頹喪感。他已如此，換了次一級的劍手，恐怕不必等到劍鋒及體，便心膽盡裂而亡。

曹秋道之所以能超越所有劍手，正因他的劍道修養，達至形神一致的境界。

曹秋道冷喝道：「第二劍！」

「唰」的一聲，對方長劍照面削來。

項少龍正全神戒備，可是曹秋道這一劍仍使他泛起無從招架的感覺。

這一劍說快不快，說慢不慢，速度完全操控在曹秋道手裡，偏偏項少龍卻感到曹秋道劍上貫足力道。以常理論，愈用力速度愈快，反之則慢。可是曹秋道不快不慢的一劍，偏能予人用足力道的感受。

項少龍心頭難過之極，更使他吃驚是這怪異莫名的一劍，因其詭奇的速度，竟使他生出把握不定、對其來勢與取點無所捉摸的徬徨。他實戰無數，還是首次感到如此的有力難施。

吃驚歸吃驚，卻不能不擋格。幸好他一向信心堅凝，縱使在如此劣勢裡，也能迅速收拾心情，回復冷靜。直覺上他感到假若後退，對方的劍招必會如洪水決堤般往自己攻來，直至他被殺死。

別無選擇下，項少龍坐馬沉腰，劃出半圈劍芒，取的是曹秋道的小腹。理論上，這一劍比之曹秋道的一劍要快上一線，所以曹秋道除非加速，又或變招擋禦，否則項少龍劃中曹秋道腹部時，曹秋道的劍離他面門該至少仍在半尺之外。

曹秋道冷然自若，冷哼一聲，沉腕下挫，準確無誤的劈在項少龍劃來的血浪劍尖處，仿如項少龍配合好時間送上去給他砍劈似的。

項少龍暗叫不好，「叮」的一聲，血浪鋒尖處少了寸許長的一截，而他則虎口欲裂，無奈下往後退開。

曹秋道哈哈一笑，劍勢轉盛，喝道：「第三劍！」當胸一劍朝項少龍胸口搠至。

項少龍此時深切領會到名聞天下的劍術大宗師，其劍法已臻達出神入化的境界，看似簡單的招數，無不暗含玄機，教人防不勝防。

就像此似是平平無奇的一招，卻令人感到他把身體所有力量，整個人的感情和精神全投進這一劍去，使本是簡單的一劍，擁有莫可抗衡的威懾力。

以往項少龍無論遇上甚麼精湛招數，都能得心應手的疾施反擊，反是現在對上曹秋道大巧若拙的招式，卻是縛手縛腳，無法迎架。

問題是項少龍此刻正在後退的中途，而曹秋道的劍以雷霆萬鈞之勢攻來，使他進退失據，由此可見曹秋道對時間拿捏的準確。

自動手之始，項少龍處處受制，這樣下去，不屍横地上才怪。

項少龍猛一咬牙，旋身運劍，底下同時飛出一腳，朝曹秋道跨前的右足小腿閃電踢去。

曹秋道低喝道：「好膽識！」

項少龍一劍劈正曹秋道刃上，卻不聞兵器交擊的清音，原來曹秋道在敵劍碰上己刃時，施出精奧無倫的手法，持刃絞卸，竟硬把項少龍帶得朝前踉蹌衝出半步，下面的一腳踢勢立時煙消瓦解。

項少龍心知糟糕，劍風勁嘯之聲倏然響起，森森芒氣，從四方八面湧來，使他生出陷身驚濤駭浪裡的感覺。

際此生死關頭，項少龍把一直盤算心中的逃走之念拋開，對曹秋道的凶猛劍勢視若無睹，全力一劍當頭朝曹秋道劈去。

在這種形勢下，他只能以最快的速度，選最短的路線，迫使對方不得不硬架一招，否則即管高明如曹秋道，亦要落個兩敗俱傷。

但他仍是低估曹秋道。

驀地左胸脅處一寒，曹秋道的劍先一步刺中他，然後往上挑起，化解他的殺著。

項少龍感到鮮血泉湧而出，對方劍尖入肉的深度雖只是寸許，但若如此失血下去，不用多久，他就會失去作戰能力。由於對方劍快，到這刻他仍未感到痛楚。

曹秋道大笑道：「第四劍！」

項少龍心生一計，詐作不支，手中血浪頹然甩手墜地，同時往後踉蹌退去。

曹秋道大感愕然，項少龍退至百戰寶刀下，急跳而起拿著刀鞘的尾端，把心愛的寶刀取下來。

曹秋道怒喝道：「找死！」手中劍幻起重重劍芒，隨著衝前的步伐，往項少龍攻去。

項少龍把久違的寶刀從鞘內拔出，左手持鞘，右手持刀，信心倍增。

「噹！」

出乎曹秋道意料之外，項少龍以刀鞘子硬擋曹秋道一劍，接著健腕一揮，「唰唰唰」一連三刀連續劈出，有若電打雷擊，威勢十足，凌厲至極。

曹秋道吃虧在從未應付過這種利於砍劈的刀法，更要命是對方先以刀鞘架著他的劍，方疾施反擊。不過他並沒有絲毫慌張失措，首次改攻爲守，半步不讓的應付項少龍水銀瀉地般攻來的刀浪，刀劍交擊之聲不絕於耳。

項少龍感到對方像一個永不會被敵人攻陷的堅城，無論自己的刀由任何角度攻去，對方總有辦法化解。這感覺對他的心志形成一股沉重壓力，但自己能使他只可固守在一個狹小的空間，已足可自豪。

項少龍一聲長笑，再劈出凌厲無匹的一刀，往後退走，叫道：「第幾劍哩？」

曹秋道愕然止步，記起早過了十劍之約。

項少龍順手撿起血浪寶劍，穿窗逃逸。

第十一章　生死邊緣

走了十來步，項少龍雙腿一軟，倒在雪園裡，中劍處全是斑斑血跡，滲透衣服，開始感到劇痛攻心。

他勉力爬起來，腦際一陣暈眩，自知剛才耗力過鉅，又因失血的關係，再沒有能力離開這裡。假若留在這天寒地凍的地方，明天不變成僵直的冰條才怪。

遠方隱有人聲傳來，看來是兩人的打鬥聲驚動了宮內的人，只因曹秋道的嚴令，故沒人敢過來探查。

項少龍取出匕首，挑破衣衫，以肖月潭爲他旅途預備的治傷藥敷上傷口，包紮妥當，振起精神，爬了起來。先前的人聲已然斂去，一片沉靜。

項少龍把血浪寶劍棄在一處草叢內，再把百戰寶刀掛好背上，強忍著椎心的痛楚，一步高一步低的往外圍摸去。

經過數重房舍，項少龍終支持不住，停下來休息，心想這時若有一輛馬車就好了，無論載自己到哪裡去，他都不會拒絕。以他目前的狀態，滑雪回咸陽只是癡人說夢。想到這裡，忙往前院的廣場潛去。

照一般習慣，馬兒被牽走後，車廂留在廣場內，他只要鑽進其中一個空車廂，捱到天明，說不定另有辦法離開。

片刻後他來到通往前廣場的車道上，四周房舍大多烏燈黑火，只其中兩、三個窗子隱透燈光，不知是哪個學士仍在燈下不畏嚴寒的努力用功。

項少龍因失血耗力的關係，體溫驟降，冷得直打哆嗦，舉步維艱。就在這刻，車輪聲由後傳來。

項少龍心中大訝，這麼夜了，誰還要乘車離宮呢？忙躲到一旁。

馬車由遠而近，正是韓竭的座駕，項少龍還認得御者的裝束。

項少龍叫了聲謝天謝地，趁馬車過時閃了出去，奮起餘力攀上車頂，任由車子將他送返臨淄古城。

當夜他千辛萬苦摸返聽松別館，倒在蓆上立即不省人事，直至日上三竿，仍臥在原處，喚醒他的是肖月潭，駭然道：「你的臉色爲何這麼難看？」

項少龍苦笑道：「給曹秋道刺了一劍，臉色怎會好看。」

肖月潭失聲道：「甚麼？」

項少龍把昨晚的事說出來，然後道：「現在終於證實兩件事，首先是鳳菲的情郎確是韓竭，其次是韓闖出賣了我。」

肖月潭苦惱道：「以你目前的狀態，能到哪裡去呢？」

項少龍道：「有三天時間我當可復元，屆時立即遠走高飛，甚麼事都不去管。」

肖月潭道：「讓我去告訴其他人說你病了。在此三天內你盡量不要離開聽松別館，這裡總比外面安全。」

項少龍苦笑道：「希望是這樣吧！」

肖月潭走後，項少龍假裝睡覺，免得要應付來問病的人。

午未之交，肖月潭回來爲他換過創傷藥。低聲道：「眞奇怪，稷下學宮那邊沒有半點消息，好像昨晚沒有發生過任何事情，但至少他們該傳出百戰寶刀失竊的事。」

項少龍沉吟道：「你看曹秋道會否猜出昨晚偷刀的人是我項少龍呢？」

肖月潭拍腿道：「該是如此，只有慣用百戰寶刀者方可把該刀的威力發揮得淋漓盡致，亦只有項少龍有本領把曹秋道殺得一時難以反擊。」

旋又皺眉道：「若曹秋道把你在此地的事告訴齊人，將使事情變得更複雜。」

項少龍道：「橫豎我都要走的，有甚麼大不了。最精采是沒有人敢明目張膽來對付我，韓闖便要假借他人之手來殺我。」說到這裡，不由歎一口氣。

被好朋友出賣，最令人神傷心痛。

肖月潭明白他的感受，拍拍他道：「李園他們有沒有遣人來探聽消息？」

項少龍搖頭道：「照道理李園知道我曾找他，怎都該來看看我有甚麼事。」

肖月潭沉吟片刻，道：「或者他是問心有愧，羞於面對你。唉！曹秋道眞的那麼厲害嗎？」

項少龍猶有餘悸道：「他的劍術確達到突破體能限制、超凡入聖的境界，我對著他時完全一籌莫展，只有捱打的分兒。」

肖月潭道：「你知否一般所謂高手與他對陣，連站都站不穩，不用動手就要擲劍認輸。」

項少龍感同身受道：「我也有那種感覺。」

肖月潭思索道：「假設打從開始你用的是百戰寶刀，勝負會是如何？」

項少龍苦笑道：「結局肯定是連小命都不保。」

肖月潭訝道：「你是眞正的謙虛，且不把勝負放在心上。照我看你落在下風的最大原因，是因知道被好友出賣，心神震盪下無法燃起鬥志，又一心想溜，所以發揮不出平時一半的實力。假若換了環境，用的是百戰寶刀，你當是曹秋道的勁敵。」

項少龍的自信早在昨晚給曹秋道打跑，歎道：「現在我只想走得遠遠的，以後不再回來。以前無論在多麼凶險惡劣的情況下，我從沒有想過會死，但曹秋道那把劍卻似能不住撩起我對死亡的恐懼。劍道達到這種境界，確是令人驚佩。」

肖月潭岔開話題道：「鳳菲來過沒有？」

項少龍答道：「所有人都來過，就只她不聞不問，我對她早心淡了。」

這時董淑貞知他「醒」過來，要來見他，肖月潭乘機離去。

美女蓮步姍姍的在榻沿坐下，伸手撫上他臉頰，秀眸射出深刻的感情，幽幽道：「好了點嗎？唉！好好一個人，怎會忽然病倒呢？」

項少龍很想質問她爲何搭上沙立這卑鄙小人，終還是忍下衝動，有神沒氣道：「這事要問問老天爺才成。」

董淑貞忽伏在他胸膛上，悲切的哭起來。

項少龍明白她的心情，伸出沒受傷的左手，撫上她香肩，愛憐地道：「現在豈是哭泣的時候，二小姐爲了自己的命運，必須堅強起來。」

董淑貞淒然道：「我的命運，只能由你們男人來決定，現在你病得不明不白，教人家怎辦？」

項少龍氣往上湧，哂道：「又不是只得我一人幫你，二小姐何用悽惶至此？」

董淑貞嬌軀一顫，坐直身體，淚眼盈盈地愕然道：「你這麼說是甚麼意思？我和秀貞現在把希望只寄託在你身上，再沒有三心兩意。」

項少龍不屑地道：「若是如此，昨天爲何仍要和沙立暗通消息？」

董淑貞惶急道：「是誰造的謠？若我或秀貞仍有和沙立勾結，教我們不得好死。」

項少龍細審她的神色，知她並非做戲，心中大訝，同時醒悟到池子春是沙立的人，故意說這些話，既可誣捏董、祝兩女，又可取得自己的信任，以進行某一陰謀，自己竟差點中計。

不過另一個頭痛的問題又來了，若兩女的命運全交在自己手上，他怎還能獨自一走了之？但現在他是自身難保，何來能力保護她們？

董淑貞秀眸淚花打轉，滾下兩顆豆大的淚珠，苦澀的道：「我和秀貞現在是全心全意信任你，你……」

項少龍伸手按在她豐潤的紅唇上，截斷她的話，低聲道：「你有沒有法子通知龍陽君，教他來見我。」

董淑貞點頭道：「我明白了，此事淑貞立即去辦，不會教人知道的。」

董淑貞去後，似對他不聞不問的鳳菲來了。不知如何的，項少龍感到她的神情有點異樣，眼神裡藏著一些他難以明白的東西。

她以慣常優美動人的風姿坐在他旁，探出右手，撫上他的額頭，柔聲道：「幸好只是有點熱，有談先生爲你診治，很快該可痊癒。」

項少龍想起韓竭，歎道：「多謝大小姐關心，歌舞排練的情況如何？還有五天就是齊王壽宴舉行的時候了！」

鳳菲苦澀地道：「聽你說話的口氣，像個陌生人般，我們的關係爲何會弄成這樣子的？」

項少龍發覺她的鬢髮有點凌亂，一副無心打理的模樣，舉手爲她整弄秀髮，順口道：「小屏兒今天沒爲你理頭梳妝嗎？」

鳳菲苦笑道：「聽到你好生生一個人忽然病倒，哪還有甚麼心情。」

說到這裡，自然地舉起一對纖手撥弄秀髮。

項少龍的目光首先落在她因舉手而強調了酥胸玲瓏浮凸的線條上，接著目光上移，立時給她纖指上精緻的銀指環吸引了整個心神，心中劇震。

鳳菲停止整理秀髮的動作，訝道：「你的臉色爲何變得這麼難看？」

項少龍心中翻起滔天巨浪。

銀指環正是那只秘藏毒針的暗殺利器，當日在咸陽醉風樓，鳳菲曾向他坦然承認有人教她以此指環來毒殺他項少龍，後來她將指環棄於地上，以示打消此意。現在這危險的指環忽然出現在她的玉指上，不用說是韓竭逼她來殺自己，以顯示她對韓竭的忠誠，難怪她的神情這麼異於平常。

鳳菲當然不知他已看破了她的陰謀，微嗔道：「爲何不答人家？」

項少龍壓下心中波濤洶湧的情緒，同時大感頭痛。

假若鳳菲以指環內的毒針來刺殺他，他該怎辦呢？這一針他當然不能硬捱，但若揭破，等若告訴她自己是項少龍，此情況確是兩難之局。

在他呆若木頭之際，鳳菲撲在他胸膛上，淒然道：「為何鳳菲竟會在這種情況下遇上你？」

項少龍知她是有感而發，不過他關心的卻是她玉指上的殺人凶器，忙一把抓著她想摟上他脖子的「毒手」，同時分她神道：「為何大小姐會看上肯與嫪毒同流合污的人？」

鳳菲心中有鬼，嬌軀猛顫，坐直身體，把「毒手」抽回去，裝出生氣的樣子，怒道：「不要瞎猜！人家根本不認識韓竭。」

項少龍把心神全放在毒指環上，嚴陣以待道：「還要騙我？大小姐想不想知道昨晚韓竭送你回來後，去了見甚麼人？」

他這話只是順口說出來，但話出口時，心神一顫。

仲孫龍不是欲得鳳菲而甘心的人嗎？韓竭去見仲孫龍的兒子，是否有甚麼問題？

鳳菲「啊」的一聲叫起來，瞪著他啞口無言。

項少龍放下心來，知她絕不會在未弄清楚韓竭去見的是甚麼人前暗算自己。微微一笑道：「大小姐若仍否認，我們就不用談下去。」

鳳菲垂下俏臉，低聲道：「他去見誰呢？」

項少龍淡淡道：「仲孫玄華。」

鳳菲失聲道：「甚麼？」

項少龍伸手拍拍她的臉蛋，含糊地道：「大小姐好好的去想吧！我累得要命，須睡他一覺。只有在夢中，我沈良才可尋找躲避這充滿欺詐仇殺的人世的桃花源。」

鳳菲愕然道：「甚麼是桃花源？」

項少龍將陶淵明的《桃花源記》娓娓道出，人物和時代當然是順口改了。

鳳菲忽地淚流滿面，想說話時泣不成聲，再次撲入項少龍懷裡，悲切道：「人家現在該怎麼辦才好？」

項少龍坦白道：「此事還有待觀察，韓竭去見仲孫玄華，並不代表甚麼，大小姐可否給小人一點時間去查看查看。」

鳳菲搖頭道：「他至少該告訴我會去見仲孫玄華啊！」

項少龍歉然道：「很多男人習慣不把要做的事情說給女人聽的。」

鳳菲默然片晌，幽幽道：「若換過是別人，在這種情況下，絕不會為韓竭說好話。唉！沈良啊！你究竟是怎樣的一個人？」

項少龍苦笑道：「你還不明白嗎？我只是個不折不扣的大傻瓜，明知大小姐騙我害我，仍不忍見你傷心落淚。」

鳳菲坐直嬌軀，任由項少龍為她拭掉淚珠，神情木然。

項少龍不知該說甚麼才好，幸好龍陽君來了，打破這僵局。

當鳳菲的位置換上龍陽君後，項少龍若無其事道：「我差點給韓闖害得沒有命見君上。」

龍陽君駭然道：「這話怎說？」

項少龍知道龍陽君由於對自己的「感情」絕難作偽，判斷出他真的不知道此事，遂把昨晚的事說出來。

龍陽君不斷色變，沉吟片晌，斷然道：「雪剛停了，待這兩日天氣好轉，奴家立即送你離開臨淄。」

項少龍道：「此事萬萬不可，否則君上將難逃貴國罪責。我現在只想知道韓闖有沒有將我的事告訴郭開。」

龍陽君道：「這事可包在我身上，現在回想起來，韓闖確曾在言語上向我試探，這賊子說的是一套，做的又是一套，眞教人鄙視。」

項少龍道：「我不會怪他，他這麼做是迫於無奈，憑著大家的交情，應付他亦不困難，最怕是他通知郭開，那就危險多了。」

龍陽君站起來道：「奴家立即去查，只要我向韓闖詐作想害你，保證他甚麼都說出來。」

龍陽君去後，項少龍心情轉佳，傷勢竟像立即好了大半。

這一著他是押對了，以龍陽君和他的交情，很難狠下心來第二次害他。想著想著，沉沉睡了過去，給人喚醒時，已是黃昏時分。

解子元來了。

第十二章　冤家路窄

解子元坐在榻旁的軟墊上，搔頭道：「你怎會忽然病得臉無人色似的，小弟還想找你去逛逛呢！」

項少龍愕然道：「你的事解決了嗎？」

解子元道：「就算解決不了，小弟都要爲蘭宮媛寫成最後壓軸的一曲，這次糟了，最怕大王怪責我。」

項少龍爲他著急道：「只有五天時間，怎辦好呢？你自己去不行嗎？」

解子元苦笑道：「內子只信任你一個人，我若不帶你回家給她過目，甚麼地方都去不了。」

項少龍獻計道：「你說要去仲孫龍處商量要事不就成嘛！」

解子元歎道：「仲孫玄華那傢伙怎敢瞞她，只消她問一句就知我在說謊。」

項少龍推被而起道：「那小弟只好捨命陪君子，抱病和你去胡混吧！」

項少龍其實並沒有甚麼大礙，只因失血太多，故而臉色蒼白。經過半晚一天的休息，體力回復過來，只是傷口仍隱隱作痛。

到了解府，善柔見到他的模樣，嚇了一跳，支開解子元，私下問道：「發生甚麼事？」

項少龍苦笑道：「給你的師父刺了一劍。」

善柔失聲道：「甚麼？」

項少龍以最快速度，扼要地把昨晚的事說出來，善柔尚未來得及說話，解子元回來，兩人只好改說其他事。

離開解府，解子元有若甩繩野猴般興奮道：「我們到蘭宮媛的玉蘭樓去，這妮子對我應有點意思。」

項少龍心想蘭宮媛應比鳳菲和石素芳更認不出自己，點頭道：「今晚全聽解兄的吩咐。」

解子元雀躍道：「只要我告訴柔骨美人今晚是爲了作曲而到她那裡去，怎樣沒空她都要來向我獻媚的。」

項少龍提醒道：「別忘記初更前回家，否則沒人可救得了你。」

解子元正容道：「小弟到青樓去，只是想感受那種煙花地的氣氛，用以提起心思，絕非有甚麼不軌企圖，有這麼的兩個時辰盡可夠樂了！」

項少龍笑道：「原來如此，我放心了。」

解子元忽地歎氣，瞧往車窗外雪後一片純白的世界。

項少龍了解地道：「還在爲政事心煩嗎？」

解子元苦笑道：「說不心煩是違心之言，今早我見過二王子，唉！這些是不該對你說的。」

接著精神一振道：「到了！」

於從衛前呼後擁中，馬車駛進臨淄聲名最著的玉蘭樓去。

在熱烈的招待下，兩人被迎入樓內。際此華燈初上的時刻，玉蘭樓賓客盈門，非常熱鬧。

兩人被安排到二樓一個佈置華麗的廂房，婢女自然是侍奉周到。

項少龍奇道：「爲何樓內的人像對解兄非常熟絡和巴結的樣子？」

解子元自豪道：「一來小弟的作品乃這裡必備的曲目，二來我昨晚特別請仲孫龍給我在這裡訂房，於臨淄誰敢不給他面子。」

那叫蘭夫人的青樓主持來了，未語先笑又大拋媚眼道：「媛媛知道解大人肯來探她，開心得甚麼人都忘記。刻下正沐浴打扮，立即就來，解大人和沈爺要不要多點兩個女兒來增添熱鬧？」

她雖是徐娘半老，但妝扮得體，又有華麗的羅裳襯托，兼之身材保持得很好，故此仍頗爲惹眼，最誘人是她縱情言笑，自有一種嬌媚放蕩的神態，最使男人心猿意馬，想入非非。項少龍亦不由暗讚齊女不論老嫩，均是非同凡響，善柔和趙致正是其中佼佼者。

解子元聞言笑得合不攏嘴來，忙說：「不用了！我們是專程爲媛小姐來的。」

蘭夫人帶著一股香風到解子元身旁，在兩人席間坐下，半個人挨到解子元身上，把小嘴湊到解子元旁咬著耳朵說起密話。

項少龍見解子元陶醉的樣子，便知蘭夫人說的必是男人最愛聽和受落的說話。

接著解子元和蘭夫人齊聲笑起來，後者這才有閒把美目移到沈良身上，媚笑道：「媛媛今晚是解大人的，沈爺要不要奴家爲你挑個好女兒呢？」

項少龍忙道：「在下今晚只是來做陪客。」

蘭夫人也不勉強，煙視媚行的去了。

解子元卻眞箇精神百倍，由懷中掏出一卷布帛，令侍婢給他取來筆墨，就那樣即席作起曲來。

項少龍不敢擾他，半臥在軟墊上，閉目假寐。兩名善解人意的年輕美婢，不用吩咐便來爲兩人推拿揉捏。

項少龍心中卻有另一番感觸，至此才深切體會到身分地位的重要。自己仍是那個人，但因身分的不同，再不若以前般無論到甚麼地方，都成爲眾人注意的核心人物，像蘭夫人便顯然對自己不在意。

想著想著竟睡了過去，朦朧中他似是聽到一陣柔軟得像棉絮的女子歌聲，從天外處傳入耳內。他雖聽不清楚對方在唱甚麼，卻感到她吐字之間流洩出無限的甜美，彷彿飄逸得有若輕煙迷霧，使曲子似如在憂傷的水波中不住晃動，清柔得像拂過草原的微風。

項少龍還以爲自己在造夢，睜眼時發覺蘭宮媛來了，正伏在解子元背上輕輕詠唱他剛出世的曲子。

對面席上還多了個挺拔雄壯的年輕男子，見他醒來，隔席向他打招呼，又全神貫注到蘭宮媛和解子元處。

一曲既罷，那年輕男子鼓掌道：「曲既精采，媛小姐又唱得好，玄華佩服佩服！」

項少龍心中一震，才知此人竟是仲孫龍之子、名震臨淄的劍手仲孫玄華。

解子元倒入蘭宮媛懷裡，斜目往項少龍瞧來，喜道：「沈兄醒來了，我們喝一杯，今晚不醉無歸。」

蘭宮媛的美目落到沈良身上，轉了兩轉，又回到解子元處，不依道：「不准解大人提這個『歸』字，今晚讓人家好好伺候你嘛！」

解子元和仲孫玄華對視大笑。

項少龍坐直身體，不好意思的道：「小弟睡了多久？」

仲孫玄華笑道：「我來了足有整個時辰，沈兄一直睡著。若非媛小姐肯開金口，否則怕誰都喚不醒沈兄。」

蘭宮媛親自爲三人斟酒，有這柔骨美女在，登時一室春意，整個氣氛都不同了。

酒過三巡後，蘭宮媛挨回解子元懷裡，對他癡纏得令人心生妒意。

仲孫玄華向解子元歎道：「佳人配才子，小弟從未見過媛小姐肯這麼順從人意，小弟便從未嘗過媛小姐這種溫柔滋味。」

解子元一副飄然欲仙的陶醉樣兒，不知人間何世。

仲孫玄華將承繼自乃父的窄長臉龐轉往沈良，雙目寒芒電閃道：「家父對沈兄的飛刀絕技念念不忘，不知小弟能否有一開眼界的機會？」

項少龍心叫來了，微笑道：「至少要待小弟病癒才成。」暗道那時我早溜掉。

仲孫玄華點頭，語帶諷刺道：「這個當然。哈！沈兄該正是鴻運當頭，有解大人這位好朋友。」

蘭宮媛訝道：「甚麼飛刀之技？仲孫公子不要打啞謎似的好嗎？」

解子元笑道：「只是一場誤會，媛小姐知否沈兄是鳳大小姐的團管事。」

蘭宮媛愕然朝沈良望去，秀眸明顯多了點不屑和看不起沈良的神態，「嗯」的一聲，沒有說話。

項少龍卻渾身不自然起來，正打算託病脫身時，蘭夫人來了，親熱地挨坐仲孫玄華身旁，昵聲道：「奴家想借媛媛片刻光景，請三位大爺給奴家少許面子，萬勿介意。」

蘭宮媛嬌嗔道：「他們不介意，奴家可介意呢！不過蘭姨這麼疼媛媛，媛媛怎麼介意，也都要勉為其難！」

項少龍心中叫絕，這些名姬無一不是手段厲害，這麼和蘭夫人一唱一和，他們有甚麼可以反對的。

仲孫玄華亦非易與，淡淡道：「是否齊雨兄來了？」

蘭夫人嬌笑道：「仲孫公子一猜就中，來的尚有秦國的大人物呂大相國。」

仲孫玄華雙目電芒閃動，冷哼一聲，道：「若論秦國的人物，首推項少龍，呂不韋嘛！哼！」

蘭宮媛忽然有感而發的歎一口氣，從解子元懷裡站起來，柔聲道：「妾身打個招呼，立即回來。」

解子元忙起立恭送，並向項少龍打了個眼色道：「媛小姐不用介懷，在下亦到回家的時候了。」

蘭宮媛不知是眞情還是假意，不依道：「妾身不會讓公子走的，若是這樣，人家留在這裡好了。」

轉向蘭夫人問道：「仲父那邊來了多少人？」

今次輪到項少龍大吃一驚，忙道：「媛小姐不去招呼一下，那可不大好吧！」

蘭夫人笑道：「仲父聞得解大人和仲孫公子在這裡，正要過來打招呼！」言罷去了。

項少龍哪敢猶豫，施禮道：「小弟有點頭暈腳軟，先一步告退，三位請了。」

不理三人奇怪的目光，大步朝門口走去，剛把門打開，只見蘭夫人挽著神采飛揚的呂不韋迎面而至，後面跟著齊雨、旦楚和韓竭三人。

雙方打個照面，呂不韋雄軀猛顫，愕然止步，不能置信地瞪著項少龍。韓竭、齊雨和旦楚顯然尚未認出項少龍，訝然望著兩人。

蘭夫人更不知甚麼一回事，笑道：「眞巧呵！奴家是剛好碰見仲父和三位大人走過來呢！」

項少龍心中叫苦，進退不得，硬著頭皮微笑施禮道：「沈良見過仲父！」

呂不韋眼中掠過複雜無比的神色，旋即恢復常態，呵呵笑道：「沈先生像極呂不韋的一位故友，眞給嚇了一跳。」

韓竭則聞沈良之名，眼中掠過殺機。

項少龍卻知呂不韋已認出自己，只是不揭破罷了！退入房去，免得攔在門口。忽然間，他湧起滔天鬥志，再沒有任何顧忌。說實在的，他已非常厭倦僞裝別人的把戲。

呂不韋帶頭進入房內，仲孫玄華等忙起立致禮。此子剛才還表示不把呂不韋放在眼內，但看現在連大氣都不敢透出一口的樣子，便知他給呂不韋的威名和氣勢震懾住了。

解子元讓出上座，自己移到項少龍那席去，房內只有四個坐席，故此須兩人共一席。蘭夫人見蘭宮媛仍纏在解子元旁，遂親自伺候呂不韋。

蘭宮媛擠在項少龍和解子元中間，忽然挨到項少龍處，低聲問道：「沈爺爲何又不走了？」

項少龍苦笑道：「這麼走太沒禮貌了。」

呂不韋先舉杯向各人敬酒，接著的一杯卻向著項少龍道：「鳳小姐有沈良兄爲她打理團務，實是她的福氣！」

項少龍知他看穿自己暗中破壞他對鳳菲的圖謀，微笑舉杯回敬道：「哪裡哪裡，小弟只是量力而爲！」

眾人大訝，若論身分，兩人相差十萬八千里。可是呂不韋進來後，注意力似乎全集中到沈良身上去。

齊雨、韓竭和旦楚等三人與項少龍接觸的機會少之又少，當然無法像呂不韋那樣一個照面便認出項少龍來，無不心中納悶，爲何呂不韋竟像是認識和非常重視這個小人物呢？

蘭夫人邊爲呂不韋斟酒，邊訝道：「仲父和沈先生是否素識？」

呂不韋眼中閃過深沉的殺機，淡淡道：「確曾有過來往，異地重逢，教人意想不到。」

眾人聽呂不韋語氣裡充滿感慨，顯是非常「看重」沈良，無不對此人刮目相看。

項少龍心知肚明呂不韋現在腦袋裡唯一的念頭是如何殺死自己，心念電轉道：「今趟來臨淄，哪想得到會見到這麼多老朋友。」

呂不韋聞言大感愕然，沉吟不語。

項少龍當然明白他的難題，就算給他以天作膽，也絕不敢公然行凶殺死他這上將軍。因爲只要小盤事後知道呂不韋曾在這裡見過他，然後他項少龍又忽然給人殺了，那呂不韋休想脫罪。所以只有在誰都不知項少龍是沈良的情況下，呂不韋方可逞凶。他甚至不會向任何人透露此事，以免日後會洩出消息。尤其是齊人，因他們絕不想負上殺害項少龍的罪名。

仲孫玄華對項少龍的態度完全改觀，試探道：「沈兄原來相識滿天下，難怪與韓侯和龍陽君那麼稔熟。」

這麼一說，項少龍立知團內有仲孫龍的眼線，說不定是沙立一系的人。

呂不韋則雄軀微顫，顯然知道失去殺害項少龍的機會，甚至還要保護他不被別人加害，否則將來可能要蒙上嫌疑或負上罪名，情況不妙之極。

眾人均呆瞪著沈良，不明白一個鳳菲歌舞姬團小小的新任管事，爲何能得到各國公卿大臣的器重。

項少龍舉杯道：「都是各位給的面子，小弟敬各位一杯。」

眾人弄不清他這話是甚麼意思，一臉茫然的舉杯回敬。

呂不韋卻知項少龍在警告自己莫要輕舉妄動，喝罷正容道：「沈兄這兩天是否有空，可否找個時間再碰碰頭，又或呂某親來拜候？」

此番話一出，各人驚訝得合不攏嘴，這是甚麼一回事？以呂不韋的身分地位和一向不把天下人放在眼內的高傲自負，怎會紆尊降貴的去見這個沈良？

項少龍微笑道：「相見不如不見，仲父三思才好。」

眾人一聽下更由驚訝變成震駭，知道兩人的關係大不簡單。

原本以酥胸緊挨著呂不韋臂膀的蘭夫人，也忘情的坐直嬌軀。

蘭宮媛則美目一瞬也不瞬的在旁邊凝視著沈良。

呂不韋眼中閃過怒火，低頭看看手上的空杯子，沉聲道：「沈良畢竟是沈良，那天呂某聽到沈先生獨闖仲孫府，早該猜到沈先生是故人。」

仲孫玄華立即不自然起來，乾咳一聲。

項少龍心中暗罵，知呂不韋不單要挑起仲孫家和自己的嫌隙，還想把自己眞正的身分暗示出來，最好的結果當然是像仲孫玄華那類劍手慕名來向他挑戰，若在公平決鬥下殺死自己，小盤難有話說。但當然呂不韋不可直接揭穿他是項少龍，所以說得這麼含糊。

室內此時靜至落針可聞，遠方傳來管絃絲竹之音，氣氛奇異之極。

項少龍淡淡道：「那天全賴仲孫兄的令尊高抬貴手，又有李相爺在旁說項，否則小弟恐難在這裡喝酒和聽嫒小姐的仙曲了。」

仲孫玄華見項少龍給足面子，綳緊的臉容放鬆下來，舉杯敬道：「哪裡哪裡，只是一場小誤會！」

解子元終於有機會說話，笑道：「眞的只是小小誤會，大家把這杯喝了。」

旦楚等仍是一臉狐疑，心神不屬的舉杯喝酒。

蘭宮嫒先爲沈良添酒，再爲各人斟酒。

項少龍趁蘭宮嫒離席，兩人間少了阻隔，湊過解子元處低聲道：「別忘了嫂夫人的囑咐。」

解子元一震，嚷道：「各位見諒，小弟要趕回家去了！」

第十三章　開心見誠

項少龍回到聽松別館，那居心叵測的池子春在主堂前迎上他道：「小人又有要事須向管事報告。」

項少龍虛與委蛇道：「甚麼事？」

池子春左顧右盼，低聲道：「不如借一步到園內說話，那就不虞給人看見。」

項少龍皺眉道：「這麼晚了！誰會看到我們？」

池子春煞有介事的道：「其實我是想領管事到園裡看一對狗男女幽會。」

項少龍愕然半晌，暗忖難道今早還誓神劈願的董淑貞在說謊話，壓低聲音道：「是二小姐嗎？」

池子春點頭道：「還有沙立，若非我一直留意谷明等人，仍不知他們安排沙立偷進來。」

項少龍心中無名火起，冷冷道：「帶路！」

池子春喜色一掠即逝，帶路繞過主堂，沿小徑朝後園走去。

踏入花園，四周寂靜寧謐，明月高掛天際，卻不覺有人。

項少龍心生疑惑，問道：「人呢？」

池子春指著後院遠方一角的儲物小屋道：「就在柴房裡，我們要小心點，谷明等會在附近給他們把風，管事隨小人來吧！」

不待他答應，逕自繞過後院小亭左方的花叢，看來是想由靠後牆的小徑走去。

項少龍大感不妥，董淑貞若和沙立勾結，私下見面並不稀奇。但在目前的形勢下，他今早又曾懷疑過她和沙立的關係，照理怎都不會仍要在這麼侷促的地方幽會。想到這裡，腦海浮現出池子春剛才的喜色，那就像因他中計而掩不住得意之情的樣子。

池子春走了十多步，見他木立不動，催促道：「管事快來！」

項少龍招手喚他回來，把他帶到一叢小樹間，道：「我尚有一事未弄清楚。」

池子春道：「甚麼事？」

項少龍指指他後方道：「那是誰？」

池子春愕然轉身，項少龍抽出匕首，從後一把將他箍著，匕首架上他咽喉，冷喝道：「還想騙我，二小姐仍在她的閨房裡，我親眼看到的。」

池子春顫聲道：「沈爺饒命，小人不知道二小姐返回房間了。」

只這句話，便知池子春心慌意亂，根本分不清楚項少龍在說詐語。

項少龍以毫無情緒的語調冷冷道：「誰在那裡伏擊我？只要你敢說不知道，我立即割開你少許咽喉，任你淌血致死。」

池子春的膽子比他預估的小許多，全身打震，哆嗦道：「沈爺饒命，是沙立逼我這麼做的。」

項少龍想起仲孫玄華對他們的事瞭如指掌，心中一動，問道：「仲孫龍派了多少人來助沙立？」

池子春完全崩潰下來，顫聲道：「原來沈爺甚麼都知道，小人知罪了。」

項少龍終弄清楚沙立背後的指使者，整個人輕鬆起來，沙立若非有人在他背後撐腰，祝秀眞和董淑貞怎會將他放在眼內，而勢利如谷明、富嚴之徒，更不會聽他的命令。

若非身上負傷，這就去狠狠教訓沙立和那些劍手一頓。可是不藉機會懲治他們，又太便宜這些卑鄙之徒。

項少龍抽出池子春的腰帶把他綁個結實，又撕下他的衣服弄成布團，塞滿他的大口後才潛出去，採另一方向往柴房摸去。

潛蹤匿跡本是他特種部隊的例行訓練，直到逼至柴房近處，敵人仍一無所覺。

項少龍留心觀察，發覺柴房兩扇向著花園的門窗半敞開來，屋頂處埋伏兩人，都手持弓箭，假若自己貿然接近，不給人射個渾身箭矢才怪。再留心細看，樹上也藏了人，確是危機四伏。

項少龍心中好笑，閃到柴房後，悄悄把後面一扇窗的窗門以匕首挑開，再將窗門推開少許，朝內望去。很快他習慣了柴房內的黑暗，借點月色，隱約見到每面窗均伏有兩人，正嚴陣以待的守候著。

沙立的聲音響起道：「池子春那狗奴才怎辦事的，和那狗雜種躲在那裡幹甚麼？」

另一人沉聲道：「似乎有些不對勁。」

項少龍沒有聽下去的閒情，躲到一旁打燃火熠子，再竄到窗旁，探手朝其中一堆似是禾草的雜物拋去。

驚叫聲在屋內響起，一片慌亂。木門敞開，數名大漢鼠竄而出，往後院門逃去。

項少龍從屋後撲出，大喝道：「哪裡走！」認準沙立，匕首擲出。

沙立慘嚎一聲，仆倒地上，小腿中刀。樹上的人紛紛跳下，加入逃跑的行列，轉瞬由後門逸走。

項少龍施施然走出去，來到沙立躺身處，用腳把他挑得翻轉過來。

沙立慘叫道：「不要殺我！」

柴房陷在熊熊烈焰中，將沙立貪生怕死的表情照得纖毫畢露、醜惡之極。

鳳菲大發雷霆，將所有與沙立勾結和暗中往來者立即掃出歌舞姬團。沙立則給五花大綁，綑個結實，準備明早送上齊王，務要求個公道。

沙立被押走時已過三更，鳳菲請項少龍隨她回閨樓，到了樓上的小廳，鳳菲語帶諷刺道：「沈管事不是病得爬不起來嗎？爲何轉眼又和解子元溜了出去鬼混，更大發神威，擒凶懲惡？」

項少龍疲態畢露的挨坐席上，淡淡道：「剛才我見到你的情郎。」

鳳菲背著他瞧往窗外，平靜答道：「由今晚開始，鳳菲再沒有情郎，以後都不會有。」

項少龍感受到她語調裡哀莫大於心死的意態，道：「不是這麼嚴重吧！」

鳳菲搖頭道：「你不明白的。我曾向他提及仲孫龍的事，請他憑仲孫玄華師兄弟的身分說幾句話，卻給他一口回絕，並明言不會私下去見仲孫玄華。唉！」

接著幽幽道：「鳳菲現在心灰意冷，只想找個隱僻之地，靜靜度過下半生。甚麼風光，都一概與我無關。」

項少龍苦笑道：「這正是本人的夢想，我對戰爭和仇殺，早深切厭倦。」

鳳菲別轉嬌軀，狠狠盯著他道：「終於肯說出眞心話嗎？鳳菲早知你是這樣的人。」

項少龍淡然道：「甚麼人也好，假設大小姐肯答應讓二小姐做接班人，我可保證助大小姐完成你的夢想。」

鳳菲哂道：「你憑甚麼可保證能辦得到呢？」

項少龍微笑道：「『項少龍』三個字足夠嗎？」

鳳菲香軀劇震，秀眸烈射出不能相信的神色，呆瞪他好半晌，頹然倒坐，嬌呼道：「這不是眞的！」

項少龍苦笑道：「若不是我，今天大小姐來探病，小弟怎會見毒指環而色變，逼著將韓竭見仲孫玄華的事說出來。」

鳳菲羞慚垂首，六神無主的道：「鳳菲那樣對你，爲何你仍肯幫人家呢？」

項少龍道：「大小姐本身絕非壞人，只是慣了與對大小姐有狼子野心的人周旋，故不敢輕易信人吧！」

鳳菲幽幽道：「人家現在該怎辦才好？」

項少龍道：「呂不韋今晚已認出沈良是項少龍，我再隱瞞身分對自己有害無益，明天我索性以項少龍的身分晉見齊王，那時誰想動你，均須考慮後果。」

鳳菲一震道：「你不怕給人加害嗎？」

項少龍哈哈笑道：「若我在這裡有甚麼事，齊人豈能免禍。我已厭倦左遮右瞞的生活，現在歸心似箭，只想盡早回家與妻兒相聚。大小姐若要在秦國找個安居的地方，我保證可給你辦到。」

鳳菲垂下熱淚，低喟道：「鳳菲的心早死了，一切聽從上將軍的安排。」

翌晨項少龍尚未睡夠，給人喚醒過來，說仲孫玄華在大廳等候他。

項少龍記起沙立的事，心中明白，出廳見仲孫玄華，果然他客套一番，立即轉入正題道：「小弟有一不情之請，萬望沈兄給我仲孫家一點面子。」

項少龍心中明白，知他昨晚見呂不韋如此對待自己，已知自己大不簡單，又發覺解子元和他沈良交情日深，故生出退縮之意，再不斤斤計較「飛刀之辱」，樂得做個順水人情，微笑道：「仲孫兄既有這番話，我沈良怎敢計較，沙立交回仲孫兄，其他話都不必說了。」

仲孫玄華哪想得到他這麼好相與，伸出友誼之手道：「我交了沈兄這位朋友。」

項少龍探手與他相握道：「小弟一直當仲孫兄是朋友。」

仲孫玄華尚要說話，費淳神色慌張地來報道：「秦國的仲父呂不韋爺來找管事！」

仲孫玄華想不到呂不韋眞的來找項少龍，而且是在項少龍明示不想見他的情況下，大感愕然，呆瞪項少龍。

項少龍拍拍他肩頭道：「仲孫兄該猜到沈良是小弟的假名字！遲點和仲孫兄詳談。」

仲孫玄華一臉疑惑的由後廳門溜了。

呂不韋的大駕光臨，令整個歌舞姬團上上下下震動起來，惟只鳳菲心中有數，其他人則不明所以。

名震天下的秦國仲父甫進門便要求與沈良單獨對話，其他人退出廳外，呂不韋喟然長歎道：「少龍眞厲害，竟可化身沈良，躲到臨淄來。」

項少龍淡淡道：「仲父怕是非常失望吧！」

呂不韋雙目寒芒一閃，盯著他道：「少龍何出此言？儲君不知多麼擔心你的安危，現在老夫遇上少龍，自會全力保護少龍返回咸陽，今次來只是看少龍的意向爲何？」

項少龍斷然道：「此事遲一步再說，現在我再沒有隱瞞身分的必要，故請仲父正式向齊王提出本人在此的事，好讓我以本來身分向他晉見。」

呂不韋沉吟片晌，又歎道：「為何我們間的關係會弄至如此田地？」

項少龍語帶諷刺的道：「似乎不該由末將負責吧？」

呂不韋道：「是我錯了，只不知事情是否仍有挽回的地步。只要我們同心合力輔助政儲君，天下將是我大秦囊中之物。」

項少龍心中大懍，他太清楚呂不韋的性格，堅毅好鬥，無論在甚麼情況下絕不會認輸，更不會認錯。現在肯這麼低聲下氣的來說話，只代表他另有一套撒手鐧，故暫時要將自己穩住。

那會是甚麼可怕的招數？

項少龍淡淡道：「由始至終，我項少龍是愛好和平的人，只是被迫應戰。我們之間的事已非只憑空口白話可以解決的了。」

呂不韋裝出誠懇的樣子道：「本仲父絕不會怪少龍這麼想，當日本仲父想把娘蓉許配少龍，正是表示想修好的誠意。只因刁蠻女兒不聽話，才使事情告吹。」

頓了頓凝望他緩緩道：「現在本仲父立即去把少龍的事告知齊王，少龍好好想想本仲父剛才的話。但無論少龍怎樣不肯原諒我，本仲父決定放棄與少龍的爭執，讓時間來證明一切。」

呂不韋走後，項少龍仍呆坐席上。

他可以百分百肯定呂不韋已有了對付他的殺著，才這麼矯情作態，假若不能識破他的手段，說不定又會一敗塗地。

不過只是殺死他項少龍，一日有小盤在，呂不韋仍未算獲得全勝，想到這裡，登時渾身出了一身冷汗。

他已猜到呂不韋的撒手鐧是甚麼，那就是他項少龍和小盤唯一的致命破綻，小盤的眞正身世。

若嫪毒由朱姬口中得知過程，又由朱姬處得到那對養育「眞嬴政」的夫婦住址，把他們帶返咸陽，抖了出來，不但小盤王位難保，他項少龍更犯了欺君大罪。

不過回心一想，若此事眞的發生，歷史上就該沒有秦始皇。

現在就算猜到呂不韋有這麼一著撒手鐧，在時間上已來不及阻止，只好聽天由命，信任歷史的不能改移。

想歸這般想，心中的焦慮卻使他煩躁得差點要搥胸大叫，以宣洩心中的不安。

此時鳳菲來了，柔順的坐到他身旁，低聲道：「現在和淑貞她們說清楚好嗎？」

項少龍壓下波盪的情緒，點頭同意。

歌舞姬團的事在幾經波折下圓滿解決，他自己的事，卻是方興未艾。

刻下他完全失去留在臨淄的心情，只希望盡早趕返咸陽，與小盤一起應付「身分危機」。

何時才有安樂的日子過呢？

第十四章　謁見齊王

肖月潭神情肅穆的爲項少龍回復原貌，後者亦心事重重，以致房內的氣氛相當沉重。

項少龍終覺察到肖月潭的異樣，訝道：「老兄有甚麼心事？」

肖月潭歎道：「我太清楚呂不韋的爲人，他怎都不會讓你活著回到咸陽，愈是甜言蜜語，手底下愈是狠辣。」

項少龍擔心的卻是小盤的身分危機，暗責自己確是後知後覺，一旦呂不韋和嫪毒聯手，必會想到這個破綻上去，更糟是此事想請人幫手也不行。

肖月潭續道：「在現今的情況下，我也很難幫得上忙。假若一邊是李園、韓闖、郭開等要對付你，另一邊的呂不韋和田單又想要你的命，你的形勢比前凶險百倍。只要製造點意外，例如塌屋、遭遇風浪沉船，儲君很難入任何人以罪。」

項少龍想起龍陽君，暗忖他可能是自己唯一的救星，只不知爲何他仍未有消息來，照理他去試探韓闖後，該第一時間來告知他箇中情況，難道又另有變數？口上反安慰肖月潭道：「至少我在臨淄應是安全的，因爲誰都不敢公然對我行凶。」

肖月潭道：「很難說！假若田單使人通過正式挑戰的方式把你殺死，政儲君將很難爲你報復。你的傷勢如何？」

項少龍看看銅鏡中既親切又陌生的原貌，活動一下臂膀，道：「最多兩三天，我可完全復元過來。」

肖月潭道：「我不宜常來找你，否則會惹起韓闖懷疑，唉！事情的發展，令人擔心。」

此時手下來報，龍陽君來了。

項少龍在東廳見龍陽君，後者知道他要揭開自己的身分後，閃過吃驚的神色，苦惱道：「這樣事情會複雜多了。」

項少龍不想費神在此令人心煩的事上，問起他韓闖的反應。龍陽君先垂首沉吟片刻，抬頭瞧著他道：「曹秋道會否碰巧是在你偷刀時剛好在那裡呢？」

項少龍肯定的搖頭道：「絕對不會，他親口對我說得到有人盜刀的消息。究竟韓闖怎樣說？」

龍陽君雙目閃過不安之色，低聲道：「奴家照計劃向韓闖提出應否對付你的問題，卻給他痛罵一頓。看來並不是他出賣少龍，會否是少龍忘記曾把此事告訴其他人呢？」

項少龍想起肖月潭，當然立即把這可能性刪除，道：「韓闖會否高明至可識穿君上是在試探他呢？」

龍陽君道：「看來他並非裝姿作態，這麼多年朋友，他很難瞞過奴家，這事眞教人摸不著頭腦。」

項少龍生出希望，假若有李園、韓闖、龍陽君站在他這一邊，他要安抵咸陽，自是輕而易舉。

龍陽君道：「少龍不用擔心，無論如何奴家也會站在你的一邊，不若我們今晚就走，只要返回魏境，奴家自有方法送你回秦。」

項少龍大為心動，道：「但鳳菲她們怎辦呢？」

龍陽君道：「只要你留下一封信交給韓闖或李園，請他代你照顧她們，那無論他們心中有甚麼想法，均只有照你的吩咐去行事。」

項少龍更為意動，旋又想起道路的問題，龍陽君道：「近兩天天氣轉暖，沒有下雪，河水該已解凍，我隨便找個藉口用船把你送走，就算事後有人想追你，亦追你不到。」

一來項少龍心切回家，二來臨淄實非久留之地。他終同意龍陽君的提議，約定今晚逃亡的細節。此時韓竭和旦楚聯袂而至，入宮見齊王的時間到了。

項少龍由大城進入小城，乘輿朝小城北的宮殿而去，沿途的建築比以民居為主的大城建築更有氣勢。

只見公卿大臣的宅第、各衙門的官署林立兩旁，說不盡的富麗堂皇，豪華壯觀。

旦楚和韓竭兩人表面裝得畢恭畢敬、客氣有禮，前者還負起介紹沿途景物之責。抵達王宮時，呂不韋和田單聯袂相迎，執足禮數。

寒暄過後，田單不失一代豪雄本色，呵呵笑道：「無論是上將軍的朋友或敵人，無不對上將軍佩服得五體投地。天下間若沒有上將軍這等人物在，會使人大感乏味。」

項少龍回復了往昔的揮灑自如，微笑道：「人生如遊戲，得田相有此雅量，佩服的應屬少龍才是。」同時注意到田單已老態畢呈，無復當年之勇。

呂不韋扮出眞誠親切的模樣，道：「大家是老朋友，大王正心急要見少龍，有甚麼話，留待田相設宴款待少龍時再說吧！」

齊襄王接見項少龍的地方在宮殿內最宏偉的桓公臺，亦是三日後鳳菲表演的壽宴場所。

桓公臺是王殿區最宏偉的建築組群，位於小城北部偏西處，距小城西牆只有八十餘丈，是一座宏偉的高臺，此長方形的高臺南北長達二十五丈，東西二十丈許，高度五丈有餘，其磅礡之勢可想而見。登上高臺，可俯瞰在桓公臺和金鑾殿間可容萬兵操演的大廣場。

桓公臺本身非常有特色，似若一座平頂的金字塔，臺頂有兩層，東、西、北三角陡斜，南面稍緩，建了登臺石階百多級，臺頂四周砌以灰磚矮花牆，臺頂中間再有一個高出五尺許的方形平臺，臺面鋪的是花紋方磚，典雅貴氣。

齊王在桓公臺下層的點將殿接見項少龍，陪著的還有大王子田生和二王子田建。

齊襄王年在七十許間，身矮且胖，一副有神沒氣的樣子，使人擔心他隨時會撒手歸西。

田生和田建兩位王子均是中等身材，樣貌肖似，雖五官端正，卻頗為平凡，望之不似人君。比較起來，田生一副酒色過度的公子爺模樣，而田建則精神多了。

氣氛出奇的輕鬆親切，禮儀過後，項少龍和呂不韋坐於齊王下首，另一邊是田生、田建和田單。

齊王以他那對昏花老眼仔細打量項少龍後，在臺階上的王座處呵呵笑道：「昔日張儀作客楚國，宴會時傳看當時楚人視為鎮國之寶的『和氏璧』，傳來傳去，忽然不翼而飛，有人懷疑是張儀偷的，把他打了一頓。張儀回家時，問妻子看看他舌頭還在否，說只要舌頭還在，就甚麼都不用怕。哈……」

眾人慌忙陪笑，卻不明白他為何會說起這故事來。

齊王欣然道：「張儀憑沒有被人割去的三寸不爛之舌，封侯拜相；項上將軍則憑手中之劍，成了上將軍，一舌一劍，可謂先後互相輝映。」

項少龍初次領教到齊人荒誕的想像力，應道：「大王的比喻眞妙。」

田生笑道：「不過大將軍已改用自創的長匕首，棄劍不顧哩！」

齊王瞪了田生一眼，不悅道：「難道寡人不曉得嗎？寡人已命人去把上將軍的寶器取回來。」

今次輪到項少龍大感尷尬，張口欲言，卻不知該怎說好，難道說自己早把刀偷回來，還給曹秋道刺了一劍嗎？同時明白到齊王與大王子田生的關係非常惡劣，難怪田單臨時轉變態度，改投田建。不過看田單的衰老樣子，絕不會比齊襄王長命多久。

齊襄王談興極濃，侃侃而言道：「自先王提出『尊王攘夷』，我大齊一直抱著一匡天下、和合諸侯之志。至貴國商君變法，我們齊、秦兩國，隱爲東、西兩大國，合則有利，分則有害，其形勢顯而易見。今趟仲父親臨，又有上將軍作客，我們更加多三分親近，實爲最大的賀禮。」

殿內諸人神態各異。田生剛給王父責怪，低頭噤若寒蟬。田建則以熱切的眼神望向項少龍。呂不韋雖然陪笑，神情卻不大自然。田單仍是那副胸懷城府、高深莫測的樣子。

此時有一近臣走上王臺，跪地把一個信筒呈上齊王，還說了幾句話。

齊王聽得臉露訝色，向項少龍望來道：「曹公說已把寶器歸還上將軍，還有帛信一封，請寡人轉交上將軍。」

田單大訝道：「這是怎麼一回事，上將軍見過曹公嗎？」

項少龍大感不妥，含糊點頭。

齊王使那內侍臣將信筒送到項少龍手上，項少龍取出帛書看後，微笑道：「承曹公看得起，約末將於壽宴後一天在稷下學宮的觀星臺切磋技藝，末將不勝榮幸。」

田單和呂不韋喜色一閃而沒。齊王則龍軀劇震，臉色更轉蒼白。

項少龍則心中好笑，三天後他該已安抵魏境，別人若笑自己怕了曹秋道，他也不會在意。現時他最不想遇上的兩個人，一個是李牧，另一個就是可怕的曹秋道。

項少龍甫離桓公臺，給解子元截住，扯到一旁道：「上將軍騙得小弟好苦，原來你……」

項少龍先向解子元以眼色示意，再向田單、呂不韋等施禮道：「不敢再勞遠送，讓末將自行離去吧！」

田單道：「這幾天定要找個時間大家敘敘。」言罷與呂不韋去了。

解子元細看項少龍現在的尊容，欣然道：「項兄果然一表人才，不同凡響。」

兩人並肩朝宮門舉步走去時，項少龍淡淡道：「解兄的消息真快。」

解子元傲然道：「宮中有啥風吹草動，休想瞞得過我。」

項少龍笑道：「那你知否曹秋道剛向小弟下了挑戰書，約定四日後子時在稷下的觀星臺比武，屆時不准任何人在旁觀戰？」

解子元色變道：「這怎辦才好？唉！你還可以笑得出來。」

項少龍暗忖若非今晚可以溜走，絕笑不出來，現在當然是兩回事。安慰他道：「大不了棄刀認輸！難道他可以殺了我嗎？」

解子元愕然道：「項兄若這麼做，不怕嬴政責怪嗎？」

項少龍想起自己代表的是秦人的榮耀，棄刀認輸當然不行，溜走卻是另一回事，總好過給一向劍下不留情的曹秋道一劍殺了。壓低聲音道：「兄弟自有應付之法，解兄不用擔心。」

解子元苦笑道：「不擔心就是假的，曹公的劍道已到鬼神莫測的境界，不知多少名震一方的超卓劍手，對著他就像小孩碰著個壯漢，連招架之力都沒有。」

項少龍深有同感，這時來到停車處，侍從拉開車門，讓兩人登車。

坐好後，馬車開出。

項少龍問道：「到哪裡去？」

解子元道：「去見仲孫龍，他要親自向項兄請罪。」

項少龍心中一陣感觸，世態炎涼，人情冷暖，莫此爲甚。一旦回復項少龍的身分，整個世界立即改變。像歌舞姬團上下人等，無不對自己奉若神明，紛來討好。反是扮作沈良時，感覺上自然得多。

解子元又道：「仲孫龍父子得知你是項少龍後，非常興奮，央我來求項兄一同對抗呂不韋，有項兄說幾句話，二王子說不定會改變心意。」

項少龍道：「解兄可否安排我在今天與二王子碰碰頭，但這並非爲他們父子，而是爲解兄做的。」

解子元感動地道：「項兄眞夠朋友，就定在今晚吧！」

項少龍望往窗外的街道，家家戶戶在掃雪鏟雪，嚴寒的冬天終於過去。

仲孫龍父子在府門倒屣相迎，熱情如火。

項少龍現在成爲他們唯一的救星，對齊人而言，沒有比與秦國維持良好的關係更重要。如此齊國才可安心兼併宿敵燕國，擴張領土，進而一統天下。

田單之所以能從仲孫龍手上爭取田建，皆因他有呂不韋這張王牌。假若比呂不韋對嬴政更有影響力的項少龍站到仲孫龍這邊來，田建哪還用改投一向支持他王兄的田單。在這種情況下，仲孫龍自是對項少龍情如火熱。

在大廳坐好後，仲孫龍先向項少龍致歉，要說話時，項少龍先一步道：「在公在私，我項少龍亦會爲解兄和龍爺盡心盡力，所以客氣話不用說了。」

仲孫龍父子大喜過望。

解子元道：「待會小弟立即入宮見二王子，安排今晚的宴會，在甚麼地方好呢？」

仲孫龍思忖片刻，道：「不若到玉蘭樓去，會比較自然一點。」

解子元喜上眉梢道：「確是好地方。」

仲孫玄華向項少龍道：「玄華精選了一批一流的劍手出來，撥給上將軍使用，他們的忠誠是無可置疑的。上將軍在臨淄期間，他們只會聽上將軍的差遣。」

項少龍道：「仲孫兄想得很周到，不過此事可否明天開始？」心想明天我早已走了。

仲孫玄華恭敬道：「一切聽憑上將軍吩咐。」

接著皺眉道：「聽說師尊向上將軍下了約戰書，這確是令人頭痛的事。待會玄華去謁見師尊，看可否央他收回成命。」

項少龍搖頭道：「不必多此一舉，令師決定的事，連你們大王也左右不了，小弟亦想見識曹公的絕世劍法。」

仲孫龍緊張的道：「曹公平時雖和藹可親，但劍出鞘後從不留情，假設上將軍有甚麼損傷，那就……唉！」

換了未領教過曹秋道的本領前，假如有人像仲孫龍般以認爲他必敗無疑的口氣向他說出這番話，他會大爲生氣。現在當然不會，笑道：「我有自保之法，龍爺不用擔心。」

仲孫玄華靈光一閃道：「不若我和師妹一起去見師尊，他最疼愛師妹，說不定肯破例只作爲切磋玩玩了事。」

項少龍心中另有打算，微笑道：「眞的不用你們費神，仲孫兄本身是劍手，當知劍手的心意。」

仲孫玄華頽然點頭，道：「上將軍眞是了得，師尊對比武這類事早心如止水，只有上將軍才能令他動心，看來是上將軍那把寶刀害事。」

仲孫龍道：「項兄太出名了，我看玄華你最好去警告麻承甲和閔廷章兩個撩事鬥非的人，他們若來挑戰項兄，是很難拒絕的。」

仲孫玄華雙目寒芒爍動，冷哼道：「他們若想挑戰上將軍，首先要過得我仲孫玄華的一關。」

項少龍心想今晚即走，隨口道：「讓我試試刀也好，仲孫兄有心了。」

仲孫玄華露出崇慕之色，肅然起敬道：「難怪上將軍威震咸陽，只看上將軍的胸襟氣魄，便知上將軍刀法已達至何等高深的境界，玄華甘拜下風，有機會希望上將軍也能指點玄華兩招。」

項少龍失笑道：「仲孫兄是手癢了，還是想秤秤小弟的斤兩，看是否須向尊師求他放過我。」

仲孫玄華給他看破心事，老臉一紅，尷尬道：「上將軍說笑了，玄華確是誠心求教。」

仲孫龍忽道：「我仲孫龍藉此機會向上將軍表明心跡，對鳳菲小姐本人再不敢有非分之想。若有違此言，教我仲孫龍曝屍荒野，請上將軍代爲轉達此意，並爲我仲孫龍向大小姐致歉。」

項少龍心中一動，道：「小弟可能會先大小姐一步離開臨淄，麻煩龍爺給小弟照顧大小姐。」

仲孫龍拍胸口保證道：「這事可包在我仲孫龍身上，請上將軍放心。」

採花者竟成了護花人，可知世事往往出人意表。

解子元一震道：「不若項兄在與曹公比武前找個藉口回秦，那一切不是立可迎刃而解嗎？」

仲孫玄華首先贊成，提議道：「不若說貴岳丈病重，那誰都不會怪上將軍失約。」

項少龍心中十萬個同意，暗叫英雄所見略同，欣然道：「過了今晚，看看和二王子談得怎麼樣才說吧！」

眾人見他沒有拒絕，登時輕鬆起來。

項少龍起立告辭，仲孫龍「依依不捨」地直送他到大門，再由仲孫玄華和解子元兩人陪他返回聽松別館。

第十五章　左右為難

項少龍返抵聽松別館，費淳迎上來道：「報告項爺，張泉、昆山兩人走了。」

項少龍早忘記兩人，聞言愕然道：「有沒有攜帶行囊？」

費淳垂手恭敬答道：「裝滿兩輛騾車，大小姐都知道這件事。」

項少龍暗忖落得乾乾淨淨，正要先回房去，費淳有點尷尬的道：「項爺，歌舞姬團解散後，一眾兄弟可否追隨項爺？」

項少龍拍拍他肩頭道：「歌舞姬團不會解散，你們該盡心盡力扶持二小姐，周遊列國，好過悶在一個地方。」說罷舉步登上主堂的臺階。

費淳追在他身後道：「大小姐、二小姐都請項爺去見她們，還有幸月小姐，噢！差點忘掉，談先生在東廂等候項爺，說有十萬火急的事。」

項少龍見自己變得這麼受歡迎，頭大起來，當然是先往見肖月潭。

肖月潭立在窗前，負手呆看窗外的園景，到項少龍來到他身後，平靜地道：「少龍！我有個很壞的消息。」

項少龍嚇了一跳，問道：「甚麼壞消息？」

肖月潭道：「今天我易容改裝跟蹤韓闖，這忘恩負義之徒竟偷偷去見郭開，商量整個時辰才離開。」

項少龍心中湧起淒酸的感覺，我不負人，人卻負我，還有甚麼話好說的。這傢伙愈來愈高明，連龍陽君都給他瞞過。無奈道：「甚麼都無所謂哩！我今晚就走，龍陽君已安排好一切。」

肖月潭轉過身來，探手抓著他兩邊肩頭，肅容道：「怎麼走？水陸兩路交通完全被大雪癱瘓下來，龍陽君和韓闖是一丘之貉，都是想要你的命。」

又道：「我之所以心中起疑，皆因龍陽君來見韓闖，兩人談了片刻，韓闖便去找郭開，你說這是甚麼一回事。」

項少龍色變道：「甚麼？」

肖月潭歎道：「少龍你太信任朋友，可是當利益涉及國家和整個家族的生死榮辱，甚麼交情均會給撇在一旁。對三晉的人來說，你項少龍三字已成了他們的催命符，只有把你除去，他們方可安心。」

項少龍頭皮發麻，若不能走，他豈非要面對曹秋道的神劍和其他種種煩事。決然道：「那我自己走好了。」

肖月潭道：「你的臂傷仍未痊癒，這麼走太危險哩！」

頓了頓續道：「聽說曹秋道已向你下了戰書，你難道不戰而逃嗎？」

項少龍苦笑道：「我還有甚麼辦法呢？老兄的消息真靈通。」

肖月潭道：「不是我消息靈通，而是有人故意把消息散播，弄得舉城皆知，使你難以避戰。唉！你有沒有想過這麼的開溜，對你會造成很大的損害，呂不韋必會大肆宣揚，以影響你在秦軍心中的神聖地位。」

項少龍愕然道：「明知是送死，還要打嗎？」

肖月潭道：「若憑你現在這種心態，必敗無疑。但只要看曹秋道親自約戰，可知他認定你是能匹配他的對手。」

項少龍苦笑道：「也可能是韓竭奉呂不韋之命，請他來對付我。」

肖月潭道：「這只是你不了解曹秋道，根本沒有人能影響他。此人畢生好劍，弱冠之年便周遊各地找人切磋劍藝，聽說二十五歲後，從未嘗過敗北的滋味，贏得『劍聖』美名。」

項少龍失聲道：「那你還要我接受他的挑戰？」

肖月潭正容道：「這只是以事論事，秦人最重武風和劍手的榮譽，你輸了沒話好說；但若不戰而逃，對你威望的打擊卻是難以估計。或者你可用言語誆他只過十招，說不定可圓滿收場，大家都可以和氣下臺。」

項少龍大爲心動，點頭道：「不若我正式向齊王提出，表面當然大說風光話，甚麼不希望見有人受傷諸如此類。」

肖月潭沉吟片晌，道：「不若直接修書給曹秋道，老傢伙對上趟留不下你定心生不滿，故必肯應承。假若無人知道此事的話，而你確能捱得過十招，那人人都當你把老曹逼和，對你的聲名應是有益無害。」

項少龍暗忖曹秋道可能已摸清他百戰刀法的路子，不若上趟般猝不及防，頹然道：「十劍可不易捱，無論速度、力道和刁鑽，我都遜於他。」

肖月潭抓著他肩頭的手猛力一搖，聲色俱厲道：「項少龍！你看著我，現在是你的生死關頭，假若你仍認定必輸無疑，就永遠回不了咸陽去見你的妻兒。只要三天後你有命從稷下學宮的觀星臺走下來，那晚你立即離開臨淄，回秦後全力對付呂不韋，否則你以前所有的努力都盡付東流。」

項少龍渾身冒出冷汗，驚醒過來，虎目神光閃閃，回望肖月潭沉聲道：「我明白了，項少龍絕不會有負肖兒的期望，我項少龍一定可活著回到咸陽的。」

肖月潭放開抓著他的手，道：「我現在到你房中寫信，畫押後親自給你送到曹秋道手上，然後看他有沒有這豪情。」

項少龍步入後院的大花園，鳳菲等在鏟去了積雪的露天廣場排演舞樂，由董淑貞試唱壓軸主曲。他現在已頗爲識貨，發覺董淑貞比之鳳菲是另一種截然不同的味道，不像鳳菲的放任慵懶，而是帶著如詩如畫的清麗情味，但在怨鬱中卻搖曳某種難以形容的頑皮與熱情，非常動人。

眾女均全神投進曲樂去，項少龍踏入園裡並沒有引起注意，只鳳菲來到他旁，低聲道：「當淑貞唱罷此曲後，就由上將軍宣佈鳳菲退隱嫁入項家，淑貞則成爲鳳菲的繼承者，稷下學宮那一臺由淑貞擔正。」

項少龍失聲道：「甚麼？」

鳳菲「噗哧」笑道：「甚麼甚麼的？你化身沈良，不是要勾引人家嗎？」

項少龍知她只在說頑皮話，岔開話題道：「韓竭來找過你嗎？」

鳳菲白他一眼，幽幽道：「人家正爲此事找你，他說去見仲孫玄華是想探聽仲孫龍對我的事，還指天誓日的說不會辜負鳳菲，說得人家心亂如麻，不知如何是好。」

項少龍苦笑道：「這種事外人很難幫忙的，不過仲孫龍已保證不會對你再有不軌之念，還保證護送大小姐到任何地方去。」

鳳菲嬌軀一震道：「聽你的語氣，好像龍陽君和韓闖全都靠不住似的，又似暗示我不要跟韓竭，究竟是甚麼一回事呢！」

此時歌聲樂聲攀上最高潮，充盈歡娛喜慶的氣氛，炫麗燦爛，活力充沛，再在一記編鐘的清響裡，一切倏然而止，但餘韻繚繞不去。

董淑貞帶領眾姬，來到項少龍和鳳菲身前，盈盈拜倒，嬌聲問好。

項少龍深切感受到整個歌舞姬團的氣氛都改變了，人人鬥志激昂，充滿對前途的憧憬和生機。想起今晚若不告而去，對她們的士氣會造成嚴重的打擊，不由雄心奮起，像她們般鬥志昂揚，把對曹秋道的懼意全置諸腦後。

董淑貞站起來時，已是熱淚盈眶，秀眸射出說不盡的感激之意。

此時下人來報，燕國大將徐夷則求見。

項少龍心中暗歎，知道又要應付另一種煩惱。

徐夷則便服來拜候他，沒有從人，論派勢遠及不上龍陽君等人。

不見多年，他臉上加添不少風霜，似是生活並不好過。

客氣話後，兩人分賓主坐下，這位燕國大將喟然道：「今日我們把盞談心，明天可能對陣沙場，教人唏噓不已。」

項少龍也頗有感觸，問起太子丹的近況。

徐夷則歎道：「與虎狼爲鄰，誰能活得安逸，齊人對我們的土地野心，上將軍不會不知道。今次我們本不想派人來，但郭開卻慫恿丹太子，說若能扶起田建，壓抑田單，說不定形勢有變。所以太子遣末將來齊，更認識到無論誰人當權，都不會息止野心。」

項少龍心中暗歎。趙人和燕人還不是恩怨交纏，當年他乘時空機器初抵古戰國時，燕人侵趙的大軍剛被廉頗打敗，直攻到燕人的薊都去。那時魏、韓、齊、楚等聯手向趙人施壓，逼趙人退兵，曾幾何時，又輪到齊人對燕用兵，今次卻輪到楚人去扯齊人後腿，皆因三晉在強秦的威脅下，無力應付齊人。

整個戰國史是大國兼併小國的歷史，誰不奉行擴張政策，藉蠶食別國土地來壯大國勢、加強實力，誰就要給別人吞滅。假設燕人比齊人強大，那現在苦著臉的就會是齊人。

自被趙人大敗，燕人就在亡國的邊緣上掙扎，若非日後太子丹派出荊軻去刺殺秦王小盤，恐怕沒有多少後人對燕國留有印象。

徐夷則續道：「丹太子現在駐馬武陽，那是武水旁的大城，比較接近南方，以應付齊人的威脅，上將軍若有空，丹太子會非常歡喜見到老朋友。」

項少龍苦笑道：「現在我對能否活著回到咸陽都欠缺信心，哪還談得上其他事。」

徐夷則正容道：「上將軍是否指曹秋道約戰一事？此事必有田單、呂不韋在後推波助瀾，上將軍須小心應付。我們曾派出幾個一流劍手挑戰曹秋道，好挫齊人威風，豈知連仲孫玄華那一關都過不了，想起也教人氣餒。」

項少龍心知肚明此事是因韓闖陷害他而惹出來的，不想再談，岔開話題道：「徐兄何時回燕？」

徐夷則答道：「本打算壽宴翌晨立即離開，現在當然要等看到上將軍挫敗曹秋道才走。」

項少龍搖頭道：「徐兄對我期望太高了。」

徐夷則微感愕然，道：「尚未交手，爲何上將軍卻像沒有甚麼信心似的？」

項少龍當然不會告訴他領教過曹秋道的厲害，只好含糊其詞，改談其他事。

徐夷則閒聊兩句，轉入項少龍最害怕的正題道：「今次夷則來拜候，實有一事相求。」

項少龍只好道：「徐兄請直言無礙。」

徐夷則正容道：「我們之所以會參加合縱軍攻打貴國，實非所願，皆因爲勢所迫，否則在齊人威脅下，將變得孤立無援，假若去此心腹之患，敝國絕不會參與合縱之舉。」

項少龍皺眉道：「事關重大，徐兄可作得了主嗎？」

徐夷則歎道：「這並非是否可以作主的問題，而是敝主的願望。現在田單和呂不韋遙相勾結，貴國軍隊壓得三晉無力北顧，予田單有機會北犯我境。只要上將軍向齊人暗示不會坐看他們擴張領土，那齊人縱有天大膽子，都不敢像現在般放肆。只是一句話，上將軍可爲貴國贏得敝國的友誼。」

項少龍尚是首次捲入這種進退兩難的情況，他雖能影響小盤，皆因一直不存私心，事事爲小盤著想。

要知秦國自商鞅以來，便訂下遠交近攻的國策，聯齊、楚而凌三晉。至於燕人，自燕昭王築黃金臺聘來樂毅等破齊名將，曾威風過一陣子後，秦人從不把僻處東北的弱燕放在眼內，故怎會爲燕人開罪齊人。

另一方面，他更要爲善柔打算，助解子元將田建爭取回來，在某一程度上自己勢要許諾田建那些呂不韋曾答應他的事，自然包括燕國這塊肥肉在內。

項少龍深切感受到自己並非搞政治的人，當然他可輕易騙得徐夷則的心，佯作答應，然後陽奉陰違，只恨他非是這種人。

項少龍苦笑道：「我要答應此事，只是一句話那麼容易，卻恐怕不易辦得到。」

徐夷則臉色微變道：「或者是小將誤會，還以爲上將軍是丹太子眞正的朋友。」

項少龍坦言道：「徐兄言重。朋友就是朋友，絕不會改變。但問題現在我不是正式出使來齊，又有呂不韋在旁牽制，連說話的機會都沒有，所以不敢輕率答應，可否待我想想再說？」

再歎一口氣道：「假若我給曹秋道一劍殺掉，那就說甚麼都沒用。」

徐夷則容色稍緩，有點不好意思道：「是小將太急躁，一切自該留待上將軍由稷下學宮凱旋歸來再說。」

徐夷則言罷起立告辭，剛把他送到府門，李園來了。

往日項少龍清閒得可抽空睡午覺，現在卻是應接不暇，忙得差點沒命。

項少龍請李園到大廳等他，先趕去爲肖月潭寫好的信畫押，再匆匆朝大廳去，給小屛兒截著道：「大小姐有十萬火急的事，囑你立即去見她。」

小妮子眼含怨懟，面帶幽凄，看得他的心痛起來，卻又沒有辦法，他已下定決心，再不納任何姬妾，感情實是最大的負擔。自倩公主死後，能使他動心的，只有琴清和李嫣嫣兩女。

項少龍苦惱道：「李園正在大廳等我呢！」

小屏兒道：「那亦要先去見小姐，因爲清秀夫人偷偷到了她處。」

項少龍這才知道清秀夫人原來和鳳菲有交情，權衡輕重下，趕去見這美人兒。

清秀夫人仍是臉垂重紗，不肯以玉容相示，鳳菲識趣避開，清秀夫人開門見山道：「上將軍可知你的處境非常險惡？」

項少龍點頭沉聲道：「夫人有甚麼新的消息？」

清秀夫人道：「李相當然不會將他的事告訴我，不過我已命人留心他，這兩天韓闖不時來找他密談，上將軍觀人於微，當知韓闖不是善類，李相一向不大歡喜韓闖，忽然變得如此親密，自是令人起疑。」

項少龍歎道：「我明白了。多謝夫人，項某非常感激。」

清秀夫人淡淡道：「此事我只是爲嫣嫣做的，否則她會怪我。我們這些婦人女子，只知上將軍有大恩於李相，而李相若以怨報德，是大錯特錯，其他的事都不想理會。不敢再耽阻上將軍的正事！上將軍請自便吧！」

項少龍早習慣她拒人於千里之外的冷漠，施禮告退，往見李園。

李園獨坐廳內，默默喝茶，神情落寞，不知是否因要出賣他項少龍而心境不安。

項少龍在他旁坐下，忽然怒氣上湧，冷冷道：「麻煩李兄通知有關人等，今晚小弟決定不走了。」

李園劇震道：「項兄今晚要走嗎？」

項少龍細察他神情，怎看都不似作僞，奇道：「韓闖那忘恩負義的傢伙沒告訴你嗎？」

李園叫起屈道：「我眞不知此事，今次我來找你，就是要告訴你韓闖這傢伙給郭開說服要害你，同時嫁禍給呂不韋，好惹起貴國的內亂。咦！難道你誤會我和他們同一鼻孔出氣嗎？若是如此，我李園還是人嗎？嫣嫣更會怨我一世。」

項少龍糊塗起來，分不清楚誰忠誰奸，道：「這兩天爲何不來找我，若我今晚眞的走了，豈非落進韓闖和郭開的陷阱嗎？」

李園慚愧道：「這幾天韓闖頻頻來找我說話，我也曾想過是否對此事不聞不問，最後鬥不過自己的良心，少龍勿要怪我，是小弟的意志不夠堅定。」

項少龍歎道：「你們有沒有想過，有我一日在秦與呂不韋互相牽制，秦國將難以全力攻打你們。否則會是怎麼樣的情況，你們當可想見。」

不由又想起小盤的身分危機，那會使他和小盤陷在絕對的下風，或許昌平君等仍支持小盤，但已失去往日合法的理據。

李園苦笑道：「其實龍陽君並不想出賣少龍，只因他一時口疏告訴韓闖他曾在大梁見過你，事後沒有報知魏王增，被他以此威脅，怕給揭發出來累及親族，逼得要與他合作。他對你的感情，比任何人來得深厚，故最痛苦的是他。項兄該明白我的意思。」

項少龍怒道：「韓闖這傢伙可太過分了，表面滿口仁義道德，難怪他特別怕我，因爲內心有愧，哈！既是內心有愧，那他這人仍不算太壞。」

李園苦笑道：「想不到項兄仍有心情說笑，韓闖的確非常苦惱，這麼做有一半是被郭開逼出來的。問題是韓闖身邊有人對郭開通風報訊，使事情洩露出來，現在韓國最不敢得罪的是趙人，韓闖更顧忌韓晶，怕她向韓王進讒，那他就糟透了。」

項少龍怒火稍消，笑道：「早知如此，當日一劍將郭開宰掉，就不會有現在的煩惱。」

李園道：「換過誰都不會有分別，爲掙扎求存，誰不是不擇手段，只是我做不出這種事吧！照我看，韓闖不用你吩咐都會把今晚送你離臨淄城的陰謀取消，因爲藉曹秋道的劍，總好過用他自己的手。」

只這一句話，項少龍可斷定李園應沒有參與陰謀，否則該知道逃走的事是由龍陽君負責，表面上韓闖並不知情。心情稍佳，道：「那至少在與曹秋道比武前，我是安全的。」

李園歎道：「理該如此，不過我卻側聞臨淄的劍手躍躍欲試，想先秤秤你的斤兩。」

項少龍冷哼道：「我目下的心情不大好，他們最好不要來惹我。」

李園沉吟道：「曹秋道確是曠古鑠今的劍術大師，少龍有把握嗎？」

項少龍想起肖月潭的「十招之計」，心下稍安，點頭道：「自保該沒有問題。」

李園大訝，卻沒再作追問，還想說下去時，今次輪到解子元來找他，李園知不宜在旁，匆匆走了。

項少龍把解子元迎入廳裡，後者苦笑道：「約是約好了，可是小弟卻有個難題，夫人她不信我今晚和你在一起，要見過你才肯信。」

項少龍心知肚明善柔只是找藉口見他，苦笑道：「今次由我到府上接解兄如何？」

解子元喜道：「項兄眞夠朋友，二王子知道可與項兄見面，興奮得不得了，說你的一句話，在嬴政面前比呂不韋的十句話更管用。」

項少龍暗忖齊國之亡，皆因這種心態而來。

解子元道：「今晚要再找柔骨美人來陪酒，給她挨著不知多麼舒服。」

項少龍道：「她不是田單的人嗎？讓她知道我們說甚麼不大好吧！」

解子元道：「放心好了，她是出名不理政事的。而且說出去也沒甚麼打緊，只要讓二王子知道有你支持我們就成。」

項少龍想起今早齊王毫不給面子的斥責大王子田生，暗道難怪人人均看漲田建的行情。

解子元壓低聲音神秘兮兮的道：「據傳大王會在壽宴上正式宣佈繼位的太子人選，肯定是二王子無疑，所以我們才須藉項兄壓壓田單和呂不韋的氣焰。」

項少龍哪想得到自己會以這種形式與呂不韋和田單進行政治鬥爭，可見政治手段確可殺人不見血。自己由一個「一無所有」的人，變成不但可影響秦國政壇，還能左右別國政局，確是始料難及。

解子元告訴他約定的時間，又匆匆趕去通知仲孫龍父子。

項少龍返房把密藏的百戰寶刀取出，掛在腰際，心想若曹秋道不答應十招之數，便在壽宴那晚諸事停當後和鳳菲溜之夭夭。小命要緊，甚麼劍手的榮耀均屬次要。想起曹秋道出神入化的劍法，早前給肖月潭激勵起的鬥志，此時又不翼而飛。

不過老曹若肯以十招爲限，則不妨陪他玩玩，自己怎不濟都可捱過他十招。

他當然明白肖月潭是爲他著想，不戰而逃會在他光榮的武士生涯裡留下一個大污點，尤其在小盤身分危機時發生，更屬不智。

但自己知自己事，曹秋道的劍法並不是人力所能抗拒的。爲了妻兒，又覺得這樣送命太不值得，所以生出避戰之意。

到現在爲止，他仍弄不清楚龍陽君是否眞的出賣自己。只要今晚看看他會否取消離開臨淄的安排，即可清楚。

他有點想到園中練習刀法，但暗忖假若老曹不肯答應十招之請，練也是白練，沉吟間，幸月帶著一股香風擠入他懷裡，把他摟個結實，嬌喘細細地道：「上將軍騙得我們很苦呢！」

項少龍擁著她豐滿動人的嬌軀，面對著如花玉容，大感吃不消，更不想傷害她的芳心，只好道：「幸月小姐不是在綵排歌舞嗎？」

樂聲隱隱從花園傳來，故項少龍會有此語。

幸月俏目生輝地凝注他，昵聲道：「大小姐在指點二小姐的唱功做手，奴家惦掛上將軍，所以趁機溜來看你嘛！」

最難消受美人恩，項少龍一向對這美歌姬並無惡感，怎忍心硬是拒絕她，只好顧左右而言他，道：「你是否會繼續追隨二小姐？」

幸月道：「這個當然，我們做周遊歌姬的都有個不成文的傳統，就是莫要嫁入豪門，要嫁就嫁布衣平民，又或獨身終老。唉！我們甚麼男人沒見過呢？對男女之事早心淡了。」

項少龍先是愕然，旋即放下心來，鬆了口氣道：「不過像你們那樣能爲自己作主的歌姬並不多，豪門養的歌姬就沒法主宰自己的命運。」

幸月媚笑道：「起始人家以爲你是沈良，又見歌舞姬團解散在即，眞想從了你，現在則只想好好伺候上將軍，今晚人家到你處來好嗎？你現在的樣子非常帥。」

項少龍大為意動，可是又覺對不起紀嫣然等賢妻，只好婉拒道：「現在我必須保留體力，以應付與曹秋道那老傢伙一戰，若還有命，你不來找我，我也會找你呢！」

幸月欣然道：「一言為定。」

幸月走後，項少龍看看天色，心想不若到街上逛逛，安步當車到解府去見善柔和接解子元，好過坐在這裡胡思亂想。

打定主意後，換上武士服，外披擋風長棉襖，戴上帽子，溜了出去。

這日天色極佳，在此日落西山的時候，街上人車往來，好不熱鬧。

他的劍傷已大致痊癒，加上有百戰寶刀在手，除非大批武士來圍攻他，否則總能脫身。但當然不會有人敢公然來殺他，若是單打獨鬥，倒可藉之練刀。

起始時他提高警覺，用了種種方法測探是否有人跟蹤他，仍是一無所覺後，放下心來，全情享受漫步古都的情趣。

齊國婦女的開放程度，僅次於秦、趙兩國。

秦國因蠻風餘緒，婦女仍充滿游牧民族的味道；趙國則因男丁單薄，王室鼓勵男女相交，所以趙、秦兩國的女子都不怕男人，活潑多情，至乎在街上與陌生男子打情罵俏。

齊女卻似是天生多情，不知是否臨海國的特性，很少有害羞的。

項少龍獨行街上，不時遇上結伴同遊的齊女秋波拋送，眉目傳情，充滿浪漫旖旎的氣氛。

他所到之處，要數楚女最保守，較極端的例如清秀夫人，連粉臉都不肯讓男人看，神態語氣擺明只可遠觀，不可隨便採摘。

不由又想起莊夫人，她乃南方少數民族，作風又大膽多了。

在輕快的腳步裡，項少龍踏入解府，不用通傳，下人把他帶到善柔居住的庭院。

善柔把他扯到偏廳，大嗔道：「你怎能答應師父的挑戰，這麼快忘掉給他刺了一劍嗎？」

項少龍苦笑道：「現在是他來惹我，小弟只是受害者。」

善柔跺足道：「你這人呢！你項少龍有甚麼斤兩我善柔不清楚嗎？這樣去等若送死。輸便輸吧！有甚麼大不了的。」

項少龍歎道：「我現在代表的是秦國武士的榮辱，不過話說回來，比武不是都要殺人才可了結吧！」

善柔怨道：「你太不明白師父了，只要一劍在手，從來不講情面，誰都左右不了他。以往對上他的人不死即傷，你上次只著了輕輕一劍，不知多麼走運。」

又道：「我剛去見過師父，請他收回成命，豈知他說難得有你這樣的對手，怎也不肯改變心意。氣死人哩！」

項少龍不忍她擔心，先叮囑她千萬不要說給人知，才把肖月潭的十招之計說將出來。

善柔聽罷吁出一口涼氣，道：「師父克敵制勝，每在數招之間，你當十招易捱嗎？」

項少龍一拍腰間寶貝，傲然道：「若捱不過十招，現在還有命站在這裡任你怨怪嗎？」

善柔見到他的百戰寶刀，立時秀眸亮閃，毫不客氣抽出來把玩，喜道：「久未與高手過招，就找你來試。」

項少龍當然知她厲害，忙道：「現在不成，給小弟多一晚時間，讓傷口痊癒再和你較量。」

善柔狠狠道：「明天本姑娘來找你，到時若推三推四，我會揍你一頓。」言罷「噗哧」嬌笑，神態有多麼迷人就那麼迷人。

項少龍心中暗歎，善柔是他誠切想留在身邊的女子，現在卻已是人家之婦，成為人生裡一件無可奈何的憾事。像楚太后李嫣嫣，打開始便知只是一夕之緣，心中早有準備，反不覺傷心，還留下美麗的回憶。

善柔湊近他少許，肅容道：「若可使田老賊失勢，那比殺了他還教他難過，我也算報了大仇。所以我一直不准子元那混帳傢伙投靠田單，可笑仲孫玄華還以為我對他們父子另眼相看。」

項少龍點頭道：「我明白的，怎都要幫柔大姐出這口氣。」

善柔笑臉如花嬌嗲的道：「早知你是好人來哩！」

這時解子元回來，換過衣服，善柔送他們出門，還不忘提醒項少龍明天會找他比試。

馬車開出解府，解子元警告道：「在臨淄無人不給我夫人打怕了，仲孫玄華都怕給她逼去比試，項兄小心點才好。」

項少龍歎道：「若連她那關都闖不過，還憑甚麼去見曹秋道他老人家呢？」

解子元一想也是，大笑自己糊塗。

聽著蹄音輪聲，項少龍閉上眼睛，心神飛返咸陽溫暖的家中去。

第十六章　百戰立威

抵達玉蘭樓時，仲孫龍父子早在恭候，情意殷殷，與以前當然是天淵之別。今趟設宴的場所及氣派大是不同，仲孫龍訂的是最華麗的院落，由包括蘭宮媛在內的八名美姬親自款待，少不了蘭夫人從旁打點。

蘭宮媛看到回復原貌的項少龍，迎了上來，挽著他到上席坐下，湊到他耳旁低聲道：「上趟明明刺中你，爲何竟絲毫沒有事的呢？」

項少龍暗叫厲害，只這麼輕描淡寫的一問，輕易把兩人間的仇恨化成似男女間的兒嬉，微笑道：「媛小姐爲何聽命於田單？是否因爲齊雨的關係？」

蘭宮媛淡淡道：「媛媛身爲齊人，自要爲我大齊盡點心力。不過對上將軍奴家卻是非常仰慕的。」

此時下首的仲孫玄華哈哈笑道：「媛媛今晚移情別戀，只顧與上將軍說親密話，是否該罰一杯？」

蘭宮媛輕吻了項少龍的臉頰，這才媚眼斜睥著正與另一美姬打得火熱的解子元一眼，笑靨如花的道：「移情別戀的另有其人，罰的該是解大人而非妾身呢。」

解子元舉杯笑道：「該罰該罰。但媛媛也該罰，且須以曲代酒，哈！」

項少龍心中好笑。解子元甫進入青樓，立時興致勃勃，像變了另一個人似的。不過只要看他對蘭宮嫒這種超級美女也毫不留戀，可知他是逢場作戲，不會眞箇沉溺於酒色徵逐裡。

對於三大名姬，蘭宮嫒一點不能令自己生出遐想，原因或許是對她的狠辣手段深存戒懼。說到底她大批的團友夥伴因自己而喪身咸陽，若說沒有心懷怨恨就是奇事。

鳳菲雖對他有高度的誘惑力，但因屢次騙他，甚至欲下毒手殺他，使他早心淡了。反是石素芳這作風特別、難以相處的美女，令他有些兒憧憬。

嬉笑聲中，眾人舉杯對飲。

仲孫龍坐在項少龍對席下首，左擁右抱，向項少龍舉杯敬酒，奇道：「二王子爲何竟會遲來呢？」

這問題當然沒有人能回答，解子元提議道：「不若派人去催催看？」

仲孫玄華立即命人去辦此事，然後對項少龍道：「聽解大人說，柔師妹明天會來找上將軍試劍。若上將軍不介意，玄華可否忝陪末席，見識上將軍的威風。」

項少龍暗怪解子元多口，欲拒無從，只好道：「雕蟲小技，怕不堪入玄華兄之目。」

仲孫龍呵呵笑道：「上將軍太謙虛了！」

項少龍心中明白，仲孫玄華這不情之請，是想來探探自己的斤兩，看看是否能在乃師劍下保住性命。假若自己力有不逮，他們當要另想其他辦法，免得自己一命嗚呼，使他們的甚麼大計都要付諸東流。

蘭宮嫒又湊到他耳旁道：「上將軍見過曹公嗎？」

項少龍當然不會告訴她事實，搖了搖頭，正要說話時，三個人大步走進來，其中一個赫然是蘭宮媛的面首齊雨，另兩人年紀相若，分作武士打扮和文士裝束。

那武士外型高大驃悍，肩厚頸粗，麻皮臉，目若銅鈴，獅子鼻，頗爲醜陋，但卻非常具有男人的陽剛氣概。

文士裝束的男子高瘦精明，樣子頗像田單，使項少龍很容易猜到他是田單的兒子田邦，不禁大感驚愕，這似乎不是他應該來的場合。

仲孫龍等亦呆了一呆，不知怎樣應付才對。

眾女已盈盈跪拜。

田邦帶頭立定拱手致敬，向項少龍笑道：「田邦聞得上將軍大駕在此，特來一睹尊容，希望上將軍莫要怪我等唐突。」

項少龍起立還禮，目光落在齊雨臉上，這小子眼中掠過深刻的恨意，嘴角露出一絲冷笑道：「項兄別來無恙，聞說雅夫人客死咸陽，此事確令人遺憾。」

項少龍明知他是故意提起雅夫人來勾起他曾被奪愛的舊恨，心中仍忍不住抽搐一下，勉強一笑，沒有答他。

那武士的態度更是囂張，抱拳道：「在下麻承甲，一向對上將軍的劍法極爲神往，不知可否在上將軍與曹公一戰前，讓在下先領教絕藝？」

仲孫龍父子和解子元同時色變，麻承甲這麼公開向項少龍挑戰，不但很不給他們面子，同時擺明認爲項少龍必會命喪曹秋道之手，故現在要爭取機會。只恨在這種情況下，他們實在很難插言。

仲孫玄華本身非是善男信女，暗忖只要項少龍出言婉拒，他便立即向麻承甲約戰，務要取他狗命。

仲孫龍則心想縱使有田單庇護他，也要找人打斷他兩條狗腿。

院內一時呈現劍拔弩張的氣氛。

置身在二十一世紀時，項少龍一向是撩事打架的性子，只是現在「年紀大了」，收斂了火氣，又覺得爭鬥沒有甚麼意義，這才不願與人動手，卻絕非怕事之輩。

現在見到田邦、齊雨和齊國著名劍手麻承甲一副欺上門來的姿態，不由火上心頭，卻竭力壓抑，淡淡一笑道：「麻兄既然那麼有興趣，項某人陪你玩兩手也無不可，不過現在卻非適當時候，不如……」

齊雨搶著截斷他道：「項兄若是等候二王子就不用費精神了，仲父和韓大人剛去見二王子，怕二王子不能抽空來哩！」

仲孫龍等無不色變，豈非田建明示已投向田單和呂不韋嗎？只有項少龍推想得夠透徹，明白到田建是怕自己命喪於曹秋道之手，使他的注碼押錯，遂暫採觀望態度，避嫌不來出席。此刻呂不韋和韓竭自是大鼓如簧之舌，極力對他煽動。

麻承甲呵呵笑道：「既是如此，請上將軍立即出劍，讓我麻承甲領教高明吧！」

項少龍早因被韓闖、龍陽君等出賣慪了一肚子悶氣，又見田建勢利如隨風擺動的牆頭草，現在更被不知天高地厚的麻承甲蓄意挑釁，怒從心起，猛地脫去外袍，露出比麻承甲更強悍的體型，喝道：「既是相逼不已，那就動手吧！」

眾人哪想得到他如此悍勇，眞個立即便要出手，均大感意外。

眾女瞧著他勁裝包裹著肩寬胸闊、腰細腿長的出眾體型，加上他睥睨昂揚的氣概，無不露出迷醉的神色，連蘭宮媛亦不例外。

項少龍此時手握百戰寶刀刀柄，大步走出場中，形成一股懾人的氣勢。

田邦和齊雨都有點慌了手腳，忙亂的往後退開，更添加他猛龍出海式的威勢。

麻承甲想不到他立即便要動手，此時首當其衝，更感項少龍的威脅。但勢不能請對方暫停片刻，遂冷哼一聲，下意識往後退開，藉以擺開架勢。

項少龍實戰經驗何等豐富，知道不經意間製造出先聲奪人之勢，哪肯容麻承甲有喘息之機，見他後退，仰天大笑，「鏘」的一聲，拔出百戰寶刀，直往對方逼去。

刀才離鞘，堂內立時寒氣冷冽，教人心生冷意。

麻承甲始記起對方用的並不是他慣於應付的長劍，心底不由更是虛怯，往後再退兩步，好看清楚對手兵器的走勢。

項少龍豈肯放過機會，步伐沉穩的繼續前進，百戰寶刀往頭上舉起，左手同時握在刀把上，暴喝道：「拔劍！」

麻承甲立感宛如對著千軍萬馬殺過來般，倉忙應聲拔劍。

項少龍箭步前飆，已到了上方最高點的百戰寶刀刀鋒化成寒芒，如雷電擊閃般全力往氣勢已失、進退失據的麻承甲當頭劈去。

麻承甲若是聰明的話，此時唯一化解之法，是再往後疾退，甚至奔出門外，到了院落間的空地再接戰，當可避過這驚天動地的一刀。

但偏是他身為挑戰者，剛才又把話說得那麼滿，此刻在眾目睽睽下，哪肯在人家甫使出第一刀便做其縮頭烏龜，咬緊牙關，揮劍橫架。

項少龍見對方倉皇招架，用的又是單手，心中暗笑，全力下擊。

「鏘」的一聲，麻承甲的長劍應刀中斷，眾人齊聲驚呼時，項少龍退了開去，還刀入鞘。

麻承甲的臉色比死人更要難看，手持斷劍，呆若木雞的立在場中，由髮際至眉心呈現出一道血痕，鮮血涔涔淌下，可怖之極。

眾人均知是項少龍手下留情，卻更驚懍項少龍刀法的方寸和精到，誰猜得到僅一刀就使名震臨淄的麻承甲一敗塗地，只怕連曹秋道仍難以辦到。

項少龍則暗叫僥倖，若自己用的是血浪寶劍，恐怕要費很大氣力才可收拾此子。

一時間場內鴉雀無聲。

麻承甲驀地一聲怪叫，棄下斷劍，羞愧得無地自容般狂奔而去。

仲孫玄華長身而起，舉杯歎道：「難怪上將軍名蓋咸陽，連師尊都動了要和你比試的心，如此刀法，實世所罕見。」

田邦和齊雨面如土色，有點難以相信的瞪著項少龍，啞口無言，留既不是，退更不是，尷尬之極。

項少龍環目掃視眾人，見人人尚是一副驚魂未定的樣子，知道自己在機緣巧合下立了威，微微一笑道：「二王子既然不來，我們不若早點回家睡覺！」

剛跨進門檻，給鳳菲召去。

在主樓上層的小廳裡，這出色的美女正對琴發呆，見他來到，才回過神來，拉他到一角坐下，幽幽道：「韓竭來找過人家，說盡好話，奈何我已心灰意冷，怎都聽不入耳。眞是奇怪，以前我只要想起他，心裡便甜絲絲的，現在只覺他空得個英俊的外表，爲何我對他的看法會變化得這麼大呢？」

項少龍暗自心驚，只望鳳菲不是移情別戀愛上自己，試探道：「大小姐有甚麼打算？」

鳳菲秀眸透出淒茫神色，語氣卻是出奇地平靜，柔聲道：「現在我只想靜靜地過一段風平浪靜的日子，上將軍可爲我做出安排嗎？」

項少龍如釋重負地吁了一口氣道：「只要應付過曹秋道，我立即帶你返回咸陽，在那裡有我保護你，還有甚麼好擔心呢？」

鳳菲訝道：「我知你劍法高明，但在齊人心中，曹秋道已是天神而非凡人，爲何你仍是成竹在胸的樣子？曹秋道的劍從不留情，若你有甚麼三長兩短，人家怎……怎……唉！鳳菲不想活了。」

項少龍倒沒誤會她的意思，明白她的不想活，指的是失去憑依，不如乾脆自盡。

他當然不會逢人就和盤托出「十招之約」，微笑道：「曹秋道僅是個凡人，只不過劍法比任何人都要厲害吧！我不是要硬充好漢的人，若沒有保命的把握，今晚就和你溜了。」

鳳菲半信半疑道：「莫要過於自信，齊人的形容或有誇大之處，但曹秋道橫掃東南六國，卻是不爭事實。」

目光落到他的百戰寶刀處，輕輕道：「韓竭怕人家移情於你，說了你很多壞話，使我心中更鄙視他。」

項少龍早預料韓竭會如此，毫不介懷道：「誰可令全天下的人都歡喜呢？只好笑罵由人。咦！大小姐似乎對小弟這把刀很有興趣哩！」

鳳菲給他逗得露出笑顏，仰臉吻了他的臉頰，昵聲道：「對你這把寶貝有興趣的是曹秋道和齊國的劍手，我只對你的人有興趣。鬥爭仇殺有甚麼樂趣？偏是你們這些男人樂此不疲，把我們弱質女流都牽累其中。韓竭臨行前說你可能沒命去見曹秋道，不過鳳菲卻沒給他唬倒。」

項少龍微笑道：「你聽過麻承甲嗎？」

鳳菲帶點不屑的口氣道：「不但聽過，還在田單的相國府見過他，除仲孫玄華和旦楚外，論劍術，就要數他和閔延章。」

旋則皺眉道：「爲何提起他呢？這人相當可厭，態度囂張，一副目中無人的樣子，又以爲自己很受女人歡迎，我只要看到他的模樣便覺噁心。」

項少龍笑道：「原來你對男人的喜惡這麼強烈。不過恐怕你有段時間會見不著他，他剛才尋上門來挑釁，給我一刀便在他額上留下永遠磨滅不了的回憶。」

鳳菲失聲道：「只是一刀？」

項少龍淡淡道：「是小弟誇大了點，我還走了幾步。」

鳳菲倒入他懷裡，嬌嗔道：「人家恨死你這得意洋洋的可憎樣兒，你卻偏是對人家不動心。」

項少龍坦然道：「我動心得要命，唉！誰能不對你動心？只是感情的擔子太重，我家有三位賢妻，實在不敢再向別人用情。」

鳳菲幽幽道：「人家早明白哩！雅夫人和倩公主對你造成很大的打擊，是嗎？」

項少龍訝道：「你怎會知道的？」

鳳菲道：「自然有人告訴我。」

項少龍心湖中浮現出清秀夫人的倩影，難道是她告訴鳳菲？若是如此，那這美女的內心便非若外表般對自己的冷漠。

鳳菲伸出纖手，撫上他的臉頰，愛憐地道：「上將軍累了，不若今晚留宿在鳳菲處吧！」

項少龍正要答話，樓梯足音響起，嚇得兩人忙分開來。

小屏兒的聲音傳上來道：「龍陽君求見上將軍。」

項少龍記起今晚和龍陽君的約會，心中冷笑，暗忖且看看這老朋友能找到甚麼藉口，以取消逃走的計劃。

鳳菲代他應了後，輕輕道：「無論是多麼晚回來，記得來人家處。鳳菲求的不是甚麼名分責任，只是一夕之緣吧！」

第十七章　信心盡復

項少龍鑽入車廂，馬車開出。

龍陽君情不自禁的挨了半個「嬌軀」過來，「秀眸」生輝，興奮地道：「奴家藉口要夜賞淄水，取得出城的通行證，只要坐上大船，揚帆西上，誰都奈何不了我們。」

項少龍大感意外，皺眉道：「聽說河道仍被冰雪封閉，如何可以行舟？」

龍陽君道：「奴家早派人打聽清楚，陸路雖是人馬難行，河道昨天卻剛解凍，還有船東來臨淄，少龍放心好了。」

項少龍聽得大感茫然，難道肖月潭說謊嗎？

照道理若龍陽君與韓闖勾結來害自己，於獲悉曹秋道挑戰自己後，理應立即放棄任何陰謀詭計，先看看自己會否命喪於老曹之手，才再做其他打算。

可是看現在龍陽君的認眞樣子，似乎眞的要領自己逃離臨淄，其熱情更不似作僞，究竟是甚麼一回事？

對於朋友，他一向口直心快，忍不住道：「君上不怕韓闖的威脅嗎？」

龍陽君「嬌軀」劇震，臉色轉白，失聲道：「少龍怎會知道的？」

項少龍淡淡道：「原來確有其事。」

龍陽君默然半晌，歎道：「闖侯是逼不得已，皆因手下有人把消息洩露予郭開那個奸鬼。不過現在少龍公開身分，頓使郭開陣腳大亂，進退失據。」

項少龍細看龍陽君的神態，奇道：「我們今晚溜走的事，韓闖是否知道？」

龍陽君答道：「當然不會讓他知道。奴家已豁了出去，怎都不讓少龍喪命於曹秋道之手。奴家曾見過這老傢伙出手，他的劍確有驚天地、泣鬼神的威力。」

項少龍忍不住摟著他的「香肩」，欣慰的道：「知道君上沒有出賣我，小弟心中的快樂，非任何言語所能表達，但我卻不能牽累君上，驅車回去吧！」

龍陽君一震道：「少龍萬勿逞強，據奴家所知，韓闖等人曾密見曹秋道，力勸他務要把你除去，否則齊國永無寧日，所以切勿認爲曹秋道肯劍下留情。」

項少龍微笑道：「聽說曹秋道連齊王都左右不了他，韓闖算得是甚麼東西？」

龍陽君愕然片晌，感動地道：「奴家知少龍是爲我著想，但奴家自有手段應付韓闖。說到底，他有很多事仍須倚仗奴家，不敢眞的胡來。」

又歎道：「奴家不是爲他說話，事實上他非常爲難，他對少龍是有分眞切情誼的。」

項少龍此刻全無溜走的打算，斷然道：「要走就待與曹秋道一戰後才走。事實上我曾和他交過手，這把百戰寶刀就是在那趟交手搶回來的，否則也不知韓闖那傢伙想殺我。」

龍陽君失聲道：「你曾和他交手？」

項少龍柔聲道：「君上先命人把車駛回去，再讓我告訴君上詳情吧！」

項少龍醒來，天剛微亮。

一來天寒地凍，兼且昨晚很遲就寢，他捨不得從溫暖的被窩鑽出來。

昨晚他硬著心腸沒有到鳳菲那裡去，皆因不想因男女關係而令事情失去控制。他的如意算盤是打算捱過老曹十招後由解子元安排他溜之大吉，鳳菲則由仲孫龍父子負責安排她安全離去。憑自己的威望，此處又非呂不韋地盤，眾女該沒有危險。

回到咸陽後，他再不會領兵出征。現在唯一的願望，是小盤的身分危機只是自己的過慮，但隱隱又知道這是自己一廂情願的樂觀想法。以呂不韋的精明，兼之此事頗有漏洞，確難存任何僥倖。

忽然嘈吵聲自前院方向傳來，接著有人慘哼痛叫。項少龍愕然擁被坐起來時，善柔旋風般衝進來，劈胸抓著他叱道：「懶小子快給我滾下床來，明知大後天要對上師父，還磨著不起來。」

被善柔打得臉青唇腫的費淳、雷允兒等此時狼狽萬狀的擁入房內，見項少龍這堂堂大秦上將軍一臉無奈的給惡女揪著胸衣，無不愕然止步，不知所措。

項少龍苦笑介紹道：「這是曹秋道都要喊頭痛的解夫人，下次碰上，各位該知應採甚麼態度了。」

項少龍卓立院內，心與神合，百戰寶刀從不同的角度劈出，每一刀均把善柔猛厲靈活的攻勢完全化解，使她難以組織連續的攻勢，就像揮刀斷水般，每次都把水流沒有可能地中斷。

經過近年轉戰沙場的經驗，他的刀法趨於成熟，再沒有任何斧鑿之痕。

善柔再十多劍無功而還，終於力竭，往後退開，橫劍而立，杏目圓瞪的狠狠盯著他。

在旁觀戰的除了一眾家將及諸姬婢等人，還有仲孫玄華和他的十多名侍從。

眾人都壓下鼓掌喝采的衝動，皆因怕惹怒善柔這個超級惡女。

善柔玉容忽爾解凍，「噗哧」笑道：「小子果然大有長進，算你吧！看來怎都該可捱得師父幾招的。」

項少龍怕她將十招之約揭露出來，忙抱刀致敬禮道：「多謝解夫人指點。」

眾人這才敢喝采歡呼。

仲孫玄華拔出佩劍，來到項少龍身前笑道：「玄華手癢多時，請上將軍指點。」

項少龍面對這齊國曹秋道以下、與旦楚齊名的出色劍手，不敢托大，橫刀守中，微笑道：「玄華兄請！」

旁觀者懾於仲孫玄華的威名，連大氣都不敢透出半口。

仲孫玄華神情靜若止水，挺劍跨前兩步，項少龍立感到對手生出一股凌厲的氣勢，豈敢怠慢，雙眉一軒，刀往後收。

仲孫玄華雙目神光大盛，凝注項少龍，驀地大喝揚聲，出劍疾刺。

項少龍心底湧起感觸，仲孫玄華的劍法比之管中邪毫不遜色，但卻遠及不上曹秋道。可見曹秋道在劍道上的天分乃老天爺所賜，連他最出色的徒兒也只能得其形而失其神。

「鏘」的一聲，項少龍運刀架著。仲孫玄華被百戰寶刀的強勁力道所迫，竟使不出後續的變化招數，退了開去。

項少龍怎容對方重組攻勢，一揮百戰寶刀，重重刀影如濤翻浪捲，往仲孫玄華攻去。

仲孫玄華吃虧在摸不清百戰寶刀的路子，一時間只有招架之力，節節後退。

項少龍打得興起，忽而大開大闔，長擊遠攻；一會兒施展近身肉搏的招數，刀刀凶險。看得全場人人屏息靜氣，連呼吸都似忘了。

只見兩人刀鋒劍刃過處，都是間不容髮，眾女更有人緊張得嬌呼顫抖，尙以爲他們假戲眞做，要藉機取對方之命。

只有高明如善柔者，才看出項少龍因控制主動，處處留有分寸，這麼似是毫不留手，只是想透過仲孫玄華的劍法，間接來測探曹秋道的造詣。

忽然形勢又變，項少龍每一刀都似緩慢無比，但仲孫玄華應付得更爲吃力。

項少龍此時已完全恢復了被曹秋道嚇跑的信心，進退攻守，渾然天成，仲孫玄華雖屢屢反攻，都給他迅速瓦解，壓得有力難施。

在眾人眼中，縱使不懂劍法如董淑貞諸女，也感受到項少龍的刀法變化萬千，可剛可柔，有種君臨天下、睥睨當世的氣概。

「噹噹噹！」

項少龍踏步進擊，連劈三刀，每次都準確無匹的劈在仲孫玄華手中劍的同一缺口上，任仲孫玄華寶劍如何變化，結果仍是一樣，神乎其技得令人難以相信。

長劍中分而斷。

項少龍還刀入鞘，笑道：「兄弟是佔上兵刃的便宜。」

仲孫玄華也是英雄了得，棄下手中斷劍，大笑道：「上將軍果然名不虛傳，小弟放心了。」

鼓掌聲來自遠處。

鳳菲和肖月潭聯袂而來，前者欣然道：「鳳菲備有早點，款待各位嘉賓，請移駕到前廳。」

膳罷眾人各散東西，善柔趕回家去看兒子，有軍職在身的仲孫玄華忙他的公事去也。鳳菲諸女則爲兩天後的壽宴排演，剩下肖月潭和項少龍兩人留在廳裡密話。

肖月潭低聲道：「曹秋道不愧一代宗師，一口答應十招之約。不過看他的樣子，似乎有把握十招內把你撂倒。」

項少龍如釋重負道：「那就理想不過，殺了我都不信捱不過區區十劍。」

肖月潭眼中閃過奇異之色，有點猶豫的道：「防人之心不可無，少龍最好不要在滿十招時立即收刀，說不定曹老鬼會趁機多劈兩劍。」

項少龍輕鬆笑道：「不會這樣吧！老曹乃一代劍術大宗師，自然恪守信諾，那晚他便眼睜睜任我溜走，你放心好了。」

肖月潭似略感焦急的道：「總之你要答應我小心防範，當是百招、千招之約好了。」

項少龍奇道：「老兄似乎相當肯定老曹會悔約呢？」

肖月潭乾咳一聲，瞧著他坦然道：「你一向信任我，就多信這一趟吧！」

項少龍雖心中嘀咕，卻沒有眞的懷疑。改變話題，將李園和龍陽君的情況告訴他，乘機問道：「你又說河道仍給冰封雪鎖，是否消息有誤？」

肖月潭有點尷尬和不自然地道：「我只是聽人說罷，或者龍陽君的消息正確些。」

接著岔開話題道：「你昨晚一刀擊敗麻承甲之事，現已轟傳齊都。城內很多原本賭你輸的人紛紛改賭你勝，使賠率由一賠十三跌至一賠五，可見你已行情大漲哩！」

項少龍想起當年與管中邪一戰前的賭況，想不到又在臨淄重演，失笑道：「一賠五也相當不錯了。不過昨晚我勝來是靠了點機緣和僥倖。眞奇怪，摸著百戰寶刀，我的信心立時回來了。」

肖月潭欣然道：「你剛才劈斷仲孫玄華長劍那幾刀確是精采絕倫，神乎其技。難怪臨淄開賭的人以『刀君』來尊稱你，與『劍聖』互相輝映，誰都壓不下誰。」

項少龍苦笑道：「自家知自家事，我這『刀君』實非『劍聖』的對手，若非有十招之約，我這兩晚就要開溜了。」

肖月潭又掠過古怪神色，正容道：「千萬不要氣餒，否則恐怕十劍都捱不了。你已擬好離開臨淄的計劃嗎？照我看如今反是仲孫龍比較可靠點。」

項少龍沒有在意肖月潭的神情，點頭道：「放心吧！我對這位劍聖已有很深的認識，仲孫玄華雖遜了他幾籌，終亦有個譜子，使我獲益良多。」

頓了頓續道：「昨晚我與解子元和仲孫玄華說了，比武後他們會安排我離開這裡。」

肖月潭放下心事，道：「最好請仲孫龍父子監視郭開等人的動靜，否則一下疏神，就會中了暗算。」

項少龍暗讚他老謀深算，點頭答應。

此時下人來報，金老大來找他，肖月潭趁機告辭。

項少龍親自出迎，金老大甫見面便哈哈笑道：「我還以爲哪處忽然鑽了個英雄好漢出來，原來竟是名震西北的項少龍，上將軍騙得我好苦。」

項少龍歉然道：「事非得已，老大見諒。」

金老大挽著他手臂跨進廳內，低聲道：「上將軍昨晚一刀把樆承甲劈得名聲掃地，齊人大失面子，這兩天定有不畏死的人來挑釁，上將軍須小心提防。」

接著又道：「外面那批武士不似是齊人的兵員，究竟誰派來的？」

項少龍記起仲孫玄華派人做他的侍從，應道：「是仲孫家的武士，我也不知他們來了。」

兩人坐好後，金老大語重心長的道：「仲孫龍父子都非是善類，一旦上將軍失去被他們利用的價值，他們隨時會掉轉槍頭對付上將軍。」

項少龍苦笑道：「有呂不韋前車之鑑，對此我早有慘痛難忘的體會。錦上添花人人樂做，像老大對小弟的雪中送炭，才是難得。」

金老大老臉一紅，道：「上將軍莫要抬舉我，我只是順著性子做，屢吃大虧都改不了這性格。是了！素芳得悉你的眞正身分，很不是味兒，央我來求你去與她一敘，自上次咸陽一會後，她對你有很深的印象哩！」

項少龍心中奇怪，石素芳一向對男人不假辭色，怎會渴望見自己。當年自己與她的會面，是通過蒲鶮的安排，現在蒲鶮已因叛亂被處死，她仍要向自己示好，實在沒有道理。

正如肖月潭所說，防人之心不可無，還是不見她妥當點。

金老大又道：「我知上將軍與曹公決戰前定要養精蓄銳，不宜飲宴，不若把約會訂在上將軍旗開得勝後的翌日黃昏，上將軍尊意如何？」

項少龍暗忖那時自己早溜了，即使答應也該沒有甚麼問題，到時只要傳個口訊，諒石素芳亦不會怪他，笑著答應。

兩人再閒聊兩句，金老大識趣地告退。

項少龍送他出門，出乎意料之外，二王子田建在解子元陪同下來訪。

第十八章　恩怨交纏

田建先向項少龍致歉昨晚爽約之事，藉口是父王忽然身體不適，卻不知齊雨等早洩露出原因，但項少龍當然不會揭破他。

除仲孫龍父子和解子元外，陪來的還有個態度狂傲來自稷下的大夫晏向。

眾人入廳按尊卑坐下，寒暄幾句，位於上座的田建道：「盛名之下無虛士，上將軍昨晚一刀敗退痳承甲，今早又以奇技劈斷玄華手中寶劍，令人不得不口服心服。」

項少龍這才明白他態度再次轉變的原因，是因為自己顯示出足可與曹秋道抗衡的實力，連忙謙讓一番，仲孫龍等自然在旁為他說盡好話。

豈知「稷下先生」晏向斜眼睨著他插言道：「現今大秦國，究竟誰在真正掌權？」

項少龍故作驚奇道：「當然是政儲君，難道尚有其他人嗎？」

晏向好整以暇道：「可是聽貴國呂仲父之言，政儲君一天未登基，仍是王位不穩，上將軍又有甚麼看法？」

項少龍登時整條脊骨涼浸浸的，這口不擇言的稷下狂士，無意間透露出呂不韋確在懷疑小盤的真正身分，否則絕不會以此打動田建。

換言之，呂不韋已派人去邯鄲找尋那對曾撫養贏政的夫婦，若他以此扳倒小盤，或做威脅小盤的籌碼，會是非常難以應付的一回事。

田建見他神情有異，問道：「上將軍對此有何看法？」

項少龍心念電轉，回復冷靜，淡淡道：「晏先生這話使項某聯想到有人會叛亂造反，不過蒲鶮等的下場，該是對他們的當頭棒喝。」

解子元笑道：「『當頭棒喝』？嘻！這詞語頂新鮮哩！」

晏向又道：「不知上將軍對我大齊印象又是如何？」

項少龍大感頭痛，他不慣拍人馬屁，只好道：「從晏先生能如此在二王子前侃侃而談，可知貴國君主制度開明，特重人才。故稷下學宮才能應時而生，這是區區愚見，先生勿要見笑。」

晏向口若懸河道：「我大齊南有泰山，東有琅琊，西有清河，北有渤海，乃四塞之地。不過若治之不當，儘管縱橫二千餘里，帶甲百萬，堆粟如丘山，也如虎之無牙，難以爭雄天下。故自桓公、管仲以還，均廣開言路，對敢言之士，奉以車馬裘衣，多其資幣，以延納天下賢士。我大齊有今天之盛，確非僥倖。」

項少龍首次領教到稷下狂士脫離現實，仍陶醉在齊國桓公霸業時的美好昔日、滿口狂言的滋味。只見田建眼中射出熾熱的光輝，顯是對晏向的一番話非常自豪，心中暗歎，表面只好唯唯諾諾，表示同意。

田建搖頭晃腦的道：「上將軍觀察精到，看出我大齊的興衰，實與稷下學宮的興旺有關。昔日桓公曾問管仲，如何可『常有天下而不失，常得天下而不忘』。管仲答道：『黃帝立明臺之議者，上觀於賢也；堯有衢室之問者，下聽於人也；堯有告善之旌，而主不蔽也。』故此有學宮的產生。」

項少龍心中感歎，各國王室後人，或多或少沉溺在往昔某一段光輝的日子裡，像齊人開口閉口都離不開桓公、管仲，而不知必須時刻砥礪，自創局面，以適應不同的時勢。

他說齊國君主開明，換另一角度說是齊國君權脆弱。要知在這戰爭的世紀，強大的君主集權制實是稱霸爭雄的首要條件。

小盤這冒充的嬴政，便完全沒有其他王室後人那種心理感情的負擔，只知全力抓權，以鞏固自己的地位，反成了最有爲的明君。

秦國之力可殲滅六國，一統天下，非是無因，皆因再沒有任何君主有他的出身和背景。

仲孫龍岔開話題道：「政儲君倚重上將軍，此事人盡皆知，際此諸國爭雄的時刻，未知上將軍有何匡助大計？」

項少龍想起太子丹和徐夷則，心中一陣爲難。仲孫龍這麼引導自己說話，自然是想自己做出類似呂不韋向田建的保證，好把田建從田單手上爭取回來。

不過回心一想，無論自己說甚麼，都左右不了「已存在的歷史」，爲自己，爲善柔，他不得不做出承諾。

環目一掃，迎上眾人期待的目光後，正容道：「政儲君年紀尚幼，明年才正式登基，所以把精神全用於內政上，聘鄭國建渠是目前的頭等大事，至於對外用兵，都是處於被動之勢。今趟項某順道來齊，正是欲與貴國修好。」

晏向尖刻地道：「自嬴政歸秦，先滅東周，又下韓地成皋、滎陽；接著取趙太原建新郡，更取魏三十七城，似乎與上將軍所說不符。」

項少龍正是要引他說出這番話來，從容不迫道：「誰滅東周，大家心裡有數，這些年來大部分的土地都是蒙驁隻手奪回來的，而蒙驁為何能獨攬軍權，不用項某點出原因吧！」

田建立時臉色微變。項少龍這番話有眞有假，說到對領土的野心，小盤這位未來秦始皇比之呂不韋有過之而無不及。但因他年紀尚幼，自然可輕易把責任推到有攝政之名、而無輔政之實的仲父身上。尤其近幾年的軍事行動，主要均由小盤自己親自策劃，但外人當然不知道。

晏向倒坦誠得可愛，點頭道：「上將軍說得對，田單是臨老糊塗，看不穿呂不韋的本質，二王子該知所選擇了。」

這麼一說，仲孫龍等喜上眉梢，田建卻大感尷尬，乾咳一聲道：「與上將軍一席話，田建茅塞頓開，嘿！待上將軍與曹公比試後，田建再設宴與上將軍共敘。」

大家再沒有甚麼話好說。田建、晏向等走後，仲孫玄華留下來，介紹了派來那群武士中叫姚勝的頭兒，道：「姚勝是這裡土生土長的人，上將軍有甚麼事，儘管吩咐他去做，絕不須經我們再出主意。」又對姚勝囑咐叮嚀一番，這才走了。

項少龍細觀姚勝，這人年在三十許間，雙目精靈，長相頗佳，神態又夠沉穩冷靜，心中一動，道：「我想姚兄多替我監視韓闖和郭開兩方人馬的動靜，但切勿讓對方覺察。」

姚勝恭敬道：「喚我作姚勝就可以，上將軍折煞小人。此乃小事，上將軍的吩咐，必可辦到。」言罷領命去了。

項少龍趁機回房休息，睡了個把時辰，醒來時原來韓闖已久候多時。項少龍心想這個沒有義氣的小子找自己該不會有甚麼好事。又想到他是不能不來，否則足可使自己對他起疑，梳洗後往前廳見他。

韓闖早等得不大耐煩，來回踱著方步，見到項少龍，喜道：「少龍終於醒來了。」

項少龍見他毫無愧色，心中有氣，冷然道：「無論多長的夢，總有夢醒的時刻，虧你還有臉來見我。」

韓闖色變道：「究竟是甚麼一回事？前天龍陽君才拿言語來試探我，今天少龍又這麼毫不留情的責備我，我韓闖做錯甚麼事呢？」

項少龍來到他身前，虎目生輝盯著他道：「若要人不知，除非己莫爲，我到稷下學宮偷刀的事就只你一個人知道……」

說到這裡，眼角瞅到鳳菲正要進廳來，揮手道：「大小姐請迴避片刻，我要和這忘恩負義的小子算帳。」

鳳菲見兩人臉紅耳熱，嚇得花容失色的急退出去。

項少龍續道：「若非你通風報訊，曹秋道怎會收到風聲，在那裡等我送去給他試劍？」

韓闖焦急道：「這確實不關我的事。記得我還勸你不要去嗎？唉！怎會是這樣的。」

項少龍暗忖這傢伙倒是演技了得，本來他打定主意和韓闖虛與委蛇，來個爾虞我詐，怎知見著這「老朋友」，立即氣往上湧，完全控制不住自己的情緒。

他一步不讓地喝道：「難道你該勸我去嗎？姑且不論此事，爲何你近幾天頻頻與郭開密斟，又威脅龍陽君來對付我。」

韓闖色變道：「是龍陽君說的嗎？」

項少龍冷笑道：「這個你不用理會，假若你敢動龍陽君半根毫毛，我回咸陽後就把你精心策劃的鄭國渠陰謀揭破，翌日立即領兵直搗你的老巢。」

韓闖劇震道：「原來你連這事都洞悉無遺，爲何卻要瞞著嬴政？」

項少龍歎一口氣道：「你這忘恩負義的傢伙還不明白嗎？只有建渠一事，才可把秦國的大軍拖住，十年、八年內無力東侵。我正因不想我的朋友變成亡國之奴，忍住不以此事去打擊呂不韋，但看你怎樣待我呢？」

韓闖崩潰下來，跌坐蓆上，熱淚泉湧道：「我是逼不得已，不知誰把我見到你的事洩露出去，被郭開軟硬兼施，威脅不放。但我已盡了力，暗示龍陽君立即助你離開臨淄。少龍！相信我吧！我一直在拖延郭開，今天來正是想警告你小心他。」

項少龍發覺自己已很難再像從前般信任韓闖，因爲他的演技實在太精湛了，道：「那偷刀之行洩露一事，你又有甚麼解釋？」

韓闖涕淚交流泣道：「若我有向人洩出此事，教我活不過明年今日，少龍於我有大恩，我韓闖怎樣無良心，都做不出這種卑鄙的事。」

項少龍定了定神，心想難道是隔牆有耳，被人偷聽了去？

這時他的氣早過了，在韓闖旁坐下來道：「堂堂男子漢，不要哭得像個婦道人家好嗎？」

韓闖以袖拭淚，搖首淒然道：「我這幾天無時無刻不在天人交戰，那種痛苦實不足爲外人道，現在給少龍臭罵一頓，心中反舒服多了。」

項少龍拍拍他肩頭道：「回去吧！我們兩個都該靜心想想。」

韓闖道：「有件事少龍切勿輕視，郭開已勾結呂不韋和田單，準備不擇手段要你回不了咸陽。齊國說到底仍是田單的地盤，你一不小心就會爲他所乘。」

項少龍淡淡道：「只要不是朋友出賣我，我便有把握應付。這件事形勢微妙，你最好不要插手，否則會被郭開誣陷。」

又冷哼道：「好像我項少龍特別好欺負似的，郭開這老賊大概是嫌命長了。」

韓闖吁出一口涼氣，道：「到剛才我始眞正領教到少龍的胸襟手段。不過一天你與曹秋道生死未分，呂不韋和郭開都不會動你。但若你勝了，形勢就不同了！」

項少龍把他扯了起來，推著往大門走去，道：「回去告訴郭開，說我爲了秦國劍手的名譽，不得不接受曹秋道的挑戰。」

韓闖吃了一驚道：「你不打算提早走嗎？」

項少龍笑而不答，把他直送出門外。

揭開韓闖的假面具，他反而心安理得，龍陽君說得不錯，韓闖雖非甚麼好人，但對自己仍有幾分眞摰的感情，這發現足使他大感安慰，感到人性總有光輝的一面。

現在他已給身邊的人誰個是眞、誰個是假弄得一場糊塗，除了善柔和肖月潭外，他絕不會全心全意相信任何人，包括李園和龍陽君在內，誰說得定他們不會忽然變心，又或一直在騙自己。這種敵友難分的形勢，他尚是首次遇上。

剛跨過門檻，鳳菲迎上來道：「你和闖侯間發生甚麼事？」

項少龍微笑道：「沒甚麼，現在雨過天晴哩！」

鳳菲幽幽地白他一眼，怨道：「昨晚爲何不來呢？我鳳菲難道不堪上將軍一顧嗎？」

項少龍苦惱道：「恰恰相反，我是怕嘗過大小姐的迷人滋味後難以自拔，那對我們的逃亡大計將多出難測的變化。」

鳳菲板起粉臉氣道：「不要事事都牽連到那方面好嗎？現在形勢清楚分明，縱使恨你入骨的人亦很難對你下手。你不歡喜人家，乾脆說出來好了！」

項少龍立時頭大如斗，牽著她衣袖朝內院方向舉步走去，岔開話題道：「淑貞她們不是在排演嗎？沒有你大小姐在旁指點怎行？」

鳳菲「噗哧」嬌笑道：「你這人哩！總是在緊要關頭左閃右避，現在人家失掉情郎，說不定會忍不住鑽進你的被窩裡，看看你的心是否鐵鑄的。」

項少龍心中一蕩，微笑道：「大小姐不是說自己心灰意冷嗎？爲何忽然又情如火熱？」

鳳菲撇撇可愛的小嘴，媚態橫生的瞅著他道：「都是你惹的，常有意無意的引誘人家，歡喜便摟摟抱抱，愛親嘴便親個夠的，又時時語帶挑逗，鳳菲只是個普通的女人，給你這般撩撥，自然想得到你的愛寵哩！」

項少龍聽得心癢起來，卻知像鳳菲這種絕代尤物惹不得，幸好只要想起她曾和韓竭好過，立時意興索然。

他已非剛抵達這古戰國時代的項少龍，過了純爲肉慾也可和女人相好的年紀，凡事考慮後果。遂強壓下心中的衝動，正容道：「像我們現在的關係不是挺好嗎？一旦有了肌膚之親，會是另一回事，徒使你將來恨我無情。」

來到鳳菲閨樓的石階前，她停下蓮步，秀眉輕蹙的思索半晌，逸出一絲笑意道：「上將軍說得不錯，假設你得到人家的身體，又不納鳳菲爲妾，雖說早有明言，但鳳菲心裡總難釋然的。」

項少龍見她這麼明理，欣然道：「不若我們只限於摟抱親嘴，噢！」鳳菲已一把推開他，狠狠瞪他一眼，又報以甜笑，登階入樓去了。

項少龍煞住尾隨她進屋的強烈衝動，掉頭走了。

爲避免無謂的爭鬥，項少龍整天留在聽松別館中，不過卻避不了諸女的糾纏，其中當然少不了董淑貞和祝秀眞，其他如幸月和雲娘亦爭相獻媚。幸好他立下決心，捱了曹秋道那十招後立即溜之夭夭，否則這麼下去，說不定會一時失控，陷身在溫柔鄉裡。

黃昏時肖月潭來見他，兩人到園裡漫步，項少龍把韓闖來訪的事說出來，肖月潭色變道：「少龍實不應揭穿鄭國渠的事，說不定會逼韓闖下決心除掉你。」

項少龍嚇了一跳，道：「不會吧！他當時涕淚交流，眞情流露呢！」

肖月潭歎道：「人就是這樣，一時衝動下顯露眞情，但經深思熟慮，便不得不考慮現實的利益，爲了國家利益，甚麼私人感情都得擺在一旁。」

項少龍點頭道：「老哥的話總有道理，幸好我不用靠他。仲孫龍現在和我有利益關係，該比較可靠吧！」

肖月潭苦笑道：「這正是我今趟來找你的原因，還記得仲孫無忌嗎？他告訴我今天韓竭帶呂不韋去拜會仲孫龍父子，至於他們談的是甚麼，他就不知道了。」

項少龍愕然道：「呂不韋不怕田單不滿嗎？」

肖月潭冷笑道：「少龍還不認識老賊的爲人嗎？田單年紀大了，已非昔日的田單，兼之功高震主，深爲王室猜忌。齊王之所以要廢田生，正因他對田單唯命是從。呂不韋一向謀事不擇手段，甚麼事做不出來。」

項少龍笑道：「仲孫龍亦非好人，不過現在我的利用價值對他比呂不韋大得多，他理該不會變心吧！」

肖月潭皺眉道：「不要小覷呂不韋，他若沒有幾分把握，絕不會貿貿然去找仲孫龍說話。你只要看看仲孫龍會否主動把呂不韋過訪的事告訴你，便可知他們是否仍倚重你。」

項少龍心中一震，想起小盤的身分危機，假若呂不韋向仲孫龍父子透露此事，說不定仲孫龍父子會靠向呂不韋的一方。其中一個問題是韓竭身分曖昧，有他從中穿針引線，很難說會否出現另一番局面。

仲孫龍終是對鳳菲野心不息，假若認爲自己只是頭紙老虎，這隻只講利害關係的吸血鬼，可能會把心一橫，做出不可測的事來。

說到底齊人與其他東方五國是同一心態，就是視他項少龍爲頭號大敵。當年白起令他們慘痛難忘，而他項少龍則是今天的另一個白起，誰不想把他去掉？

如此一來，他的如意算盤再難打響，且還不知誰人可信。若他只是孤身一人，該還易辦，問題是他不能撇下鳳菲等不理。

肖月潭的聲音在他耳邊響起道：「這兩天我們好好想想，看看有甚麼方法可神不知鬼不覺地溜走。」

項少龍心知連這足智多謀的人亦一籌莫展，形勢之劣，可想而知。看來唯一可行之計，是自己一個人先行溜掉，然後再找解子元保護鳳菲。

他有這樣的能力和把握嗎？

第十九章　驚悉陰謀

那晚仲孫玄華來見他，閒話兩句後，問項少龍道：「玄華有一事不解，自貴國儲君由邯鄲返回咸陽後，人人言之鑿鑿盛傳他實爲呂不韋的私生子，貴朝的公卿大臣不會未聽聞此事，爲何仍肯如此擁護他？」

項少龍心中劇震，暗叫不好。並非因爲仲孫玄華問的問題，而是他問這問題背後的動機。以前他只是懷疑，現在已肯定呂不韋把握到他和小盤的致命弱點。以呂不韋的勢力，要到邯鄲軟硬兼施把撫養眞嬴政那對夫婦「請」回咸陽，作爲威脅小盤的人證，是輕而易舉之事。

至此不由暗恨起朱姬來，但回心一想，連她都可能沒在意小盤並非自己的兒子，給嫪毒軟語相哄，洩露出來毫不稀奇，否則對她並沒有任何好處。

這確是呂不韋平反敗局的唯一機會，若此事暴露出來，小盤和他項少龍立即成爲騙子，與他們有關的整系人馬將受到最沉重的形勢和心理打擊。

在秦國勢力已根深柢固的呂不韋，只要逼得朱姬出面，聯手公然廢了小盤，再另立王室內的一個無能者，權力將全落在呂不韋手上，那時再一腳踢走嫪毒，誰還能與其爭鋒？

雖說歷史不能改變，但他此時身在局中，就不會作此肯定想法，那就像命運，不到事情發生，誰敢信命運定會是這樣的安排？此時項少龍內心的焦憂可想而知。

呂不韋該是向仲孫龍父子透露了這件事的端倪，仲孫玄華遂特地來試探自己的口風，以決定該投向呂不韋，還是仍依賴他項少龍。

表面上他當然仍是從容自若，不洩露出絲毫內心的感受，訝道：「此事早有定論，當年鹿公因生疑而滴血辨親，終證實儲君和呂不韋沒有絲毫血緣關係。」

仲孫玄華神秘笑道：「聽說儲君的血還是上將軍親取的呢！」

項少龍故作驚訝道：「竟連這等事都瞞不過玄華兄？」

仲孫玄華有點不自然地應道：「是田單傳出來的。但又使人生出另一疑問，據說貴國姬太后並不敢肯定政儲君是出自呂不韋還是出自令先王異人，為何上將軍仍敢去嘗試？若辨出來確是呂不韋的，上將軍如何是好？」

項少龍早猜到他有此一問，甚至可能是呂不韋慫恿他來向自己詢問，只要自己略有猶豫，仲孫玄華立知呂不韋之言不假，且知呂不韋可藉此扳倒小盤，那他當然會站到呂不韋那邊來對付自己。

在仲孫龍的立場來說，最好秦國亂成一團，由盛轉衰，那齊人就有機會起而稱霸。倘再藉曹秋道殺了他項少龍，小盤頓失臂助，更鬥不過呂不韋。

當下強裝作沒事一般，漫不經意地道：「這只是太后在當時放出來的煙幕，那時呂不韋獨攬大權，太后怕他對兒子不利，故把事情弄得含含糊糊，其實儲君千眞萬確是先王的兒子。」

仲孫玄華沉吟片晌，壓低聲音道：「有件事，玄華不知該否說出來，如有得罪，上將軍幸勿怪責。」

項少龍已心知肚明他要說甚麼，更猜到是呂不韋教他說的，一方面可察探自己的反應，另一作用是擾亂他的心神，使他精神受影響下命喪曹秋道之手。微笑道：「事無不可對人言，玄華兄請直言，不須任何顧忌。」

仲孫玄華欲言又止，好一會兒道：「我們在田單處佈有眼線，據說呂不韋告訴田單，他已掌握到證據，有一對住在邯鄲平民區的夫婦，可以證明令儲君的眞正身分。」

項少龍終於百分百地肯定呂不韋的陰謀，一顆心直沉下去，表面卻裝出愕然之狀，然後哈哈笑道：「呂不韋是愈來愈糊塗，他指的是暗中撫養儲君的義父母吧！儲君早已安排把他們接到咸陽安居，不過此事極端秘密，沒有多少人知道而已，呂不韋是否患了失心瘋呢？」

這番話高明之極，等若告訴仲孫玄華，縱有問題，但問題亦已不再存在。

今次輪到仲孫玄華大感愕然，呆了好半晌，始陪笑道：「我亦覺得事情理該如此，若我是令儲君，自然要把養育自己多年的義父母接到咸陽享清福。」

項少龍心中暗歎，自己終非搞政治的人物，不夠心狠手辣。換了是其他人，在離開邯鄲前，定會順手將那對夫婦滅口，免留下今天的大患。

自己當時根本沒想及這方面問題，事後想起亦漫不經心，因爲那對夫婦的姓名住處，只有他、朱姬和小盤三個人知道，怎想得到會由朱姬處洩露出去。

仲孫玄華失了談下去的興趣，東拉西扯幾句，告辭離開。

項少龍幾可肯定他是去見呂不韋，心中一動，道：「玄華兄明天會否見到解大人？」

仲孫玄華點頭道：「有甚麼事須玄華轉告他？」

項少龍胡吹道：「只是有樣東西想玄華兄轉交給他，玄華兄請稍待片時。」

說完匆匆回房，換上夜行攀爬裝備，蓋上外衣，回去對仲孫玄華歉然道：「我忘了可遣人送到解大人府上，不用勞煩玄華兄了。」

仲孫玄華倒沒起疑，連說沒關係，匆匆走了。

項少龍罩上斗篷，從側門溜出去，徒步追在仲孫玄華的馬車後。

小盤的身分問題，不但關乎到他與小盤的榮辱，還關係到多個家族的存亡生死。不由使他深切體會到龍陽君、韓闖等人爲何會如此矛盾。

在二十一世紀，誰犯事誰負責任。但在這個時代，若他出了問題，不只妻兒難以倖免，整個烏氏一族和滕翼、荊俊等族人都難逃被清洗的命運。所以愈多知一點有關這方面的消息，愈能令他知道如何去應付這場大危機。

自古以來，收集情報乃軍事第一要略。此時既無電話可供竊聽，他惟有親自出馬，去看看呂不韋對仲孫玄華會說出甚麼陰謀。

幸好他以前經過特種部隊的訓練，使他成爲偷入別人居處的專家，這時代的房舍比之二十一世紀的摩天大廈，對他來說就像不設防的遊樂場，除了顧忌家將和惡犬之外，可說是來去自如。

仲孫玄華輕車簡從，由於路上頗多車馬往來，故車行甚緩，項少龍加快腳步，遠遠跟著他。

照他猜估，若呂不韋約了仲孫玄華見面，該不會是在他居住的相國府。說到底田單和仲孫龍父子乃死對頭，不論呂不韋如何狂傲，總不能當著田單眼皮子下與仲孫龍勾結。

是夜天朗氣清，雖仍寒冷，但比早前大雪紛飛回暖不少，至少沒有了刺骨的寒風。

由於商業的興旺，愈來愈多像仲孫龍這種能影響朝政的大商家出現，自己的烏家、呂不韋、蒲鵠，甚至乎琴清，都是這種身分。

左思右想時，仲孫玄華的馬車出乎他意料外停了下來，項少龍看清楚那宅院，登時整條脊骨都寒慘慘的，竟然是李園離聽松別館沒多遠的聽竹別館。

馬車開進門內，他早駕輕就熟，由側牆攀進去。

這十多所專用來招呼外賓的院落組群，設計劃一，所以熟悉了聽松別館，等若對聽竹別館瞭如指掌。

項少龍施展出特種部隊的身手解數，忽快忽慢地潛過側園，避過幾起李園的巡邏手下，攀上可俯瞰前、後院的主宅屋脊時，仲孫玄華剛被人迎進主宅，可見他的攀援身手是如何迅疾快捷。

不片晌仲孫玄華從主宅後門穿出，踏上通往東廂的迴廊，項少龍忙藉鉤索滑下去，利用花叢草樹的掩護，移到微透燈光的東廂西隅一扇窗下，蹲下身子靜靜竊聽，由於內明外暗，故不虞會給人發現他的影子。

李園的聲音響起道：「玄華坐下說。」

接著是奉茶款坐的聲音。

項少龍暗責自己思慮不密，自己今次到齊國第一次見到李園時，他正與仲孫龍密談，可知兩人關係密切。清秀夫人更先後兩次警告自己小心李園，可是自己給他三言兩語騙得死心塌地，深信他而不疑。皆因自己總以己心度人，愛往好處去想。

事實上無論李園、韓闖，甚或龍陽君，都是不折不扣的政客，凡事先顧實利，甚麼交情、感情都放在其次。龍陽君可能還好一點，但李園嘛，只看他當年在壽春可輕易拋開奪愛之恨，轉而和他攜手合作，該知他重視的只是權勢功名，其他均為次要。

假若今次一時偷懶沒有跟來，可能被他害死仍懵然不知是甚麼一回事。

李園最厲害處是把韓闖出賣他一事說出來，使他還以為這人是眞的眷念舊情。

下人退出門外的足音遠去，響起品茶或喝酒的聲音。

聽聲音該不止是李園和仲孫玄華兩個人，果然仲孫龍的聲音道：「項少龍有甚麼解釋？」

仲孫玄華歎道：「事情可能非是呂不韋這老奸巨猾所說的情況，項少龍不但沒有半分驚訝，還說那對夫婦早給嬴政接回咸陽……唉！」

另一人失聲道：「呂不韋不是說那對夫婦落到他手上嗎？」

項少龍渾身劇震，不但是因這句話，更因說話的人正是今天剛向他痛哭涕零、誓神賭咒的韓闖。

一陣陰柔熟悉的聲音不徐不疾的響起道：「玄華先把整個過程說出來，我們再下判斷，看看究竟是項少龍說謊，還是呂不韋在胡言。」

項少龍的心直沉下去，因為他認出說話者是死敵郭開。

現在已肯定清秀夫人含蓄和有保留的警告，李園、郭開和韓闖正互相勾結來對付他，只想不到還會有仲孫龍夾在其中。

想來仲孫龍父子和他們湊到一起，應是後來的事，甚或是呂不韋拜訪仲孫龍後的事，如此才能合理地解釋前些時兩父子對待他的態度。

想到這裡，仲孫玄華已把事情交代出來，只聽他道：「項少龍不但沒有絲毫惶急之態，還似覺得極其可笑的模樣，換了我是他，不立即色變才怪。」

廳內傳來失望的歎息聲。

郭開惋惜道：「若眞是如此，我們將痛失一個扳倒嬴政的機會。這小子精明厲害，手段狠辣，野心又大，有他一天坐穩秦君之位，我們休想安寢。」

李園道：「項少龍最擅作僞，又有急智，說不定他心內震驚，表面卻一點不洩露出來。」

仲孫龍苦惱道：「若非我收買的人全給他逐走，現在當可知他事後的反應。」

韓闖分析道：「看呂不韋向龍爺說話的語氣，他應是在離咸陽前才從嫪毒處得到那對夫婦在邯鄲的住址，否則咸陽早鬧得天翻地覆，他更沒有閒情到臨淄來。所以是否找到眞的人證，連他都不知道。」

仲孫龍頹然道：「那麼說，項少龍該不是說謊。」

郭開狠狠道：「無論如何，我們不能讓項少龍活著回咸陽，沒有了他，嬴政就變成沒牙的老虎，說不定會栽在呂不韋和嫪毒之手，那時秦室將永無寧日，無力東侵。」

仲孫龍忙道：「此事還須斟酌，呂不韋的意思是只希望將他的雙眼弄盲，好讓他活著回去承受欺君騙主之罪。」

窗外的項少龍聽得又驚又怒，偏是毫無辦法。

韓闖微歎道：「希望他在曹公劍下一命嗚呼算哩！怎忍心看他變成瞎子？」

李園冷靜地道：「國事當前，絕不能講個人交情。怪只能怪他成了秦國的另一個白起，若他命喪曹公之手，就一了百了，否則我們怎都要將他毀了。我爲這件事，這幾天沒一晚睡得好。但想起我們東方各國的百姓子民，將以千萬計的被虎狼之秦荼毒，甚麼友情恩情都要擺到一旁。」

郭開陰陰道：「小心龍陽君那小子，我看他不像李相和闖侯般明白大體。」

仲孫玄華道：「此事必須小心處理，假若嬴政仍穩坐王位，那項少龍在臨淄出事，我們齊國就脫不了責任。」

郭開笑道：「只要設法把事情弄成是呂不韋做的，可使嬴政把仇恨集中在呂不韋身上，最好他們先鬥個兩敗俱傷，我們便可舉杯慶祝了。」

李園提醒仲孫龍父子道：「此事切勿透露給二王子和解子元知道，否則恐怕有不測變數。我已著寧夫人向二王子暗示，他父王之所以不喜大王子，皆因不喜見他依附田單，所以二王子該知所選擇，項少龍再起不了甚麼作用。兼且我曾對二王子說，有田單一日當權，齊、楚都難以修好，二王子是聰明人，應不會再考慮田單的提議。而且大事已定，齊王剛下命令，要大王子在壽宴前離開臨淄，不用明言，當知是怎麼一回事。」

仲孫龍父子連忙應諾道謝。

李園再吩咐道：「你們必須把項少龍騙得死心塌地，使他深信田單和呂不韋正合謀害他，又安排他與曹公一戰後助他秘密溜走，再在途中使人暗襲，最好在暗襲時犧牲一些人手，又依呂不韋之言只弄瞎他，就可引起秦廷的一場大亂局。」

郭開道：「最好明白告知項少龍是呂不韋要讓他活勾勾的回咸陽接受罪責，那就更使事情撲朔難辨了。」

頓了頓續道：「此事必須把龍陽君瞞著，若洩露了點風聲給項少龍知道，以他鬼神莫測的身手，說不定能私下溜掉，放著他活在世上，龍爺那時亦不敢輕易打鳳菲的主意。」

今回輪到項少龍心中冷笑，他已對韓闖和李園完全死了心，暗忖你們想動我項少龍，豈是易事。聽到這裡，知道不宜久留，忙悄悄溜走。

現在最大的煩惱，是如何安全帶走鳳菲，因爲在不想牽累龍陽君、善柔和解子元的情況下，他可信託的人，只有肖月潭一個人了。

第二十章 意外收穫

善柔嬌呼道：「不打了！」收劍後退。

項少龍把刀背擱在肩頭，微笑道：「想不到解夫人生了兩個孩兒，身手仍這般了得。」

善柔疑惑地看他，奇道：「不要瞎捧我了。為何你今天竟然比昨天更要厲害，每一刀都教人看不透、摸不著。」

項少龍知自己是因眼前危機的激發和被朋友出賣的傷痛，湧起為自己生存和家人的未來奮鬥的強大意志，決定豁了出去，再沒有以前的顧忌，在置諸死地而後生的情況下，發揮出強大的潛能。

由於他的吩咐，今天再不若昨晨般有大批觀眾，對著曾和自己有親密關係的美女，項少龍分外有精神。

昨夜返來後，出奇地一睡到天明，在善柔來前已練了一會兒百戰刀法，所以使得特別純熟。

對後晚與曹秋道的比武，他並不放在心上，只要對方恪守十招之數，自己便有把握過關。而知悉仲孫龍、李園等人的陰謀後，身邊的形勢較前明朗，使他覺得更有把握去應付。或者是清楚了誰是敵人、誰是朋友，又知小盤的身分危機不可倖免，反使他澄清疑慮，不用疑神疑鬼，故睡得安穩。

那不是說他已有應付呂不韋和嫪毒的方法，而是隱隱覺得歷史是不會改變的，小盤終於會成為秦始皇。後世既沒有人提及他項少龍的名字，當然更沒有人說及關於他偷龍轉鳳的事。可想見小盤的身世定能保住，沒法保證的是他項少龍的性命能否在這連場鬥爭中平安保住而已。

不知如何，項少龍愈想愈感心寒，幸好小屏兒來了，說鳳菲請他們到她的閨樓進早膳。

鳳菲仍弄不清楚善柔和項少龍是甚麼關係，兩人該是初識，但又是熟絡得過了分。善柔不把項少龍當是東西的態度，尤使她大感困惑，不管怎說項少龍都是秦國權傾一時的當紅上將軍。

沒有肖月潭和仲孫玄華在，善柔更無顧忌，瞇眼瞧瞧項少龍，又瞥瞥鳳菲，向她道：「這小子很懂勾引女人，你有沒有給他弄上手？」

鳳菲立時連耳根都紅透，恨不得找個地洞鑽進去。

項少龍對善柔的肆無忌憚大窘道：「解夫人怎可說這種話。」

善柔「噗哧」笑道：「爲甚麼人人怕聽眞話呢？只答我有或沒有不就可以嗎？」

她「少女式」的純眞笑容，確使人很難眞的惱怪她。

鳳菲強忍嬌羞，以她一向的老練世故回復冷靜，低聲道：「鳳菲和上將軍清清白白，沒有男女之私。解夫人錯怪上將軍了，他是眞正的君子。」

反問道：「解夫人和上將軍是否素識？據聞解夫人的劍法比得上仲孫公子，可爲我們女子爭光不少呢！」

善柔毫不賣帳的道：「我就是我，爲何要和男人比才有光采，哼！我要走了，我還要到王宮打個轉。」

舉袖拭嘴後，頭也不回的走了。

項少龍和鳳菲兩人愕然互望，均感好笑。

鳳菲低聲道：「聽說解夫人本姓善，被田單害得家破人亡。不過現在她甚得宮中諸貴妃和王子妃所喜愛，央她傳授劍法，兼之解子元當時得令，故田單雖常被她數說奚落，亦奈何她不得。」

項少龍方曉得善柔在臨淄的地位，難怪仲孫玄華亦那麼顧忌她。

鳳菲又道：「我們是否後天晚上離開這裡？人家對韓竭的糾纏非常厭倦，只希望能盡快離開。」

項少龍猶豫片晌，仍決定不了是否可信任鳳菲。女人感情的變化最難捉摸，今天她說討厭韓竭，說不定明天又重投他懷抱，洩露出他的秘密，那時他就要瞎著雙眼返回咸陽。

鳳菲見他臉色數變，吃了一驚道：「事情是否有變？」

項少龍點頭道：「大小姐想否在稷下學宮那場表演後，才離開臨淄呢？」

鳳菲呆了一會兒，道：「橫豎要走，爲何要多留五天？」

項少龍故意道：「主要是爲了二小姐她們，大家一起走我會安心點。」

鳳菲何等細心，歎一口氣道：「看你欲言又止的樣兒，似乎有點說不出來的苦衷。」

項少龍知道若是否認，只會惹她生疑，點點頭道：「我是有點擔心郭開，此人心術極壞，倘我們成功溜掉，他可能把怒氣出在淑貞她們身上。」

鳳菲愕然道：「有仲孫龍照顧淑貞她們，你有甚麼好擔心的？」

項少龍無奈之下，決然道：「不要追問，我決定待稷下學宮那場表演後大家一起走，免得惦掛。你難道不關心她們的安危嗎？」

鳳菲沒有作聲，垂下頭做無聲抗議。

項少龍知自己語氣重了，移過去摟著她香肩，柔聲道：「是我不對，大小姐請原諒。」

鳳菲櫻唇輕吐道：「上將軍今天的心情似乎很壞哩！鳳菲還是第一趟見你無緣無故的發脾氣。」

項少龍暗忖自己怎會有好心情，現在恨不得大砍大殺一場，以洩出積在心頭的惡氣，正要說話，鳳菲愧然道：「鳳菲知你是因人家昨天偷偷去見韓竭，所以再不信任人家。但就算分手，都應做個交代嘛！」

項少龍想不到誤打誤撞下生出奇效，使鳳菲把見韓竭的事自動剖白的透露出來，這麼說，她本是打算瞞著自己的。

鳳菲幽幽瞧著他道：「上將軍是否想知道鳳菲和他說過甚麼話？」

項少龍淡淡道：「他是否說你跟著我只會落得悲慘的下場。」

鳳菲嬌軀猛顫，駭然道：「你怎會知道的？」

項少龍見她連耳根都紅了，故意詐她道：「我不但聽到你們說話，還聽到你們親嘴的聲音呢！」

鳳菲無地自容道：「是他強來吧！人家是不願意的。但那是白天啊！你那時躲在哪裡呢？」

項少龍強撐下去道：「車底不是可藏人嗎？」

鳳菲信以爲眞，淒然道：「你該知我當時爲了哄他，很多話是口不對心的。」

項少龍心中一動，想起呂不韋昨晚去見仲孫龍，該是因韓竭由鳳菲處探聽到消息所引起，皺眉道：「但你怎可將我們何日離開臨淄，且是由仲孫龍安排的事告訴韓竭？大小姐難道不知韓竭和呂不韋蛇鼠一窩嗎？」

鳳菲這時對他的話深信不疑，解釋道：「韓竭原是嫪毒那邊的人，今趟來臨淄是爲了我，雖說他曾瞞著我關於他與仲孫玄華來往的事，但鳳菲確曾傾心於他，更與他私下有密約，這麼一下子撇開他，會令我很爲難的。」

又幽幽橫了他一眼道：「鳳菲本想藉上將軍來忘記他，可是上將軍卻不肯賜寵。」

項少龍明白到鳳菲將是他今後與敵人周旋中的一只重要棋子，決意把她爭取過來，冷笑道：「你可知道讓韓竭知悉了我們和仲孫龍父子的關係後，呂不韋和韓竭當晚就去遊說仲孫龍父子呢？」

鳳菲色變道：「竟有此事？」

項少龍正容道：「不知你是否相信，假若大小姐仍不住把消息洩露給韓竭知道，不但我項少龍死無葬身之地，大小姐亦要面對悲慘的命運。韓竭對你或有愛意，但他這種人在利字當頭下，說不定會把你忍痛犧牲。跟隨呂不韋和嫪毒的人，誰不是自私自利之輩！」

鳳菲愧然道：「鳳菲也該算是自私自利的人，現在該怎麼辦才好？」

項少龍道：「還是待稷下學宮那場表演之後，我們才一塊兒離開，到了咸陽，你歡喜跟誰都可以。但在目前，絕不可隨便把我們的事洩露給任何人知道。」

鳳菲道：「我明白了。由現在起，鳳菲只信任上將軍一個人。」

項少龍暫時仍想不到如何利用鳳菲這著有用的棋子。再囑咐她幾句，起身離開。

這可算是意外的收穫，弄清楚韓竭實是一條兩頭蛇，同時與仲孫家和呂不韋勾結。若他估計不錯，表面上他雖然是嫪毒的得力手下，其實暗裡早給呂不韋收買。而他對呂不韋亦非全心全意，至少在鳳菲一事上瞞著那奸賊。韓竭究竟打算如何安置鳳菲？恐怕連他自己都還舉棋不定。

男女間一旦生情，總會糾纏不清，難以一刀切斷，他和趙雅何嘗不是如此。

際此明天就是壽宴獻技的日子，院內出奇地平靜，多天的排演歇了下來。

項少龍雖心事重重，卻不得不裝作若無其事，還與費淳、雷允兒等一眾比較友好的家將閒聊，才知道鳳菲已親自發放給他們每人一筆可觀的遣散費，但大部分人都決定留下來，繼續追隨一向比鳳菲更懂收買人心的董淑貞。

歌姬中只有幸月決定回鄉息隱，雲娘則仍未定行止，看來她是等待肖月潭的意向。更有人探聽能否追隨項少龍，都給他一一婉拒。

現在他自身難保，不願別人陪他冒險，更不想削弱歌舞姬團的保衛力量。他們對上仲孫龍那種人物雖毫不起作用，但對付一般小賊劫匪，仍是綽有餘裕的。

忽聞仲孫玄華來找他，項少龍心中有數，到大廳見他，仲孫玄華果然以幾句過場閒話，如說二王子怎樣欣賞他後，轉入正題道：「我們已為上將軍安排了一艘性能優越的風帆，後晚在稷下學宮接了上將軍後，立即登船。只不知大小姐會否和上將軍一道走，還是大小姐遲走一步，待稷下學宮的表演後始起行呢？」

項少龍裝出苦惱的樣子，道：「這正是令人頭痛的地方，她堅持要待兩場表演圓滿結束後才離開。我怎放心一個人先行呢？」

仲孫玄華顯然已從韓竭處得到消息，知道鳳菲定下比武當晚和項少龍一道離開，不禁愕然道：「你們不是說好的嗎？」

項少龍正是要令他對韓竭疑神疑鬼，歎道：「本來是說好的，但不知如何今天她忽然改變主意。哼！她怎瞞得過我，一方面和我相好，其實又與別的男人有私情。她有眼線，難道我沒有嗎？」

仲孫玄華顯然不知道韓竭和鳳菲的眞正關係，聞言色變道：「誰是她的男人？」

項少龍搖頭道：「這是大小姐的私隱，恕我不能透露。不過也不差遲幾天，我就等稷下學宮的表演後才離開好了。」

仲孫玄華立時陣腳大亂，急道：「呂不韋決定在上將軍與曹公決鬥後的翌晨起程回國，上將軍不想先一步回去嗎？」

項少龍知他死心不息，仍在試探自己，奇道：「早些回去幹甚麼？何況我早遣人回咸陽告訴儲君有關我的情況，還告訴他若我在甚麼地方出事，就與該國有關，囑他爲我報仇。我才不信呂不韋和田單敢親自出面動我，他們必是煽動其他人做替死鬼。」

又冷哼道：「我烏家高手如雲，誰害了我，必難逃被追殺的命運，想害我的人該有此顧忌，所以玄華兄請放心。」

仲孫玄華心中有鬼，怎能放心，聽得臉色數變，欲語無言。

李園等何嘗敢親自下手對付項少龍，也只像呂不韋般煽動仲孫龍父子做替死鬼而已。自邯鄲烏家堡一戰，誰不知烏家戰士的厲害。若事後洩出是仲孫龍父子幹的，不但齊國王室怪罪，只是烏家復仇的死士，已足使他們父子寢食難安。

項少龍當然不會放過對仲孫玄華繼續施壓的機會，道：「若我是呂不韋，會找些像痳承甲那類的蠢人，教他來殺我。事成後，再把消息洩露開去，那時我們秦國會正式要貴國大王交出痳承甲的人頭，你說貴國大王交還是不交呢？」

仲孫玄華忍不住抖震一下，道：「這確是借刀殺人的毒計。」

項少龍心中好笑，知他終看穿呂不韋表面像是背棄田單，其實只是一石二鳥的先藉仲孫龍父子害項少龍，然後再利用此事除掉他們父子。

舉一反三，他們自該想到若出了事，李園等亦只會諉過在齊人身上。

仲孫龍本非蠢人，否則不能掙到今時今日的財勢地位，皆因以爲嬴政和項少龍地位不保，才致亂了主意，進退失據。怎知項少龍得到風聲，又偷聽到他們昨晚的密議，只於談笑間立令仲孫玄華醒悟到被呂不韋、李園等人，甚至韓竭利用了。

仲孫玄華忙著要趕回去與乃父商量，哪還有興趣說話，惶惶然的溜了。

項少龍伸個懶腰，回頭去找鳳菲。

若他猜得不錯，仲孫玄華今天會找韓竭質問，而韓竭則會追問鳳菲。

呂不韋大後天清晨返秦，韓竭自須隨行，無論是爲他自己還是爲呂不韋，韓竭絕不容鳳菲落到仲孫龍手上。

現在項少龍卻知道即使向天借膽，仲孫龍再不敢妄動鳳菲。就算仲孫龍仍要對付自己，諒他亦不敢留此把柄，那等若明白告訴別人他是爲鳳菲來對付他項少龍的。

事情像忽然又生出轉機，李園等騙得自己死心塌地，他誓要以牙還牙，好好騙回他們一趟。

鳳菲似乎對韓竭死了心，對項少龍的指示言聽計從，兩人出奇地融洽。到肖月潭來找他，項少龍才離開主樓，在前院偏廳把昨天和今早的事詳細向他道出。

肖月潭拍腿歎道：「項少龍畢竟是項少龍，對方稍有錯失，立即被你把握到漏洞。仲孫玄華經驗尚淺，被你幾句話就把底子都抖了出來。」

然後盯著他道：「可是少龍眞不擔心呂不韋找到那對養育嬴政的夫婦嗎？」

項少龍知他也在懷疑小盤，不過此事現在除烏廷芳、滕翼外，親如紀嫣然亦不知曉。故心理上實不容他再透露給任何人知道，即使肖月潭亦難例外。

遂裝出坦然之狀，若無其事道：「找到又如何，除非他們被呂不韋重金收買，捏造誣告，否則有甚麼須擔心的？」

肖月潭訝道：「其實這問題老哥一直想問你，圖總管寫給我的信中提及你曾與秦國軍方元老合作，對呂不韋和儲君進行滴血辨親，證實兩人沒有血緣關係，儲君和你方得到軍方元老全力支持，壓制呂不韋。可是少龍爲何那麼有把握，肯定儲君不是呂賊的骨肉？」

這是當日圖先問的問題，亦是項少龍最怕面對的問題，毫不猶豫的答道：「我曾親口問過朱姬，儲君究竟是誰的孩子，她說自己都弄不清楚，那即是說有五成機會是呂賊的，但也有五成機會不是。在那種情況下，若我拒絕鹿公的提議，豈非立即失去秦國元老之心，所以咬牙博它一鋪，豈知竟押對了。」

肖月潭點頭道：「一賠一的博率，確是博得過。但現在你的情況卻非是如此樂觀，仲孫龍給你這麼唬嚇，可能再不敢做別人的行凶工具，但你也絕不可依靠他。」

又微笑續道：「幸好我們的關係尚未給人察覺，人人只以爲我是鳳菲的知音人。目下唯一之計，仍是少龍你一個人先走爲妙。只要你可安然離開，鳳菲她們就安全了！」

項少龍暗忖鳳菲等可交由善柔和龍陽君兩人聯手維護。若齊王明晚宣佈田建成爲新太子，解子元的地位自然大是不同，仲孫龍父子更要巴結他，而田單則更顧忌他。

李園等樂得做順水人情，免與解子元撕破臉皮，大家都沒有好處。若鄭國渠一事給抖出來，韓闖的大功立時變成大禍，所以關鍵處只是他項少龍如何活著返回咸陽。

肖月潭老謀深算，提醒他道：「韓竭這小子大不簡單，本身是韓國貴族，又拜在曹秋道門下學藝，看是嫪毒一黨，卻與呂不韋關係親密。現更加上因鳳菲而來的嫉忌因素，說不定會鋌而走險，糾集稷下感到受辱的劍手向你偷襲，此事倒是不可不防。」

項少龍斷然道：「與曹秋道戰後，我立即遠遁，好在稷下學宮是在城外，方便得很。」

想起逃生的必須工具滑雪板，壓低聲音道：「時間無多，肖兄可否為我張羅一塊上等木材，讓我製造一件在雪地逃生的工具。你到時把它與乾糧藏在稷下學宮附近某處，我起出來便可迅速逃生。」

肖月潭本身是妙手巧匠，大訝之下追問詳情，到項少龍把滑雪板、滑雪桿描繪出來，他驚訝得合不攏嘴，愕然道：「你是怎麼想出來的，這是雪車的原理。這事包在我身上，老哥我立即動手找材料趕製，保證比你繪畫出來的更實用，時間該仍來得及。」

肖月潭前腳跨出聽松別館，解子元來了，興奮地道：「上將軍若沒有特別事，不若一道去湊熱鬧，看柔骨美人綵排小弟編作的歌舞吧！」

項少龍本全無興趣，但想起得裝作充滿閒情逸致，一點不擔心有任何事會給呂不韋揭穿，正是重要策略之一。

遂擺出欣然之狀，陪解子元去了。

第二十一章　恩怨分明

坐上解子元的馬車，聽他哼著輕鬆的調子，項少龍定下神來，回想過去這幾天內發生的事。

可以想像當初李園在仲孫家碰上自己時，心中只有友情而無歹念。直至他忍不住向韓闖透露，遂興起應否除去項少龍這個大患的念頭。至於以後如何搭上郭開，則無從猜估。

他們知道龍陽君對項少龍有特別感情，且曾後悔出賣過項少龍，故把此事瞞著龍陽君，龍陽君是因找鳳菲而碰上項少龍的。到韓闖親來找他，知道他會去曹秋道處偷刀時，可能仍未決心害他，尚在舉棋不定。

可是當韓闖把這事告訴李園或郭開，終引發他們欲藉曹秋道之手除去他項少龍的詭計。至見曹秋道殺他不死，韓闖知道事情敗露，所以避他不見，只由李園來探他口風。

李園不愧高手，故意暴露韓闖與郭開勾結的事，好騙取他的信任，而自己還蠢得把龍陽君安排他逃走的事洩露。龍陽君則明知李園等人要害他，苦在無法說明，故準備不顧一切送他離開臨淄，只因自己反悔而拒絕他的好意。

若不是昨天偷聽到李園等人的密話，恐怕這一世都弄不清楚其中種種情況。奇怪的是他只感到痛心，卻沒有恨意。因爲誰都是迫於無奈。

解子元這時道：「你和許商熟識嗎？據說他是上蔡人，很有本領。」

項少龍記起他是呂不韋今次來齊的隨員，只因沒有碰頭，故差點忘記他。點頭表示認識。

解子元道：「現在他和齊雨爭蘭宮媛爭得很厲害，呂不韋似乎對許商非常縱容。」

項少龍想了想道：「若我猜得不錯，蘭宮媛和許商的戀情，該是當年在咸陽開始的，嘿！你知否蘭宮媛曾扮婢女行刺我？」

解子元訝道：「竟有此事，不過她確曾受過訓練，身手非常了得。」

項少龍遂把當時的情況說出來，解子元神色凝重道：「那個雜耍團該是邊東山的『東州雜耍團』，一向周遊列國表演，難怪忽然銷聲匿跡，原來已全體喪命咸陽。」

項少龍問道：「邊東山是誰？」

解子元歎道：「曹秋道四大弟子中，以邊東山居首，接著是仲孫玄華、韓竭和內子。邊東山最擅騰挪跳躍之術，是第一流的刺客，一向在田單門下辦事。」

項少龍道：「可能邊東山也在那一役中死了。」

解子元搖頭道：「上幾個月我還聽仲孫玄華說見過他。據說他剛到燕都刺殺了一個燕將，燕人對他是談虎色變。上將軍雖是厲害，但暗殺是不擇手段的，不可不防。」

項少龍苦笑道：「要刺殺我，現在是最好的機會。」

解子元正容道：「在這裡反不用擔心，邊東山對大齊忠心耿耿，絕不會令大王為難，但若離開齊境就很難說。燕人稱邊東山為『百變刺客』，可知他裝龍像龍，扮鬼似鬼，誰都不知他會變成甚麼身分、樣貌見人。」

項少龍哪有閒暇去理甚麼邊東山，記起張泉偷曲譜的事，說與解子元知道，並說鳳菲已另譜新曲，就算蘭宮媛演奏出來，亦打擊不了鳳菲。

解子元憤然道：「定是齊雨指使的，此人曾追求過鳳菲，卻給拒絕，故此懷恨在心。哼！我解子元絕不容許媛媛做出這種丟人的事。」

馬車開進玉蘭樓，此時青樓尚未開門營業，偌大院落寧靜得像個隱士居住的世界，只後院某處隱隱傳來樂聲。

兩人走下馬車，朝後院特別宏偉的歌樂殿堂舉步走去。

解子元低聲道：「以前大王沒那麼多病時，常愛到歌樂殿堂聽歌看舞，說歌姬在這裡都活潑多了。當然啦！一入王宮，誰不怕出不來，無論是一時獲罪賜死好，又或給大王留下，做只隔一夜就給忘掉的宮娥妃嬪，實際上都沒多大分別。」

項少龍暗忖比起上來，小盤的自制力好多了。

解子元歎道：「大王有個願望，是三大名姬同時在他眼前表演，所以務要我們爲他辦到。這可是他死前唯一的期待，爲此才能撐到此刻，否則可能早已……嘿！」

項少龍這才明白今次盛事的來龍去脈，由此可知齊人不但愛空言，還愛安逸。這種苟安的心態，使堂堂大國不但成不了東方諸國的領袖，還不斷在破壞唯一能眞正抗秦的合縱之策。

悠揚的樂韻漸清晰起來，眾姬同聲頌詠，調子優美，項少龍不由聽得入神。

解子元得意道：「這是我那晚在廂房內寫的一曲，應是小弟生平的代表作。」

項少龍笑道：「這是否說排演已到了尾聲？」

解子元哈哈一笑，跨進歌樂殿堂去。

殿堂中心處近六十名歌舞姬揮揚著各色彩帶，千變萬化的圖案像一片片彩雲般環繞中心處盛裝的蘭宮媛載歌載舞，使人見之而神迷心醉。

此時蘭宮媛正一人獨唱，看她柔軟的嬌軀做出各種高難度的曼妙舞姿，歌唱出抑揚頓挫、宛如天外仙音的樂曲，令人幾疑誤入仙子群居的仙山福地。

佈於一隅的四十人大樂隊，正起勁吹奏，殿內充滿歡樂的氣氛。

觀者除齊雨外，還有一群十多個項少龍不認識的人，許商赫然在其中。一曲既罷，齊雨等鼓掌喝采。

蘭宮媛捨下其他人，往解子元和項少龍迎過來，笑臉如花道：「解大人和上將軍為何這麼遲才來呢？」

解子元不知是否記起剛才項少龍講及「偷曲」一事，告罪後把蘭宮媛拉往一角說起話來。

齊雨等則朝項少龍走過來，其他歌舞姬，無不對項少龍露出注意神色，交頭接耳，低鬟淺笑，情意盎然。

許商依秦法向項少龍施軍禮，肅容道：「尚未有機會正式向上將軍請安，上將軍請恕末將無禮之罪。」

項少龍笑道：「這處又非咸陽，一切從簡好了。」

齊雨有點驚疑不定的偷瞥遠處正板起臉孔與蘭宮媛說話的解子元，心神不寧的對項少龍道：「聽說上將軍對音律極有研究，未知對剛才一曲，有何評價？」

項少龍知他是由張泉處聽到消息，心叫慚愧，正容道：「齊兄說笑了。對音律小弟乃門外漢，不過即使不懂音律如我者，也覺剛才一曲精采絕倫，令人神馳意動。」

在齊雨旁一名體型驃悍的年輕武士插言道：「在下閔廷章，見過上將軍。」

項少龍暗忖原來你就是與麻承甲同時在齊國劍壇崛起的人物，口說幸會，留心打量了他幾眼。閔廷章比較起來，要比麻承甲斯文秀氣，樣子亦較為順眼。

閔廷章目光落到他的百戰寶刀處，項少龍索性連鞘解下，遞給他過目。這著名劍手露出意外神色，接過後與其他好奇的人研玩起來，嘖嘖稱賞。

剩下齊雨、許商和項少龍三人，有點不知說甚麼才好的尷尬。

幾名大膽的美歌姬擁了過來，爭相向項少龍招呼施禮，眉目傳情，又笑著飄開去。

幸好這時解子元和蘭宮媛回來，後者神態委屈，顯是給解子元數說一頓，但看情況她是甘於受責的。

齊雨用眼色向她詢問，蘭宮媛卻故意不看他，看來是把氣發洩在他身上。

許商移到蘭宮媛旁，奇道：「媛媛似乎不開心呢？」

蘭宮媛目光落在項少龍身上，道：「媛媛尚未有機會向大小姐請安，不知上將軍是否直接回聽松別館？」

除解子元外，其他人均感愕然。

項少龍想不到解子元對蘭宮媛這麼有影響力，微笑點頭。

蘭宮媛問道：「可否立即起行？」

齊雨等無不錯愕，不明白發生甚麼事。

閔廷章聞言將百戰寶刀雙手遞回給項少龍，讚歎道：「聞說這奇兵乃上將軍親自設計，確是巧奪天工，令我等大開眼界。」

項少龍知道自己一刀敗走麻承甲，已贏得這個本來目空一切的劍手尊敬，謙虛幾句，待要和解子元、蘭宮媛一道回聽松別館時，閔廷章卻邀請道：「明天是稷下學宮每月一趟的劍會，上將軍可肯撥冗蒞臨，指點一下我們這些小輩？」

項少龍露出為難之色，誠懇地道：「說實在的，這麼與曹公見面，是有點尷尬的。」

另一人興奮地道：「曹公近十年都沒有出席劍會，上將軍可以放心。」

項少龍暗忖多一事不如少一事，敷衍道：「明天再說吧！」

又大感奇怪道：「劍會不是在初一舉行嗎？為何推遲了？」

齊雨道：「皆因大王壽辰，故延期舉行，還會比平時隆重，上將軍記緊要來！」

當下有人向他說出時間、地點，項少龍不置可否，在齊雨和許商嫉忌的目光下，偕蘭宮媛和解子元離開。

到達正院，解子元表示要返官署不能隨行，讓出馬車，自行騎馬離去。

項少龍想不到會和柔骨美人單獨相處，生出戒心，道：「媛小姐坐車吧！我騎馬好了。」

蘭宮媛白他一眼，淡淡道：「妾身也久未騎馬，不若一起借馬兒的腳力吧。」

姚勝等忙讓出兩匹健馬，蘭宮媛雖盛裝在身，翻上馬背卻靈巧得像貍貓，惹來一陣采聲。

項少龍跨上馬背，與蘭宮媛並騎馳出玉蘭樓，登時吸引了街上所有行人的目光。

姚勝派出四騎為他們開路，其他人則分佈兩側和後方，令人頗有陣仗不凡的感覺。

蘭宮媛策馬湊近他身旁道：「上將軍是否很不安呢？最後仍是要和妾身並騎說話。」

項少龍心想這該叫「惡人先告狀」，微笑道：「我尚沒忘記嫒小姐曾想取項某人的小命呢！」

蘭宮嫒默然片晌，輕輕道：「在這世上，有三個人是嫒嫒欠了人情的，上將軍有興趣聽聽嗎？」

項少龍道：「第一個該不難猜，是否解大人呢？」

蘭宮嫒欣然道：「和你這人說話可以少費很多精神。試試猜第二個吧！他是喪命在上將軍手上的。」

項少龍苦笑道：「難怪你要來殺我。」

蘭宮嫒若無其事道：「上將軍都是猜不到的哩！那人是囂魏牟，嫒嫒之所以有今天，全賴他把人家交給一個姓邊的人栽培訓練，否則說不定早餓死街頭。」

囂魏牟其實是給滕翼活生生打死的，他當然不會說出來，恍然道：「是邊東山嗎？難怪你的身手如此了得，他該是你第三個感激的人吧！」

蘭宮嫒出乎他意料地咬牙切齒道：「恰恰相反，他是妾身最痛恨的人，他對我做的惡事嫒嫒卻不想再提起。」

項少龍大訝道：「可是咸陽之行，你不是奉他之命行事嗎？」

蘭宮嫒淡淡道：「那只是一場交易，只要奴家依計行事，不論成敗，以後再和邊東山沒有任何關係。而妾身肯答應，亦當是報答囂魏牟的恩惠，以後再不欠他甚麼。」

項少龍歎道：「確是每個人都有一個曲折離奇的故事，不過你這個險冒得太大，嘿！想不到囂魏牟竟也會做好事。」

蘭宮嫒不屑道：「他和邊東山只是看上妾身的容貌吧！有甚麼好心腸可言。不要說他們了，上將軍來猜猜看第三個人是誰好嗎？」

項少龍搔頭道：「囂魏牟我已猜不到，第三個更難猜，不過該不是我認識的人，難道是田單？又或是呂不韋？」

蘭宮媛不斷搖頭，喜孜孜的像個小女孩般道：「都不對。」

項少龍心想這柔骨女相當有趣，認輸道：「不猜啦！」

蘭宮媛抿嘴淺笑道：「是項少龍！」

項少龍失聲叫道：「甚麼？」

他們一直將聲調壓低至僅兩人可耳聞，到這時失聲一叫，姚勝等才聽見，均訝然往他們瞧來。

蘭宮媛欣然道：「有甚麼値得大驚小怪的，眞是你呢！自刺殺不遂，到夤夜離開咸陽，我都預備會給你拿去殺頭，豈知你竟放過人家，你說蘭宮媛怎能不感激你？當時呂不韋也說城防全是你的人，他也很難庇護我。」

項少龍愕然半晌，道：「你不用感激我，說到底你只是一顆棋子，被人利用來對付我，殺你於我沒好處。」

蘭宮媛正容道：「項少龍就是這樣一個人，田相、旦將軍等雖視你爲敵人，但對上將軍的品格卻相當敬重，反而對呂不韋頗爲不屑。」

項少龍有感而發道：「品格有個屁用！現在誰不是利字當頭，凡於我有所畏忌者，均不擇手段要除之而後快。」

蘭宮媛「噗哧」失笑道：「上將軍很少用這種語氣說話的，可見你對媛媛有點改變。人家今天只是藉見鳳菲為掩飾，目的卻是希望有單獨與你說話的機會。上將軍要小心身邊這群仲孫家的武士，他們原是土匪流氓，專替仲孫龍收爛帳，我一些好賭的姊妹給他們害得不知多麼慘。不信的留心看看，誰不在豎起耳朵來偷聽我們的密談？」

最後兩句她故意提高聲浪，嚇得姚勝等下意識地離開少許。

項少龍頓感領教到她的狠辣處。

三大名姬確是各有特色，其中以蘭宮媛的行事最不檢點。不知是否因少女時的不幸遭遇，頗有點自暴自棄，對男人也抱著遊戲的態度，其實心底裡卻是恩怨分明，令人敬服。

蘭宮媛發出一陣銀鈴般的嬌笑，引得路人側目，又向項少龍湊近點低聲道：「上將軍見媛媛肯和齊雨這些卑鄙小人在一起，是否心存鄙視？唉！世上有多少個好人，齊雨至少生得好看，又懂哄人。不過偷曲一事人家是無辜的，齊雨還騙人說是他撰作的呢！」

項少龍笑道：「這才像蘭宮媛嘛！」

聽松別館已然在望，蘭宮媛輕輕道：「上將軍要小心石素芳，她一向和蒲鶮關係密切，說不定會視你如仇人！」

項少龍苦笑道：「不差多她一個吧！」

第二十二章　稷下劍會

蘭宮媛離開後，鳳菲不屑地道：「聽說她只要是男人就行，上將軍對這種女人有興趣嗎？」

項少龍正與她步返主樓，聞言失笑道：「我何時表現過對她有興趣？淑貞的狀態如何？」

鳳菲傲然道：「鳳菲調教出來的，會差到哪裡去？不要岔開話題，你是怎樣搭上她的？」

項少龍苦笑道：「不要用『搭上』這麼難聽的字眼好嗎！小弟和她沒有半點關係，人家說來向你賠罪，難道我說不行嗎？看你剛才的樣子，對她比親姊妹還親熱，掉轉頭就把她批貶得體無完膚。」

鳳菲掩嘴嬌笑道：「女人妒忌起來就是這個樣子，你不理睬人家，人家也不准你理睬其他女人，否則和你沒完沒了。」

這時剛抵主樓臺階下，項少龍欲要離去，鳳菲扯著他衣袖，把他拉進樓內，轉身投入他懷裡，低聲道：「上將軍是否想棄下鳳菲不顧，自行離去？」

項少龍軟玉溫香滿懷，心情卻是苦不堪言，他確是計劃先行獨自藉滑雪板溜掉，然後再央人照顧鳳菲她們。豈知竟給這蕙質蘭心的美女識破，眼下騙她不是，說出來必會掀起軒然大波，他該如何選擇？

鳳菲仰起絕世玉容，淒然道：「不用說出來，你的反應已告訴人家那使人傷心的答案。」

項少龍歎道：「你知否只要我安全，就沒有人敢動你半根寒毛？」

鳳菲呆了半晌，幽幽道：「總而言之，你仍要將人家撇下嗎？」

項少龍心中一動，道：「不若你先我一晚走，遲些我再來和你會合，龍陽君可做安排。」

鳳菲緊摟他道：「未知你的生死，鳳菲怎能離開臨淄？好吧！你愛怎樣處置人家就怎樣處置吧！鳳菲認命了。」

項少龍深切體會到她所感到的「孤苦無依」和失落，憑她的色藝，天下男人誰不拜倒裙下。可是天妒紅顏，先是遇人不淑，又碰上個對她沒「動情」的自己，哪教她不芳心破碎。

百般安慰，待鳳菲「回復正常」，他才溜回房去，只休息片晌，仲孫玄華又來找他。

在東廂坐下，仲孫玄華道：「上將軍可知呂不韋來找過我們？」

項少龍知他回去與乃父和手下謀臣商議後，推斷出自己再不信任他，故來做補救。可是仲孫玄華當然仍不會說出與郭開、李園等人的關係。

微微一笑道：「就算眼睛看不見，亦可以想到。呂不韋甚麼手段我項少龍未見過，加上韓竭是你師兄弟。是了！韓竭現在和你究竟是甚麼關係？」

仲孫玄華給他奇兵突出的問題戳在要害處，登時陣腳大亂，支吾道：「玄華也說不上來，說到底仍算有點交情。」

項少龍淡淡道：「韓竭該比呂不韋更想殺我，因爲呂不韋還以爲我有把柄在他手上，可以害得我身敗名裂；韓竭則是對我嫉忌得瘋了，瘋子做事自然沒有分寸。」

仲孫玄華並非蠢人，早猜到鳳菲的眞正情人是韓竭，否則爲何常會知悉關於鳳菲的消息，一時臉色立變，垂首以掩飾，眼望地上沉聲道：「上將軍決定甚麼時候走呢？」

項少龍心中好笑，知自己巧施手段，弄得他兩父子徬徨無主，正容道：「我細想之後，還是正式向你們大王和二王子辭行，再請他們派出兵員保護，大大方方的回秦，勝過鬼鬼祟祟的，徒然惹人話柄。」

仲孫玄華點頭道：「玄華絕對同意，上將軍可以託解大人傳達，保證一切定能安排得妥妥貼貼。」

只這幾句話，便知仲孫龍父子權衡利害後，再不敢涉入害他的陰謀裡。

假若他是由齊王派人護送離開，那李園或呂不韋兩方人馬都難再指使他們動手。不過這並非解決善法，齊王總不能派千軍萬馬保護他，且其中又說不定兼有臥底，防不勝防下，他哪有命越過三晉或楚人的國境。名爲保護他的齊人更不會爲他拚命，有起事來不落荒而逃才怪。

但對鳳菲來說卻是很好的安排，項少龍心想眞要找田建研究這個問題，好了卻這樁心事。

仲孫玄華又皺眉道：「剛才閔廷章來見我，說上將軍答應參加明天舉行的劍會，我已一力把這種無聊的事壓著，爲何上將軍反會答應他？」

項少龍失笑道：「誰答應過他？我只是敷衍說到時再看看吧！」

仲孫玄華憤然道：「這小子眞可惡，連我都不怕，定要給他點顏色看。」

項少龍道：「放心吧！我怎會去呢？」

仲孫玄華道：「去亦無妨，誰敢惹上將軍，首先要過得我這一關。玄華會警告那些不知天高地厚的人，哪個令上將軍不高興，等若令我仲孫玄華不高興。」

項少龍知他因先前失策，所以現在故意討好自己。隨口道：「明天再說吧！」

仲孫玄華道：「今晚……」

項少龍截斷他道：「這兩晚不宜夜遊，否則哪有精神應付曹公的聖劍。」

仲孫玄華清楚感到項少龍再不若以前般對他親切信任，知道呂不韋一事在他們間投下陰影，無奈下快快去了。

項少龍細心思量，遣人去把解子元請來，開門見山道：「小弟有一事請解兄幫忙。」

解子元欣然道：「項兄請直說。」

項少龍坦然將情況說出來，以免因不清楚而出現不必要的意外。瞞了仲孫龍父子暗中與李園等勾結一事，只暗示三晉和楚人都不可靠，密謀令秦、齊交惡。

解子元聽得吁出一口涼氣，道：「仲孫龍難道不知大王和二王子心意嗎？誰都該知呂不韋將來沒甚麼好結果的。」

項少龍提醒他道：「你表面須裝作若無其事，暗中通知二王子我或會不告而別，請他照顧鳳菲和董淑貞她們。」

解子元拍拍胸膛答應道：「這事包在小弟身上。項兄離去後，我請二王子把她們接進王宮暫住，稍後再派人送她們到咸陽。」

接著露出依依惜別之情，歎道：「沒有了項兄，日子過得恐怕不能似刻下那麼多姿多采。」

項少龍笑道：「是怕不可以去胡混嗎？」

解子元老臉微紅道：「內子對小弟的管束已放鬆很多，希望項兄走後都是如此，那就謝天謝地了。」

兩人談笑一會兒，解子元離開。

項少龍又找來董淑貞說話，交代清楚後，董淑貞兩眼紅起來，惶然道：「現在我們非常擔心你後晚與曹秋道的比劍呢！」

項少龍明白她感到自己像在吩咐後事般，對她們的將來做出安排，故生出不祥之感，幸好自己從沒感到會命喪於曹秋道之手。笑著安慰她道：「人總是要面對不同的挑戰，現在你只須專心練好歌舞，將來再到咸陽表演給我看。」

董淑貞感激的撲入他懷裡。

抱著她動人的肉體，項少龍首次感受到兩人間沒有男女的私慾在作怪，有的只是一種超越了男女愛慾的高尙情操。若非自己把持得定，現在休想享受到這種曼妙如斯的感覺。

心中不由湧起強烈的鬥志，爲人爲己，他會奮戰到底，絕不能放棄或屈服。

這晚歌舞姬團上下聚在大廳舉行預祝宴，人人表現得意氣昂揚，不像以前大難臨頭各自飛的情況。

鳳菲像個沒事人似的與眾同樂。

有項少龍的支持，等若多了個可信賴的大靠山，對歌舞姬團的發展更是有百利而無一害，唯一的陰影是項少龍後天與曹秋道的比武，不過當然沒有人敢提起此事。

很多人都醉倒了，包括鳳菲在內。

項少龍卻滴酒不沾唇，將鳳菲送回房後，獨自一人到後園練刀。

他感到自己在刀道上的修爲大有長進，這應是被曹秋道逼出來的。和這威震天下的一代劍術大宗師交過手後，使他窺見武道上以前難以想像的境界，精神和劍術渾成一體所營造出來的氣勢、予人的壓力，比純靠凶悍或拚死力之輩不知高明多少倍。

項少龍以往之能勝過一般劍手，除了體魄和氣力外，主要是因懂得墨氏劍的心法，故能在對陣時保持絕對的冷靜，發揮出劍法的精華。

曹秋道卻進一步啟發他從鬥志、信心和某種難以形容的精神力量合營出來的氣勢，這正是勝敗的關鍵因素。

是晚他靜坐大半個時辰然後入睡，一覺睡至天光，醒來時精足神滿，只感到連老虎都可赤手應付，起來便到園裡熱身練功。

他想起日前一刀克敵，殺得廝承甲棄刃而逃，除時間拿捏得準確外，主要是因用兩手握刀，學足東洋刀的運刀方式，使力道倍增。

心中一動，暗忖這或會是應付神力驚人的曹秋道的唯一妙法。但何時運用，怎樣運用，卻是關鍵所在。

區區十劍，他不信自己捱不過去。任曹秋道三頭六臂，但自己刀和鞘配合使用，該可支持過十劍的短暫時間。

想起當日落敗，連擋十劍都欠缺信心，不禁好笑，亦暗暗感激肖月潭這位良師益友。早前的消沉、逃避心態，已消失得無影無蹤。

一切均安排妥當，明晚無牽無掛的和曹秋道玩完那場遊戲後，他就乘夜遠走高飛，返咸陽與妻兒相會。

在強敵的壓迫下，項少龍於練功中感到把生命的潛力發揮出來，每劈出一刀，生命似都攀上某一個高峰，這感覺是前所未有的。

他忽似陷身在萬軍衝殺的戰陣中，身邊的人一個一個的倒下，周良慘死眼前，鷹王撲敵爲主報仇，心中充滿慘烈憤怒之氣。

又憶起好朋友因立場不同，一一將他出賣背棄。只感人事變遷無常，惟有手中百戰寶刀始是永恆良伴。

再虛劈一刀，天地似若靜止不前。

善柔的聲音在身後響起道：「今天不比了！好小子愈來愈厲害。」

項少龍回刀入鞘，來到善柔身旁，笑道：「柔大姊也會害怕嗎？」

善柔一肘打在他腰脅處，痛得他慘哼一聲，哂道：「去見你的大頭鬼，外面閔廷章等正在恭候大駕，要送你這小子到稷下學宮參加劍會，否則看本姑娘怎樣把你打回咸陽去。」

項少龍撫著痛處皺眉道：「麻煩你告訴他們，我今天要閉門在家，養精蓄銳……」

善柔截斷他道：「不准退縮，本姑娘剛在興頭上，很想撩人打架，你就做我的跟班去湊熱鬧好了。」

項少龍尚未有抗議的機會，早給她扯得踉蹌去了。

五百多名稷下劍手表演開場的「禮劍」儀式，他們的動作劃一整齊，漂亮好看。

項少龍坐在學宮正廣場的上賓席位，右面是呂不韋、田建，左邊是田單，善柔則不知鑽到哪裡去。

臨淄的達官貴人、公卿大臣全體出席，場面非常隆重。

來湊熱鬧的武士和平民百姓，密密麻麻圍在廣場四周，少說也有三、四千人。

禮劍完畢，鼓樂聲中，田建意氣飛揚的代表齊襄王宣讀訓勉辭，身為稷下導師的仲孫玄華在十多名導師級劍手簇擁下，落場考較劍手騎射各方面的技藝，閔廷章亦是導師之一，頗為神氣。

田單旁邊的是解子元，隔著田單向項少龍打了個眼色，表示所託之事經已辦妥。

正和田建說話的呂不韋湊過來道：「明天黃昏時，我來送少龍到稷下學宮吧！事關我大秦的榮耀，必須隆重其事。」

項少龍暗忖你由前門來，我就由後門走，看你到時如何下臺，微微一笑，不置可否。

豈知田建聽到，插言道：「該由我和仲父一起接上將軍以壯行色才對。」

項少龍心中叫苦，無奈下只好答應。

另一邊的田單笑道：「大小姐該到了宮裡，為今晚的盛典預備哩！」

項少龍心中好笑，知他是找話來說，應了一聲，目光落到場中，剛巧一名武士射出的箭命中二百步外箭靶的紅心，惹起一陣采聲。比起秦國田獵的氣氛，稷下劍會遜色多了，可見齊人武風及不上秦國。

有人走到田單身旁，低聲向他說了幾句話。那人去後，田單笑向呂不韋道：「有人對仲父手下『上蔡第一劍手』的劍法很感興趣，不知仲父有沒有意思讓許商下場玩玩？」

項少龍心中一動，猜到是齊雨弄鬼，希望挫折情敵的威風。

接觸過柔骨美人後，他感到無論是齊雨或許商，若以爲能令這美女愛上他們，恐怕均要失望。不過許商乃管中邪級數的高手，即使仲孫玄華或閔廷章下場，怕也不能討得了好。

呂不韋呆了一呆，微笑道：「放著上將軍這位大行家在這裡，稷下諸君們怎會退而求其次？」

田建正容道：「父王剛下嚴令，無論在上將軍與曹公比試切磋的前後，均不准有任何人挑戰上將軍，麻承甲已因此被責。」

呂不韋「呵呵」一笑，以掩飾心中的尷尬和不安。

田單的臉色亦不好看，因爲麻承甲的事他要負上責任。

項少龍心想這才像樣，更猜到有田建在其中出力。故意道：「定是齊雨兄想和許統領玩玩哩！」

呂不韋和田單心知是項少龍聞得兩人爭風吃醋的事，表情都不自然起來。

呂不韋待要發言，場上忽然爆起一陣熱烈的采聲。眾人目光投往場心，項少龍、田單和解子元同時色變。

善柔昂然出現場中心，嬌叱道：「較技的時間到了，善柔請田邦指教。」

田單劇震一下，知道善柔恃著夫君解子元聲勢日增欺上門來，要拿自己的寶貝兒子作報仇對象。

田邦的劍術雖不錯，但比起曹秋道的關門得意弟子，則只餘待宰的分兒。但若田邦怯戰不出，那他以後休想再抬起頭來做人。尤其對方說到底只是女流之輩，情況就更嚴峻。

仲孫玄華等負責主持劍會的大弟子，一時慌了手腳，不知該如何應付這場面。

坐在高臺後排的田邦立即臉如死灰，換了挑戰的是普通稷下劍士，他大可派人出場，只恨對方是堂堂解夫人，又是指名挑戰，他只能親自上場。

田建「呵呵」笑道：「柔夫人確是豪勇更勝男兒。」

他這麼開腔說話，更沒有人敢反對。

田邦正要站起來，旁邊的旦楚扯著他，自己長身而起，冷然道：「柔夫人既然這麼有興致，不若讓旦楚先陪柔夫人玩一場吧！」

今次輪到解子元和項少龍一起色變。

善柔終是生過兩個孩子，體力及不上以前，對著旦楚這第一流的高手，說不定會吃大虧。

項少龍別無選擇，在善柔答應前，大笑道：「我也手癢，柔夫人把這場讓給小弟吧！」

全場立時爆起震耳欲聾的采聲，把善柔不依的抗議聲音全蓋過去。

第二十三章　告別香吻

旦楚在原位肅立不動，沒有半點下場的意思，項少龍亦安坐席位裡，眾人叫得聲嘶力竭，見到這奇怪情況，終逐漸收止喝采叫好的嚷聲，以至完全靜止下來。

項少龍與場中氣鼓鼓的善柔對視，露出微笑。

他在揚聲之初，早猜到旦楚不會應戰。旦楚是犯不著冒這個險，沒有蓋世神兵百戰寶刀前的項少龍，已是那麼厲害，現在的項少龍，更使旦楚沒有把握。放著明天有曹秋道親手對付項少龍，他這個險怎冒得過？

果然旦楚致禮道：「大王頒下嚴旨，除曹公外，不准任何人與上將軍比武，末將怎敢造次？」

旁觀群眾立時傳來一陣失望的噓聲。

坐在田建另一邊的仲孫龍站起來大喝道：「大王之旨，誰敢不從！」

群眾立即靜下來，令人對仲孫龍的「權威」生出異樣的感覺。

善柔得意地道：「那旦將軍就落場施展身手吧！」

旦楚求援地望向田建。

田建明白他的進退兩難，笑道：「柔夫人劍法厲害，臨淄無人不曉，旦將軍剛才是一時情急下自動請纓。現在得上將軍提供緩衝之機，怎可再下場，此戰作罷好了。」

這番話總算得體，暗示田邦非是善柔對手，給足善柔面子。

善柔曉得這末來齊王開了金口，怎都打不成的了。狠狠瞪項少龍一眼，失望回座。

項少龍心知善柔不會放過他，卻一點不擔心，給善柔打打罵罵，正是人生樂事。

解子元向他投來感激的眼色。

劍會繼續進行，雖有比武，眾人總覺不是味兒，在午時前匆匆收場，挑戰許商一事亦不了了之。

項少龍與田建、田單、呂不韋等在稷下學宮共進午膳，項少龍忍不住覷隙問仲孫玄華道：「為何其他各國使節一個不見，玄華兄沒邀請他們嗎？」

仲孫玄華扮作稔熟狀，神秘兮兮的答他道：「前兩天大王和各國使臣面晤，大家各持己見，談得很不愉快。所以今天他們都避不出席，否則會熱鬧一點。」

這麼說，項少龍醒悟到談的必是有關合縱抗秦的事，而齊國仍堅持過往策略，跟東方諸國當然談不攏。

想起自己是擊潰兩趟合縱大軍的人，第一次是暗施橫手，放魏增回國，惹起魏王對信陵君的疑忌，強行把他從戰場調走，弄致群龍無首。第二趟則是親自領軍大敗合縱軍於進軍咸陽的途中，使合縱軍功敗垂成。

在東方五國的人眼中，自己可算是罪大惡極，難怪李園等老朋友要倒戈來對付他項少龍。

席間，項少龍乘機向田建說出鳳菲今晚乃她歸隱前最後一場告別演出，希望他能當眾宣佈此事。

田建道：「父王最欣賞大小姐的演出，不若由他宣佈更佳。」

項少龍道：「這就更好哩！今晚末將道賀後便要回去休息，以應付明晚之戰，請二王子代我先向大王致謝忱。」

田建表示明白，答應他的請求，項少龍趁機告退。

回到聽松別館，歌舞姬團全體移師王宮，只剩下幾個看門的婢僕，靜悄冷清。

項少龍正要登上主堂的臺階，姚勝從後面趕上來道：「上將軍，小人有要事向你報告。」

項少龍想起曾囑他監視郭開和韓闖，後來因發覺仲孫龍父子暗裡與這些人勾結，而姚勝卻是仲孫家派來的人，遂不將此事放在心上。

兩人在一角坐下，姚勝神情凝重的道：「最近兩天，三晉和楚、燕五國的使節不斷碰頭，其中最頻密是趙、燕兩國，經我發散人手偵察下，兩國均有劍手混在各地前來觀賞賀壽盛況的人潮裡，進入臨淄城。」

項少龍首先問道：「你有把這事情告訴龍爺和玄華兄嗎？」

姚勝搖頭道：「少爺早有吩咐，在跟隨上將軍的這段日子，甚麼事都不用對他說，所以這事他們全不知情。」

項少龍讚道：「只有你們這些諳熟臨淄情況的人，才可察覺出魚目混珠的燕、趙劍手身分。」

姚勝壓低聲音道：「燕國的徐夷則和趙國的郭開昨天黃昏聯袂到稷下學宮遊覽，據跟蹤的人觀察，他們似在勘察地形。」

項少龍心中懍然，難道郭開等高明得猜到自己會在明天溜走，所以準備伏擊自己，當然這只會在他過了與曹秋道比試的一關後才會發生。

爲了國家利益，人人不擇手段。徐夷則亦是如此，假若能在齊境混充齊人幹掉他項少龍，秦、齊不交惡才怪。

姚勝道：「上將軍不知是否知道，曹公已請大王頒下王命，在他與上將軍決戰之時，不准任何人於遠近騷擾觀望。所以比武有結果前，所有人須留在城裡，我們都不得踏入學宮的範圍。」

項少龍心想如此情況雖有利於逃走，卻對想暗殺自己的人提供了最大的方便。皺眉道：「有沒有看到他們在甚麼地方特別停留過？」

姚勝取出一卷畫了稷下學宮形勢的帛圖，詳細指出郭開和徐夷則所到之處，連在某處停留多久都清楚指出。

項少龍訝道：「跟蹤他們的人心思相當仔細哩！」

姚勝喜道：「小人知道事關重大，所以親身去觀察他們的行止。」

項少龍衷心讚他幾句，並吩咐他不可將此事洩露給任何人知曉。

姚勝憤然道：「我早知燕人沒多少個是好人，今次擺明是陰謀不軌，想破壞我們和貴國的邦交，上將軍不如直接向大王說出這件事，由他安排人手保護上將軍，又或特別批准我們到觀星臺下等候上將軍榮歸回城。」

項少龍另有打算，當然不會聽他的提議，笑著拍他肩頭道：「他們怎都不敢在學宮附近動手的，照我看該是埋伏在回城的路上，那裡沿途雪林密佈，最利偷襲，你可否給我準備些煙花火箭，我回城時就燃放煙花，召喚你們來接應我。」

姚勝同意這是最佳方法，仍忍不住道：「上將軍難道對此事不感憤慨嗎？」

項少龍歎道：「徐夷則和郭開是與我有過交情的朋友，這回要在戰場上見個生死是無可奈何的事，若可避免正面衝突，將就點算了。」

姚勝露出敬佩神色，退了出去。

項少龍獨坐廳內，思潮起伏，呆坐片時後，返回後院去。

沿途清冷寂寥，頗有人去樓空的淒涼感覺。幸而想起明晚即可起程返回咸陽，項少龍整個心又灼熱起來。

回去後，定要好好慰藉嬌妻愛婢們。想起當年由趙返秦時，婷芳氏已瞑目長逝，不禁又焦慮不安，百感叢生。

「好小子！終於找到你了！」

項少龍愕然轉身，只見善柔如飛趕來，尋他晦氣。

項少龍愁懷盡去，攤手道：「柔大姊想拿小弟怎樣？」

善柔劈手抓著他襟口，杏目圓瞪道：「竟敢破壞本姑娘的好事，誰要你出頭，你比我厲害嗎？」說到最後，她忍不住嬌笑起來。

項少龍禁不住拍拍她嫩滑的臉蛋，笑道：「做了兩個孩子的母親，仍是這麼喜愛打打殺殺，柔大姊好該爲解兄想想，不要再隨便找人廝拚了。」

兩人在臨淄，尙是首次有這樣親密的接觸，善柔俏臉微紅，嗔道：「信不信我把你碰我的手砍掉。」

項少龍頹然道：「明晚我就要走了，佔點便宜該可以吧！」

善柔一震道：「爲何不早點告訴我？」

項少龍低聲道：「我才決定不久，此事萬勿告訴其他人，捱過你師父十招後，我立即遠遁。」

善柔透露出對項少龍的關懷，問道：「除了河道外，離開臨淄的道路仍被大雪封鎖，明晚你是萬人注目的對象，怎能悄悄乘船逃走？是誰給你佈置安排的？」

項少龍拉她到園裡，道：「我自有萬全之策，否則也不能避過三晉人的千里圍搜，你有甚麼話要我帶回去給兩個好姊妹？」

善柔「噗哧」笑道：「告訴她們我絕不會比田單早死，且每天都在欣賞他的沒落和受苦。」忽地俏臉微紅，垂頭咬著下唇道：「橫豎無人，不若我們到房裡去親熱一番吧！」

項少龍大吃一驚，駭然道：「這怎麼行，解兄是我的好朋友。」

善柔嗔道：「我故意放他出去胡混，正因我要和你胡混，兩下扯平，最是公平不過。」

項少龍苦笑道：「你誤會解兄了，他只有在青樓那種環境裡，才能靈思泉湧的譜出新曲，非眞是有甚麼胡混之舉。」

善柔呆了半晌，湊過香唇深情地道：「那就只親個嘴兒吧！算是為你明晚的比武壯行色，亦當是向你道別送行。」

善柔剛走，解子元便到。

項少龍暗呼「好險」。

解子元仔細看他一會兒，鬆一口氣道：「小弟還以為她會揍你一頓呢！玄華告訴我她知你回府後，便氣沖沖的離開。」

項少龍昧著良心道：「嫂夫人並非蠻不講理的人，只是有時脾氣大了點吧！」

解子元坐下道：「此時沒有其他人，反落得清靜，可以談點心事。」

項少龍坐在他旁，訝道：「解兄有甚麼心事要說？」

解子元歎道：「說來你不相信，我想辭官不幹哩！只怕二王子不肯。」

項少龍奇道：「解兄官場得意，爲何忽生退隱之心？」

解子元苦笑道：「做官的沒多少個有好下場，官愈大，樹敵愈多。你位高權重之時，沒有人奈何得了你；一旦勢子轉弱，其他人就來爭你的位子。不單要應付下面的人，還終日惶恐，不知上面怎麼想你，這樣過日子有啥意思。內子便常說我不是當官的料子，不夠心狠手辣。像仲孫龍父子就令我很失望，竟私下和呂不韋碰頭卻沒有告訴我。」

項少龍陪他歎一口氣，道：「辭官不是沒有辦法，詐病就可以了。」

一言驚醒夢中人，解子元兩眼登時放光，拍案道：「項兄果是智計過人，就這麼辦。也許遲些我可到咸陽探望項兄，還有紀才女。嘿！有項兄從中引介，說不定連寡婦清都可見到。」

項少龍知他並不清楚自己和琴清的關係，拍胸保證道：「這個包在小弟身上。」同時記起小盤的身分危機，心中不由抽搐一下。

解子元看著廳外的天色，道：「我要早點入宮，待會讓我再差人來接項兄吧！」

項少龍婉言拒絕，送他出門後，返房躺在臥榻上研究姚勝留下給他的帛圖。

若自己是徐夷則和郭開，必在稷下學宮和城郭間那段約里許長的官道旁中段處佈下伏兵，倘從兩旁雪林密集放箭，猝不及防下，自己必死無疑。

假若自己裝作返回臨淄城，接著忽然往雪野遠處逸去，負責放哨監視自己的敵人會怎辦呢？

敲門聲響，進來的是肖月潭。

項少龍跳了起來，把稷下學宮地形圖遞給他，轉述姚勝的報告。

肖月潭指著稷下學宮外西南方一處道：「明天我會將遠行裝備和滑雪板放在這座小山丘上，就在這道向西的斜坡頂，方便你滑下來。」

項少龍喜道：「製造好了嗎？」

肖月潭道：「還差一晚工夫，今晚我不赴壽宴，免得給呂不韋認出來。」

項少龍不好意思道：「豈不可惜？」

肖月潭微嗔道：「風花雪月的事有甚麼打緊，只有少龍安返咸陽，才可對付呂老賊。明天你可能見不到我，老哥此刻是特別來向你道別的。」

項少龍伸手握緊他的手，感激地道：「大恩不言謝，我不知說甚麼來表示心中的感受。」

肖月潭微笑道：「遲些時或者你不會這麼想，總言之我是為了你的利益。給老哥傳話與嫣然她們知曉，說老哥心中常惦掛她們。」

項少龍不解道：「老兄為何有此奇怪說話，無論如何，我項少龍都不會怪你的。」

肖月潭深深凝視著他道：「人心難測，不要真的只打十招就當算數了事，須防他老羞成怒，忽然反悔。」

項少龍點頭道：「經過李園、韓闖的教訓，我還會輕易信人嗎？」

肖月潭聞言整個人輕鬆下來，叮嚀道：「只要你能度此難關，安然返抵咸陽，你便獲全勝，否則一切均前功盡廢。」

項少龍心道還有小盤的身分危機，卻苦於說不出來，肅容應道：「我絕不會輸的。」

肖月潭欣然道：「少龍終回復信心了。」

項少龍沉吟道：「眞奇怪，百戰寶刀失而復得後，我感覺上截然不同，像從沒有給李牧打敗過那樣，有一段時間我確是很消沉的。」

肖月潭站起來，道：「不用送我，珍重了。說不定有一天我們會同赴塞外，面對大草原的挑戰。」

目送肖月潭的背影消失在迴廊盡處，項少龍想起在邯鄲初見肖月潭的情景，這位多才多藝的人剛談完正事，便要求烏家送他歌姬陪夜，使自己留下不良印象。想不到卻是個豪情俠義的人物，大家更成了生死之交。

人生的道路確是曲折離奇。

唉！今晚早點過去就好了。

自逃亡以來，沒有一天他不想回家去，只有在那裡，他才能尋到睽違已久的幸福和安逸。

第二十四章　齊宮盛宴

當項少龍看到往宮城的路上擠滿赴會的車馬，速度緩若蝸牛，不禁慶幸自己策輕騎的選擇。與姚勝等時而越上行人道，時則在馬車間穿插，靈活迅快的朝王宮馳去。

他所到處人人矚目，貴女宦婦紛紛揭簾來爭睹他的風采，看看令紀才女傾心的男子究竟生就怎樣一副長相。

項少龍當然不會使她們失望，頭紮武士巾，勁裝外面瀟灑的披上長大的風氅，挺直的軀幹，俊偉的儀容，掛在唇角似有若無不經意的笑容，加上腰間佩著名聞天下的百戰寶刀，確有令天下美女著迷的魅力。

姚勝等大感與有榮焉，人人分外挺胸拔背，好不威風。

他們逢車過車，進入內城，守城門的御衛均肅然致敬。

項少龍卻是心如止水，無憂無喜。

來前他曾靜坐整個時辰，沐浴更衣，感到自己的精、氣、神攀上前所未有的巔峰，對未來充滿渴望和信心，對眼前一切更感是完全掌握在自己的手裡。

生命的大忌是永無休止的重複。可是他自出咸陽踏進戰場後，每一刻都活在巨大的壓力和危機中，逃亡之後，更無時無刻不面對生與死的抉擇，到現下則是即將與劍道巨匠決勝於稷下學宮觀星臺的一戰，接著是返回千山萬水外的溫暖家中，生命於此刻攀上最濃烈的境界。

他感到以後永不會忘掉赴宴的一刻，人聲、車馬聲似乎近在耳旁，又像是九霄雲外的遙不可及。所有景象都有種似非實質的感覺，只有他和馬兒的運動，才擁有眞正的血肉。

他正深陷在奇異的時空之夢的至深處，無能自外，無能自拔，更不願甦醒過來。

驀地一聲「上將軍」，驚碎他清醒的夢。

項少龍減緩馬速，朝聲音來處回頭瞥去，後方第三輛馬車的車窗有人探出頭來向他招手，赫然是郭開。

護在郭開前後左右的趙國騎士，均向他施禮致敬。

項少龍策馬停定，馬車好不容易從後方趕上來，郭開歎道：「終於與少龍見面，在壽春我是面對面都不認識，現在終能相對言歡，晶太后很掛念你哩！」

郭開這奸鬼老了不少，兼且胖得臉孔變圓，無復當年的瀟灑。項少龍雖不歡喜他，又知他正密謀對付自己，仍裝出老相識的親切態度，笑道：「郭相養尊處優，心廣體胖，若在街上碰上，可能認不出你來哩！」

郭開的目光落在他的百戰寶刀上，感觸殊深的道：「當年先王一念之差，誤信趙穆，否則今天我和少龍不但該是好友，還是同心合力共抗外敵的夥伴。」

項少龍策馬與他的馬車同速緩行，時進時停，姚勝等伴侍前後，惹得路人圍觀指點。到了內城，越感受到普城同慶的氣氛，家家戶戶張燈結綵，鞭炮響鳴。

項少龍苦笑道：「可惜命運並沒有『如果』這回事，就像人死了，永不會復生。縱使你重活在過去的某一刻，人事仍不會從頭改變。」

郭開怎想得到是他的切身體會，有點意猶未盡的道：「緬懷舊事，總令人不勝感慨。不過傑出的人才，到哪裡都會出人頭地，少龍是最好的例證。」

項少龍心中一動，感到郭開由於以爲明天若自己不死於曹秋道之手，亦會死在他的安排底下，所以現在特別多感觸和表現出罕有出現在他身上的坦誠。

郭開爲何那麼有把握呢？是否眞的猜到自己準備明晚會溜走？

除非歌舞姬團內有人走漏消息，說出自己像吩咐後事般安排好各人的將來，否則外人該沒法作出這樣的猜測。

想到這裡，登時心中一懍，記起祝秀眞的侍婢小寧，自己曾懷疑歌譜是由她偷給張泉的，但始終未能證實。

假設郭開搭上張泉，便可輕易掌握得自己的動靜。郭開一向智計過人，見微知著，又清楚自己的性格，自可制定出對付他的天羅地網。

若是如此，自己明晚的危險性會大幅增加，燕、趙的伏兵將不止限於設置在回城的路上。而最大的問題是沒有人可以幫他的忙，只有靠自己孤軍作戰。

郭開訝道：「少龍在想甚麼呢？」

項少龍淡淡道：「我在想假設郭相要派人殺我，我也絕不會心生怨恨。」

郭開劇震道：「可是在我心裡卻會很不舒服，當年在邯鄲質子府時若非少龍劍下留人，我郭開何來今天的風光？這種發展確令人心有所憾。」

項少龍想不到他仍記得此事，對他增添幾分好感，一時卻不知說些甚麼好。

郭開忽道：「當年妮夫人身故後遺有一子，是否跟從少龍到了咸陽呢？為何從未聽過他的消息？妮夫人是個令人懷念的好女子，可惜天妒紅顏。唉！」

項少龍壓下心中翻起的滔天巨浪，知道呂不韋洩出小盤的身分問題後，就像在平靜的水面投下巨石，引發了其他聯想，例如郭開便在懷疑小盤是嬴政。

此事非同小可，若讓呂不韋知道，配合從邯鄲抓回來那對夫婦，他們更難有辯白機會。口上卻應道：「那孩子痛母之逝，途中茶飯不思，兼之旅途勞頓，早病死了。」

郭開「哦」的一聲，表情像是早猜到你會這麼說的模樣。

項少龍再沒興趣和他纏下去，一聲告罪，驅馬加速，連越數十輛馬車，進入王宮。

齊宮內盛況空前，王席和主賓席設於桓公臺上，筵開近百席，桓公臺下的廣場則更擺開過千席，供較下級的文武官員和各地縉紳人士列席。

表演歌舞的地方是桓公臺中的大平臺，樂隊則佈於平臺下朝向王座處。

宮內到處萬頭攢動，人人盛裝出席，女士免不了爭妍鬥麗。齊王擁被倚坐在桓公臺下的點將殿內，神情興奮的接受眾人祝賀。

比他更興奮的是田建，在大局已定的情況下，眾人對他爭相巴結奉承，就算不知情的人都可清楚瞧出他是盛會中的得意人物。

項少龍向齊王行過朝賀之禮後，目睹仲孫龍爭著向田建獻媚，反是田單不屑的卓立一旁，與呂不韋和郭開閒聊，難免想起了小盤。

誰當上君主，誰就會因權力和臣子的諛媚而腐化，愈難開言納諫，這種效應似乎已成定律。小盤顯然變了許多，他對自己的感情尚可維持多久？

李園的聲音在他耳旁響起道：「少龍！我們且到靜處談談。」

項少龍笑道：「還有清靜的地方嗎？不用走幾里路吧！」

李園笑起來，扯著他朝殿門走去，經過聚在一側的妃嬪群，眾女無不深深地盯著他兩人。

項少龍想起清秀夫人和善柔，虎目一掃，卻找不到兩女蹤影。

擠出擁迫的殿堂後，兩人登上桓公臺，內侍宮娥正忙碌地預備陳設壽宴的美酒糕點，好不熱鬧。

他們來到桓公臺遠離王席可遠眺城牆外原野的邊沿處，在輝煌的燈火映照下，李園倚欄道：「少龍打算何時回咸陽，願和小弟同行嗎？」

項少龍發覺自己心中真的沒有惱恨李園，淡淡道：「不必勞煩了，我還是取道魏境快捷得多，坐船又舒服。」

李園同意道：「確可快上一半時間，安全上有問題嗎？」

項少龍道：「我會正式要求齊人護送，再加上仲孫龍在旁護翼打點，該沒有甚麼問題。」

李園緊跟不捨地追問道：「準備何時起程？」

項少龍道：「怎都要待稷下學宮那場歌舞結束後才可起行，否則我總難放心。」

李園壓低聲音道：「明晚你要小心點，我有信心少龍能安然過得曹公一關，但齊人是輸不起的，聽說暗裡已有稷下狂徒準備若你真的贏了，會趁你歸程時偷襲你，不若我親來接應你好嗎？你可用燈號和我聯絡。」

項少龍暗叫厲害，假若自己不知他與郭開是同謀，不落進陷阱才怪。不過他這麼說，也可能是試探自己會否乘夜逃走。這樣的好意，不答應是不合情理，遂與他約定燈號的方式。

項少龍故意道：「回壽春後，請代向令夫人和太后問好。」

李園眼中閃過沉痛的神色，一把抓著他肩頭，叫道：「少龍……」

項少龍心頭一陣激動，平靜地道：「甚麼事？」

李園如夢初醒的鬆開手，搖搖頭道：「沒甚麼，只是想起不久又要各處一方，異日還可能在沙場上決戰生死，一時激動吧！眞的沒有甚麼。」

項少龍心中暗歎。

韓闖的笑聲傳來道：「原來李相和上將軍躲到這裡，少龍確是不同凡響，三大名姬輪流問我你這美男子在哪裡，累得小侯嫉妒得差點要自盡呢！」

若非是處於敵對的立場，韓闖會是位徵歌逐色的好夥伴。

心想也該去激勵一下歌舞姬團的士氣，特別是初挑大樑的董淑貞，問道：「她們在哪裡？」

韓闖來到兩人面前，答道：「在最下層的慈懷殿，須小侯領路嗎？」

項少龍道：「我去見過她們，之後覷得機會，要先一步離開。」

李園諒解道：「該是這樣的，好好休息，我們陪你一道去吧！」

項少龍和他們並肩而行，趁機道：「無論將來國與國間發展如何，請兩位看在小弟面上，好好照顧淑貞。」

韓闖歎道：「放心吧！若連這都辦不到，我們還算人嗎？」

這點項少龍倒相信他。

步入慈懷殿時，項少龍不由一呆，原來大殿以布幔分隔開三區，裡面人影幢幢，不斷傳出女子嬌笑玩耍的聲音。

項少龍道：「我們在這裡分手吧，我想單獨和她們見面。」

李園和韓闖有點心情沉重的和他拉手道別，前者道：「明天我們會送你出城。」

項少龍苦笑道：「不必了！我早跟呂不韋和二王子訂好了約。」

鳳菲獨坐銅鏡前，雲娘和小屏兒則爲她做最後的補妝。

項少龍動容道：「難怪大小姐能高踞三大名姬之首，只是這身裝扮，幾使人疑爲天人下凡。」

鳳菲甜甜一笑，卻怨道：「沒你在旁欣賞，甚麼天人都沒意思哩！別忘了這是人家最後一場表演啊！」

旋又笑道：「不要理人家怨言多多，還是上將軍明晚一戰重要，乖乖的早點登榻睡覺吧！明日鳳菲會整天陪你。」

項少龍眼角瞥處，見祝秀眞的小婢小寧此時藉故走過來，更肯定自己的懷疑，知她想偷聽自己和鳳菲的對話，故意道：「待小弟得勝回來，便陪大小姐四處逛逛。」

鳳菲欣然答應。

項少龍又過去董淑貞處，問道：「心情緊張嗎？」

旁邊的祝秀眞笑道：「二小姐整天不說話，怕影響聲音，上將軍說她緊張不？」

董淑貞暗裡抓緊他的手，湊到他耳邊道：「後晚我來陪你。」

項少龍苦笑離開，繞場一周，見團中諸人個個士氣昂揚，哪用他去激勵，滿心歡喜揭幔而出，剛好撞著金老大，給他硬拖去見石素芳。

石素芳披著斗篷，幽靈般站在一角，默默的看著她的團友在進行各種活動，似乎她與其他人全無半點關係，也沒有人敢來打擾她的寧靜。

金老大在項少龍耳旁道：「這女兒自小性格孤僻，但她的天分卻是不作第二人想。她甚麼都不看在眼內，卻甚麼都一學就會，而且比任何人好，生平只佩服鳳菲一個人。」

項少龍暗忖看來石素芳並不把紀才女放在眼內，否則爲何不見她去拜訪嫣然。

金老大領著項少龍來到石素芳身側，低喚道：「素芳！素芳！上將軍來探望你哩！」

聽到上將軍一詞，石素芳嬌軀微顫，空洞的秀眸回復平時的神采，別轉俏臉，往項少龍瞧來。

這時團內諸女與上下人等均停止原先的活動，好奇地盯著項少龍，要金老大揮手作勢，才不情願地繼續補妝的補妝、調理樂器的調理樂器。

金老大拍拍項少龍道：「你們談談吧！」

石素芳顯然厭惡人人不斷偷偷朝他們張望，輕輕道：「上將軍請隨素芳來！」

揭開身後布幔，原來是特別區分開來的一個小空間，地上鋪了地蓆，還有坐墊、銅鏡和掛滿戲服的架子。

兩人席地坐下，四周雖是鬧哄哄一片，還不時響起樂器調試的音符，但這裡卻是個封閉和寧洽的小天地。

石素芳淒迷的美目緩緩掃過項少龍，然後落在布幔處，淡淡道：「上將軍歡喜孤獨嗎？」

項少龍細心想想，小心翼翼的回答道：「有時我也須一個人靜靜獨處，好去想點東西。」

石素芳幽幽道：「想甚麼呢？」

項少龍愕然道：「倒沒有一定，看看那時為甚麼事情煩惱吧！」

石素芳點頭道：「你很坦白，事實上將軍是素芳生平所見的男人中，最坦誠而不偽飾的人。其他人總愛吹噓自己如何了得，惟恐素芳不覺得他們偉大，眞要令人噁心。」

目光回到他臉上，以令他心顫的眼神瞧著他道：「咸陽之會，上將軍在素芳心中留下很深的印象，那時素芳在想，上將軍是不是可傾吐心事的人呢？」

項少龍忍不住道：「聽說蒲鶮先生和小姐關係非常密切哩！」

石素芳露出一絲苦澀的笑意，垂下目光，平靜地道：「不是你殺我，便是我殺你，況且人總是要死的，死後重歸天上的星宿，哪有甚麼須用上心神的。」

項少龍默默咀嚼她話內的含意、悲灰的語調，一時說不出話來。

石素芳像陷進為自己編造卻無法自拔的夢境中般，柔聲道：「素芳唯一的願望是把自己的生命安排得簡單一些，不會牽涉那麼多的人和事。唉！大多數的人和事都像浮光掠影，既流於表面又沒有意義。我希望可以變成一棵樹，獨自在原野裡默默生長，需要的只是陽光、雨水和泥土。」

項少龍歎道：「難怪小姐歡喜莊周。」

石素芳道：「還有老聃，『無為而無不為……小國寡民……民至老死不相往來』，多麼透徹的人生見地。繁榮財富只會帶來社會的不公平，君臣上下，只是永無休止的紛爭，上將軍以為然否？」

項少龍尚是首次在這時代遇到一個持全面否定人類進步文明的人，且還是一位女兒家，點頭道：「現在的情況仍未算嚴重，到了人口大量繁衍，草原變成城市，大地的資源被無休止地消耗至匱乏，野獸變得無處棲身時，那情景才教人害怕。」

石素芳劇震道：「上將軍比素芳想得更遠哩！」

項少龍歎道：「這是必然的發展，打從開始人類的文明便處於與大自然對立的那一邊上，與草木禽獸截然不同。」

石素芳默然片刻，意興索然道：「上將軍何時回秦？」

項少龍道：「該是幾天內的事，嘿！我要走了。」

石素芳微微點頭，沒再說話，陷進沉思中。

項少龍長身而起，悄悄離開。

第二十五章　修書話別

當晚鳳菲等人三更後回來，人人興高采烈，顯然表演非常成功。

諸女均悄悄進房來看項少龍，他忍著起來的衝動，假寐應付過去。

等到後院大致靜下來，他改為盤膝靜坐，依《墨氏補遺》的養生之法吐納呼吸，臨天明時，提著百戰寶刀到園內操練。

他慶幸自己昨晚沒有待壽宴終結方始離開，故仍能把精神體力保持在最巔峰的狀態。他反覆練習雙手持刀的動作，盡量簡化，以速度為主，假想敵自是曹秋道。

對著這個劍聖，連墨子「大巧若拙」的招式都無用武之地。

他只能依靠科學化的現代技擊，提取最精華的部分，融入刀法裡。

眾人這時不是仍醉得不省人事，就是酣睡未醒，他樂得專心一意，做戰前的熱身準備。接著到澡房洗了個冷水浴，精神奕奕的回房靜坐一會兒，小屛兒到來找他。

眾姬全體出席，還有雲娘的首席樂師和其他幾位較有地位的樂手。

鳳菲先代表眾人向項少龍表示感激，眼中射出回憶的神情道：「當淑貞一曲既罷，齊王宣佈鳳菲退隱的消息，場中盛況，教人畢生難忘。」

雲娘笑道：「人人都以能目睹大小姐表演最後一場的歌舞為榮呢！」

祝秀眞興奮道：「昨晚大小姐的表演精采絕倫，聽得我們如癡如醉，完全被大小姐的歌聲迷倒。我們還擔心二小姐會給壓得抬不起頭來，幸好二小姐亦有超凡的演出，使整齣歌舞圓滿結束。」

項少龍苦惱道：「你們是想要我後悔嗎？」

眾女一陣哄笑。

董淑貞感激道：「楚國的李相國、韓國的闖侯、魏國的龍陽君，紛紛邀約我們去表演……」

幸月插言道：「就只上將軍方面沒發出正式的邀請。」

眾女又笑起來，氣氛輕鬆融洽，皆因以爲歌舞姬團會解散的憂慮，已千眞萬確的成爲過去。

項少龍笑道：「大家是自己人嘛！你們到咸陽來當是回到家中好了，瞧，我不是已發出邀請了嗎？」

眾女又嬌笑連連。

董淑貞道：「大小姐和上將軍覺得費淳這人如何？」

兩人知她在挑選管事的人選，都叫好贊成。

膳後項少龍和鳳菲到園內漫步，雙方均有點不知該說甚麼才好的感觸。

鳳菲平靜地道：「暫時我不會到咸陽去！」

項少龍愕然道：「大小姐打算到哪裡去？」

鳳菲仰望天上飄浮著一朵特別大團的白雲，道：「鳳菲想隨清秀夫人回楚小住一段時間。奴家已厭倦嚴寒的天氣，想享受一下秀麗的南方景色。」

項少龍想到她是要避開韓竭，點頭道：「換換環境也好，咸陽的冬天很不易捱的。」

開。」

鳳菲橫他一眼道：「不要以爲已撇開我，說不定人家有一天會摸上你項家的門，然後賴著不肯離小弟。」

項少龍知她在說笑，哈哈笑道：「這是沒有男人可以拒絕的事情，還是大小姐記著莫忘了來探訪小弟。」

鳳菲幽幽道：「上將軍是否今晚走？」

項少龍沉聲道：「若能不死，我確是不宜久留。」

鳳菲喜道：「上將軍終於眞正的信任鳳菲了，只要想起此事，奴家以後再無遺憾。」

接著輕聲道：「鳳菲寧死也會爲項少龍守密的。」

項少龍想起兩人由互不信任，互相欺騙，發展到這刻的視對方爲知己，心中大感欣慰。生命動人的地方，或者正因美好和醜惡同時存在。人性是凹凸不平的立體，從不同的角度看去，會得出不同的印象。

例如他很難把李園、韓闖歸類爲壞人。每個人自有他們的立場，遇上他因利益關係來損害你時，你自然會對他深惡痛絕。

鳳菲忽道：「快到落日的時候哩！唉！想起不知和上將軍是否還有相見之日，教人神傷不已。」

這時肖月潭來找項少龍，中斷兩人的離情別話。

到了東廂，肖月潭掏出一疊帛書，笑道：「這是我今早給你擬好的，分別給呂不韋、齊王、新封太子的田建、解子元，當然還有李園、龍陽君、韓闖和仲孫龍，其中又以給李園和韓闖的比較精采，你看過沒問題就畫押，待你成功離開後，我會交由鳳菲代你送出。」

項少龍擔心道：「你不怕給呂不韋認出你的筆跡嗎？」

肖月潭道：「我精善不同書體，包保他認不出來。」

項少龍讚歎道：「呂不韋有你這等人才而不懂用，實是愚蠢之極。」

肖月潭狠狠道：「他是故意犧牲我，使別人不會懷疑到他身上去，同時藉機削弱舊人的勢力。」

肖月潭是最重情義的人，故分外痛恨呂不韋的忘恩負義。

像這次他義無反顧的來助項少龍，正因他是這麼的一個人。

項少龍隨意抽出其中一書，攤開細看，只見上面寫著：

「字奉闖侯足下，侯爺賜讀此書之時，少龍早在百里之外。今日不告而別，情非得已，侯爺當心中有數，不會責少龍無禮。人生不外悲歡離合，愛恨情仇。此別之後，不知後會何期，願侯爺諸事順遂，長命百歲。」

項少龍捧書哈哈笑道：「韓闖看此書時，必是百般滋味在心頭，有苦難言。」

肖月潭得意地抽出另一帛書，遞給他道：「這是給李園的。」

項少龍捧起讀道：

「李相國園兄大鑒：

世事峰迴路轉，遇合無常。想與兄當年並肩作戰，肝膽照應，義無反顧，至今記憶猶新。可惜時移世易，此情難再，實令人扼腕歎息。如今小弟已在歸家途上，並誠心祝禱相國官場得意，縱橫不倒。」

項少龍拍案道：「可否再加兩句，但怎麼個寫法卻要由老哥這文膽來斟酌。我喜歡那種冷嘲熱諷的語調。」

接著把李園昨晚說要接應他的事說出來。

肖月潭備有筆墨，忍著笑在信末加上：

「相國接應之舉，恕小弟敬謝不敏，更不敢有須臾忘記。」

項少龍再拍案叫絕。

其他給齊王、仲孫龍等的書信都很一般，沒甚麼特別刻劃，對龍陽君則最是客氣，情文並茂，顯示出肖月潭的才華。

項少龍細看肖月潭的眼睛道：「老哥昨晚定是一夜沒睡，早上還要寫這幾封信。」

肖月潭笑道：「不睡一晚半晚，有甚麼大問題？最緊要是使你無後顧之憂，這些信會比任何話更能激勵你的鬥志，若你今晚敗了，這些信只好都燒掉。」

項少龍拍案而起，仰天長笑道：「放心吧！我現在戰意昂揚，管他劍聖劍魔，也會跟他全力周旋，絕不會讓他得逞。」

肖月潭撚鬚微笑道：「我這就改裝出城，到指定地方安放你今晚逃生的工具，明天再爲少龍發信好了！」

肖月潭走後，剛陞任管事的費淳來向他道謝，項少龍心中一動，道：「你找人偷偷監視小寧，假若她今天在我起程赴稷下學宮前，藉外出去見其他人，立即告訴秀眞小姐把她辭掉，亦不必懲罰她。」

照他估計，小寧若是內奸，今天怎都要向收買她的人匯報自己最後的情況，故再加上一句道：

「若無此事，就當我沒有說過這番話。」

費淳醒悟過來，領命去了。

項少龍伸個懶腰，感到無比輕鬆。一些本來難以解決的事，最後均得到圓滿解決。只要今晚過了曹秋道這關，避過燕、趙高手的伏擊，憑著滑雪板，可趁融雪前趕回中牟與滕翼諸兄弟會合，打道回秦，苦難將成爲過去。

當然仍有小盤的身分危機急待解決，但現在他只好堅信歷史是不能改動分毫的。至少在歷史上，從沒有人提過秦始皇既非異人之子，亦非呂不韋之子。

令他一直不解的是也沒提及他這名動天下的人物。

苦思難解時，龍陽君兩眼通紅的來了，不用他說項少龍也知龍陽君昨晚睡得不好。

兩人到園內的小亭說話，龍陽君歎了一口氣，似有千言萬語不知從何說起的樣兒。

項少龍反過來安慰他道：「生死有命，富貴在天。若老天爺沒註定我死，一個曹秋道都奈何不了小弟。」

龍陽君苦笑道：「少龍或者以爲曹秋道會劍下留情，但昨晚我聽到消息，田單曾找曹秋道密談整個時辰，你猜他會說甚麼呢？」

項少龍心中篤定，心想他既親口應承肖月潭，自然沒有人可以左右他的決定。一拍百戰寶刀的刀把，淡淡道：「他想要我的命，先要問過我的好傢伙。」

龍陽君勉力振起精神道：「奴家不是想挫少龍的銳氣，只是來提醒少龍不要輕敵，可戰則戰，反之則逃。他終是上了年紀，怎都該跑不過你的。」

項少龍失笑道：「說到底，你仍是怕他殺死我。」

龍陽君端詳他片晌，大訝道：「少龍確是非常人，換過別人，面對如此強敵，誰能像你般從容自若？」

項少龍坦然道：「擔心也是白擔心，不若把精神留在比武時使用才是上算。」

龍陽君倚在圍欄處，垂首道：「李園和韓闖……」

項少龍截斷他決然道：「君上不要再說下去，由現在到見到曹秋道前，我不想聽到關於他們的任何事。」

龍陽君劇震道：「少龍……」

項少龍微笑道：「一切盡在不言中。君上回去好好休息，甚麼都不要想，明天我再和你說吧！」

龍陽君緩緩移到他身前，輕擁他一下，道：「少龍強大的信心，使奴家感到你可應付任何困難，珍重了。」

看著龍陽君逐漸遠沒在林木掩映的背影，項少龍湧起無限的暖意。

歌舞姬團上下人等，在鳳菲和董淑貞的率領下，全體在廣場為他們心目中的英雄道別，目送項少龍登上新太子田建和呂不韋的馬車。

旗幟飄揚下，齊兵隊形整齊的馳出聽松別館，為三人的輿駕開路，聲勢浩蕩。

由百騎御衛護翼的隊伍馳出大街，人民夾道相送，不知是為曹秋道打氣，還是因項少龍的「勇氣可嘉」而叫好。

包括項少龍在內，從沒有人想過曹秋道會輸，問題只是項少龍能否僥倖不死。這輛馬車特別寬敞，座位設在靠車廂後的位置，可容四人並坐，而項少龍這位主角，拒絕不得下，自然坐到田建和呂不韋中間去。

近年來，他罕有與大仇人呂不韋那麼親熱，感覺上很不自在，只望馬車快些出城。他先向田建這新太子道賀，田建笑得合不攏嘴，呂不韋插言道：「剛才老夫和太子討論治國之策，太子提出管仲在《牧民》篇中所說的『倉廩實而知禮節，衣食足而知榮辱』，確是眞知灼見，有建太子登位，大齊之盛，可以預期。」

田建喜不自勝的道：「治國常富，亂國必貧。可知善爲國者，必先富民，然後治之。」

項少龍忍不住問道：「太子有甚麼富民之策？」

田建呆了片晌，沉吟道：「強兵和富國是分不開的，不強兵，國家沒有保障，不富國，兵就強不起來，此乃千古不移之理。」

項少龍心中暗歎，知他根本沒有治國良方，只是因循管子之論，尙於空言。他來臨淄雖時日不長，但從仲孫龍的存在，已知齊國表面繁榮，卻是貧富懸殊。這是君主縱容貴族與商賈圖謀資財，爭相開設賭館、青樓和放高利貸的後果。當然民智不齊，教育不夠普及亦是重要原因。可是田建無視種種情況，空言強兵富民，令人可笑。

小盤之所以遠勝他國君主，正因他能體察民情，又有李斯這等智士之助，凡事從實際出發，而非空談理論。

呂不韋大拍馬屁道：「太子之見，可上比管仲、齊桓！」

田建連聲謙虛，其實心卻喜之，已照單全收。

此時快到城門，聚集道旁的人更多，有人大叫道：「曹公必勝！曹公必勝！」轉瞬便生出連鎖效應，千百齊民同聲喊叫，令人心神震盪。

田建露出不自然神色，沒再說話。

呂不韋偷偷觀察項少龍的神情，見他容色波平如鏡，笑道：「少龍的鎮定功夫非常到家。」

項少龍心中好笑，這就像一隊球隊在客場出賽的情況，主隊佔盡地利、人和，若自己受不住喝倒采的聲音，這場球賽不用踢也輸了。

微微一笑道：「一個劍手若受外事影響他的鬥志，怎還有資格出戰？」

呂不韋兩眼一轉，裝出忘記某件事般道：「差點忘記告訴少龍一事，老夫與太后商量過，已派人到邯鄲把撫育儲君成人那對張氏夫婦請回咸陽，好讓他們安享晚年，照時間計，他們該已抵達咸陽！」

項少龍心中大恨，知他是故意於此時提出此事好擾亂他的心神，使他因擔憂而不能集中精神應付曹秋道的聖劍，用心歹毒之極。

幸好仲孫玄華因要試探此事，已先一步說給他聽。否則驟然證實心中所想，說不定會亂了方寸。

田建露出注意神色，可知早有人曾向他提及此事。

項少龍故作驚訝道：「仲父定是沒有先向儲君請示了。」

呂不韋呵呵笑道：「我和太后的用意是要給儲君一個驚喜嘛！怎可事先說明？」

項少龍歎道：「若仲父問過儲君，便不用多此一舉！政儲君早差人把張氏夫婦接回咸陽，只不過瞞著太后，沒有張揚罷了！」

這回輪到呂不韋臉色大變，驚疑不定。

鞭炮聲中，車隊馳出城門。李園、韓闖、郭開、徐夷則、龍陽君、仲孫龍父子、閔廷章等和一眾齊臣，早聚集在城門外的曠地上，組成送行團。

馬車停下。項少龍首先下車，接受眾人的祝頌，齊臣當然不會祝他甚麼「旗開得勝」、「一戰成功」諸如此類的話。

擾攘一番，在仲孫玄華和閔廷章的陪同下，由八名稷下劍士穿上禮服，持燈籠前後映照，策騎往稷下學宮馳去。

仲孫玄華肅容道：「送上將軍入學宮後，我們須立即回城，此乃大王應師尊而下之嚴令，要待師尊放出火箭，我們才可到稷下學宮一看究竟。」

項少龍訝道：「難道稷下學宮現在除曹公外再無其他人嗎？」

另一邊的閔廷章答道：「正是如此，據師尊所言，他這不情之請，皆因怕有其他人在場，會爲他歡呼喝采，影響上將軍的心情，看剛才的情況，可知師尊所慮，不無道理。」

此時正馳上地勢較高處，只見稷下學宮除正門掛有燈籠外，整個地區烏黑一片，惟東南角透出燈光。

仲孫玄華以馬鞭遙指燈火通明處道：「那是觀星臺所在，位於東門空地，樓高三層，最上是個寬達二十丈的大平臺，師尊就在那裡恭候上將軍的大駕。」

項少龍目光落在燈火映照處，心中忽地想起龍陽君的話。

打不過時，就要逃了。

第二十六章　渾身解數

項少龍甩鐙下馬，舉步踏進雪林小徑。

想到曹秋道天生異稟，雖年過五十，但健步如飛，想打不過就逃，絕非易事。而且在高臺上，逃起來很不方便，只要曹秋道攔著下臺階的去路，立成困獸之鬥的局面。

思索至此，心中一動，暗忖這刻離約定時間尚有小半個時辰，曹秋道身爲前輩，自重身分，應不會如仲孫玄華所說，早到一步恭候他，那他該還有時間做點佈置。

忙加快腳步，穿林過徑，一座「桓公臺式」用白灰粉刷的臺基，赫然巍峨屹立眼前。

項少龍既有圖謀，哪敢遲疑，一口氣由北面長階奔上臺頂，只見平臺三面圍以石欄，每隔丈許，豎立一枝鐵柱，一些掛上旗幟，一些掛上風燈，照得臺上明如白晝。

他見不到曹秋道，鬆了一口氣，走到對著登上石階另一端的石欄盡處，解下腰索，往下垂去，雖仍差丈許才觸及地面，但憑他特種部隊的身手，又有腰索的幫助，滑下去易如反掌。遂把另一端扣緊在其中一條石柱上，佈置妥當後，盤膝坐下，一番吐納，進入物我兩忘的境界。

帶著奇異節奏的足音把他驚醒過來，首先入目的是密佈晴空的星斗。項少龍心中訝然，剛才自己來時，一點感覺不到星空的壯觀，爲何現在卻心神澄明，爲夜空的美麗所感動。

想到人事雖有變遷，宇宙卻是永恆不滅，若人人都可想到這點，人世間很多不必要的鬥爭，將會大幅減少。

此時曹秋道雄偉的身型逐漸在臺階處出現。

項少龍長身而起身，拱手敬禮。

曹秋道仍是長髮披肩，身上換上灰色的武士袍，還加上一對寬翼袖，使他本已雄偉的身型更爲高猛。

曹秋道回禮道：「上次拜領上將軍絕藝，曹某回味無窮，今晚務請上將軍不吝賜教。」

項少龍哈哈笑道：「本人乃曹公劍下敗軍之將，何足言勇，請曹公手下留情。」

曹秋道臉容冷若冰雪，不透露出絲毫心中的感受，平靜地道：「敗的是曹某才對，當晚上將軍用的不是趁手兵器，曹某能挫上將軍，只是僥倖。」

項少龍略感愕然，聽他口氣，似乎自認十招內收拾不了自己，那是否還肯和自己玩玩就算呢？

曹秋道從容道：「曹某劍出鞘後，從不留手，只有以生死相搏，才能表達劍手對劍的敬意。上將軍這把刀有名字嗎？」

項少龍深吸一口氣，奮起雄心，解下百戰寶刀，左手持鞘，右手持刀，微笑道：「刀名『百戰』，請曹公賜教。」

曹秋道凝望他手中寶刀，連連點頭，淡淡道：「十多年來，除了一個人外，再無其他人能在曹某面前站得如此穩當。對手難求，上將軍可知曹某的欣悅。」

「鏘！」

長劍到了曹秋道手上。

項少龍心想那人定是管中邪的師父那個叫甚麼齋的大劍客，自己連他叫甚麼名字一時都忘了，只不知他們是否亦是挑燈夜戰？

想起挑燈夜戰，心中猛動，往刀鞘瞧去。

曹秋道伸指輕抹劍沿，低吟道：「這把劍乃曹某親自冶煉，劍名『斬將』，上將軍小心了。」

項少龍心有定計，卓立不動，淡淡道：「曹公請先出手。」

曹秋道仰天大笑道：「總有一人須先出手的，看劍！」

「看劍」之聲才起，臺上立時瀰漫森森殺氣，戰雲密佈。

皆因曹秋道已舉步往他逼來，配合出長靴觸地發出的「嗤嗤」之音，氣勢沉凝懾人之極。

項少龍收攝心神，貫注在對手身上。

他知曹秋道決勝在幾式之間，十招並不易捱。

上次他是佔上奇兵之利，但對方乃武學大行家，經過上次接觸，該摸清他的刀路，故再難以此欺他。

他讓曹秋道主動攻擊，非是托大，而是另有妙計。對他這二十一世紀的人來說，戰略實是無比重要，若能智取，自不宜純憑死力廝拚。

曹秋道的步法深含著某種奧妙，令他很難把握曹秋道逼近的速度和時間。

項少龍心神進入止水不波的澄明境界，無憂無喜，四大皆空。

驀地曹秋道加速逼至，「斬將」幻出大片劍影，倏然現出劍體，閃電橫削而來，凌厲無比。

項少龍感到對方「斬將」劍隱隱封死自己百戰寶刀和刀鞘的所有進路，教他只可運刀封架。

他早領教過曹秋道驚人的神力，知若硬架對方全力一劍，不虎口痛裂才怪，再不用打下去。不過他卻絲毫不懼，略擺刀鞘朝向的角度，刀鞘反映著燈火之光，立時映上曹秋道的雙目。

正如曹秋道剛才灑出一片劍光，是要擾他眼目；項少龍這下藉刀鞘反映火光，起著同樣的作用，難易卻有天壤雲泥之別。

項少龍只是擺擺手，已達到目的。無論曹秋道劍法如何出神入化，仍是個有血有肉的人，只不過天分比別人高，潛能發揮得更淋漓盡致罷了！

火光一映上曹秋道雙目時，他習慣了臺上明暗的眼睛不由稍瞇了起來，至少有剎那的時間看不到任何東西。

這彈指即過的時間不足以讓項少龍克敵取勝，卻盡夠他避過雷霆萬鈞、無可抗禦的一劍，同時疾施反擊，爭取主動，剋破曹秋道決勝於數式之內的穩妥安排，又重重打擊他滿溢的信心。

項少龍閃往斬將劍不及的死角，先以刀鞘卸開敵劍，右手的百戰寶刀不教對方有任何喘息之機，迅疾劈出。

「噹」的大響一聲。曹秋道絞得項少龍差點刀鞘脫手，還能及時回劍，擋開他的百戰寶刀。

曹秋道雖成功擋開項少龍重逾泰山的一刀，但也心知不妙，想錯身開去爭取剎那的間隙，以重新掌握主動時，項少龍的百戰寶刀已發動排山倒海的攻勢。

項少龍每一刀劈出，步法均天衣無縫的配合著。每一刀的角度和力道都不同，忽輕忽重，雖以砍削爲主，其中卻包含卸、絞、黏、纏等奧妙的手法，把刀的獨有特性發揮得淋漓盡致。

最驚人的是刀刀均是捨命搶攻，著著進逼，完全無視於生死。

這正是項少龍早先定下的策略，仗的是自己比曹秋道年輕，故甫上場立即逼他打消耗戰，更希望在十招之內令對方無法像上次般完全控制大局。

上次項少龍因懾於曹秋道的氣勢，落在下風，今次卻是用計減弱他的氣勢，反客爲主。

以曹秋道之能，一下失著，亦被項少龍連續三刀劈得左閃右避，到第四刀，方找到機會反守爲攻，欺入刀影內，眼看要把項少龍斬於劍下，又給項少龍以刀鞘解圍，且刀削下盤，逼他迴劍擋卸，形成平分秋色之局。

曹秋道雙目掠過寒芒，顯是首次動了氣，舌綻春雷，大喝一聲，盪開刀鞘，望空處一劍劈下。

項少龍正大感奇怪，曹秋道的斬將劍已中途變招，由上劈改爲前搠，斬將劍像有生命的靈物般，疾取項少龍咽喉，劍招之巧，令人由衷驚歎。

項少龍刀鞘一擺，鑲在刀鞘上寶石反映的火光再次映上曹秋道的厲目。曹秋道發覺刺在空處時，項少龍已移到他左側，反手劈出另三刀。

曹秋道錯身開去，劃出一圈劍芒，外圈處剛好迎上項少龍第一刀。

項少龍虎口劇震，知對方學乖了，應付起來比上次高明。

「噹噹！」項少龍兩刀均劈在對方劍上，他想重施故技，希望能三刀都劈在對方寶劍同一處，卻事與願違，不能辦到。

八招已過，尚餘兩招。縱是落在少許下風，可是曹秋道的氣勢仍是堅強無匹，使項少龍完全找不到可乘之隙。

曹秋道忽然旋動起來，渾身像刺蝟般射出無數劍芒，龍捲風似的往項少龍旋轉過去。

項少龍知道退讓不得，否則兵敗如山倒，絕擋不過餘下兩招。

此時他把甚麼刀法戰略全忘了，且由於對方正急轉著，藉火光映照擾目之策無法派上用場，故只能憑本能的直覺反應，以應付對方出神入化的劍術。

兔起鶻落間，兩人錯身而過，剎那間互攻兩招。

項少龍左臂血光迸現，被斬將劍劃出一道兩寸許長的血痕，不過只是皮肉之傷。

他的百戰寶刀刀鋒卻削下曹秋道轉動時隨著旋舞的長髮，在兩人間隨風飄散，緩緩落下。

曹秋道大為錯愕，停了下來，哈哈笑道：「好刀！曹某從未試過如此痛快。」

項少龍以為他就此罷手，鬆了一口氣，道：「項某實非前輩對手，現在十招之數已足，大家可止息干戈了！」

曹秋道雙目厲芒激閃，冷喝道：「笑話！甚麼十招之數？上將軍乃我東方諸國頭號大敵，你以為我曹秋道會讓你活著回去嗎？」

項少龍呆了一呆，原本對他的尊敬立時煙消雲散，心想你原來只是個沒有信用的卑鄙小人，憑甚麼喚作劍聖？

不過已無暇多想，人影一閃，曹秋道的攻勢如怒濤狂風的疾擊而至。

項少龍百戰寶刀上下翻飛，寒芒電射，堪堪擋了曹秋道三劍，到第四劍時，因給對方震得手臂痠麻，緩了一線，正要以左手刀鞘爭取喘一口氣的時光，豈知正中曹秋道下懷，立即運劍絞擊，又藉旋身之力，項少龍受了傷的左臂再拿不住刀鞘，脫手飛出，掉往後方，危急下也不知掉到哪裡去。

項少龍際此生死關頭，發揮出生命的潛能，刀把下挫，硬撞在曹秋道順勢橫削他左臂空門大開處的一劍。

「噹」的一聲，曹秋道想不到項少龍有此臨危怪招，無可奈何往後退開。

曹秋道哈哈笑道：「失去刀鞘，看你還能玩得出甚麼花樣？」

項少龍知是生死關頭，若讓曹秋道再組攻勢，主動進擊，不出十劍，自己勢必血濺當場。哪敢猶豫，如影附形地往曹秋道逼去，同時由單手改爲雙手握刀，高舉過頭，隨著似能蹈敵之虛的步法，當頭疾往曹秋道劈去。

曹秋道疾止退勢，冷喝一聲「找死」，運劍微往前俯，項少龍出乎他料外的躍空而起，且更奮全力的一刀往他劈至。

藉躍空之勢，又是雙手運刀，其氣勢之盛，力道之強，再非先前任何一刀能夠比擬。

百戰寶刀破空而下，發出尖銳的刀嘯聲。

以曹秋道之能，當然可後退避開，不過這不但有失身分，還會使項少龍氣勢更盛，再要把他壓伏，就須大費功夫。

曹秋道猛一咬牙，運劍躍起接刀。

一下清響，山鳴谷應，傳遍稷下學宮的每一角落，連在城牆上遠處觀戰的呂不韋等都清楚可聞。

事實上自兩人交手後，刀劍交擊之音便隱隱傳來，但都及不上這一擊嘹亮。

兩人交換位置。曹秋道喘氣之聲，傳入項少龍耳內。

項少龍的消耗戰終於奏效，一個旋身，雙手緊握百戰寶刀刀把，用的卻是旋轉的離心力和運腰生出的勁道，從左肩斜劈剛正面朝向他的曹秋道。

人，只求逼得對方以劍格守。

曹秋道仍是從容自若，至少表面如此，橫劍硬擋他一刀，才錯身開去，好重整陣腳。

不料項少龍卻如影隨形地再反手一刀，劃向他的背脊。

曹秋道哪想得到項少龍竟能變招迅疾至此，首次露出少許慌亂，勉強迴劍把百戰寶刀盪開。

項少龍得勢不饒人，狂喝聲中，雙手不住運刀，每刀都高舉過頂，時而直劈，時而斜削，不求傷人，只求逼得對方以劍格守。

「叮噹」之聲不絕於耳。

曹秋道氣力雖勝項少龍，卻是相差不大遠。可是現在項少龍是以雙手運刀，用的除了腕力、臂力外，最主要是腰勁，且是由上而下，著著似泰山壓頂，又若狂濤捲體，曹秋道登時給他劈得連連後退。

最妙是項少龍故意和他保持一段距離，十刀下來，至少有六刀劈在他劍鋒運力難及之處，此正爲項少龍聰明的地方。

若論招式精奧細膩，他實非曹秋道對手。但這等大開大闔的砍劈，卻最可以發揮刀的優點，顯現出劍的弱點。

此消彼長下，曹秋道便只能處在守勢裡。不過優勢並不能保持長久，初時每一刀都把曹秋道逼退一步，漸漸的曹秋道憑著種種手法扳回劣勢，項少龍要很吃力才可把他逼退一步。

項少龍心中有數，直到曹秋道一步不退，準備反攻時，便不再保留，全力急劈三刀。

「叮」的一聲，斬將劍不堪砍擊，終斷去兩寸許長的一截劍鋒。

曹秋道被他劈得雄軀劇震，驀地一聲狂吼，運劍猛刺，卻忘了斷去小截劍鋒，當只觸及項少龍胸衣時，去勢已盡，使項少龍憑毫釐之差逃過大難。

項少龍已然力竭，往後急退。迅速將兩人間的距離拉至三丈有餘，亦使他離後方「逃命索」只有五丈許的距離。

曹秋道低頭細審手中寶刃，搖頭歎道：「縱是斷劍，仍可取君之命。」

項少龍心中明白，剛才那輪狂攻，已使自己成了疲兵，再無復先前之勇。

不過當然不會從神情上表現出來，深吸一口氣道：「曹公請三思，剛才若項某要求個兩敗俱傷，非是不可能的事。」

曹秋道淡淡道：「以曹某之命，換上將軍之命，也是非常划算。」

項少龍話中有話道：「這該由我來決定，而非由曹公決定。」

曹秋道怒哼一聲，冷笑道：「你以爲可激怒曹某嗎？倒要看看你還有甚麼本領。」

提起斷去鋒尖的寶刃，一邊運腕左右掄轉，同時舉步往項少龍逼去。

項少龍提刀前指，調整呼吸，同時往後退開。

兩人一進一退，轉眼項少龍抵達石欄邊沿。

項少龍大喝道：「且慢！」

曹秋道愕然道：「還有甚麼話好說的？」

項少龍挽刀施禮道：「多謝曹公賜教，小弟要走了。」

曹秋道醒悟過來，運劍衝前。

項少龍一個翻身，沒在石欄之外。

第二十七章　安返咸陽

項少龍觸地後，立即貼靠牆角的暗黑處，聽著曹秋道遠去的足音，心知他在盛怒下，要循石階奔下來追殺自己。目光一掃，百戰寶刀的刀鞘就在腳下不遠處，忙撿拾起來，把刀掛在背上，再奮力一躍，抓著索子攀爬返回臺上去。

臺上當然不見曹秋道，項少龍匍匐而行，偷往下望，只見曹秋道在下方飛奔而過，同時看到左右兩方枝動葉搖，顯是有敵人伏在暗處，因摸不清他項少龍的藏身所在而徬徨失措。

他暗叫好險，假若貿然逸走，說不定會落在伏兵手上。

此重回觀星臺之計，確是高招，既可觀察敵勢，亦可藉機休息片刻，包紮傷口。

片刻後，他由東南角滑下觀星臺，取回鉤索，藉著林葉掩映，直抵稷下學宮南牆下。他對稷下學宮附近的地形已有深刻的認識，知道牆外是茂密的樹叢，對逃走極為有利。

他氣力回復小半，動手雖必吃虧，逃走仍勝任有餘。

翻過高牆，抖手射出姚勝給他的煙花火箭，接著全速往肖月潭放置滑雪板的方向奔去。

這著疑兵之計，是要把敵人引來火箭發射之處，最好是以為他因傷無法逃走，不得不召援兵來救。

一口氣奔出十多丈，項少龍膝頭發軟，仆倒地上。

原來地上仍是積雪盈尺，跑起來非常吃力，項少龍體質雖勝常人，但力戰之後，又曾受傷失血，一口氣轉不過來，登時眼冒金星，差點脫力昏厥。

貼臉的冰雪令他清醒過來，只見四周黑茫茫一片。幸好後方遠處觀星臺的燈光，若迷航者的燈塔，指示他正確的方向。

項少龍勉力爬起身來，踉蹌踏雪移到附近一處草叢，鑽了進去，趺坐休息。

星夜仍是那麼美麗，但他心中一片憂急紊亂，身體則疲憊欲死，再無欣賞的閒情。他閉上眼睛，忍受陣陣因缺氧而引致令他幾欲昏去的衝擊，咬緊牙關堅持下去。

好不容易呼吸平復下來，睜目一看，立時叫糟。

星光月照下，他踉蹌走來時留在雪地上的足印，觸目驚心的一直延伸過來，清楚告訴敵人他正確的位置。

這時他只能勉強支持不讓自己昏迷過去，要站起來更是提也不用提。雖是深冬，他仍渾身冒汗。足音由遠而近。十多道人影出現在數丈外的密林處，正一步高一步低的踏雪前來。他們沿著足跡，筆直往他藏身處逼近。

項少龍暗叫我命休矣，看著敵人愈來愈近，卻是毫無辦法。

本來只差三十多丈，潛過另一座疏林，他便可抵達放置滑雪板的小丘。功虧一簣，是多麼令人不值。

這時他就算勉強舉步，亦比不過敵人的腳力，不若留口氣給先發現自己的敵人來個白刀子進、紅刀子出，好洩點怨氣。遂拔出綁在腿上的兩把飛刀，藏在手裡。

若非敵人不敢舉火，這時該可看到他。

蹄音忽起，眾敵同時愕然。

一騎橫裡馳出，大喝道：「爾等何人？」

項少龍認得是曹秋道的聲音，收好飛刀，大喜下爬起身來。

「嗤嗤」聲響，那批人手上弩箭齊發，竟是往曹秋道射去。

曹秋道怒喝一聲，舞出一片劍光，弩箭紛被撥落，奈何他不得。

項少龍這時勉力站起來，朝他的目標奔去。

後方慘叫連聲，顯是盛怒下的曹秋道大開殺戒。

項少龍不知哪裡來的神力，轉眼鑽入疏林去，才再跌倒。

腳步聲與蹄聲來回響起，可見「敵人」正四散奔逃。

項少龍心中稍安，心想敵人逃走弄得足印處處，再非前此般只有自己的「處女印痕」。項少龍俯伏半晌，才爬起來緩緩前。

蹄聲響起，從後趕至。項少龍大駭，蹲在一棵樹後。

林內幽黑，不比外面空曠，故不虞對方能看見足印。

看來曹秋道匆忙下沒帶火種在身，否則此時好應拿出來點起火把或樹枝以作照明。

他大氣也不敢透一口，因爲曹秋道這時正策馬來到他藏身大樹的另一邊，急促喘息。

若非這劍聖懂得找馬兒代步，此時他該倒在項少龍另一邊。

「嚓！」

項少龍暗叫不妙，知自己估計落空，這正是打著火熠子的可怕聲音。

項少龍哪敢遲疑，拔出飛刀，抬身朝曹秋道的坐騎頸側擲去。

健馬狂嘶竄跳，登時把曹秋道翻下馬來，火熠子脫手甩飛，掉到遠處，林內回復暗黑。

項少龍大笑道：「你中計了，看刀！」

滾動聲音傳來，曹秋道一時不知急躲到何處去。

項少龍見計得售，忙奮起餘力，往目標小丘悄無聲息的爬去。

說到潛蹤匿跡，十個曹秋道都非是他的對手。

他的氣力逐漸回復過來，離開疏林，登上小丘東面的斜坡，快到坡頂時，後面傳來曹秋道的怒喝聲。

項少龍怒火狂升，隨手找到一塊重約數十斤的石頭，勉力往追上來的曹秋道擲去。

石頭橫過五尺許的空間，便無力地墜在坡上，朝下滾去。

曹道秋往旁一閃，雪坡濕滑，雖避過石頭，卻立足不穩，失去平衡，直滾至坡底，狼狽之極。

項少龍心道你也應嘗嘗灰頭土臉的滋味了，忙往丘頂攀去，剛抵丘頂，一對精巧的滑雪板和滑雪杖，正靜靜躺在一個包紮整齊的小包袱旁。

項少龍心中同時向肖月潭和老天爺道謝，竭盡全力奔過去，迅速把腳套入肖月潭以粗索織成的腳套裡，像穿靴子般紮緊。

揹上包袱時，曹秋道出現在後方，大喝道：「今趟看你走到哪裡去？」

項少龍長身而起，大笑道：「當然是回咸陽去，秋道小老兒我們後會無期！」

曹秋道這時離他不足一丈，項少龍弓身猛撐滑雪杖，滑下丘頂，一陣風般衝下斜坡，回頭看去，曹秋道雄壯的身型，在坡頂呆若木頭，完全失去追趕的意圖。

項少龍不住運杖，耳際生風下，剎那間把曹秋道拋在遠方的黑暗中。

他心懷大暢，雖仍渾身疼痛，心中卻在唱著也不知是解子元還是鳳菲所作的曲子。

這時他只想起咸陽，其他的人和事再與他沒有任何關係。

晨光熹微下，項少龍俯身小溪，掬水連喝幾口，稍覺舒服了些，坐在溪旁一塊大石上，把肖月潭爲他預備的包袱打開，想取出食物醫治空虛的肚子。

入目是一張帛圖，繪畫了往中牟的路線，還有足夠的盤纏，其餘是食物、衣服、刀傷藥和火種等物，安排得非常周到。

攤開地圖時，裡面捲了一張帛箋，寫滿文字，卻沒有署名，上書道：

「少龍看到這書箋時，該已安然離開臨淄，並擊敗曹秋道。老哥有一事只可在此刻告知你，少龍與曹秋道十招之約，只是老哥虛張之事，那封信並沒有送到曹秋道手上。若非如此，少龍根本不敢應戰。若不戰而逃，對你聲譽的損害，比死在曹秋道手上更嚴重。少龍亦失去與呂不韋鬥爭中賴爲最大憑藉的信心，在儲君心中亦再非那寧死不屈的英雄。假如少龍看到此信，當然不會怪我。假若看不到此信，則是萬事無須再提。老哥情願看到你命喪曹秋道劍下，亦不想你被人譏爲懦夫和膽小鬼，後會有期。」

項少龍看得頭皮發麻，既吃驚又好笑。其實此事早有蛛絲馬跡可尋，否則肖月潭每次提到十招之約，不會一直提醒自己小心曹秋道爽約，又神態古怪。

肖月潭可說是拿自己的小命去賭博，幸好他賭贏了。自己雖沒有勝，但亦沒有敗，至少曹秋道不得不承認自己有令他兩敗俱傷的能力。

填飽肚子後，他小睡片刻，接著沿河如飛朝西南方滑去。

到黃昏時找個小洞穴生火取暖，大睡一覺，醒來繼續行程，如此五天之後，項少龍進入魏境，朝中牟潛去。

當他抵達黃河北岸，河水已是冰消凍解。心想只要見到淇水，可乘船沿河北去，至多一天時間，將可到達中牟。

現在他唯一擔心的事是滕翼等已撤出中牟。那他便要再費工夫撐到咸陽去，糧食方面有可能出現短缺的問題。

際此融雪季節，天氣寒冷得教人無論穿多少衣物都有消受不起的感覺，換過體質較差的人早冷病了。正憂心忡忡，三艘大船在夕照下順流駛來。

項少龍心中一動，伏在一塊大石後用神遠眺。

看清楚來船的旗幟，項少龍大喜撲了出，站在最突出的一塊大石上，點起火種，向來船打出秦軍慣用的訊號。

船上的秦人立時驚覺，不斷有人擁上甲板向他嚷叫。

三艘船緩緩往岸旁平緩的泥皐處靠近。項少龍欣喜若狂，就像長年離鄉的浪子見到最親近的家人，甩掉滑雪板，拋下滑雪杖，沿岸狂奔迎去。

前頭的巨舟首先靠岸，十多枝長桿伸過來，撐著岸皐，以免碰撞。

一把洪亮的聲音隔遠傳下來道：「少龍！少龍！是我們啊！」

項少龍劇震下仆跌地上，認得正是滕翼親切的聲音。

接著更令他難以置信的是聽到紀嫣然、趙致的嬌呼和泣叫，還有昌平君的呼喚聲。

項少龍乏力地把臉埋在沙泥裡，心叫終於回到家了。

巨舟掉頭逆流而上，船艙的大廳裡，項少龍換上新衣，群星拱月般被眾人圍在正中處。

紀嫣然和趙致因思念他而消瘦，此時還在又哭又笑，悲喜交集。

項少龍喝著兩女奉上的熱茶，對滕翼和昌平君道：「現在我才明白甚麼叫恍如隔世，我曾想過永遠再見不到你們。」

趙致又伏入他懷裡飲泣，嚇得他連忙好言撫慰。

紀嫣然的自制力比趙致好多了，平復過來，幽幽道：「我們曾想過自盡殉節，幸好接到消息，知你到了臨淄，大家歡喜得發狂。嫣然和清姊遂不顧一切晉見儲君，請他派人去齊國接你回來……」

昌平君激動的插言道：「儲君比任何人都緊張，立即要小弟拋下一切趕往臨淄。只恨河水結冰，不過幸好如此，否則可能會互相錯過，我們成了白走一趟。」

滕翼道：「荊家村雖有人來報訊，可是我們怎麼等都見不到三弟回來，還以爲三弟出事了。」

項少龍問道：「其他人好嗎？」

昌平君道：「我們與趙人達成和議，自中牟退兵，現在荊俊和桓齮仍在屯留。少龍此戰既平定蒲鶮之亂，又大挫趙人銳氣，功業蓋世。」

項少龍歎道：「功業若真能蓋世，周良和這麼多兄弟就不用客死異鄉。」

滕翼沉聲道：「戰爭就是這樣子，無論是勝是敗，難免會有傷亡，三弟不必自責。唉！李牧確是個厲害人物。」

昌平君道：「呂不韋不是到了臨淄嗎？他當然不知你在那裡吧！」

項少龍苦笑道：「恰恰相反，我不單曾和他同席喝酒，還由他親送我往稷下學宮與曹秋道決戰。」

眾人齊齊失聲道：「甚麼？」

項少龍把臨淄的事娓娓道出，聽得各人心驚膽戰，瞠目結舌。其中關於小盤的身分危機，他當然仍瞞著不說。

趙致被引出興趣，忘了哭泣，本仍纏在他懷裡不肯離開，直至聽到善柔已作人婦，坐起來大發嬌嗔道：「柔姊怎會這樣許身別人又不告知我們呢！」

項少龍忙解釋解子元乃理想夫婿，善柔作出很好的選擇，可是趙致總難釋然。

紀嫣然奇道：「你沒見到乾爹嗎？難道……」

項少龍繼續說他那曲折離奇的故事，到結束時，伸個懶腰道：「現在我只想好好睡一覺，更希望醒來時已身在咸陽。」

項少龍換上戎裝，卓立船頭，身旁除昌平君、滕翼、紀嫣然、趙致外，還有領大軍在途中與他會合的荊俊。

近百戰船於河道形成壯觀的隊伍。咸陽在一個時辰的船程內。

白雪鋪蓋大地的景色換上初春的美景。白雲冉冉，江水粼粼，兩岸翠峰簇擁，綠樹幽深。

項少龍凝望岸旁因船隊經過驚起的一群長尾藍鳥，想起過去數月的逃亡生涯，此刻不禁有像鳥兒般海闊天空、任我翱翔的興奮感覺。

唯一擱在他心頭的問題，是小盤那尚未知吉凶的身分危機。

項少龍隨口問道：「近日有甚麼大事發生？」

昌平君道：「韓王剛過世，由安太子繼位，遣使向我們求和。儲君著韓王安派韓非入秦，不知韓王安肯答應否？」

項少龍點頭道：「儲君一向欣賞韓非兄的治國理論，若韓非兄能在秦一展抱負，該是好事。」

紀嫣然卻歎了一口氣，但沒有說話。

項少龍欲問其故，昌平君壓低聲音道：「嫪毒更得太后寵幸，被封作長信侯後，俸祿與呂不韋相同，囂張得令人難以忍受。」

項少龍暗忖今年是小盤舉行加冕禮的時候，嫪毒和呂不韋大限亦至，只是他們不知道吧！

靜心一想，朱姬和嫪毒的關係更形密切，可能是由兩個原因促成。首先是朱姬開始懷疑小盤不是她的兒子，其次是以為自己死了。

朱姬無論在心理和生理上，都需要有一個男人作倚仗。

荊俊笑道：「今趟三哥無恙歸來，必教一些人非常失望。」

趙致興奮地道：「夫君離家兩年多！你絕想不到寶兒竟長得這麼高大了。」

紀嫣然欣然道：「若不是爲了寶兒，芳妹定會和我們同行，還害得小貞和小鳳不能隨行，她們爲此哭了好幾天。」

項少龍又問起王翦。

昌平君低聲道：「這事見到儲君再說。」

項少龍愕然望向昌平君，後者向他打了個眼色，項少龍只好把疑問悶在心裡。

咸陽城出現前方。

項少龍悠然神往道：「終於回家了！」

小盤早得消息，親自出城迎接。

未來的秦始皇終於長大成人，留了一臉短鬚，胸背厚實，舉手投足均具睥睨天下的帝王威勢，驟眼下項少龍感到似乎在看著個陌不相識的人。

昌文君、李斯、管中邪、烏廷芳、琴清和眾多公卿大臣傾巢而來，熱鬧隆重，卻不見嫪毒。

鼓樂鞭炮齊鳴中，項少龍在眾人簇擁下，離船登岸。

小盤排眾而出，扶起下跪施禮的項少龍，細審他消瘦了的容顏，歎道：「上將軍辛苦了！」

項少龍心中湧起奇怪的感覺，似乎兩人間再沒有以往那種親切的關係。這不但因小盤沒有預期中的激動，更因小盤的眼神內藏蘊某種令他難以索解的神色。

其他人紛紛擁上來道賀，烏廷芳則不顧一切撲入他懷裡，琴清當然不能當眾這麼做，但眼內射出的情火，卻把項少龍的心都燒熔了。

小盤與項少龍並排騎馬入城，接受夾道歡迎的人民歡呼，微笑道：「上將軍失蹤的消息傳回來後，家家戶戶爲上將軍求神許願，希望上將軍早日安全回來，現在終給他們盼到。」

項少龍很想對他說及呂不韋的陰謀，卻知此時此地均不適宜談這天大的秘密，只好把說話忍在心裡，道：「呂不韋尚未回來嗎？」

小盤冷笑道：「他當然要趕在上將軍之前回來，上將軍在稷下學宮的一戰確是精采絕倫，爲我大秦爭得最大的光榮。你走後曹秋道親向齊王請罪，承認無能把你留下。上將軍知否齊王聽到此事後，當日就氣得病倒呢！」

項少龍訝道：「呂不韋回來了，那……唉！到宮內再說。」

小盤嘴角逸出一絲高深莫測的笑意，一面揮手向群眾示意，淡淡道：「一切都在寡人掌握之內，回去才說吧！」

項少龍心中再泛起先前那種奇怪的感覺。

闊別兩年多，小盤威嚴大增，城府更深，再非昔日會說「師父救我」的孩子。

在王宮的正廣場上舉行閱兵儀式後，項少龍和小盤避到書齋密話。

當說出有關邯鄲張力夫婦的事時，小盤龍目生寒道：「好大膽！這奸賊竟敢向外人洩出此事，萬死不足辭其咎。」

項少龍大訝道：「儲君好像早知會有此事似的。」

小盤微笑道：「別忘了寡人在嫪賊處佈下茅焦這著棋子，嫪賊的一舉一動，怎瞞得過我。」

項少龍放下心頭大石，道：「儲君自該早有對策。」

小盤得意的道：「若在知情之後方派人去邯鄲，便趕不及了。幸好多年前寡人早想到此點，已解決了這件事。」

項少龍自心底生出寒意，沉聲問道：「儲君爲何沒有告訴我？」

小盤避開他的目光，淡然道：「上將軍當時遠征外地，所以寡人一時忘了。」

項少龍窮追不捨道：「儲君怎樣處置他們？」

小盤有點不耐煩的道：「當然是予他們足夠的報酬，再把他們安置別地，教人找不到他們。」

項少龍直覺感到小盤在說謊，但若追問下去，大家會鬧得很不愉快，只好默默不語。

兩人間一陣難堪的沉默。

好一會兒小盤打破僵局，歎道：「師父不高興嗎？」

這句「久違了」的「師父」，令項少龍心中一軟，有感而發道：「你變了很多。」

小盤虎虎生威的銳目往他瞧來，與他對視半晌，點頭道：「我是不能不變，要坐穩這個位置，更是不能不變，但對上將軍我則仍是那個小孩子。」

頓了頓後，有點難以啓齒的道：「除上將軍外，還有誰知道寡人的事呢？」

項少龍知他一直想問這句話，但到這刻才趁機問個明白。

略一沉吟道：「除廷芳外，再沒有第三個人知道此事。」

他自然不肯將滕翼供出來。

小盤吁出一口氣，挨在王座處，仰首凝視上方的樑柱，輕輕道：「好事不出門，惡事傳千里，現在外面必是謠言滿天飛，若讓寡人知道有任何人提及此事，不理是誰，必殺無赦，還要抄家滅族，看誰再敢多言。哼！呂不韋、嫪毒！」

項少龍心中大懍，這句話雖非針對他，卻是小盤做的暗示，警告自己勿要再告訴第三個人，心中登時很不舒服。

小盤沒有再解釋，俯前低聲道：「寡人已秘密把王翦調回來，兩個月內返抵咸陽。」

項少龍皺眉道：「此事儲君沒請示太后嗎？」

小盤雙目寒芒閃閃，不屑道：「她既不把我當作兒子，我爲何仍要看她的臉色做人。她在雍都更是肆無忌憚，與嫪毒的事弄到街知巷聞，天下誰不以此爲笑柄，使我大秦蒙羞。」

項少龍知他痛恨朱姬洩出張力夫婦的事，歎道：「儲君該記得曾經答應過我的事。」

他指的是無論在任何情況下，小盤都不得傷害朱姬一事。

小盤憤然往他瞧來，怒道：「到現在上將軍仍要維護她嗎？」

項少龍亦虎目生寒，盯緊他道：「是的！她總曾全心全意愛護你、扶持你，你亦曾把她視爲生母。你若肯設身處地爲她想想，該知她這麼做對她沒有半分好處，她仍然去做也只是人之常情。」

小盤不知是否仍有點怕他，移開目光，看著堆滿案上的卷宗文件，道：「這裡大部分報告都或多或少與鄭國渠有關，最近寡人收到消息，鄭國可能是韓王派來的人，上將軍對此有何看法？」

項少龍見小盤故意岔到別的事上，不肯續談朱姬的事，強忍住怒氣，沉聲道：「臣下累了，想回家休息。」

小盤歎一口氣，苦笑道：「太傅動氣了！很多事我都不想這麼做的，但卻知不這麼做是不成的。太傅亦好應設身處地爲寡人想想。」

他以另一官銜稱呼項少龍，立時又把兩人的距離再次拉近。

項少龍消了點氣，正容道：「儲君今年七月正式加冕爲王，那時大權集於一身，太后還對儲君有何影響力呢？」

小盤沉下臉去，一字一字緩緩地道：「上將軍可知那賤人將印璽交給嫪毒隨意使用，使寡人每晚睡難安寢？」

小盤眞的變了，和朱姬的關係亦到了不可縫補的惡劣地步，否則怎會直呼其爲「賤人」？

項少龍爲之愕然無語。

「砰！」

小盤寬厚的手掌重重拍在案上，咬牙切齒道：「這賤人爲嫪毒生下兩個賊種，一個叫嫪政，一個叫嫪龍，上將軍說這是甚麼意思？若非嫪賊與呂不韋勾結在一起，牽連太大，寡人忍不到七月就要將他碎屍萬段。」

頓了頓，怒容斂去，啞然失笑道：「上將軍可知嫪毒以『假父』自居，還說我這『假子』時日無多，他日將由他這假父加冕。哈！這蠢材瞪大眼睛都可造夢，寡人倒要看他怎樣收場。」

這番話他笑吟吟的說出來，比咬牙切齒更令項少龍心寒。

忽然間他眞的覺得很累，應付小盤竟比應付呂不韋還要吃力和辛苦，這怎是他把小盤帶來咸陽時想像得到的呢？

第二十八章　天威難測

項少龍在一眾好友如李斯等前呼後擁下返回烏府，見到田氏姊妹各人，自有一番激動狂喜。項寶兒剛滿八歲，長得比一般小孩粗壯。纏著項少龍問這問那，說個不停，逗得他父懷大慰。烏應元領家人拜祭祖先，當晚大排筵席，張燈結綵，好不熱鬧。

酒酣耳熱時，對座的昌文君笑道：「無敵的曹秋道終非無敵，稷下學宮觀星臺一戰，『劍聖』之外多了少龍這個『刀君』，看看東方六國還有甚麼可拿來壓我大秦的？」

紀嫣然、琴清等帶同眾女眷向項少龍、滕翼、荊俊等遠征回來的諸將敬酒，項少龍等忙還禮回敬。

項少龍見到其中有與烏果結成夫婦的周薇，勾起乃兄周良與鷹王殉職的心事，慘然道：「可惜周良兄……」

周薇神色一黯，垂下頭去，輕輕道：「先兄一生人最大的抱負是訓練一頭鷹王出來，好在戰場上助大軍爭雄鬥勝，現在心願達成，死應無憾。上將軍不用介懷，他是不會抱憾泉下的。」

說到最後，秀目已紅了起來。

眾人知項少龍最重感情，忙設法岔開話題。已成為荊俊夫人並育有一女的鹿丹兒問道：「上將軍會否留在咸陽，還是返回牧場去呢？」

李斯打趣道：「荊夫人是否太善忘哩？別人或可稱少龍作上將軍，可是你卻要喚三哥或是三伯才對。」

眾人哄笑聲中，鹿丹兒卻把氣出在荊俊身上，狠狠瞪他一眼，低罵道：「都是你不好！」

這話自是惹來滿堂哄笑，大大沖淡傷感的氣氛。

宴後，眾人告辭離去，烏家的一眾領袖則聚在密室商議。

紀嫣然於項少龍不在時，烏家一切對外事務實際全由她這智囊負責，故成唯一參加的女眷。

陶方首先發言，道：「少龍回來我們就安心了。我曾見過圖先多次，證實呂不韋確與嫪毒是表面裝作不和，其實在暗中勾結，加上太后在背後支持，勢力膨脹得極快。而在呂不韋挑撥下，嫪毒長期留在雍都，所住宮苑與日用衣物、出門車馬，處處比照國君；凡須太后蓋璽的詔令，均先經他那對賊眼看過才成。」

紀嫣然點頭道：「由於太后的關係，雍都事實上已落在嫪毒手裡。在呂不韋的默許下，他秘密組織死黨，從各國招來大批死士，準備在七月儲君舉行加冕禮時舉事，此事確令人頭痛。」

項少龍道：「儲君早在嫪毒的陣營內佈下茅焦這著厲害棋子，故對嫪毒奸黨所有舉動瞭若指掌，現已秘密召王翦回京，準備與嫪毒展開決戰。」

滕翼劇震道：「如今既有少龍在，何用召王翦回來？」

項少龍呆了一呆，首次想到這個問題，心中湧起寒意。

眾人目光集中在他身上。

荊俊道：「儲君既肯親口告訴三哥此事，該沒有問題吧？」

紀嫣然秀目掠過複雜的神色，幽幽歎道：「每逢牽涉到王位權力，父子兄弟都沒有人情道理可言。夫君最大的問題是得人心，看看夫君今趟回來，人民夾道相迎的盛況，可見一斑。」

烏果怒道：「儲君這天下可說是姑爺給他掙來及保住的，怎可……」

烏應元乾咳一聲，將他打斷道：「不要再說廢話，烏果你真不長進，經歷過趙人忘本的事後，仍有這種天真的想法。少龍現在等同另一個白起，想想白起是怎樣收場的！」

頓了頓續道：「幸好多年前我們已有決定要遠奔塞外，建立自己的家國，現在終抵最後階段，殺呂不韋後我們立即離開秦國，此事由少龍全權處理。」

陶方也乾咳一聲，道：「近來不知是誰造的謠，說儲君實非先王之子，亦非呂不韋之子，而是少龍秘密弄回來的，嘿！這些話太荒唐了。」

紀嫣然奇怪的瞥項少龍一眼，垂下螓首，神情奇特。

滕翼是知道內情的人，一震道：「聽到這謠言的人是否相信？」

陶方正容道：「現在秦國上下，除別有用心者，人人深信儲君乃承天命受水德的真命君主。區區謠言，能起甚麼作用？問題是怕儲君聽到後心中不舒服吧！」

項少龍斷然道：「正如岳丈剛才所言，我們烏家的命運再不能隨別人的好惡、喜怒決定，一切須掌握在自己手上。」

接著研究了全面撤走的細節後，眾人各自回房休息。

紀嫣然卻將項少龍拉往園裡去散步，這蕙質蘭心的美女道：「夫君是否感到儲君這兩年多來改變很大呢？」

項少龍正欣賞天上的明月，歎道：「當上君主的，誰能不變？」

紀嫣然道：「說得好！『絕對的權力，使人絕對腐化』，這不是你的警世名句嗎？儲君威權日增，性格愈趨陰沉難測。唉！李斯也變了很多，再不像以前般和我們烏家親近，少龍你若像以前般坦誠待人，很容易會吃上大虧的。」

項少龍呆了一呆，紀嫣然垂首道：「是廷芳告訴我的！」

項少龍愕然往她瞧去。

紀嫣然委屈地瞟他一眼，道：「當日聽到你兵敗失蹤的消息，廷芳情急下把儲君的身分說出來，說儲君定會因此關係全力救你，所以你是不可爲此怪責她的。唉！想不到你竟連我這做妻子的都瞞著。」

項少龍色變道：「還有誰知道此事？」

紀嫣然道：「當然還有致致知道，我已吩咐她嚴守秘密。少龍啊！若沒有此一事實，任他謠言滿天飛，仍不能影響你和儲君的關係，但現在當然是另一回事，少龍不可不防。」

項少龍點頭道：「多謝嫣然提點，這事我早心裡有數。夜了！我們回房休息吧！」

翌日，項少龍、滕翼和荊俊三人天未亮便起床趕赴早朝，到達議政殿，赫然發覺不但呂不韋在，嫪毒亦從雍都趕來，登時大感不妥。

群臣見到項少龍，紛紛過來問好，不過都有點欲言又止，神色古怪。

嫪毒擠到項少龍旁，把他拉到一角說話，道：「聽得少龍遇險，我和太后都擔心得要命呢！」

項少龍當然知他口不對心，卻不揭破，裝作感激道：「有勞嫪兄和太后關心。」

嫪毐忽地湊到他耳邊，還特別壓低聲音道：「不知是誰造的謠，這幾個月來，不斷流傳儲君非先王所出，而是少龍弄來的把戲。於是我向太后求證此事，經商議後，決定把在邯鄲曾收養儲君的窮家夫婦請回咸陽，以去天下之惑。」

項少龍裝作若無其事的答道：「結果如何？」

嫪毐雙目寒光一閃，盯著他道：「結果發覺在年半前，張力夫婦和左鄰右里數十戶人家，全部喪生在一場突然而來的大火中，四百多人不論男女老幼，無一生還，此事在邯鄲非常轟動，成爲令人不解的懸案。」

項少龍立時手足冰冷，腦內一片空白，茫然無措。

嫪毐的聲音似在天外遠方般傳來道：「剛才我和仲父談起此事，仲父說少龍曾告訴他儲君早把張力夫婦接回咸陽享福，爲何事實竟是如此？」

以項少龍的急智，一時亦無詞以對，幸好這時鐘聲響起，各大臣忙於歸班，項少龍答句「此事的確非常奇怪」，便乘機脫身。

到小盤高踞龍座，接受文武百官朝拜，項少龍仍是心神不屬，想著嫪毐剛才說出的可怕消息。他也猜到小盤會殺張力夫婦滅口，但造夢都想不到左鄰右里均無一倖免，可見小盤爲保密而不擇手段，說不定去爲他辦此滅口之事的人亦給處死。

現在小盤心中，只有他項少龍和烏廷芳知道他身世的秘密，他會否不顧恩情，乾脆把他們也滅口，好得後顧無憂呢？

經歷過臨淄被眾好友出賣的經驗後，他對人性有更深刻的了解。

小盤確是不同了。只看他在龍座上以帝君的姿態向群臣盛讚他項少龍平定蒲鶮之亂，以作爲早朝的開場白，便知他完全掌握君主以威德服人的手段。

接著是呂不韋做他臨淄之行的冗長報告，說到一半時，小盤揮手打斷他的報告，皺起龍眉道：「田建究竟是怎樣的一個人？他上臺後，田單仍可保持他的權勢嗎？」

呂不韋的長篇大論被小盤硬生生打斷，臉上閃過不悅神色，沉聲道：「田建和田單均不足慮，唯一可慮者，是齊、楚的結盟，今次田建能穩坐王位，楚人在背後出了很多力，所以老臣……」

小盤有點不耐煩地截斷他道：「田建此人究竟是野心勃勃之輩，還是只屬貪圖苟安的懦夫？」

項少龍心中大爲懍然。

小盤確是變了，變得更實事求是，不尙空言。只看他問這幾句話，都予人一矢中的之感。

呂不韋楞了半晌，皺眉道：「此事還有待觀察。」

小盤的目光落到項少龍處，聲調轉作溫和恭敬，柔聲道：「上將軍可否爲寡人解此疑難？」

項少龍心中暗歎，只要自己幾句話，即可決定齊人的命運，其中還可能包括自己深愛的善柔和好朋友解子元在內。

不過卻不能不答，尤其他現在和小盤的關係如此微妙。深吸一口氣，從容道：「田建現時實際上已是齊國的君主，一切事務由他主理，自然是希望能有一番作爲。可惜卻受齊國一貫崇尚空談的影響，對國內種種迫切的問題視而不見，更力圖與我修好，再無以前『九合諸侯，一匡天下』之志。」

小盤大力一拍龍座的扶手，歎道：「有上將軍此言足矣，太尉何在？」

李斯應聲踏前一步，捧笏叩首道：「儲君賜示！」

小盤道：「立即給寡人選個說話得體的人，再挑選一團聲色藝俱佳的歌舞姬，送往臨淄給田建，賀他榮登太子，並贈之以寡人恭賀之詞。」

李斯領命回位。

小盤長笑道：「自桓公以來，齊人力圖和我大秦爭一日之短長，而三晉、楚、燕等不是聯我抗齊，就是聯齊攻我。這事遲早要做一個了斷，卻該是我們平定三晉和楚人後的事。」

眾臣在王綰領導下紛紛出言道賀，呂不韋和嫪毐則是臉寒如冰，不言不語。

項少龍心中明白，小盤是在向群臣顯示誰是真正當權的人，同時故意落呂不韋的面子，暗有逼他們加速造反之意。

此時呂不韋忽向旁邊的嫪毐打了個眼色，而後者則向隔了十多個人的另一位大夫錢直暗施手勢。

那錢直猶豫片刻，踏前叩首道：「微臣有一事稟上儲君。」

殿內立時靜至鴉雀無聲。

位於項少龍上首的昌平君湊到項少龍耳旁低聲道：「他是嫪毐的人，由太后下詔一手從低層提拔上來當大夫的。」

小盤不動聲息地平靜道：「錢卿有甚麼話說？」

錢直口唇微顫兩下，誠惶誠恐地道：「近日咸陽有很多蜚短流長、風言風語，中傷儲君。微臣經調查後，發覺這些謠言蠱惑民心，影響很大……爲此！微臣奏請儲君，可否任命微臣對此事做出調……」

小盤冷冷地打斷他道：「錢大夫究竟聽到甚麼風言風語，寡人並不明白。」

錢直臉上血色立時褪盡，跌跪地上，重重叩頭道：「微臣不敢說。」

小盤怒喝道：「幾句話都不敢說出來，如何助寡人處理國家大事？」

嫪毒見勢色不對，推呂不韋一記。

呂不韋迫於無奈，又恨錢直的不管用，乾咳一聲，正要說話，小盤大喝道：「任何人等，均不得代這蠢材求情，快把謠言給寡人從實道來。」

錢直早叩得頭破血流，顫聲道：「外面傳儲君不是先王所……微臣罪該萬死。」

小盤哈哈笑道：「原來是此事。」

接著龍顏一沉道：「謠言止於智者，東方六國心怯，故意散播流言，誣衊寡人，而錢直你竟將謠言當作事實，還說甚麼影響人心？」

錢直嚇得屁滾尿流，叩首悲叫道：「微臣並沒有誤信謠言，微臣……」

小盤暴喝道：「給寡人立即把這奴才推出宮門斬首，族中男的全發放往邊疆充軍，女的充作官妓。」

在眾臣噤若寒蟬下，頻呼儲君開恩的錢直就那樣給昌文君和如狼似虎的禁衛拖出去，只餘下殿心一灘因叩破頭顱留下的血跡。

呂不韋和嫪毒的臉色說有多難看就有多難看。

殿內落針可聞，無人不因小盤難測的天威驚懍。

還有幾個月小盤就正式加冕爲秦國一國之君了，誰還敢在這等時刻出言冒犯。

項少龍整條脊骨涼浸浸的，小盤變得太可怕了。

小盤回復平靜，淡淡道：「現在這無稽的謠言終於傳至殿上，仲父認爲該怎樣處理？」

呂不韋回復冷靜，沉聲道：「儲君說得好，謠言止於智者，只要我們不作理會，自會止息。」

小盤微微搖頭，表示他的不同意，再向眾人問道：「眾卿可有甚麼良策？」

昌平君在項少龍耳旁道：「到我出場了。」

這才踏前稟告道：「臣下認爲此事必須從速處理，請儲君降下聖諭，賜示萬民，以後不准有人私下談論此事，凡有違論者，罪及全族，告發者重重有賞，如此謠言自然平息。」

項少龍心中恍然，知道小盤早和李斯、昌平君等幾個近臣立下默契，要以雷霆萬鈞的高壓手段，平息這風波。

小盤欣然道：「卿家此言甚合寡人之心，寡人登基在即，凡有人再談此事者，無論官職大小，均是居心叵測之徒，立斬無赦。」

接著大喝道：「退朝！」

眾臣跪倒地上，恭送這威權日盛的儲君。

小盤去後，項少龍待要離開，給昌平君扯著道：「儲君要見你。」

第二十九章　未雨綢繆

小盤負手立在書房向著御園的大窗前，背著門口淡淡道：「寡人單獨和上將軍說幾句話，其他人在門外等候。」

李斯和昌平君領命退出，侍衛把房門在項少龍身後關上。

項少龍沒有施禮，氣定神閒地來到小盤身後，低聲道：「邯鄲那場燒死幾百人的大火，是否儲君遣人幹的？」

小盤歎道：「寡人是別無選擇，否則現在就不是寡人殺人，而是我們兩個被人殺。」

項少龍立時無言以對，若從實際的角度去看，小盤這狠辣的手段是必要且是有效的，連他項少龍亦想不到其他更乾脆的方法。

那數百條人命，他項少龍須直接負起責任。若不是他以小盤冒充嬴政，這場災禍就不會發生。此時已是後悔莫及！又或者這就是命運？

自捧出這千古一帝的秦始皇，他尚是首次感到後悔。

小盤柔聲道：「師父現在是我在世上唯一的親人，千萬不要惱我，沒有上將軍的支持，寡人會感到很孤獨的。」

他的稱謂由「師父」和「我」，最後轉變回「上將軍」和「寡人」，有種非常戲劇性的變化味道。

剎那間，項少龍似是經歷小盤由一個頑劣的小孩，轉變為威凌天下的秦始皇的整個過程，心中感到無與倫比的衝擊。

項少龍強壓下翻騰不休的激動情緒，淡然道：「今天微臣是來向儲君辭行的，待會微臣就返回牧場，靜候大典的來臨。」

小盤劇震道：「上將軍仍不肯諒解寡人的苦衷嗎？」

項少龍搖頭苦笑道：「我怎會怪你，事實上你在政治的舞臺上，做得比以前所有君主更出色，天下誰能勝得過你？」

小盤重重吁出一口氣，轉過身來，龍目射出前所未有的異采，急促地道：「還有四個多月我就可正式登位，師父若不怪我，請助我清除呂、嫪兩黨。」

項少龍心中一軟，歎道：「既有王翦，哪還須我項少龍？」

小盤嘴角逸出一絲充滿懾人魅力的微笑，搖頭道：「師父誤會哩！我把王翦召回來，是因為他應該回來，且一旦師父在齊有甚麼三長兩短，寡人便可賴王翦為上將軍報仇。」

項少龍沉吟片晌，道：「微臣回牧場，實是想好好休息一段日子，也可以多點時間陪伴妻兒，儲君切勿想歪。」

小盤啞然失笑道：「只有上將軍敢叫寡人不要想歪，換了別人怎敢說。」

接著正容道：「上將軍是否仍打算在寡人冠禮後要退往北塞？」

項少龍凝望小盤威稜四射的龍目，沉聲道：「此為微臣最大的心願，儲君切莫阻撓。」

小盤苦笑道：「上將軍是寡人唯一不敢開罪的人，教寡人可以說甚麼呢？現在寡人只有一個要求，是請你替寡人除去呂不韋和嫪毒。」

項少龍斷然道：「好吧！一個月後臣子重返咸陽，與他們的決戰將會展開。」

項少龍與荊俊、滕翼策馬馳上牧場內最高的山丘，俯瞰遠近暮春的美景。

四周的景色猶如畫卷，駝、馬、牛、羊自由自在的在廣闊的草原閒蕩，享受著豐沃土地提供的肥美水草。

在清晨縹緲的薄霧下，起伏的丘陵谷地墨綠葱蒼，遠山隱約空濛，層次無限。間有瀑布從某處飛瀉而下，平添生趣。

滕翼仰望天際飛過的一群小鳥，歎道：「終於回來了。」

項少龍卻注目正在策馬追逐爲樂的紀嫣然、鹿丹兒、善蘭諸女和項寶兒等一眾孩兒，油然道：「這次出征，最大的收穫不是立下甚麼功業，而是學懂兩件事。」

荊俊大感興趣地追問。

項少龍道：「首先是學懂接受失敗，那可以是在你自以爲勝券在握、萬無一失時發生的。」

滕翼猶有餘悸的道：「李牧確是用兵如神，一日有此人在，我軍休想在趙境逞雄。」

項少龍歎道：「李牧在戰場上是不會輸給任何人的，即使王翦亦難奈何他，可是明槍易擋，暗箭難防，終有一天他要敗於自己國內昏君奸臣之手，這是所有功高震主的名將的下場！」

滕翼愕然道：「少龍似乎很有感觸，可否說清楚點呢？」

項少龍道：「這正是我臨淄之行學到的第二件事，政治從沒有道理可言，爲了個人和國家的利益，最好的兄弟朋友也會將你出賣。」

滕翼和荊俊露出深思神色。

項少龍道：「所以我們必須未雨綢繆，否則一旦大禍臨頭，會在措手不及下把辛苦得來的東西全賠進去。天有不測之風雲，人有旦夕之禍福，到時後悔就遲了。」

紀嫣然此時獨自策馬馳上山丘，剛巧聽到項少龍最後兩句話，讚賞道：「夫君大人這兩句話發人深省，隱含至理，嫣然聽到可以放心了！」

項少龍心中湧起無限柔情，看著來到身旁的紀嫣然，豪情奮起道：「最後一場仗我們必須打得漂漂亮亮，既幹掉呂賊，又可功成身退，到塞外安享我們的下半輩子。」

滕翼道：「不過假若儲君蓄意要對付我們，他將不須有任何顧忌，這可不容易應付。」

荊俊劇震道：「不會這樣吧？」

紀嫣然向項少龍道：「我看夫君大人還是坦白告訴小俊為何會有這可能的情況吧！否則小俊會因把握不到形勢的險惡而出問題。」

荊俊色變道：「這麼說，謠言並非謠言了。」

項少龍緩緩點頭，把小盤的身世說出，然後道：「此事必須嚴守秘密，小俊更不可告訴任何人，包括丹兒在內。」

荊俊吁出一口涼氣道：「只要看看那天儲君怒斬錢直，便知他為保住王位，是會不惜一切的。」

項少龍沉聲道：「我被人騙得多了，很懷疑儲君亦在騙我，你們聽過『狡兔死，走狗烹』的故事嗎？」

紀嫣然雖博覽群書，卻未聽過此故事，一呆道：「是怎麼來的？」

項少龍暗罵自己又說多餘話，解釋道：「當兔子全被宰掉，主人無獵可狩，就把獵犬用來果腹。現在我們的情況亦是那樣，當呂、嫪兩黨伏誅，我們便變成那頭獵犬，最要命是我們乃知悉儲君真正身世的人，會威脅他王位的安穩。」

滕翼點頭道：「三弟有此想法，二哥我就放心。我們應否及早離開呢？沒有我們，呂不韋亦不會有好日子過。」

項少龍道：「若我們現在便走，保證沒有半個人可活著去見大哥。」

三人同時動容。

項少龍極目遠眺，苦笑道：「他是我一手攜大的，沒有人比我更清楚他的意志。當年他尚是個孩子時，已懂用詐騙親手把趙穆刺斃，事後談起還得意洋洋。照我猜測，我們烏家的人中，定有人因受不起引誘成爲他的臥底，所以若有甚麼風吹草動，絕逃不過他的耳目。」

荊俊雙目寒光爍閃，道：「如給我找這出叛徒來，立殺無赦。」

紀嫣然道：「兵不厭詐，若我們可尋出此人，該好好利用才對。」

項少龍道：「我們唯一逃走的機會，是趁儲君往雍都對付叛黨的天大良機，否則將是插翼難飛。」

滕翼哈哈笑道：「此言正合我意。」

項少龍道：「儲君忌的是我，所以只要一天我仍在這裡，其他人要離開他絕不會干涉。我們就利用此一有利形勢，將包括廷芳、寶兒等大部分人先一步撤往塞外，儲君是很難不同意的，因爲至少在表面上，他已許諾讓我離開。」

紀嫣然皺眉道：「但當我們要走，就不是那麼容易了。」

項少龍向荊俊道：「現在我們烏家可用之兵有多少人？」

荊俊道：「加上新來依附的族人，去除出征陣亡者，共有二千一百多人，不過由於要護送婦孺往塞外去，留下者就會很少了！」

項少龍滿意地道：「人多反不便逃走，只要留下三百人該足夠；但這三百人必須是最精銳的好手和在忠誠上絕對沒有問題的人。此事由二哥和五弟去辦，我們人少一點，儲君更不會著意提防。」

紀嫣然沉吟道：「夫君大人有沒有想過，清剿叛黨之際，儲君會調動大軍，將雍都和咸陽重重包圍，那時我們人力單薄，若有意外變故如何逃走？」

項少龍淡淡道：「儲君若要殺我，絕不會假他人之手，難道他可命四弟、昌平君、桓齮等來對付我嗎？試問他有甚麼藉口呢？唯一的方法，是把責任歸於呂、嫪兩黨身上，例如通過像茅焦那種嫪黨的內鬼，佈下陷阱讓我自己踩進去。只有到逼不得已時，才會親自領兵來對付我，事後再砌詞掩飾。」

滕翼道：「三弟這番話極有見地，假若儲君全心對付我們，而我們之中又有內奸，確是令人非常頭痛的事。」

項少龍忽地岔開話題道：「我們怎樣可秘密在這裡做點安排，倘有猝變便躲回牧場，再從容離開？那既能避過大軍襲擊，又能使儲君以爲可以秘密地到這裡來處決我們。」

紀嫣然歎道：「逃走的最佳方法，當然是挖掘地道，問題是如何能夠保密？」

忽又嬌軀輕顫道：「嫣然想到哩！」

三人大喜往她瞧去。

紀嫣然指著東南角近郊處妮夫人等諸女的衣冠塚，道：「若我們表面重建這座衣冠塚，內裡則暗建地道，用的是小俊新來的兄弟和嫣然的人，保證除鬼神之外誰都能瞞過。」

項少龍苦惱道：「問題是儲君知道我擅於用計，只要在攻打前派人守著各處山頭，我們能逃得多遠？由現在到加冕只餘四個多月，絕不能建一道長達數里的地道出來。」

荊俊獻計道：「這個易辦，以前尚是小孩時，我們敵不過鄰村的孩子，會躲進山洞裡。所以只要從地道逸走，再找個隱秘處躲上他娘的幾天，待大軍走後才悄悄溜走，這事可包在我身上。」

項少龍大喜道：「這些事立即著手進行。」

當天下午，在烏應元主持下，舉行烏族的最高層會議，商定進行撤退計劃的所有細節。之後項少龍拋開一切，投進歡娛的家庭生活中。

想起過去兩年多的遭遇，就像造了一場大夢。不過夢仍未醒，只要記起二十一世紀時的自己，便難以不生出浮生如夢的奇妙感覺。

三天後，琴清來了。項少龍忍不住將她擁入懷裡，以慰相思之苦。

琴清臉嫩，更因有烏廷芳、趙致、田氏姊妹和紀嫣然等在旁偷看，掙又掙不脫，羞得耳根都紅透。

紀嫣然等識趣離開內廳，好讓兩人有單獨相談的機會。

項少龍放開這千嬌百媚的美女，拉她到一角坐下，愛憐地道：「清姊消瘦了！」

琴清垂首道：「人家今次來找你，是有要事奉告。」

項少龍一呆道：「甚麼要事？」

琴清白他深情的一眼，接著肅容道：「最近政儲君使人在歌姬中挑選一個人，又命專人訓練她宮廷的禮儀，此事非常秘密，人家是在偶然一個機會下，見到廷匠爲她縫製新衣，才得悉此事的。」

項少龍皺眉道：「此事有甚麼特別？」

琴清臉上現出害怕的表情，顫聲道：「這歌姬無論外貌、體型，均有七、八分酷肖太后，噢！少龍，我很心寒呢！」

項少龍張臂抱著撲入懷裡的琴清，只覺整條脊骨涼慘慘的。

他立時把握到琴清猜想到的是甚麼。小盤決定殺死朱姬，卻因朱姬終是他名義上的親母，殺她乃不孝不義的事，故以此偷天換日、李代桃僵之法，以惑其他人耳目。

殺朱姬後，再以此女冒充朱姬，禁之於宮苑之內，確能輕易瞞過秦國的臣民。

琴清之所以害怕，因她並不知道朱姬實非小盤的生母。小盤再非昔日的小盤，他已變成狠辣無情的嬴政，舉凡擋在他前路的障礙，他都要一手去掉。

當年他曾答應放過朱姬，現在顯然並不準備守諾。自己該怎麼辦？對朱姬他仍有很深的內疚和感情，可是在現今情況下，他還能幹甚麼？

琴清幽幽道：「儲君改變很大。」

項少龍沉聲道：「他對你怎樣？」

琴清道：「他對我仍是很好，常找人家談東說西，不過我卻感到他對你有別往昔。以前他最愛談你的事，但自你從臨淄回來後，他從沒在我面前說起你的事。唉！他不說話的時候，我眞不知他在想甚麼。」

項少龍再一陣心寒，問道：「他知道你來牧場找我嗎？」

琴清道：「這種事怎敢瞞他？他還囑我帶一些糕點來給你們。」

項少龍苦笑道：「殺了我都不敢吃他送來的東西。」

琴清猛地坐直嬌軀，色變道：「他敢害你嗎？」

項少龍抓著她香肩，柔聲道：「不要緊張，糕點該沒有問題，告訴我，若我到塞外去，你會隨我去嗎？」

琴清伏入他懷裡，抱著他的腰道：「你項少龍就算到大地的盡頭去，琴清也會隨伴在旁，永不言悔。」

緊擁她動人的香軀，項少龍的心神飛越萬水千山，直抵遠方壯麗迷人的大草原去。只有在那裡，他才可過苦盼足有十多年的安樂日子。

第三十章　咸陽風雲

琴清小住三天，返回咸陽。

現在項少龍完全清楚小盤的心意，為保持王位，他對殺人是不會手軟的。雖然仍很難說他敢否對付自己，但經過臨淄的教訓，項少龍再不敢掉以輕心。

他保持每天天亮前起床練刀的習慣，更勤習騎射。

從烏家和荊族的子弟兵中，他們挑出三百人，當然包括烏言著、荊善這類一級好手，配備清叔改良後鑄製的鋼刀、強弩，又由項少龍傳授他們施放鋼針之技，日夜操練。

烏應元等則開始分批撤走，今天輪到烏廷芳、趙致、周薇、善蘭、田氏姊妹、鹿丹兒、項寶兒等人，臨別依依，自有一番離情別緒。

項少龍、滕翼、荊俊和紀嫣然陪大隊走了三天才折返牧場，忽覺牧場登時變得冷清清的，感覺很不自在。

晚膳時，滕翼沉聲道：「烏應恩可能就是那個叛徒。」

眾人均感愕然。

烏應恩乃烏應元的三弟，一向不同意捨棄咸陽的榮華富貴，不過仍沒有人想到他會成為小盤的內奸。

紀嫣然道：「我一向很留意這個人，但二哥怎可如此肯定？」

滕翼道：「因他堅持要留下來管理牧場，待到最後一刻才撤走。這與他貪生怕死的性格大相逕庭，所以我特別派人秘密監視他和手下家將的動靜，發覺他曾多次遣人秘密到咸陽去。於是我通知陶公，著他差人在咸陽跟蹤其家將，果然是偷到王宮去做密報。」

荊俊狠狠罵道：「這個傢伙我從來就不歡喜他。」

項少龍道：「幸好我們早有防備，不過有他在這裡，做起事來終是礙手礙腳，有甚麼方法可把他和他的人逼走？」

紀嫣然道：「他是受人蠱惑，又貪圖富貴安逸才會做此蠢事。只要我們針對他貪生怕死的性格加以恫嚇，並讓他明白儲君絕不會讓人曉得他在暗算你的秘密，保證他會醒悟過來。」

滕翼皺眉道：「不要弄巧反拙，假若他反向儲君報告此事，儲君立知我們對他有所提防。」

紀嫣然秀眸寒芒閃閃，嬌哼道：「只要我們將他的妻妾兒女立即全部送走，他還敢有甚麼作爲？這事交由嫣然處理好了。」

項少龍見紀嫣然親自出馬，放下心來，道：「明天我們就回咸陽去，誰留在牧場看顧一切？」

紀嫣然苦笑道：「讓嫣然留下吧！否則烏果恐難制得住三爺。」

項少龍雖然不捨得，卻別無他法，時間愈來愈緊迫，尚有三個月就是小盤登基的大日子，屆時一切應在幾天內解決。

項少龍回到咸陽，第一件事就是入宮見小盤。

小盤如常地在書房接見他，還有李斯陪侍一旁。

行過君臣之禮後，小盤道：「李卿先報告目下的形勢。」

李斯像有點怕接觸項少龍的眼神，垂頭翻看几上的文卷，沉聲道：「呂不韋大部分時間都不在咸陽，名之爲監督鄭國渠最後階段的工程，事實上是聯繫地方勢力，好在朝廷有變之際，得到地方的支持。」

項少龍故意試探他道：「管中邪呢？」

李斯仍沒有朝他瞧來，垂頭道：「管中邪剛被儲君調往韓境向韓人施壓，除非他違令回來，否則儲君加冕之日，他理該仍在遠方。」

小盤淡淡道：「這人的箭術太可怕了，有他在此，寡人寢食難安。他身旁的人中，有寡人佈下的眼線，只要他略有異舉，就會有人持寡人的手諭立即將他處決。」

李斯迅快瞥項少龍一眼，又垂下頭去，道：「現在雍都實際上已落入嫪毐手上，他的部下人數增至三萬，盡佔雍都所有官職。」

小盤微笑道：「寡人是故意讓他坐大，使他不生防範之心，然後再一舉將他和奸黨徹底清剿。哼！讓他風流快活多一會兒又如何？」

李斯首次正眼瞧著項少龍道：「照儲君的估計，呂不韋會趁儲君往雍都加冕的機會，與嫪毐同時發動，控制咸陽。由於都衛軍仍控制在許商的手上，而昌文君的禁衛軍又隨儲君到雍都去，變生突然下，呂賊確有能力辦到此事。」

小盤接口道：「呂賊和嫪賊手上有太后的印璽，其他人在不明情況下，很易會被他們所愚，做了幫凶都不曉得。」

項少龍淡淡道：「咸陽交由我負責，保證呂不韋難以得逞。」

小盤和李斯愕然互望。

好半晌小盤沉聲道：「沒有上將軍在寡人身旁，寡人怎能心安，咸陽該交由滕、荊兩位將軍處理，上將軍須陪寡人到雍都去。」

項少龍早知他會有如此反應，心中暗歎，表面卻裝作若無其事，道：「儲君有令，微臣怎敢不從。」

小盤皺眉瞧他好半晌，轉向李斯道：「寡人要和上將軍說幾句話。」

李斯看也不敢看項少龍一眼，退出房外。

書房內一片令人難堪的靜默。

小盤歎道：「上將軍是否不滿寡人？很多事寡人是別無選擇，在迫於無奈下採取非常手段的。」

項少龍深深地凝視他，感覺卻像看著個完全陌生的人，輕描淡寫的道：「儲君打算怎樣處置太后？」

小盤一點不畏縮地與他對視，聞言時龍目寒光大盛，冷哼一聲，道：「到了今時今日，上將軍仍要爲那淫亂宮闈、壞我秦室清名的女人說話嗎？」

項少龍亦是虎目生寒，盯著他冷然道：「這是臣下對儲君的唯一要求，你要殺誰我不管，只請你念在昔日恩情，放過太后。」

小盤龍目殺機一閃即逝，卻不知是針對朱姬抑或是他項少龍而發。旋即回復冷靜，沉吟道：「只要她以後不再理會朝政，留在宮中，寡人絕不會薄待她，這樣上將軍可滿意吧！」

若沒有琴清透露出來的消息，說不定項少龍會相信他的話，現在只感一陣心寒。

假如項少龍是孑然一身，無牽無掛，這一刻索性豁出去，直斥其口是心非。但想起滕翼、荊俊、紀嫣然等數百條人命，甚至烏族和荊族的人命都繫在自己身上，只能忍下眼前這口惡氣。

伴君如伴虎，一個不小心，立要招來殺身和滅族之禍，這未來的秦始皇可不是易與的。

小盤語調轉柔，輕輕道：「師父不相信我嗎？」

項少龍滿懷感觸地歎了一口氣，沉聲道：「儲君對應付呂、嫪兩黨的事早胸有成竹，哪還需要我效力？不若我今晚就走！」

小盤劇震道：「不！」

項少龍亦是心中劇震，他這幾句話純是試探小盤的反應，現在得出的推論自然是最可怕的那一種。

小盤深吸一口氣道：「師父曾答應我要目睹我登基後才離開的，師父怎都要遵守信諾。」又歎道：「你不想手刃呂賊嗎？」

項少龍心知肚明如再堅持，可能連宮門都走不出去。裝出個心力交瘁的表情，苦笑道：「我若守信諾，儲君也肯守信諾嗎？」

小盤不悅的道：「寡人曾在甚麼事上不守承諾呢？」

項少龍暗忖兩年多的時間變化眞大，使自己和小盤間再沒有往昔的互相信任，還要爾虞我詐，口是心非。

他當然不會蠢得去揭破小盤對付朱姬的陰謀，微笑道：「儲君若沒有別的事，微臣想返家休息。」

離開書房，李斯肅立門外，見到項少龍，低聲道：「讓我送上將軍一程好嗎？」

項少龍知他有話要說，遂與他並肩舉步，哪知李斯卻直至走到廣場，長長的整段路沒有半句說話。

荊善等見到項少龍，牽馬走過來。

李斯忽地低聲道：「走吧！少龍！」

接著神色黯然的掉頭回去。

項少龍心中立時湧起滔天巨浪，久久不能平復。

李斯乃小盤現在最親近的寵臣，憑他的才智，自能清楚把握小盤的心意，甚至從種種蛛絲馬跡猜出小盤的身分，至乎他兩人的眞正關係，且推斷出小盤不會放過他項少龍。

沒有了朱姬，沒有了項少龍，小盤可永遠保持他嬴政的身分。

其他人怎麼說都不能生出影響力。

這更是一種心理的問題，當未來的秦始皇見到他或朱姬時，心中很自然會記起自己只是冒充的假貨。

李斯才智高絕，故意在小盤前與自己劃清界線，暗下卻冒死以語帶雙關的「走吧」兩字點醒自己。他心中升起一股暖意，感到不枉與李斯一場朋友。

馳出宮門，有人從後呼喚。

項少龍回頭望去，只見昌文君單騎由宮門直追上來，道：「我們邊走邊說！」

項少龍奇道：「甚麼事呢？你不用在宮內當值嗎？」

昌文君神色凝重道：「少龍是否眞要到塞外去？」

項少龍淡淡道：「我是個不適合留在這裡的人，因我最怕見到戰爭殺戮之事，你認識我這麼久，該知我是個怎樣的人。」

昌文君默然半晌，欲止又言的道：「儲君對這事似乎不大高興，說這樣會動搖軍心。」

項少龍心中一痛，低聲道：「不要勸我，我現在唯一後悔的事，是沒有在兩年前走，那我對大秦的記憶，將會是我在大草原上馳騁時，最値得回味的。」

言罷一夾馬腹，加速馳走，把愕然勒馬停下的昌文君遠遠拋在後方。

烏舒等眾鐵衛忙加鞭趕來，一行十多騎，逢馬過馬，遇車過車，旋風般在日落西斜下的咸陽大道全速奔馳。

項少龍到此刻終於對小盤死心，現在他心底唯一要做的一件事，是如何助朱姬逃過殺身之禍。

自來到古戰國的世界裡，他每天面對的是各式各樣的鬥爭，鍛鍊得心志比任何人都要堅強，縱使對手是秦始皇，他也絲毫不懼。

但他絕不會低估小盤，因爲他是這時代最明白小盤可怕處的人。

在歷史上，秦始皇是個高壓的統治者，所有人最後無不要向他俯首稱臣。諷刺的是這歷史巨人，卻是由自己一手培養出來的。

項少龍很想仰天大叫，以宣洩出心頭的怨恨。

他當然不能這樣做，他還要比以前任何一刻更冷靜、更沉著。只有這樣，他方有希望活著到塞外去過他幸福的新生活。

假設朱姬肯跟他走，他會帶她一起離開，以補贖欺騙她多年的罪疚。

項少龍前腳才踏入烏府，已給陶方扯著往內廳走去，不由大奇道：「甚麼事？」

陶方神秘兮兮地微笑道：「老朋友來了！」

這時剛步入內廳，滕翼正陪著兩位客人說話，赫然是圖先和肖月潭。

項少龍大喜奔過去，拉著兩人的手，歡喜得說不出話來。

圖先雙目激動得紅了起來，道：「我事先並不知道月潭忽然到咸陽來，所以沒能早點通知各位。」

肖月潭亦是眼角濕潤，微笑道：「老哥曾在臨淄拿少龍的命去做賭注，少龍不會怪老哥吧！」

滕翼笑道：「賭贏自然是另一回事了！」

項少龍苦笑道：「老哥對我的信心，比我對自己的信心還要大。幸好我跑得快，否則今天就不能在此和兩位握手言歡。這叫『三十六著，走爲上著』。」

眾人一陣哄笑。

圖先歎道：「說得眞好，走爲上著，我們剛才正是研究如何離開這風雨飄搖的是非之地。」

陶方笑道：「坐下說！」

到各人坐好，肖月潭道：「今趟我來咸陽，是要親眼目睹呂賊如何塌臺，不過剛才與滕兄一席話後，始知少龍處境相當不妙。」

項少龍見到肖月潭，心中的愁苦一掃而空，代之是奮起的豪情，哈哈笑道：「能在逆境中屹立不倒的，才是眞正的好漢子，現在有肖兄來助我，何愁大事不成。」

圖先欣然道：「見到少龍信心十足，我們當然高興，縱使形勢如何險惡，我們仍是鬥志高昂，現在呂賊敗勢已成，問題只在我們如何安抵塞外，好過我們的安樂日子。」

陶方接口道：「剛才圖管家詳細分析呂賊的處境，他現在僅餘的籌碼，只有仍握在手上的都衛軍、管中邪的部隊、一萬五千名家將和與他同流合污的嫪黨，至於其他一向與他勾結的內外官員，有起事來都派不上用場，所以只要我們做好部署，定可將他逼上絕路，報卻我們的深仇。」

肖月潭肅容道：「問題是我們如何可在手刃呂賊後，再安然離開。」

項少龍微笑道：「本來我還沒有甚麼把握，現在老哥大駕光臨，當然是另一回事哩！」

肖月潭苦笑道：「不要那麼依賴我，說不定我會教你們失望。」

項少龍壓低聲音道：「老哥有沒有把握變出另一個項少龍來呢？」

眾人齊感愕然。

項少龍欣然道：「烏果此人扮神像神，裝鬼似鬼，身型與我最爲相近，只要老哥有方法將他的臉孔化妝成我的模樣，我就有把握騙倒所有人，以暗算明的去對付敵人。」

肖月潭在眾人期待下沉吟半晌，最後斷然道：「這乃對我肖月潭的最大挑戰，雖然難度極高，我仍可保證不會讓少龍失望。」

項少龍一掌拍在几上，哈哈笑道：「有老哥這番話，整個形勢就不同了。我們第一個要殺的人是管中邪，只要此人一去，呂不韋就像沒牙的老虎，再不能作惡。」

滕翼點頭同意道：「對！若讓此人拿起弓矢，眞不知有多少人仍能活命？」

陶方道：「可是現在我們擔心的，卻非呂不韋而是嬴政。」

項少龍淡淡道：「這正是我需要有另一個項少龍的原因。」

肖月潭嘴角飄出一絲微笑，與圖先交換了個眼色，笑歎道：「少龍確是了得，騙得我們那麼苦。」

就在這一刻，項少龍曉得肖月潭和圖先已猜到了小盤非是眞的嬴政，而這正是小盤要殺自己的原因。

凡是深悉內情者，均知空穴來風，非是無因。只有當項少龍不在人世，小盤始能根絕這害得他早晚不安的禍患。

他和小盤的決裂，是命運早註定了的，誰都不能改變。

第三十一章　真假難分

接著的十多天，項少龍如常上朝，卻謝絕一切應酬，全力訓練由三百人組成堪稱特種部隊中精銳的精銳。

他們的裝備是這時代最超卓的，原先的設計來自他這二十一世紀的裝備專家，再經過清叔為首的越國巧匠多番改良，使他們變成類似武俠小說裡描寫的高手，精擅使用諸般厲害暗器、武器以及攀牆越壁、潛蹤匿跡之術。

這天黃昏，紀嫣然偕烏果從牧場來了，更帶來好消息。

美麗的才女道：「烏應恩在嫣然軟硬兼施下，終承認暗中向儲君提供消息，卻辯稱全是為烏家著想，因為儲君只是要求他設法令我們打消退往塞外的念頭罷了。」

滕翼冷笑道：「叛徒自有叛徒的藉口。」

紀嫣然道：「嫣然倒相信他的話，因當嫣然指出儲君可能因夫君功高震主，動了殺機，他駭得臉青唇白，還把與他接觸的人都供出來。」

項少龍沉聲道：「是誰？」

紀嫣然道：「那人叫姚賈，夫君認識這個人嗎？」

項少龍點頭道：「他是李斯的副手，專責聯絡各國事務，最近剛由齊國出使回來，是個很有才智的人。」

紀嫣然道：「恩三爺現在認識到事情的嚴重性，答應全面與我們合作。爲了安全起見，嫣然把他原本的家將和手下全體送往塞外，免得其中有人私下被姚賈收買。」

項少龍道：「烏應恩最大的作用，是可令儲君以爲我們待諸事完成後，才會撤往塞外。」

滕翼沉聲道：「若我是這個忘恩負義的小子，便會在雍都藉嫪毒之手把你除掉。那時他還可藉爲你復仇之名，對嫪黨大事討伐，一舉兩得。」

項少龍笑道：「總言之，我們不可讓他知道我們殺呂不韋後立即開溜，便達到惑敵的目的。」

轉向紀嫣然道：「嫣然的思慮比我兩兄弟縝密得多，可否編造一些消息，逐分逐寸地在冠禮前這段時間內，慢慢漏給姚賈知道。最好是要他經一番推敲，始猜得出我們須他轉告儲君的故事。」

紀嫣然白他一眼道：「不要猛捧嫣然，人家盡力而爲吧！」

滕翼道：「尙有兩個多月便要到雍都去，三弟究竟有何殺呂不韋後從容脫身的妙計？」

項少龍歎道：「我先要見朱姬一面，才能決定細節。」

紀、滕兩人大吃一驚。

滕翼勸道：「現在嫪毒視你如眼中釘，假設你到雍都去，說不定會出事。且若被儲君知道，更會激起他的凶念。」

紀嫣然亦道：「太后也非是以前那個太后了，甚至會誤會你殺了她的眞正兒子來偷龍轉鳳，故你實不宜去見她。」

項少龍倒沒想過這一點，心中一陣不舒服，說不出話來。

滕翼拍拍他的肩頭安慰道：「只要對得住天地良心，哪管別人怎樣看我們。」

項少龍苦笑道：「我正是爲自己的良心，才想去見朱姬一趟，希望使她得免大禍。」轉向紀嫣然道：「可否把清姊請來，我希望能透過她秘密約見朱姬。」

紀嫣然玉臉一寒，氣道：「你這人想定的事，總是一意孤行。朱姬爲嫪毒生下兩個野種，難道她肯捨棄兩個兒子陪你走嗎？現在我們自顧不暇，你仍要節外生枝？廷芳和致致走時，曾著我千萬不可讓你去做危險的事，若你要去見那女人，先將紀嫣然休了吧！」

項少龍自認識紀嫣然那天開始，尚是首次見她如此疾言厲色，嚇得噤若寒蟬，不敢辯駁。

滕翼點頭道：「今次二哥也幫不了你，尤其此事關係到家族的存亡，三弟怎都要聽嫣然的話。」

項少龍無奈下只好答應。紀嫣然這才消氣。

接著的一段日子裡，項少龍一面全力訓練手上那支三百人的勁旅，另一方面指導烏果如何扮作自己，務求要連小盤、李斯等熟人也可瞞過。

唯一的破綻是聲音，幸好紀嫣然想出一計，就是由項少龍在適當時候裝病，那就算聲音沉啞一點仍不會啓人疑竇，更可不用說那麼多話，一舉兩得。

這晚肖月潭由牧場回來，借去一套項少龍的官服後，把烏果關到房裡，眾人則在外面靜心等候，看看烏果會變成甚麼樣子。

眾人到現在仍不大清楚項少龍爲何要找烏果喬裝自己，荊俊忍不住說出心中疑問。

項少龍答道：「我第一個要騙的人是呂不韋，儲君打定主意要呂不韋留守咸陽，以呂不韋的作風，定要趁這時機設法除去二哥和五弟，只要我……咦！」

紀嫣然、滕翼和荊俊齊吃一驚，瞪著臉色微變的他。

項少龍神色凝重地道：「你們說會否管中邪也用同一方法潛回咸陽來呢？否則在此離加冕禮只有一個月的關鍵時刻，他怎肯仍留在外地？」

滕翼道：「沒有肖兄的妙手，憑甚麼變出另一個管中邪來？」

紀嫣然道：「若呂不韋早有此計，要找個與管中邪相似的人，再由旁人加以掩飾，當可魚目混珠，所以夫君大人所猜的，該有極大的可能性。」

項少龍向剛進來的陶方說出他的猜測，道：「通知圖總管，請他留意此事，只要我們把握到管中邪的行蹤，行事時第一個殺的就是他，然後才輪到韓竭等人。」

荊俊道：「剛才三哥的意思，是否想讓呂不韋以爲三哥是陪儲君到了雍都，其實你卻是留在咸陽對付他？」

項少龍點頭道：「這是最主要的原因，其次是我可以不在儲君的監視下放手而爲。」

滕翼道：「但我們須做出周詳的部署，設法把烏果從雍都接走，否則恐怕這小子性命難保。」

肖月潭的聲音響起道：「這正是最精采的地方，只要假少龍變回眞烏果，逃起來就方便多了。」

眾人心中忐忑的朝敞開的房門瞧去，只見肖月潭和另一個「項少龍」緩步而出，無不拍案叫絕。

烏果扮的項少龍向各人唱了個喏，作狀摸往並不存在的百戰寶刀刀柄，喝道：「呂賊你給我跪下，我項少龍等著斬你的臭頭，已等足七年哩！」

竟連聲音語調都裝得有七、八分相似。

眾人轟然大笑。

紀嫣然嬌笑道：「這是沒有可能的，怎可會肖似成那個樣子？」

烏果朝紀嫣然訝道：「娘子你竟連夫君大人都不認得，糊塗至此，小心為夫休了你。」

當然又是逗得哄堂大笑，陶方更辛苦得捧腹彎腰。

紀嫣然喘著氣笑道：「你敢休我，我一劍宰了你。」

項少龍看得心生感觸，烏府兩年多來還是首次這麼洋溢著歡樂的笑聲。

烏果擺出個吃驚狀，失聲道：「娘子那麼凶，為夫遷就點認錯好哩！」

紀嫣然沒好氣和他瞎纏下去，對肖月潭道：「肖先生不愧天下第一妙手，怎能弄得這般神奇的呢？」

肖月潭愛不釋手地欣賞自己的傑作，輕描淡寫的道：「我費了五天工夫，以木材雕出少龍的頭像，再以秘方配製膜料複製出這張假臉，上色和施了一番手腳後，另一個項少龍立告面世。」

荊俊讚歎道：「以後我若未驗明對方的正身，再也不敢相信對方是否眞的是那個人。」

肖月潭笑道：「沒有烏果，任我三頭六臂都無計可施。這傢伙的體型大致和少龍相若，只是肩頭窄了點，於是我在他衣服內加上墊子，掩飾這破綻。」

紀嫣然掩嘴嬌笑道：「不過他仍要學習怎樣走路才成。」

烏果仰天打個哈哈，大步踏出，學著項少龍的姿態來回走動，果然維肖維妙。

項少龍整個人輕鬆起來，忽然間，他知道主動權重回自己手上，再不是處於完全捱打的劣勢裡。

項少龍和肖月潭兩人坐在亭內，同賞天上美麗的星空，無限感觸。

肖月潭歎道：「生命眞奇怪，上一刻我們似乎仍在臨淄，忙於應付各式各樣的人物和危機；這一刻已置身咸陽，同樣是想著如何溜走。但今趟卻有一了百了的感覺，心情好多哩！」

項少龍點頭道：「有老哥在旁指點，我更是信心十足，有把握安然抵達塞外，去過我們渴求已久的新生活。」

肖月潭沉吟片晌，正容道：「我們知道嬴政絕不會讓深悉他身分隱情的人活下去，我雖然很想看呂不韋如何黯然收場，可是多多少少要冒上風險，那我們是否該早一步離開，豈非可省去很多煩惱嗎？」

項少龍道：「我也曾想過同一的問題，卻因兩個原因打消念頭。首先是家族的撤退仍須一段時間才可以徹底完成，其次是我怕嬴政暗中另有佈置，只要我露出離開的動靜，他便會在途中攔截我們，那時即使殺了我，仍可向外宣稱我已走了。所以我們必須等待最佳時機離開，那該是嬴政舉行加冕禮的那一天，而爲自保，我們必須對呂不韋主動出擊，否則就要死無葬身之地。」

肖月潭點頭同意道：「都是少龍想得周詳。」

項少龍苦笑道：「我的思考怎及得上老兄，只不過沒人比我更明白嬴政的厲害和狠辣，一個不小心，會有舟覆人亡之險。」

肖月潭道：「你準備怎樣對付呂不韋？」

項少龍正容道：「正要向先生請教。」

肖月潭捋鬚微笑道：「該說向圖公請教才對，世上還有誰比他更明白呂不韋的虛實和手段，他隱忍這麼多年，等待的正是這一刻。」

項少龍欣然道：「那此事全交由兩位籌謀策劃，我們就當整裝候命的兵將好哩。」仰頭望往燦爛的夜空，心想以圖先的老到，肖月潭的智謀，該很快可瞧見塞外的星空。

翌晨天未亮烏府各人早已起來，聚在園中練武。

項少龍耐心指導烏果使用式樣與百戰寶刀相同，由清叔特別打製的另一柄寶刀。此刀的質料雖仍與百戰寶刀有一段距離，但已勝過清叔的其他製品。

烏果由於本身也是特級高手，無論姿態氣勢，都似模似樣。

滕翼拿著墨子劍和他對打，這傢伙到百多招後始露出敗象。

烏言著、烏舒、荊善等鐵衛均拍手叫好。

項少龍把烏言著召到身旁，道：「眾鐵衛以你最沉著多智，今趟你們陪烏果到雍都去，記得保命要緊，若見勢色不對，就要藉鉤索之助，立即逃回來。」

烏言著道：「項爺放心，陶公在兩年前已派人潛往雍都，不但摸清形勢，還做下種種佈置，可以在危急時接應我們。」

旁邊的紀嫣然笑道：「烏果這傢伙詭計多端，從來只有他佔人的便宜，想暗算他是難比登天，少龍放心吧！」

項少龍對烏果也是信心十足，否則不會讓他去冒這個險。卻特別提醒烏言著道：「儲君必會等到最好時機，才會對我施展暗算的手段，那當是在與嫪黨正面衝突時發生，否則怎能把責任推到嫪黨身上去。」

紀嫣然插言道：「若有方法把面具安放到另一具身型酷肖夫君大人的屍首處，那就可暫時把儲君騙過。」

烏言著精神一振道：「這事我們看著辦，不一定是沒有可能的。」

這時烏果氣喘喘的來到三人身前，得意洋洋的道：「我的百戰刀法如何？」

紀嫣然笑道：「你項爺哪有如你般喘得像快要斷氣的樣子呢？」

烏果嘻嘻笑道：「別忘記我的病仍未痊癒，喘些氣才正常嘛！」

紀嫣然點頭道：「還是你了得，我差點忘記哩！」

轉向項少龍道：「夫君大人最好使肖先生弄點病容出來讓儲君看到，那到要裝病時就更有說服力了。」

烏果道：「初時只須裝出疲累的樣子，然後逐分加重病容，更是萬無一失。」

項少龍暗忖這叫「一人計短，二人計長」。正要答話，陶方領著一人急步走來，眾人愕然瞧去，無不喜出望外。

來的竟是久違了的王翦，秦國縱橫無敵的絕代神將。

第三十二章　久別重逢

王翦比以前黝黑結實，整個人變得更有氣勢和沉著，顧盼間雙目神光電射，不怒而威，不愧蓋代名將的風範。

這時他臉上掛著眞誠的笑意，先把項少龍擁個結實，長歎道：「三哥可知小弟是如何掛念你們？」

滕翼和荊俊齊撲過來，四個義兄弟摟作一團，使人感動得生出想哭的衝動。

王翦哈哈一笑，分別與滕、荊擁抱爲禮，道：「三哥瘦了點，神采卻更勝昔日我離開咸陽之時。」

轉向紀嫣然道：「三嫂也漂亮了。」

眾人圍攏過來，紛紛與縱橫無敵的神將拉手致意。

項少龍道：「四弟何時回來的，見過儲君嗎？」

王翦道：「看看我這身便服，當知我是秘密回來，不知如何，我總覺先來和你們打個招呼，然後才去見儲君會妥當一點。」

眾人大訝，紀嫣然道：「四叔爲何有此想法？」

王翦沉聲道：「事實上三天前我早回來，卻苦忍著留在城外秘處，只遣人回來打聽消息，爲的是怕呂、嫪兩黨假傳旨意召我回來，豈知聽到的卻是別的消息，三哥和儲君近來似乎不大融洽。」

滕翼問道：「四弟聽到甚麼消息？」

王翦道：「首先是儲君似是不贊成三哥與族人往塞外去，其次是儲君和三哥疏遠了，不像從前般事事找三哥商量。」

荊俊歎道：「四哥的耳目非常靈通。」

項少龍心內下了個決定，道：「我們進去再談。」

在內廳坐好，王翦冷哼一聲，道：「今趟我帶了三萬精兵回來，都是十中挑一的精選，且無人不爲我王翦效死力，區區賊黨，只要我動個指頭，包保他們全軍覆滅。」

又歎一口氣道：「但我卻擔心儲君，更擔心他會對三哥不利，儲君隨著年歲的增長，變得愈來愈厲害了。」

眾人心知肚明，王翦必是聽到有關嬴政身世疑團的消息，始會有此推論。只不過怕項少龍尷尬，同時也爲表白對項少龍的信任，所以不直接說出來。

嬴政斬殺錢直的事轟動全國，王翦沒有理由不知道。

陶方、紀嫣然、荊俊、滕翼、烏果五個人十隻眼睛，全集中到項少龍身上，由他決定怎樣對王翦說這件事。

項少龍微微一笑道：「四弟不愧大秦頭號猛將，甫回咸陽就把情報做得這麼好。」

這等若肯定王翦的推測。

王翦雙目寒芒烈閃道：「我對付的只是懶用腦筋的匈奴，三哥面對的卻是東方五國的聯軍，怎到我王翦當頭號名將。」

頓了頓斬釘截鐵的道：「三哥想要我這四弟幹甚麼，我就幹甚麼，放心說吧！」

項少龍哈哈大笑，探手抓著他寬厚的肩頭，欣然道：「我要四弟蕩平呂、嫪兩黨，再助嬴政統一天下，建立秦朝大業，而四弟則成曠古鑠今的不世名將。」

王翦與他對視片晌，啞然失笑道：「英雄好漢，永遠是英雄好漢，各位兄嫂快看看我這個三哥，誰人比他有更廣闊的胸襟，更能不爲功名利祿所困，小弟便自愧不如。」

眾人均心中感動，更明白王翦的意思。

要知現在秦國的兩位上將軍，正是項少龍和王翦，而兩人在秦國朝內朝外聲望崇高，這情況在軍中尤甚。

如若兩人聯手起來，肯定有對抗嬴政的力量。但項少龍卻一口回絕王翦的提議，使秦國免去內戰的危機。

他們卻不知項少龍早從歷史已發生的事實認識到，根本沒有人可鬥得過秦始皇的，所以想都不敢朝這方向想。

如此地贏得王翦的讚美，項少龍汗顏道：「四弟勿要捧我，我還有很多地方倚仗你呢！」

王翦肅容道：「儲君可能是我大秦歷來最具手段謀略的君主，李斯更可比得上商鞅。但決勝沙場，我王翦除三哥和李牧外，誰都不怕。不過玩陰謀手段，卻是防不勝防，三哥有甚麼打算？」

項少龍道：「四弟知否儲君的軍力部署？」

王翦乾脆地答道：「儲君的主力仍是禁衛軍和都騎軍，近年禁衛軍不斷招納新人，兵力達五萬之眾，無論訓練、裝備和糧餉，都遠勝他人，且對儲君忠心耿耿，三哥要防的應是他們。」

項少龍想起那天昌文君由王宮追出來，勸自己勿要離開，給自己斷然拒絕的情景。想到昌平君和昌文君終是王族，血濃於水，有起事來只會站在小盤的一方。

王翦續道：「儲君今趟對付叛黨，本應把桓齮調回來方是正理，但他卻反把安谷傒從楚邊界召回，只從這點，我便推知他確有對付三哥的念頭。」

滕翼愕然道：「安谷傒回來了，爲何我們全不曉得？」

王翦沉聲道：「此乃儲君的一著暗棋，但我仍弄不清楚谷傒兵力的多寡，只知他離開邊疆，駐紮在咸陽和雍都間某處，只要接到王令，一天時間內可到達咸陽或雍都。」

安谷傒像昌平君和昌文君般，都是王族的人，有起事來，只會站到嬴政的一邊，難怪王翦看出嬴政有對付項少龍的心意。

項少龍從容道：「管他有甚麼部署，只要四弟可保著假的項少龍從雍都溜走，其他一切我們自有應付的能力。」

烏果笑道：「那即是要翦爺好好照顧小子脆弱的小命。」

王翦看著烏果瞪目結舌時，紀嫣然迅快地用她悅耳的聲音解釋一遍。

王翦擔心地道：「若給人看破，三哥豈非犯下欺君之罪？」

滕翼苦笑道：「這個險是不能不冒的，若四弟看過烏果的扮相，必然信心倍增。」

紀嫣然接口道：「何況你三哥還會裝病，那就更易掩飾。」

王翦道：「最好在中途才調包，便萬無一失！」

項少龍欣然道：「有四弟之助，我們更是信心十足，四弟也不宜久留了。」

雙方研究如何保持緊密聯繫的方法後，王翦悄悄離開。

項少龍往找肖月潭，後者正坐在銅鏡前把自己扮成個老頭兒，遂把王翦的情況向他報上。

肖月潭點頭道：「只看他的氣度相格，便知此人著重義氣，不畏強權。有他暗中出力，我們逃走的勝算將以倍數增加。」

旋又奇道：「你不用上早朝嗎？」

項少龍道：「這正是我來找你的原因，麻煩老哥給我塗點甚麼的，好讓我看來似是發病的樣子。」

肖月潭啞然失笑道：「少龍太低估嬴政了，若聞知你病倒，派個御醫來表面爲你治病，實則卻是查探你有沒有弄虛作假，少龍立要無所遁形。」

項少龍大吃一驚道：「那怎辦才好？」

肖月潭瞧瞧天色，道：「幸好尚有一點時間，因爲嬴政怎都要待早朝後才能命御醫來此，我立即去弄一些草藥回來，服後保證你的脈搏不妥，卻不會傷身，如此就可愚弄嬴政，教他不起疑心。」

對肖月潭的知識和手段，項少龍早佩服得五體投地，暗暗慶幸若非呂不韋害得他生出異心，今日勢將成爲自己的心腹大患。

當日下午，果然不出肖月潭所料，小盤派兩名御醫來爲項少龍診病，陪同的還有昌平君。

兩名御醫輪流爲他把過脈，一致判定他是過於勞累，患上風寒。

項少龍心中一動，又再細心誘導，更使他們深信病根是在兵敗逃走、亡命雪地時種下的。

御醫退出房外，昌平君坐到榻沿，歎一口氣，愁容滿臉，欲言又止。

項少龍裝作有氣無力的道：「君上有甚麼心事？」

昌平君歎道：「唉！現在我心情矛盾得很，既想少龍繼續臥病在榻，但又希望少龍即時回復健康，唉！」

項少龍心中一熱，握緊他的手，壓低聲音道：「一切我都明白，君上不用說出來。」

昌平君劇震道：「你……」

項少龍露出一絲苦澀的笑容，沉聲道：「伴君如伴虎，此事自古已然。我們不要再談這方面的事，贏盈開心嗎？端和待她如何？」

昌平君熱淚盈眶，毅然道：「我們之有今日，全賴少龍的提攜，若我兄弟在少龍有難時袖手旁觀，仍算是人嗎？何況根本是儲君不對。」

項少龍心中感動，柔聲道：「這種事沒有對錯的問題，也不該因此對儲君生出憤怨之心，小弟自有保命之計。」

昌平君以袖拭去淚痕，沉吟片刻後道：「少龍要小心一個叫尉繚的人，他是魏國大梁人，入秦後成爲儲君的客卿，現在尚未有任何官職，但卻極得儲君看重，很多不讓我們知道的事，都與他商量。此人智計過人，精於用兵，曾著有《尉繚子》的兵書，主張『并兼廣大，以一其制度』，甚合我大秦一統天下的主張。儲君或者是受到他的影響，故把統一放在大前提，一切妨礙統一大業的人事均要無情鏟除。」

項少龍明白過來，昌平君是在暗示小盤爲了保持王權，才會不擇手段的把自己除去，證諸他希望自己臥病下去，正是點出自己如若隨同小盤往雍都去，必然性命難保。

項少龍又聽出尉繚雖沒有官職，卻是小盤欽定來處理自己的人，因爲小盤其他得力手下，無不與自己有過命的交情。所以要對付自己，必須借助「外人」之力。

昌平君又道：「少龍是否發覺李斯變得很厲害呢？我們現在都不歡喜他，他太過熱中權勢了。」

項少龍再一陣感動，明白昌平君是要自己提防李斯。

但只有他眞正明白李斯，李斯其實是更熱中於統一天下的理想，那是他最重視的事，所以不得不對小盤曲意逢迎。不過只要看他冒死勸自己逃走，可知他內心仍對自己有著眞摯的感情。

項少龍拍拍昌平君的手背，微笑道：「回去向儲君報告吧！告訴他無論如何我都會隨他到雍都去的。」

昌平君目瞪口呆時，見項少龍向他連眨眼睛，雖仍不知他葫蘆裡賣甚麼藥，但總知道項少龍胸有成竹，會意過來，茫然去了。

接著的三天，小盤每日都派御醫來瞧他。

這時離出發往雍都尚有十天時間，項少龍裝作漸有起色，帶著少許病容，入宮謁見小盤。

小盤知他到來，親自在宮門迎接，演足了戲。一番嘘寒問暖後，小盤把他接到書房，閉門密議。

這未來的秦始皇鬆一口氣道：「幸好上將軍身體復元，否則沒有上將軍在寡人身邊運籌帷幄，對付奸黨，那就糟透了。」

項少龍深深地瞧了這由自己一手攜大的秦君一眼，心中百感叢生，一時不知是愛是恨，糾纏難分，依肖月潭的指點沙啞著聲音問道：「一切預備好了嗎？」

小盤點頭道：「萬事俱備，王翦回來哩！手上共有三萬精兵，人人驍勇善戰，寡人著他先潛往雍都附近，好依計行事。」

項少龍皺眉道：「依甚麼計？」

小盤有點尷尬的道：「據茅焦的消息，嫪毒準備在加冕禮的當晚，趁舉城歡騰，人人酒酣耳熱之際，盡起黨羽，發動叛變，那時王翦將會把雍都圍困，教嫪黨沒有半個人逃得出去。」

項少龍故作不滿道：「王翦回來了，爲甚麼竟不來見我？」

小盤忙道：「是寡人吩咐他不得入城，上將軍勿要錯怪他。」

項少龍道：「呂不韋那方面有甚麼動靜？」

小盤龍目一寒，冷笑道：「他敢有甚麼動靜嗎？不過當寡人率文武百官赴雍都後，情況將會是另一個局面。」

又有點不敢接觸項少龍的眼光般垂下頭去，沉聲道：「寡人和上將軍離去後，中大夫尉繚會留在咸陽主持大局，對付呂不韋，他將持有寡人虎符，守城三軍盡歸他調度，明天寡人會在早朝時宣佈此事。」

項少龍立時無名火起。他雖然說來好聽，實際上等若同時削掉滕翼和荊俊的兵權。

要知秦軍一向效忠王室，如若滕、荊沒權調動都騎兵，那時他項少龍憑甚麼去對付呂不韋？而且對誰要殺要宰，一切都操縱在尉繚手上了。

項少龍搖頭道：「此事於理不合，現在都衛軍的將領均是呂、嫪兩黨的人，新人登場，又無戰功威望，何能服眾？更會動搖都騎兵的軍心，故此事萬萬不可，儲君請收回此意。」

小盤顯然仍有點害怕項少龍，兼之心中有鬼，沉吟片刻解釋道：「其實寡人此舉只是針對呂不韋而發，如若他試圖調動都衛軍，等若叛變，尉繚可在裡應外合下一舉把呂黨殲滅。嘿！這當然要滕、荊兩位將軍配合。」

項少龍虎目寒芒爍閃，語調卻是出奇地平靜，淡淡道：「那就乾脆讓尉繚任都衛統領吧！」

小盤苦惱道：「如此擺明針對呂不韋，那賤人怎肯同意？」

項少龍好整以暇道：「既是如此，儲君索性把虎符交給滕翼，只要冠禮吉時之後，儲君便成秦國之君，那時再不須太后同意，亦可操控咸陽諸軍，豈非勝於現在般打草驚蛇。」

他明白小盤為哄他到雍都去，絕不會在此時與他正面衝突，在心理上他亦乏此勇氣，所以乘機開天索價，看小盤如何落地還錢。

事實上小盤想控制的是都騎軍，都衛軍怎會放在他眼內，偏是無法說出口來。

好半晌後，小盤讓步道：「既是如此，就一切依舊，我會使尉繚領兵駐在咸陽城外，若有甚麼風吹草動，可增援滕、荊兩位將軍。」

項少龍心中暗笑，任尉繚三頭六臂，由於不知有自己在暗中主事，必會吃個大虧。他這時再沒有和小盤閒聊的心情，藉病體未癒為託詞，返家去也。

第三十三章　戰雲密佈

回到烏府，琴清來了，正和紀嫣然在內廳喁喁細語，兩女均是神色凝重，見項少龍回來，勉強露出笑容。

項少龍坐下訝道：「甚麼事這般神色緊張？」

紀嫣然道：「儲君正式頒發諭旨，著清姊隨駕到雍都去處理冠禮的大小事宜，清姊正爲此煩惱，去又不是，不去又不行。」

項少龍劇震道：「知我者莫若嬴政，這一招命中我的死穴要害。」

琴清愁容滿面地幽幽道：「不用理我不就成了嗎？諒他尚未有遷怒於我的膽量，以後看情況奴家才到塞外來會你們好哩！」

項少龍回復冷靜，決然搖頭道：「不！要走我們必須一起走，否則只是牽腸掛肚的感覺，已足可把我折磨個半死。」

聽到項少龍這麼深情的話，琴清感動得秀眸都紅了。

紀嫣然道：「嫣然可扮作清姊的貼身侍婢，若有變故，亦可應付。」

項少龍呆了半晌，才做出反應道：「這確是個可行的辦法，且教別人想像不到。必要時我還可使荊俊親到雍都接應你們。講到飛簷走壁之術，有誰比得上他？」

琴清赧然道：「我也想學懂攀牆越壁的方法，你們肯教人家嗎？」

項少龍和紀嫣然聽得面面相覷，琴清這麼嬌滴滴的斯文美人兒，若學精兵團般攀高爬低，會是怎樣一番光景？

到了晚上，肖月潭才施施然回來，眾人忙聚到密室商議。

肖月潭道：「若非有圖公在旁默默監察呂賊，我們可能直抵黃泉之下，仍是一隻隻的糊塗鬼。」

眾人同時色變，追問其故。

肖月潭道：「呂不韋愈來愈欠缺可用之人，所以不得不再次重用以圖公爲首的舊人，使圖公得以清楚把握到呂賊的陰謀。」

紀嫣然道：「近來呂不韋非常低調，一派無力挽狂瀾於既倒的樣子，原來竟是裝出來的。」

荊俊狠狠咒罵道：「今趟我們定要將他碎屍萬段。」

肖月潭笑道：「我們都忽略了呂不韋最後一招殺手鐧，就是東方六國的助力，現在六國的君臣，誰不視嬴政爲洪水猛獸，只要能扳倒嬴政，他們甚麼都樂意去做。最好是由嫪毒登位，就更合他們之意。」

項少龍色變道：「難道他竟敢開放邊防，任聯軍入關嗎？」

肖月潭笑道：「他有這個膽量也沒有用，秦軍人人忠心愛國，豈肯遵行。況且三晉和楚、燕五國給少龍殺得元氣大傷，打開邊關諒他們仍未有那揮軍深入的豪氣，不過六國卻分別選出四批死士，人人均爲以一擋百的高手，準備在適當的時機進行精心策劃的刺殺行動。已定的四個目標是嬴政、少龍、昌平君和李斯。」

嬴政和項少龍成爲六國必殺的對象，當然不在話下。李斯和昌平君都是陪著嬴政出身的文武兩大臣，若有不測，會令文武百官在無人統領下，讓呂不韋有可乘之機。

項少龍暗忖最要殺的人當是王翦，不過可能呂不韋到現在仍未知王翦已潛回咸陽。

秦國正在大時代轉變的關鍵時刻中，只要小盤登上寶座，呂、嫪兩黨必人人死無葬身之地。

陶方沉聲問道：「這批人現在是否已身在咸陽？」

肖月潭道：「他們爲隱蔽行蹤，目下藏身在附近的山頭密林處，飲食均由圖公負責供應，各位該明白這點對我們多麼有利。」

紀嫣然道：「圖總管知否他們行動的細節？」

肖月潭道：「這方面由許商的都衛統領負責，只要生擒此人，肖某自有手段教他乖乖招供。」

滕翼道：「只要許商肯走出城門，我們便有把握將他生擒，再交由先生逼供。可是若他留在城內，我們除非和他正面衝突，否則難奈他何。」

許商本身是第一流的劍客，寄居仲父府，出入有大批親衛，城內又是他都衛的勢力範圍。要殺他可能仍有點機會，但若要將他生擒，自是難比登天。

肖月潭由懷裡掏出一軸圖卷，攤在几面，道：「這是仲父府的全圖，包括所有防禦設施和密室，若只以智取，不以力敵，並非全無生擒許商以至乎刺殺呂不韋的可能。」

頓了頓又道：「圖公已準備一種烈性麻醉藥，只要下在仲父府的幾口水井裡，喝下者三天內休想醒過來。」

荊俊喜道：「果是妙著！」

項少龍問道：「圖老既有參與呂不韋的密議，是否探悉得他的全盤計劃？」

肖月潭冷笑道：「就算圖公沒有與聞其事，但呂賊的動靜怎瞞得過圖公。呂賊的計劃是要雙管齊下，當嫪黨在雍都舉事時，他就在咸陽起兵，盡殺反對他的人。」

接著續道：「關鍵處在嫪毒能否殺死嬴政，只要嬴政身死，他便可以討嫪毒爲名，將大秦軍權握在手裡。」

陶方皺眉道：「假設嫪毒失敗，呂賊豈不是好夢成空？還落得揹上造反的臭名。」

肖月潭道：「所以呂賊特命管中邪潛往雍都，配合六國的高手主持刺殺的行動，憑此人高超的箭術，這並非全無可能成事，說到底雍都非是嬴政的地頭。」

眾人心下懍然，若不先一步除掉此人，確是最可怕的威脅。

項少龍歎道：「此事不幸給我們猜中，有沒有辦法可以知道管中邪的行蹤？」

肖月潭搖頭道：「他可說是老賊最後一著厲害棋子，故恐怕除呂不韋之外，再沒有人清楚他的行蹤。呂賊的成敗，全繫在能否刺殺嬴政的關鍵上，否則他是沒有成功的機會。」

紀嫣然道：「那烏果豈不是險上加險？」

烏果臉色轉白，不過只要想想管中邪的蓋世箭術，誰都不會怪他膽怯。

肖月潭捋鬚笑道：「諸位這叫關心則亂，其實管中邪非是沒有可尋之跡。首先，他第一個要刺殺的必是嬴政，又或四項刺殺同時進行，否則打草驚蛇下，刺殺行動就不靈光。」

烏果登時鬆一口氣。

紀嫣然道：「那麼刺殺行動該集中在雍都才對，只有那樣，方可把責任全推到嫪毒身上。」

接著微笑道：「善戰者，鬥智不鬥力，呂、嫪兩黨最大的問題是互不信任，互相暗算。照嫣然猜估，呂不韋該把刺殺行動瞞住嫪毒，而儲君身邊的近衛裡，亦有呂賊的內奸。只要我們將消息洩露給嫪毒知道，說不定可收奇效。」

項少龍絕不擔心小盤的龍命，否則歷史上將沒有秦始皇其人，亦不擔心昌平君和李斯，其理相同，他擔心的只有烏果。

滕翼這時道：「最可靠的還是先一步殺死管中邪，而我們須顧及自身的安危，因爲若我和小俊有甚麼不測，呂賊可公然把都騎軍接收過去。」

管中邪智勇雙全，有他暗中主持六國的刺客聯軍，誰敢掉以輕心。

肖月潭忽然道：「烏果扮成少龍，少龍亦可扮成烏果，如此更萬無一失。」

眾人齊聲叫絕。

陶方懷疑道：「時間趕得及嗎？」

肖月潭欣然笑道：「早在製作假面具時，肖某心中已有此念，故而兩張臉皮一起製作，否則怎會須那麼多天的工夫呢？」

眾人紛紛讚歎，對肖月潭的智計佩服得五體投地。

接著商量行事的細節，決定把追查管中邪行蹤列爲首要之務，並定下種種應變計劃。

當夜項少龍好好睡一覺，翌晨故意在早朝現身，讓呂不韋等看到他的病容，並聽到他沙啞的聲音。那天的討論集中到即將來臨的冠禮上去。

呂不韋主動提出留守咸陽，小盤裝作拗他不過，勉強接受。

早朝後，小盤與項少龍、昌平君、昌文君和李斯四人在書房商議。昌平君和李斯先後做出報告，都是關於往雍都和冠禮的程序。

小盤聽畢後道：「眾卿均知冠禮是呂、嫪兩黨最後一個推翻寡人的機會，在這方面眾卿有甚麼對策？」

昌文君道：「微臣已有周詳計劃，首先今次開赴雍都的船隊，不但式樣如一，且全部掛上王旗，教敵人難以辨識哪一艘是儲君的座駕舟。再配以輕便的小型戰船開路，沿岸更於戰略點駐紮精兵，可保旅途的安全。」

小盤點頭讚好，然後道：「不過最危險的卻是在抵達雍都之後，嫪賊部署多年，等待的便是這一刻，我們絕不可粗心大意。」

昌平君道：「谷傒會先領一萬精兵進駐雍都，把關防完全接收過來，微臣不相信嫪毒敢於此時抗命。」

項少龍皺眉道：「安大將軍何時回來的？」

小盤乾咳一聲道：「由於上將軍臥病在家，寡人不敢驚擾，所以沒將此事告訴上將軍。」

李斯等三人均垂下頭去，噤若寒蟬。

項少龍光火道：「儲君已胸有成竹，哪還須臣下籌劃，不若臣下留在咸陽養病好哩！」

李斯等三人的頭垂得更低。

小盤不慌不忙的道：「上將軍萬勿誤會，現在寡人正是要向上將軍請教。」

項少龍斷然道：「若不早一步給臣下知悉所有部署和手上可用之兵，此仗必敗無疑。」

小盤等四人同時愕然。

項少龍心想這就叫「語不驚人死不休」，有了從圖先得來的珍貴情報，他更有把握應付這場前門有呂、嫪兩黨，後方有小盤這寡情薄義的小子的兩面戰爭。

小盤肅容道：「上將軍何出此言？」

項少龍心知肚明小盤重視自己說話的原因，皆因從小到大，小盤一直視自己為天人，方能縱橫不倒。而自己屢次助他度過難關，更在他心中建立無可比擬的智勇形象。換過其他人，即使是王翦、李斯等，也休想可把未來的秦始皇嚇倒。

項少龍不答反問，淡淡道：「安大將軍今次從楚境調動多少人回來？」

小盤猶豫片刻，無奈道：「調了五萬人回來。」

項少龍看看其他人的表情，便知小盤沒有在這項事上說謊，悠然道：「其他的四萬兵員駐在哪裡？由何人統率？」

他怎還不明白這批大軍要對付的除呂不韋外，尚有滕、荊和烏族的戰士，藉機故意逼小盤說出來。

小盤有點不敢看項少龍似的，詐作翻看几上文件，若無其事的道：「這是應付緊急情況的後備部隊，由尉繚指揮，可從河道迅速增援雍都或咸陽。」

接著有點不耐煩的道：「上將軍仍未答寡人剛才的提問？」

天下間怕只有項少龍一人膽敢這樣和小盤對話，李斯等都不敢插言。

項少龍淡淡道：「任呂、嫪兩黨如何猖狂，亦不敢以卵擊石的公然造反，所以他們定是先採暗殺的手段，只要行刺儲君成功，舉國大亂，奸黨才能混水摸魚，得到最大利益。」

昌文君忍不住道：「這點我們早想到，且有對付的方法。」

項少龍沉聲道：「假設刺殺行動由管中邪暗中主持，參與行動者乃六國派來千中挑一兼經過嚴格訓練的第一流刺客，而且在冠禮時儲君又不得不亮相，更且禁衛、內侍中密藏內應，君上是否仍那麼有把握呢？」

包括小盤在內，各人無不色變。

當年小盤赴德水春祭途中被外來刺客襲擊幸好誤中副車一事，仍是記憶猶新。現在多了個箭法驚人的管中邪，誰敢拍胸保證不會出事。

昌平君愕然道：「但根據消息，管中邪該仍在韓境與韓人僵持不下。」

項少龍道：「那只是障眼法，際此緊要關頭，呂不韋怎會不把愛婿召回來？這就是養兵千日，用在一時了。」

他的話有強大的說服力，不怕眾人不信。

小盤龍目寒光爍閃，盯著項少龍道：「上將軍的消息從何而來？」

項少龍早知小盤必有此問，微笑道：「呂不韋在六國有朋友，微臣何嘗不是。」

小盤呆瞧他半晌，點頭道：「上將軍可有甚麼應付之策？」

項少龍打蛇隨棍上，道：「儲君首先要將虎符賜給微臣，讓微臣有調兵遣將的能力，微臣方有辦法處理此事。」

這正是項少龍最厲害的一著，且不由小盤不答應。

在秦國，虎符是金屬製的虎形調兵憑證，由中央發給掌兵大將，其背面刻有銘文，分為兩半，右半存於朝廷，左半發給統兵將帥，調兵時需要兩半合對銘文才能生效。凡是帥將級的人物，例如項少龍、王翦、安谷傒、昌平君等，都獲賜半邊虎符，另一半則由小盤掌握。遇有領兵出征，率兵將領獲賜另一半的虎符，如此才算合法獲授兵權。

不同級數的將領，持著的是反映身分的虎符，規限帶兵人數的多寡。大將軍級數以上的將帥，不但沒有兵員數目的限制，還可在各地調動和招募新兵。

一旦征戰回朝，另一半虎符重歸朝廷，兵員回到中央，兵權重新回歸君主手上。

項少龍乃現時僅有的兩位上將軍之一，所以假若項少龍手握完整的虎符，等若將軍權握在手裡，那時小盤若要對付他，絕不能派出像尉繚那種低階的新將領，唯一之法是小盤親自來處理他，由此可見虎符之事關係重大。

項少龍不愁小盤不答應，還不可以查根究柢，顯示出對他的不信任，是基於三個原因。

首先，小盤會想到項少龍陪侍在側，抵雍都後，仍可從容算計他，不怕有「將在外，君命有所不受」的情況出現。

其次是項少龍蓄意製造出一種形勢，令小盤不得不以此來誆騙他和安撫他。

最後的原因更微妙，因爲小盤對他才幹的信心根深柢固，確信項少龍這樣做會對他有利無害。

果然小盤只呆了剎那光景，即微點其龍首答應道：「就如上將軍所請。」

項少龍壓下心中的狂喜，淡淡道：「儲君冠禮之日，就是微臣獻上管中邪首級之時，否則儲君可以軍法治我以罪。」

小盤眼中掠過複雜之極的神色。

項少龍心中暗歎，乘機告退。

第三十四章　奇刑逼供

昌文君從後追上來，與項少龍並排在街上緩騎而行，眾鐵衛和昌文君的親隨全神貫注遠近的動靜，一些持長矛革盾護持左右，一些弩弓在手，以防刺客，氣氛緊張。

項少龍輕鬆地道：「你不用伺候儲君嗎？」

昌文君搖搖頭，問道：「少龍打算怎樣對付奸黨？可否透露一二，讓我可以配合你的行動。」

項少龍淡然自若道：「是否儲君囑你追上來問我的呢？」

昌文君現出愕然之色，答不上來。

項少龍微笑道：「不用說了，我明白你的爲難處。」

昌文君神色一黯，羞愧地道：「少龍可否幫我這個忙？」

項少龍道：「那就告訴儲君，我已掌握到一些線索，可望將管中邪和六國來的刺客一網打盡，但此事必須絕對保密才能靈光，所以愈少人知道愈好。」

昌文君忙道：「少龍求得虎符，究竟做何用途？」

項少龍暗忖懷內的虎符當然是做保命之用，口上卻答道：「因我須調動三萬都騎，以清剿潛入我境的敵人。」

頓了頓反問道：「尉繚現在的身分是甚麼？」

昌文君露出爲難神色，垂首道：「我不大清楚。」

項少龍心中一歎，昌文君始終不似乃兄般那麼有義氣。共富貴容易，共患難卻是另一回事。想到這裡，哪還有興趣和他磨下去。一句「請回吧」，逕自和眾鐵衛加速走了。

返抵官署，立即召來滕翼、荊俊和烏果三人，說出虎符的事後，道：「現在我們已立於不敗之地，除非嬴政親率大軍來殺我，否則其他人均不敢動手。」

滕翼皺眉道：「但嬴政也可頒下敕旨，以褫奪三弟的兵權。」

項少龍微笑道：「這正是最精采的地方，爲藉我對付管中邪，在冠禮之前嬴政絕不敢收回虎符。到他要對我不利時，才忽然發覺我根本不在雍都，那時我們至少有一至兩天的時間爲所欲爲，全力對付呂不韋。」

烏果點頭道：「所以我必須在冠禮完成前溜掉。」

荊俊道：「我們是否眞的要去剿滅管中邪呢？」

項少龍道：「就當是我們臨別前贈給嬴政的最後一份大禮吧！」

滕翼同意道：「我們是不得不這樣做，否則如讓呂賊奸謀得逞，我們的日子也不會好過。」

項少龍道：「只要我們能將隱伏其中一處山野間的外來刺客一網成擒，再由圖先瞞著呂不韋，便可通過用刑逼供，掌握到管中邪的行蹤。」

烏果不解道：「我眞不明白這幾批刺客爲何不趁機先往雍都去，卻要在咸陽外勾留。」

項少龍道：「道理很簡單，因爲呂老賊怕給嫪毒發現，其次是仍不清楚我是否會到雍都去。要知若有我在，即使刺殺嬴政成功，我仍可憑手上的實力和聲望扭轉形勢。再就是呂不韋想看看有沒有機會在嬴政赴雍都的途中行事，所以四批人必須在附近候命。」

頓了頓續道：「老賊是不得不倚重圖先去聯繫這些刺客，否則若派遣的是被我們嚴密監視的許商等人，早洩露秘密。」

荊俊道：「還有三天就是嬴政赴雍都的大日子，三哥準備何時行動？」

項少龍露出一絲充滿自信心的笑意，淡淡道：「今晚如何？讓這些人嘗嘗我們烏家千錘百鍊培養出來的特種部隊的滋味好了。」

三人愕然道：「特種部隊？」

項少龍欣然點頭，只有來自二十一世紀科學化的特種部隊和其所具有的高超戰術，方可使他完成很多本來是不可能辦得到的事。

忽然間，胸中湧起強大無倫的鬥志。

明月照耀下，扮成烏果的項少龍與紀嫣然兩人伏在咸陽城外南面六里許的山坡間，靜心等候。他們都換上輕便的夜行衣，配備能摺疊的弩弓，穿上背心式護甲，有點像二十一世紀的避彈衣。

項少龍輕鬆地臥在草坡上，探手拍拍坐在他身旁的紀才女大腿，輕聲道：「希望烏果不會出岔子。」

今晚是烏果首次裝扮成項少龍的身分公開亮相，在滕翼的陪同下去見許商，與他研究都騎和都衛在嬴政離開咸陽後怎樣配合的問題。

這一著的作用，當然是要使許商不起疑心。否則若知道項少龍出城，不提防他才怪。

紀嫣然微嗔的撥開他的怪手，蹙起黛眉道：「不要碰我，你扮成烏果後不准再和人家親熱。」

項少龍啞然失笑道：「外表的美醜是假的，內心的美醜才是真的，連我們的才女也不能免俗嗎？」

紀嫣然輕歎道：「說是這麼說，但有多少人辦得到呢？若可選擇，誰會揀醜陋的外表。」

這時荊俊潛到兩人身前來，低聲道：「敵方約有十二至十五個人，在密林內紮營，只有兩人放哨。我已佈下天羅地網，包保沒有一個人可逃掉。」

今趟名副其實用的是天羅地網，荊俊乃出色的獵手，特製數十張大網，可佈在地上和由樹頂撒下來。

今次來秦的刺客無不是六國精選出來的死士，若沒有特別手段，要殺他們容易，想生擒他們卻是難比登天。

項少龍跳將起來，道：「動手吧！」

荊俊又潛回去。

項少龍、紀嫣然兩人登上坡頂，伏在草叢裡，俯視由坡底開始綿延數里的密林。若非有圖先的精確情報，即使派出千軍萬馬來搜查，休想可像現在般將目標重重圍困。

忽然蹄聲在里許處轟然響起，自遠而近，直逼密林而來。

項少龍等毫不驚異，因爲正是他們的安排，以迫使敵人朝相反方向逃走，步進羅網去。

果然敵人立時做出反應，看宿鳥驚起的位置，知他們朝東南方逃走。連串的悶哼驚呼在林中響起，不片刻重歸沉寂。

項少龍和紀嫣然對視微笑，知道智取之計大功告成，餘下須看肖月潭的逼供手段。

被擒者共十三人，形相各異，都是身型驃悍之輩。若是正面交鋒，己方難免死傷。但在有心算無心下，卻是毫髮無損，手到拿來。

這些人顯是早有默契，人人不發一言，擺明視死如歸的決心。

將這批刺客秘密押返烏府後，肖月潭吩咐把他們分開囚禁，逐一觀察，下令以其中一個刺客爲逼供目標，並對眾人道：「此君長相英俊，生活自較其他人多姿多采，至少會較受娘兒的歡迎。這樣的人，肯來冒生命之險，自然是想事成後得到封賞和獲得美人青睞，當然也會特別愛惜自己的身體和生命。」

紀嫣然讚道：「先生果是用刑的專家，難怪成爲圖總管最得力的助手。」

肖月潭笑道：「我只是比一般人較愛動腦筋吧！算得上甚麼！」

接著低聲道：「嫣然可否避開一會兒？」

紀嫣然醒悟到定是有些情況不宜女兒家旁觀，雖不情願，也只好乖乖離開。

等到室內剩下項少龍、荊俊和肖月潭三人時，兩名烏家戰士把那精挑出來的刺客押進來。

此人長得高大俊俏，正値盛年，刻下臉若死灰，垂頭喪氣，滿身泥污，衣衫勾破多處，雙手反綁背後，腳繫鐵鍊。

三人的銳目全盯在他臉上，不放過他表情的任何細微變化。

肖月潭微微一笑道：「我身旁這位是名震天下的項少龍，兄臺既有膽量來此，當不會不知道他是怎樣的一個人。」

那人抬頭瞥項少龍一眼，初則微表詫異，繼而微微點頭。

項少龍和荊俊心中佩服肖月潭的選俘虜之道，因爲其他人根本沒有任何反應，此人肯點頭，已是大有可乘之機。

肖月潭柔聲道：「兄臺怎樣稱呼，是何處人士？」

那人臉上現出內心掙扎的痛苦表情，最後仍是猛一搖頭，表示不會說。

肖月潭哈哈一笑道：「讓本人先給你看一樣東西，你再決定是否該與我們合作。先脫掉他的衣服。」

兩名戰士領命一齊動手，不片晌那人變得一絲不掛，臉現驚惶，這時連項、荊兩人都猜不到肖月潭接著下來的手段。

肖月潭再下命令，門外傳來車輪轉動的聲音，還有吱吱的怪叫聲，聽得項、荊兩人毛髮悚然。

只見兩名鐵衛推著一個六尺見方的大鐵籠進來，數百頭大小老鼠正在籠中爭逐竄動，吱吱亂叫。

荊俊怪叫道：「好傢伙！」

項少龍看得寒毛直豎，差點想立即逃出去。

那人臉上血色褪盡，雙腿一軟，跪倒地上，全身發抖，顯是想到即將來臨的命運。

肖月潭好整以暇道：「不用本人說出來，兄臺該知道這籠耗子是做甚麼用途的，聽說耗子最會打洞，哈！」

那人呻吟一聲，差點暈過去。

肖月潭湊到項少龍耳旁道：「到少龍出馬當好人了。」

項少龍會意過來，強忍對著群鼠本能反應的厭惡，長身而起，把那人扶起來道：「兄臺該知我項少龍是何等樣人，項某可以項上人頭擔保，只要兄臺肯合作的話，我不但可保證毫髮無損的讓兄臺離去，還贈以百金，且絕不會將此事報上朝廷，免得會向貴國追究責任或把事情外洩。」

那人垂下頭去，顫聲道：「眞的嗎？」

項少龍沒好氣道：「你聽過有人說我言而無信嗎？但當然要待證實兄臺所說的確沒有撒謊，才可放你回去。」

那人頹然點頭道：「我說了。」

得到珍貴的資料後，烏果、滕翼和眾鐵衛興高采烈的回來，顯是爲成功騙倒許商而得意。

烏言著讚歎道：「果大哥眞絕，每逢不懂答的，便咳嗽起來，一時捧頭，一時苦臉，確是扮相了得。」

剛走出大廳的紀才女皺眉道：「不要扮得太過火。」

滕翼道：「放心好了，連我聽著都把他當作是三弟，只是眼神還差一點，幸好別人以爲他病體未癒，故不會看出破綻。」

轉向項少龍道：「審問的結果如何？」

項少龍欣然打出大功告成的手號，眾鐵衛和烏果齊聲歡呼，聲動屋瓦。

荊俊道：「幸得肖先生出馬，嚇得那小子貼貼伏伏的，連不須說的都說出來。原來這批死士哪是甚麼六國聯合刺殺團，根本就只是田單在弄鬼，全是齊國派來的人，但人人均頂冒著其他五國的身分。帶頭的是個叫邊東山的人，乃最得曹秋道眞傳的弟子，蘭宮媛便是由他一手訓練出來的。這人刻下已抵雍都。」

肖月潭補充道：「這人是刺殺的大行家，我們絕不可掉以輕心。」

滕翼奇道：「管中邪的師門不是和稷下劍派是宿仇嗎？爲何竟會和曹秋道的徒弟合作？」

項少龍道：「當然有嫪毒的手下大將韓竭從中穿針引線，此人該已被呂不韋收買，成了呂賊在嫪黨中的臥底。」

紀嫣然道：「夫君大人現在打算怎樣對付管中邪？」

項少龍想起呂娘蓉，心中暗歎一口氣，沉聲道：「在眼前的情況下，不是你死就是我亡，我要在管中邪拿起他的大鐵弓之前，把他斬殺於百戰寶刀下。」

肖月潭道：「少龍準備何時動手？」

項少龍肅容道：「有沒有辦法弄兩艘普通的漁船來？但絕不可讓人知曉。」

陶方答道：「這可包在我身上，少龍何時要船？」

項少龍道：「明天吧！愈早愈好！我要在管中邪接到消息前，取下他項上的人頭，作爲我獻給嬴政的臨別大禮。」

眾人轟然答應，士氣如虹。

第三十五章　攻其不備

化身爲烏果的項少龍與荊俊領著特別挑選出來的五十名烏家戰士，在翌日清晨，秘密登上漁舟，逆流往雍都開去。

眾鐵衛因要隨烏果喬裝的項少龍與小盤赴雍都，當然不能參與是次行動。

紀嫣然則要陪琴清，沒有同行。

滕翼負責指揮都騎和清剿餘下的三批刺客，須坐鎮咸陽。

這天層雲密佈，細雨綿綿。穿上簑衣的項少龍和荊俊兩人，坐在船頭商量行動的細節。

項少龍道：「我們只有一天一夜的時間，若不能在這段時間內殺死管中邪，不會有第二個機會。」

荊俊充滿信心道：「潛入雍都後，我們立即把管中邪藏身之處置於嚴密監視下，待入夜始動手殺人。」

項少龍皺眉道：「我現仍拿不定主意，究竟是否該借助安谷傒的力量呢？那樣或會驚動嫪毒。」

荊俊道：「不若我們找四哥設法。」

項少龍搖頭道：「我不想事後爲嬴政知道，那會影響四弟的前途。」

荊俊奮然道：「那就讓我們自己獨力進行，只要用心策劃突襲，功成即退，那時管中邪死了，嫪毒怕仍不知發生甚麼事。」

項少龍搖頭道：「但韓竭必會很快曉得，而由於這是韓竭的地盤，若想把他一起刺殺，風險會很大，故使我猶豫難決。」

荊俊道：「知道就讓他知道吧！難道他敢告訴嫪毒嗎？且即使他立即派人通知呂不韋，已是兩天後的事，何況他還可能過不了二哥那一關。」

依照計劃，小盤率文武百官赴雍都後，滕翼的都騎軍會在來往雍都和咸陽的水陸要隘處設置關卡，檢查往來的行旅。

項少龍同意道：「只好這樣。」

當天黃昏，項少龍在離開雍都兩里許處離船登岸，避過關防，由陸路往雍都。憑著正式的身分文件，他們扮作外縣來的各式人等，分批進城。與陶方派往雍都長駐達兩年的烏家戰士聯絡上後，他們藏在城南的一所普通民居裡，準備一切。

雍都是秦人在關中的第一個都城，位於渭水與支河交匯處，乃關中文化、巴蜀文化和氐羌文化的連接點。陸路交通上有棧道通往隴南、漢中、巴蜀等地。

一百五十年前，秦德公定都雍城，就是要以其為據點，鎮守關中，飲馬黃河。後來嬴政能統一華夏，也是因憑雍都以據關中之策，起了關鍵性的作用。

所以後來雖遷都咸陽，秦室宗廟仍留在雍都，凡有大事，必到雍都宗廟舉行。作為咸陽的後防要塞，雍都直至此時，仍有無比重要的地位。

雍都有多座宏偉的宮殿，其中以大鄭宮和蘄年宮最具規模。前者現在是朱姬的鸞殿，蘄年宮則是小盤今趟來行冠禮用作駐蹕的行宮。

到達雍都，項少龍切身地體會到嫪毒的威風。這裡的駐軍，軍服襟領處都滾上金邊，透出一種豪華的氣派，與一向外表樸素的秦軍迥然有別，且人人一副不可一世、橫行霸道的樣子。

安谷傒的駐軍明顯仍未取得全城的控制權，只控制最接近渭水的南城門，以及通往蘄年宮的大道與蘄年宮。

由於有朱姬在背後撐腰，在正式反目前，連小盤都奈何不了嫪毒這個「假父」。當然，只要王翦的無敵雄師開入城裡，形勢會立時逆轉，嫪毒的三萬「死士」無論改了多麼威風的稱號，到時也只餘待宰的分兒。

唯一最具威脅的是由管中邪秘密主持的暗殺團。而項少龍今次來此，是要先一步把這刺客團瓦解殲滅，還要在嫪毒不知不覺中進行，否則誰都沒命離開。

酉時末，報告回來，扮成平民的管中邪剛獨自離開藏身處，這時天仍下著細雨。

管中邪的問題和項少龍相同，無論他扮作甚麼樣子，有心人一眼就可從身型、氣魄把他認出來。

項少龍當機立斷，下達行動的指令。

項、荊和五十名戰士抵達目標建築物附近的一道僻靜橫巷，脫去遮蓋身上夜行裝備的外袍。五十人迅速分作十隊，五人一組，藉著簷牆和夜雨的掩護攀入院內。

此宅共分五進，中間以天井廊道相連。

由於他們的舉動迅捷無聲，宅內的人毫無所覺，間中見有人往來廊道間，都是些面目陌生的大漢。

項少龍和荊俊及兩組十名戰士潛到主堂旁的花叢處。裡面透出燈火人聲。

一名戰士潛到窗外窺視過後，回來報告道：「廳內有五名漢子，只兩人隨身帶著兵器，集中在東面靠窗的地蓆處。」

項少龍沉聲道：「有沒有女人？」

另一名剛回來的戰士答道：「內堂見到兩名女婢。」

項少龍大感頭痛，他本是決定將宅內的人全體格殺，在這種你死我亡的情況下，再沒有仁慈這念頭的容身之所。但他怎可以下令殺死沒有反抗能力的女人？

歎一口氣道：「男的一個不留，女的生擒下來，稍後再作處理，教他們等待我的暗號。」

四名戰士領命去了。

待了片刻，項少龍發出進入攻擊位置的命令，由荊俊連續發出三聲約定好的鳥啼聲。

項、荊和眾戰士從花叢與隱僻處迅速躍出，扼守進入大堂的每一道門窗。

鳥啼再起，門破窗碎的聲音紛紛響起。

大堂處荊俊首先破窗而入，落地前射出第一枝弩箭，揭開肉搏戰的序幕。

靠窗一個男子咽喉中箭，倒跌地上，其他人惶然從地上躍起時，每人身上最少中了三枝弩箭，當場慘死，只不知其中是否有邊東山在內。

後院慘叫連聲響起，轉瞬歸於沉寂。

一會兒後，十名戰士押著一個手抱嬰兒的女子和四名驚得臉青唇白的女婢來到立在廳心的項少龍和荊俊身前。

項少龍和荊俊面面相覷，竟是呂家三小姐呂孃蓉。

呂娘蓉臉上沒有半點血色，但眼神堅定，射出深刻的仇恨，懷中的孩兒安詳地玩弄她的衣襟，一點不知眼前正大禍臨頭。

她咬牙切齒的道：「殺了我們吧！爹定會給我們報仇的。」

項少龍完全沒有想過呂娘蓉會出現在這裡，一時方寸大亂，說不出話來。

說到底，他對呂娘蓉仍是有點帶著歉意的感情，更不會將對呂不韋的仇恨，延展到她這個女兒的身上去。

荊俊冷笑道：「報仇！哼！你爹現在是自身難保，還能爲你出頭？怪就怪你是他的女兒。」

呂娘蓉怒喝道：「閉嘴！你有甚麼資格和我說話。」

項少龍伸手攔住想掌摑呂娘蓉的荊俊，放鬆語調柔聲道：「三小姐爲何會在這裡呢？」

呂娘蓉冷笑道：「本小姐歡喜怎樣便怎樣，哪到你們來管。」

眾戰士齊聲叱喝，只等項少龍下令，立即將她亂刀砍死。

四婢八腿齊軟，「咕咚」連聲坐倒地上，其中一婢嚇得暈厥過去，孩兒放聲哭泣。

項少龍制止眾人，歎道：「別的事不說，三小姐難道不爲懷中孩子著想嗎？」

呂娘蓉低頭哄著寶貝兒子，熱淚奪眶而出，淒然道：「中邪若死，我們母子活下去還有甚麼意思？」

這時有人來報道：「點子回來哩！」

呂娘蓉猛地抬頭朝項少龍瞧來，秀目首次透出哀求的神色。

項少龍心中的痛苦絕不下於她，他曾答應小盤，會在他冠禮前獻上管中邪的人頭，但現在面對著呂娘蓉母子，他怎狠得下這個心？

時間已不容許他多想，下令道：「請呂小姐安坐一旁。」又向呂娘蓉道：「三小姐切勿呼叫示警，否則管兄必死無疑，唉！你信任我項少龍吧！」

呂娘蓉聞語愕然，荊俊露出不同意的神色，欲言又止，終沒有說話。

陰風細雨下，管中邪全無防備的跨進院門，待發覺不對勁，項少龍和荊俊已由左右掩出，把他制伏。

眾人知他厲害，取去他的隨身兵器，正要綁他雙手，卻給項少龍阻止，道：「管兄為何回來都不通知小弟一聲？」

管中邪從聲音認出他是項少龍，沉聲道：「娘蓉呢？」

項少龍歎道：「嫂子和令郎安然無恙，進去再說吧。」

呂娘蓉見到管中邪被擒，情緒立時崩潰下來，泣不成聲。

管中邪苦澀地看她們母子一眼，依項少龍指示在遠處另一角坐下，頹然道：「我管中邪雖不服氣，仍不得不承認鬥不過你項少龍。」

接著垂頭道：「可否放過她母子呢？我只要求一個體面的痛快。」

項少龍心中感動，首次感到這堅強的宿敵對呂娘蓉母子用情真摯，所以才肯低聲下氣開口求情。而且只看在這絕不適合的情況下，呂娘蓉仍要來會管中邪，可知他們是多麼恩愛。

項少龍沉吟片刻，荊俊道：「三哥！我想和你說兩句話。」

項少龍搖頭道：「遲些再說，我明白你的心意。」

轉向虎落平陽的管中邪道：「管兄該知貴岳丈的末日已至，嫪毒更難成大事，管兄有甚麼打算？」

管中邪劇震一下，抬頭望向項少龍，眼中射出不能相信的神色。

荊俊急道：「我們怎樣向儲君交代？」

項少龍回復冷靜，淡淡道：「我自有辦法，管兄且說意下如何？」

管中邪吁出一口氣道：「項兄不怕我通知仲父，又或嫪毒嗎？」

項少龍道：「所以我才要管兄的承諾，而且我會分開把嫂子和管兄送離雍都，安排船隻讓你們到楚國去。那時即使管兄想知會別人，時間上亦來不及。沒有其他人的配合，管兄孤掌難鳴，能做出甚麼事來？」

管中邪瞧往另一角的妻兒，眼中射出無比溫柔的神色，然後望往項少龍，伸出大手。

項少龍伸手和他緊握，誠懇地道：「管兄一路順風。」

管中邪雙目微紅，輕輕道：「儘管我們一直處於敵對的關係，但項兄仍是我管中邪一生裡最佩服的人，謝謝你！」

這晚管中邪寄身的宅舍發生一場大火，撲滅後在災場內發現三十多具男屍，嫪毒的人仍不明所以。

惟有韓竭心知肚明是甚麼一回事，嚇得連夜捨嫪毒逃之夭夭，從此不知所終。

翌日清晨，荊俊和頂著烏果身分的項少龍與安谷傒接觸，一同恭候將於黃昏抵達，於三天後舉行加冕禮的秦國儲君。

第三十六章　殘酷現實

過百艘三桅大船組成龐大的船隊，浩浩蕩蕩地逆流駛至雍都南面的碼頭。

兩艘戰船放下數百禁衛，列成護駕隊伍，形成一種威武和緊張的氣氛。

嫪毒率領雍都的大小官員，在碼頭前列陣迎駕。項少龍扮的烏果和荊俊則在安谷傒之旁，遙觀壯大的船隊。

荊俊湊近項少龍，低聲道：「你看嫪毒的樣子，昨晚定是沒有睡過。」

他們仍未知道韓竭姦夜溜走，故而不明白嫪毒的精神為何這麼壞，小盤的龍駕船在隆隆響聲中泊岸。

荊俊擔心道：「假若烏果那小子被識穿身分，五花大綁的給抬下來，我們怎辦才好？」

項少龍苦笑道：「惟有告訴嬴政這是惑敵之計，不過我們的計劃立即宣告完蛋。」

安谷傒向荊俊笑道：「久未見過你三哥，心中很記掛著他，來吧！」

拍馬而出，兩人慌忙跟隨。

跳板由船面探下來，岸上的嫪毒命人奏起歡迎的樂曲。

先下船的三百名禁衛築起左右各三重的人牆，中間留下闊約十尺的空間，行動一致，整齊好看。

安谷傒等甩鐙下馬，跪在馬旁。

昌文君大步領頭由跳板走下來，後面是二十名開路的禁衛精銳，頭兩人分持王旗、族旗。接著是十名捧奉各式禮器祭皿的內侍臣，然後再二十名禁衛，才見未來的秦始皇小盤和儲妃在昌平君、王綰、李斯、蔡澤、戴上面紗的琴清、扮作項少龍的烏果等文武大臣簇擁下，步下船來。

外圍處以萬計的雍都城民立時爆起震天采聲，高呼萬歲，紛紛下跪，氣氛熾烈。

項、荊見烏果「安然無恙」，都放下心頭大石。

項少龍瞥了不遠處的嫪毒一眼，見他聽得群眾歡迎的喊叫，臉色陰沉下來。心中暗歎憑你這只靠「姻親」關係封爵的小白臉，無論在軍力、民心和形象等幾方面，怎鬥得過秦始皇？

小盤從容自若地接受嫪毒的祝賀，與儲妃登上龍輿，在昌文君的禁衛前後護駕下，駛往城門。

安谷傒的軍隊沿途把守，保安上無懈可擊。項少龍和荊俊找個機會，登上烏果的馬車，項少龍和烏果脫下面具和衣服，匆匆交換穿戴。

烏果得意洋洋的道：「幸好我懂得裝病，否則都不知怎樣應付那些人才好。」

項少龍道：「儲君沒找過你嗎？」

烏果道：「他只派御醫來看過我，又說登岸後要我陪他到大鄭宮謁見太后。」

項少龍失聲道：「甚麼？」

安谷傒抽空策馬馳至他們的車旁，項少龍忙坐上烏果剛才的位置，微笑道：「大將軍你好。」

安谷傒顯是茫然不知他和小盤間的矛盾發展，笑道：「少龍像以前般喚我作谷傒吧！少龍眞是威風八面，乃我秦國的支柱。」

項少龍有一句沒一句的和他閒聊，車隊進入城門，安谷傒一聲告罪，忙其他事情去了。

項少龍挨到椅背，如釋重負。計劃的第一階段大功告成，現在剩下的就是怎樣逃過小盤的暗算，潛返咸陽了。

小盤偕儲妃領著一眾臣子，在大鄭宮主殿前下車。

項少龍見到有這麼多人陪同，鬆了一口氣，暗忖若只是他和小盤去見朱姬，那就慘矣。

經紀嫣然提點後，他痛苦地認識到在眼前的情況下，朱姬已是泥足深陷，再沒有可能離開嫪毐來跟隨他。但怎樣才能保她一命？

或許仍非全無辦法。但失去嫪毐和兒子，更清楚小盤非是自己親生子，她活著亦等似走肉行屍，做人還有何意義？

此時茅焦由殿內迎出來跪稟道：「太后今天有點不舒服，不想見那麼多人，只請儲君和項上將軍入內相見。」

眾人愕然，儲妃更是一臉不滿，心想難道項少龍比她更有資格嗎？

小盤和項少龍則是面面相覷，假若殿內佈有伏兵，兩人豈非要給剁成肉醬。

昌文君跪向小盤道：「末將必須隨侍在旁。」

一旁的嫪毐賠笑道：「太后只是不想一下子見那麼多人，禁衛大臣當然要侍奉隨行。」

小盤忽道：「不用了！就上將軍陪寡人進殿問安好了。」

項少龍瞥見茅焦向小盤暗打手勢，這才明白小盤為何忽然如此豪氣。

小盤向項少龍打個手勢，昂然登階，項少龍忙追隨其後。

小盤頭也不回的低聲道：「那女人在想甚麼？」

項少龍低聲應道：「因爲她想把事情弄清楚，看看是否該全力支持嫪毒。」

小盤毫不驚訝地冷冷道：「這叫一錯再錯。」

項少龍很想盡最後努力提醒小盤要謹守諾言，但知等同廢話，遂把這股衝動強壓下去。

朱姬高坐太后的鸞座上，殿內除她之外再無其他人。

兩人的靴子踏到大殿的地臺上，發出使人心顫的足音迴響，空曠的大殿冷冰冰的沒有半點生氣。

朱姬胖了少許，仍是豔光照人，不見半分老態，只是玉容有些兒憔悴，冷冷看著二人對她行禮。

朱姬淡淡道：「王兒、上將軍請就坐。」

兩人坐到她右下首處，小盤公式化地道：「王兒見到母后風采勝昔，心中非常欣慰。」

朱姬歎道：「哀家多久未見過王兒？怕有三、四年了吧！有時哀家眞的以爲從沒有過你這個兒子。」

小盤龍目殺機一閃，迅即裝出恭謹之色，道：「母后過責！王兒只因國務繁重，又怕驚擾母后的靜養，但王兒仍像從前那麼關心和愛戴母后的。」

項少龍呆望前方，心中希望現在只是造夢，因爲現實太過殘酷。回想起當年初抵咸陽，朱姬和小盤是如何相親相愛，現在卻是爾虞我詐，互相在算計對方。

朱姬的目光落到項少龍身上，聲音轉柔道：「哀家尚未有機會祝賀上將軍凱旋歸來呢！」

項少龍深深望她一眼，胸臆間充滿眞摯深刻的感情和內疚，歎道：「只是幸保小命吧！怎當得起太后謬賞。」

的心？」

朱姬鳳目一寒道：「最近有關儲君身世的謠言甚囂塵上，上將軍有甚麼對付良策可說出來安哀家

小盤冷然插言道：「王兒已傳令全國，不准任何人談論此事，望太后明鑒，毋庸多提。」

朱姬勃然大怒道：「是否連我做娘親的也不准說？」

小盤好整以暇道：「王兒怎敢，但上將軍卻有不能違令之苦。」

朱姬發出一陣有點失常的嬌笑，淒然道：「哀家差點忘記，三天後王兒正式登基，自然不用再把我這太后放在眼內。」

小盤淡然道：「母后過責王兒了，總之母后聽到的閒言閒語，全是有心者故意離間我們母子間的感情。」

接著長身而起，道：「母后身體欠佳，不宜激動，王兒告退，遲些再來向母后請安。」

項少龍直至此刻仍沒有說話的機會，心中暗歎，縱使以前小盤沒有殺她之心，只朱姬這一番話，現在已爲她招來殺身之禍，偏是自己毫無辦法救她。

因爲朱姬對他再沒有愛，代之而興的只有咬牙切齒的痛恨。

因爲她已可肯定是自己騙了她，甚至認爲是他項少龍殺死她眞正的兒子。

在這種情況下，他還能做些甚麼呢？

蘄年宮。

御書房內，小盤接過項少龍遞上來管中邪的大鐵弓，哈哈笑道：「管卿家，你現在若不是成了一

隻糊塗鬼，就該知昔年投靠呂老賊，乃是你一生人中最錯誤的一著。」

恭立兩旁的李斯、昌平君、昌文君、安谷傒、王綰等紛紛恭賀項少龍立此奇功。

小盤如釋重負的把鐵弓放在几上，著眾臣坐下，笑向項少龍道：「可惜見不著管中邪的人頭，不過寡人完全贊成荊卿的做法，只有毀屍滅跡，才不致驚動嫪黨。」

略一沉吟，續道：「這幾天我們在飲食上必須小心在意，不要著了嫪賊的毒手。」

昌平君欣然道：「儲君放心，微臣們會加倍在意。」

小盤環視眾人，最後目光落到項少龍處，柔聲道：「上將軍身體好點嗎？」

項少龍搖頭苦笑道：「都是在韓、魏邊境雪地上逃亡時弄壞了身子，當時還可強撐著，豈知回來後不時發作，只是吃藥都吃怕了。」

小盤道：「上將軍這幾天勿要操勞，好好休息。」

接著龍目寒芒大盛，冷哼道：「嫪黨已確定在登基當晚的國宴時作亂，上將軍有何應付妙策？」

項少龍淡淡道：「先發制人，後發受制於人，此乃千古不移的至理。」

小盤一掌拍在龍席前的長几上，歎道：「就是這句話，我們可穩操勝券。」

王綰皺眉道：「請恕微臣糊塗，我們不是擬好待嫪黨作亂時，才治之以罪嗎？」

小盤從容笑道：「此一時也，彼一時也。勝利才是最重要的，哪管用甚麼手段。我們就在國宴前動手，攻他一個措手不及。」

李斯道：「嫪毒那惡賊，可能連死了都不知錯漏出在甚麼地方。」

李斯指的當然是茅焦這個大內奸，正因小盤對嫪毒的虛實、佈置、時間瞭若指掌，故可從容應付。

小盤顯是成竹在胸，好整以暇的道：「在國宴前一個時辰，安大將軍持寡人之令，奪去城守兵權，控制所有出入要道，不准任何人離開，如此必可逼嫪毒提早發動。而禁衛則負責封鎖蘄年宮，一方面可保護各公卿大臣，亦可依名單逮捕宮內奸黨。」

頓了頓，續道：「同一時間王上將軍的大軍開進城內，把嫪黨殺個片甲不留，項上將軍則和寡人攻打大鄭宮。哼！讓寡人看嫪毒如何收場。」

眾人紛紛稱善。只有項少龍心知肚明，假若自己沒有應付之法，大鄭宮就是自己葬身之所。

項少龍回到蘄年宮後宮一座分配給他的四合院時，隔鄰的琴清和扮作婢女的紀嫣然溜過來，正和荊俊、烏果兩人聊天。

見到項少龍，兩女自是喜上眉梢。

項少龍坐下問道：「聯絡上四弟嗎？」

荊俊點頭道：「剛才趁三哥到大鄭宮，我和他碰過頭。」

紀嫣然問道：「朱姬有甚麼話說？」

項少龍歎道：「情況很惡劣，儲君和她的關係終於完全破裂。」

回答後轉向荊俊道：「四弟有甚麼話說？」

荊俊道：「四哥說儲君向他下達命令，由現在開始，把雍都全面封鎖，嚴禁任何人出入，除非持有特別通行的文件。」

項少龍一震道：「儲君又在騙我，剛才他只說在加冕禮後和國宴之前才會圍城。」

琴清吃了一驚道：「那怎辦才好？」

項少龍思索道：「我要離去是易如反掌，只要扮回烏果，正式向儲君表示須率人回去咸陽加強二哥的實力就可溜掉。烏果回去也沒有問題，他只要變回自己，再有四弟之助，自可順利脫身。問題只是清姊，嬴政必會派人名爲保護，實則卻是嚴密監視，那才令人頭痛。」

妃嫣然道：「夫君大人可曾定下何時回去呢？」

項少龍道：「我應該明天和荊俊動程回去。唉！可是我怎能這樣丟下你們？儲君太清楚我了。」

紀嫣然微笑道：「那我們一起回去吧！」

眾人愕然瞪著這美麗的才女。

琴清喜道：「嫣然不要賣關子，你究竟想到甚麼好計謀？」

紀嫣然欣然道：「我是剛給夫君大人的話啓發，想到可以利用太后和儲君間的曖昧形勢。試想假若太后派人來請我們的琴太傅到大鄭宮陪她解悶，儲君會怎樣反應？」

眾人連忙叫絕。

琴清喜道：「這個可由我來用點手段安排，儲君很難拒絕。」

眾人知她最熟悉宮廷之事，故這方面不用爲她操心。

紀嫣然道：「這一著還可使儲君誤以爲夫君大人全無溜走之心呢！豈知我們的琴太傅尚未到達大鄭宮，已在中途溜掉。」

烏果問道：「那我這個上將軍該何時逃命去也？」

項少龍道：「基本上是隨機應變，以保命爲第一要務。但切勿待至加冕禮之時，那時嬴政怎都不會讓你溜出視線之外。」

紀嫣然道：「要走須在加冕禮之前一晚走，有兩天時間的緩衝，我們足可收拾呂不韋。」

荊俊提醒道：「記著莫要在咸陽久留，而是盡速返回牧場去，集合後再依計劃逃走，就大功告成。」

項少龍歎道：「辛苦這麼多年，老天爺好該讓我過些安逸悠閒的日子吧！」

眾人眼中射出憧憬的神色，耳內似乎響起健馬在塞外的大草原上忘情飛馳的蹄音。

第三十七章　接收咸陽

當晚項少龍謁見小盤，表示須派荊俊率人趕回咸陽協助滕翼應付呂不韋。小盤欲拒無從，一口答應，使項少龍可正式安排船隻等事宜，更不怕有人會起疑檢查。

翌日上午，琴清往見小盤，說是收到太后的通知，要到大鄭宮小住兩天。

小盤不虞有詐，在琴清的堅持下，只好答應。

當下琴清、紀嫣然在八名烏家戰士喬裝的親隨護送下，大模大樣的離開蘄年宮，途中與項少龍會合，化身爲荊俊的親隨，在隱僻處藏好馬車，逕自出城登船。

順流而下，兼又順風，半天時間就返抵咸陽。他們在約定處登岸，候了半個時辰，滕翼、陶方和肖月潭趕來相會，他們見到琴清和紀嫣然也回來了，喜出望外，士氣更是高昂。

滕翼笑道：「一切安排妥當，只待上將軍回來主持大局。」

項少龍笑著打了滕翼的粗臂一拳，道：「二哥也來耍我，可見心情多麼開朗，今趟我們只有兩天時間，所以必須立刻行動。」

紀嫣然問肖月潭道：「圖總管那邊有甚麼消息？」

肖月潭答道：「圖公和家小以及心腹手下三百餘人已準備妥當，只要我們通知一聲，他會立即下毒。」

滕翼道：「時間的配合最關鍵，圖總管下毒的同時，我們必須褫奪許商的都衛兵權，如此既可使圖總管和他的家人親信安然離城，又不虞呂老賊可逃出我們掌心之外。」

肖月潭歎道：「這正是麻藥之計不盡完美的地方，此藥藥性很強，服後不到一刻立即發作。爲了使更多人被迷昏，只好在晚膳前下毒，但至於有多少人會中招，卻難以肯定。」

荊俊道：「只要我們暗中把仲父府重重包圍，便不怕呂不韋逃掉。」

項少龍道：「圖總管知否仲父府地下秘道的出入口？」

肖月潭道：「老賊建仲父府之際，是圖公最不得意的一段時間，只負責買辦材料的事，所以半點都不知道這方面的事情。」

項少龍道：「既是如此，我們只好另外派人在城外設置哨站。唉！除非我們有儲君的王令在手，否則不能禁止他離城。都騎的將領更會因此生出疑心，所以只好由我們自己去追殺他。」

轉向琴清道：「清姊現在可由陶公陪伴回府，看看該帶哪些人隨行，其他人則予以遣散，然後立即趕赴牧場，靜候我們的佳音。」

琴清感受到山雨欲來的緊張氣氛，咬著下唇點了點頭。

項少龍心中一片憐惜時，紀嫣然問滕翼道：「附近可有發現敵蹤？」

眾人明白她說的「敵人」指的是尉繚的四萬大軍，目光全集中到滕翼身上。

滕翼疑惑地道：「我也爲此事奇怪，因爲一點也察覺不到他們的蹤影。」

肖月潭道：「現在我們是與時間競賽，照我看尉繚的大軍該駐紮在上游某處，等候嬴政的指示，隨時可在短時間內開抵咸陽，只要我們行動迅快，就可在尉繚抵達之前安然遠離。」

項少龍拋開一切，奮然道：「行動的時間到哩！」

眾人轟然應諾。

項少龍仍以烏果的外貌進城，到達都騎官署，才回復原本的面目，同時召來留駐的禁軍和都騎大小將領百餘人，出示虎符，申明奉儲君之命回來統領都城三軍，以防有人叛亂造反。

眾將領對呂、嫪兩黨勾結一事早有所聞，兼之項少龍一向為儲君的心腹大將，本身聲望又高，加上出示虎符，哪疑有他，無不表示誓死效命。

一切部署妥當，項少龍等立即朝都衛官署趕去。這時剛是華燈初上的時刻，城內一片昇平，一點不覺有異平時。

項少龍先命禁衛和都騎軍把官署重重包圍後，率親隨與滕翼、荊俊、紀嫣然、肖月潭等直入官署。

大門的守衛未及通傳，已給他們制伏。

許商正和一眾都衛將領在主堂議事，驟然看見項少龍硬闖進來，來不及反應，給數十把弩弓威脅得動彈不得。

許商和手下諸將一齊色變，這有「上蔡第一劍手」之稱的高手，腰際佩劍連出鞘的機會都沒有。事情來得太突然，尤其項少龍理該仍在雍都。

許商仍能保持冷靜，沉聲道：「上將軍這算甚麼意思？」

項少龍待手下繳去各人武器，出示虎符道：「本帥奉有王令，都衛軍此刻開始由本帥全權接管，誰敢不服？」

許商看到虎符，立知大勢已去，回天乏術，其他人更是噤若寒蟬。

項少龍見已控制全局，下令道：「其他人給本帥押入牢房，只留許統領一人在此。」

當只剩下許商時，項少龍登上主座，命許商在一旁坐下。滕翼和荊俊則在取得許商的統領軍符後，趕去接收都衛軍。

許商苦笑道：「你贏哩！」

項少龍語帶雙關地淡淡道：「這是註定的命運，我項少龍只是負責執行吧！由呂不韋毒殺先王那一刻開始，呂賊就註定要悲慘收場，問題在許兄是否關心自己的結局。」

許商眼中掠過希望，沉聲道：「上將軍肯放過我嗎？」

項少龍微笑道：「許兄該知我不是殘忍好殺的人，管中邪和三小姐我都肯放他們走，現時他們該已安抵楚境，故眼下我只想知道許兄的心意。」

聞得管中邪的失敗和被釋放逃走，許商崩潰下來，歎道：「上將軍果是無敵神將，你究竟想我怎樣做？」

項少龍道：「只要許兄告訴我呂不韋緊急時的逃生路向，我便立即送許兄和家小離城。」

許商仍在沉吟猶豫時，項少龍道：「許兄若想再聽得蘭宮媛的仙曲，就要立下決定。」

紀嫣然柔聲道：「呂不韋縱能逃出城外，最後仍是不得不死，許兄莫要失去時機。」

肖月潭淡淡道：「本人肖月潭，許兄該聽過我的名字吧！」

許商駭然瞧往肖月潭道：「你不是早已死了嗎？」

肖月潭狠狠道：「若不詐死，呂不韋焉肯放過我？你以爲呂不韋眞的器重你嗎？誰當上呂不韋的手下，都只是他的棋子，隨時可棄之殺之，你明白嗎？」

許商終於屈服，道：「仲父在臥房中有條秘道入口，可通往城南『百通街』一所大宅，我知道的就是這麼多。」

項少龍奮然起立，斬殺呂不韋這大仇人的時機，在苦候近十年後，終於來臨。

項少龍等圍繞在地道出口處，無不大惑不解。

圖先兩個時辰前領著荊俊、滕翼等人衝入仲父府，中了迷藥的人倒滿府內，獨是找不到呂不韋，自然是從秘道逃遁。問題是到現在仍未接到有關呂不韋離城的任何報告，難道他仍敢躲在城內？這實在於理不合。

荊俊道：「我們就遍搜全城，看他能躲到哪裡去？」

圖先道：「我們不如先搜查此空宅，若我所料不差，此宅必另有秘道可通往城牆附近的住宅或倉庫，在那處該再有出城的秘道。」

滕翼揮手示意，眾手下忙展開行動。

紀嫣然歎道：「若是如此，今趟我們可說棋差一著，皆因佈在城外的哨崗只留心幾個城門的出入要道。」

肖月潭道：「呂賊必捨不得珠寶財物，走地道更遠比不上走在路面上快，不如我們賭他一把，賭他已離開地道，從陸路逃往邊境去，因爲咸陽的水路交通已被我們控制在手心裡。」

項少龍斷然下令道：「不用搜了，我們立即出城。」

項少龍一眾人等，偕同烏家二百多戰士，輕騎全速離城，望趙境方向馳去，不片晌在離城里許處發現腳印輪痕，其中一些車輪痕印特別深陷，顯是負載重物，眾人大爲興奮。

荊俊卻皺眉道：「只看腳印，對方人數超過二千，實力遠遠超過我們。」

滕翼笑道：「逃走之兵，豈足言勇，且其中必有婦人孺子，何須懼怕。」

項少龍正容道：「呂府家將不乏高手，假若我們啣尾追去，他們可聞蹄聲而測知我們虛實，必回頭一拚。我們雖未必會敗，但傷亡難免，故非上策。」

紀嫣然道：「假設我們能預估呂賊逃走的路線，憑輕騎馬快先一步在前頭埋伏，可予呂賊來個迎頭痛擊，又不虞被對方知道我們人少，那就有十足把握。」

圖先最清楚呂不韋的情況，道：「照足印的方向，他們該是逃往下游的大鎮梧昌，那裡的鎮守是他的心腹，到那裡可乘船順水東去，否則憑腳力能逃得多遠？」

滕翼大喜道：「到梧昌途中有個叫狂風峽的地方，乃往該處的必經之路，憑馬力就算繞道而行，頂多兩個時辰可抵該地，我們不若就在那裡恭候仲父爺的大駕吧！」

項少龍哈哈大笑道：「種甚麼因，結甚麼果，今趟若沒有圖爺照拂呂老賊，我等勢將功虧一簣。」

圖先笑道：「哪裡哪裡，滕將軍請領軍先行。」

士氣昂揚下，二百多騎旋風般去了。

第三十八章　得報大仇

在黎明前的暗黑中，一隊長長的約三千人的隊伍，靜靜進入狂風峽，只憑幾個火把照明前路。單看隊形，便知這大批亡命的人個個心慌意亂，不但七零八落的斷成多截，首尾不相顧，婦孺更遠遠落在大後方，跌倒者亦無人理會。

眾人雖痛恨呂不韋，目睹此情此景，無不深感惻然。

項少龍道：「我只想要呂老賊的命，有沒有辦法把呂不韋從隊伍中辨認出來？」

肖月潭冷笑道：「以呂老賊自私自利的性格，必會走在最前頭。」又指著隊頭道：「那是僅有的幾輛手推車，其中之一坐的必是呂老賊。」

項少龍道：「待前隊百多人過去後，便以木石把出口截斷，我們再從容動手擒人。除呂老賊外，其他人要走便任得他們走！」

呂不韋的逃亡隊伍前一組約百多人，剛出峽口，上方崖頂忽地滾下數十條樹幹和無數大石塊，一時塵屑漫天，轟隆震耳，聲勢驚人之極。

推下的木石立時把隊伍無情地截斷，兩邊的人亂成一團，哭喊震天下，分別往相反方向逃命。跌倒的跌倒，互相踐踏的互相踐踏，那情景仿如世界末日。

出了峽口的人四散奔逃之際，驀地火把光四處亮起，二百多名烏家戰士策馬從四方八面擁出來，放過其他背負重物的人，只向給十多個親隨護衛著亡命奔跑的呂不韋圍攏過去。

霎時間，呂不韋給重重包圍，陷進絕境。

呂不韋在家將圓形陣勢的核心處，臉色蒼白如死人，不住大口喘息。

項少龍偕圖先、肖月潭、滕翼、荊俊、紀嫣然等排眾而出，高踞馬上，大喝道：「呂不韋，當年你派人偷襲我們，殺我妻婢手下，可曾想過有今天一日。」

呂不韋看到圖先和肖月潭，怒恨交迸，氣得渾身劇震，戟指兩人道：「好！枉我呂不韋如此厚待爾等，竟敢聯同外人來對付我。」

圖先「呸」的吐出一口涎沫，咬牙切齒道：「閉上你的臭嘴，這句話該由我對你說才對。枉我如此忠心對你，你卻只爲洗脫嫌疑，把隨我多年出生入死的兄弟隨便犧牲，你還算人嗎？」

肖月潭不屑道：「死到臨頭，仍是滿口不知羞恥的胡言亂語，我今天在這裡目睹你的收場，就是要看老天爺的公正嚴明，你竟還敢顚倒黑白，含血噴人？」

呂不韋登時語塞，瞧著百多把以他爲中心瞄準待發的弩箭，說不出話來。

紀嫣然嬌叱道：「先王待你不薄，你竟狠心將他毒害，呂不韋你比之豺狼禽獸更是不如。」

滕翼暴喝道：「徐先和鹿公都因你而死，給你多活幾年，已是老天爺瞎了眼哩！」

荊俊厲叫道：「你們這群蠢材想陪他死嗎？立即拋下兵器，給我有那麼遠滾那麼遠。」

十多名呂府家將你眼望我眼，不知誰先拋下手上兵器，轉眼間逃個一乾二淨，只剩下眾叛親離的呂不韋孤零零一個人呆立在重圍中心處。

項少龍等甩鐙下馬，向呂不韋圍攏過去。

「鏘！」

項少龍拔出百戰寶刀，剎那間，他腦海內掠過無數畢生難忘的傷心往事，而這些都是呂不韋一手造成的。

春盈等諸婢和許多忠心手下們逐一濺血倒地；青春正盛的趙國三公主變成他擁在懷內一具沒有生命的屍體；莊襄王臨死前的悲憤眼神；鹿公的死不瞑目，一一掠過他的心頭。

他的心湖像給投下巨石，激起令他神傷腸斷的悲情。忽然間，他發覺手中的百戰寶刀已沒入呂不韋的小腹內去。

呂不韋身子忽向前撲來，迎上他的百戰寶刀，原來給滕翼在背後以墨子劍重劈一記。耳中還聽到滕翼道：「這是獻給倩公主在天之靈的。」

呂不韋倒在他身上時，已變成一具屍體，甚麼功名富貴，與他再沒有半點關係。

項少龍雖手刃仇人，心中卻是虛虛蕩蕩，一片空白，毫無得報大仇的歡欣。對於人與人間的互相殘殺，他打從心底生出極大的厭倦。

天終於露出曙光。

經過三天兩夜的兼程趕路，眾人終於支持不住，紮營休息。這時離牧場尚有一天的路程。

項少龍一路上都非常沉默，此夜天色極佳，滿天星斗，伴著一彎新月，疏密有致的廣佈穹蒼之上。

項少龍與紀嫣然離開營地，來到一座山丘之上，背靠背悠然安坐在高可及膝的長草中，感受著夫妻間眞摯深厚的感情。

項少龍的心神放鬆下來，在這一刻，呂不韋的事似在遙不可及的距離之外，小盤對他的威脅也似從來沒有存在過那樣。

他忽然記起在二十一世紀時看的那齣電影《秦始皇》裡，呂不韋並不是這樣死的。

他是因受到舉薦嫪毒的牽連，被嬴政免去相國之職，發配他到食邑河南。但因呂不韋仍與六國權貴暗中互相勾結，圖謀不軌，再被嬴政遣往蜀郡，更發信譴責他。呂不韋自知難逃一死，就喝下毒酒自盡。

但現在的情況顯然完全是兩回事，難道自己竟改變了歷史？

胡思亂想間，紀嫣然的嚦嚦嬌聲在耳旁響起道：「夫君大人在想甚麼？」

項少龍心中一陣衝動，差點要把自己的「出身來歷」向愛妻盡情傾吐。最後還是強壓下去，苦笑道：「我也不知自己在想甚麼。」

紀嫣然道：「嫣然明白夫君大人的心情。人是很奇怪的，有時千辛萬苦的想完成某一個目標，可是當大功告成時，反有空虛失落的感覺。幸好不是所有事情都是那樣子，像人與人間的感情交往便可與時俱進，日趨深刻。當然哩！也免不了會有反目成仇的情況出現。」

項少龍點頭道：「只是聽嫣然說話，已是我人生的一大享受，能與嫣然終老塞外，夫復何求？」

紀嫣然鑽入他懷裡去，枕在他肩頭上，美目深情地凝注天上閃閃的星兒，輕輕道：「自昨天開始，嬴政就是正式的秦君，不知嫪毒和太后是否……唉……嫣然實不該提起此事。」

項少龍苦笑道：「賢妻不必介意，事實上我早想通了。人力有時而窮，總不能事事稱心順意，對太后我是無能為力。現在只希望回到牧場時，烏果等早安然回來。」

紀嫣然歎道：「嫣然也希望快點離開這地方，永遠不用再回來。」

次日清晨，眾人拔營起行，依照原定的秘密路線，往牧場潛去。

到黃昏時分，牧場出現在前方遠處。

作為先頭部隊的荊俊忽地掉頭馳回來，臉色難看之極。

眾人心中駭然，知道情況不妙。

荊俊沉聲道：「牧場被人重重包圍起來了。」

在星月之下，大地一片迷茫，眾人伏身高處俯察情況。

只見牧場城堡箭矢不及的遠處外營壘處處，數萬秦軍把城堡圍個水洩不通。不過城堡仍是完整無缺，敵人顯然沒有發動過任何攻擊。

烏家城堡暗無燈火，像頭熟睡的猛獸。秦軍寨中不時傳來伐木劈樹的聲音，顯然正趕製攻城的工具。

滕翼狠狠道：「定是尉繚的軍隊，嬴政真狠。」

肖月潭不解道：「照理他們怎都該先做佯攻，以消耗我們的箭矢和精神體力，為何竟如此按兵不動？」

紀嫣然想起城堡中的琴清和不足百人的兵力，咬得下唇滲出血來，沉聲道：「尉繚是在等我們回來，幸好他們不熟地形，想不到我們會由這條路線潛返。」

項少龍心中一動道：「這只是其中一個原因，更重要的原因是嬴政要親來秘密處置我們，以保證消息不會外洩。」

肖月潭細察下方秘道的入口，遠在敵人的營帳和防禦工事之外，鬆一口氣道：「我們須趁嬴政抵達前的寶貴時光，由秘道返回城堡，立即率眾趕快離開。」

眾人當然不會反對，忙付諸行動。

半個時辰後，他們在神不知鬼不覺下潛返城堡內，當項少龍把琴清的嬌軀擁入懷內，眞有仿如隔世的感覺。由於戰馬均曾受過進出地道的訓練，沒有發出任何聲音，仍把敵人蒙在鼓裡。

滕翼忽然失聲道：「甚麼？烏果他們仍未回來？」

項少龍心頭劇震，輕輕推開琴清，駭然道：「這是沒有理由的。」

正和滕翼說話的陶方黯然道：「看來烏果已出事了。」

頓了頓續道：「敵人昨晚突然在城外出現，且是由四方八面擁來。幸好他們一直按兵不動，否則我們不知該死守還是逃命才好。」

肖月潭臉色凝重道：「我們現在得立即撤走，因地道一事只能瞞過一段時間，早晚會給他們發覺，那時想逃都逃不掉。」

項少龍斷然道：「我們分批逃走，我怎都要待至敵人發動攻勢那一刻才走。周薇已失去相依爲命的兄長，我再不想她連心愛的丈夫都沒有了。」

圖先哈哈笑道：「要走就一起走，讓我們一同試探老天爺的心意吧！」

項少龍等登上城牆，遙望像漫山螢火的敵陣。

雙方實力懸殊，連妄圖一拚之力都說不上來。尤其項少龍等日夜趕路，早成疲兵，這場仗不用打也知必敗無疑。

滕翼道：「看敵陣的佈置，當知尉繚此人精於兵法。」

肖月潭歎道：「嬴政想得很周到，調來這批與少龍毫無關係的外戍兵，恐怕他們對攻打誰的城堡都是糊裡糊塗。」

荊俊這時奔上來道：「預備好一切，是否該先把馬兒帶往預定的秘谷，使得逃起來時方便一點？」

紀嫣然道：「不如我們溜往秘道入口處，盡最後人事等待烏果他們，總勝過置身重圍，來不及逃走。」

眾人默然不語，瞧著項少龍。

項少龍自知嬌妻之言有理，近六百的人和馬，加上乾糧食水，若要全體無聲無息安然從地道離開，沒有個把時辰休想辦到。

遂勉強點頭道：「好吧！」

荊俊領命而去。

滕翼忽地劇震道：「嬴政來哩！烏果他們也完了。」

眾人駭然大震，循他目光望去，只見一條火龍由遠而近，源源進入敵軍帥帳的營地內。

項少龍當機立斷，喝道：「立即撤走。」

「咚！咚！咚！」戰鼓響起。

眾人面面相覷，嬴政連夜趕來，尚未有機會坐下喝一口水、稍事歇息，就立即下令進攻，可見他要殺項少龍的心是多麼堅決。

項少龍慘然道：「小盤！你太狠心了！」

紀嫣然道：「棄馬！我們只能憑雙腿逃命，否則就來不及。」

各人領命去了。眼看敵人壓倒性的兵力從四方八面向城堡逼來，他們的心直往下沉。

縱然他們從秘道離開，只是重蹈呂不韋的覆轍，最後終會被腳程快上數倍的敵騎追上。

假若這是一種報應，則老天爺就太過無情了。

第三十九章　生死一髮

城門被撞破時，項少龍的人仍有一半人未能進入地道。

無奈下，項少龍下令所有人全避進新建成的衣冠塚內作爲掩護，並把特厚的大鐵門關起，希望多爭取一點撤走的時間。

最好是小盤以爲他們早溜走，放棄搜索，就更是理想。

不過人人都知道這只是妄想，整個城堡的人忽然消失，當然是有通往城堡外的秘道。

尉繚若不能把地道找出來，如何向新登基的秦王交代。

塚堂內眾人你眼望我眼，瞧著正魚貫進入秘道的戰士，聽著外面隱約傳來越趨喧騰的喊殺蹄音，無不心急如焚，但又只能聽天由命。

「隆隆」響聲不斷傳來，顯示敵人正在破門入屋，逐一展開搜索。

「砰！」

眼前的鐵門終於傳來撞擊的聲音，顯示敵人的魔爪伸展到這裡來。

一輪碰撞無功後，又沉寂下去。

眾人的心提到了咽喉處，呼吸困難。大家都預料到敵人下次會出動綁上檑木的撞車來破門。

一刻鐘的時間，像永世般漫長。

殿內的項少龍、紀嫣然、滕翼、荊俊、圖先和十多名烏家戰士，均掣出弩弓，準備拚死守著大門，好讓其他人有多些時間安然離去。

眾人均失去說話的意欲，這時除他們外，仍有三十多人尚未能進入地道。幸好當日設計地道時，特別注重地道的通風裝置，否則恐怕未離地道，這麼多人擠在一起，早給活活悶死。

項少龍不由望往高置墓堂正中小盤母親妮夫人的靈牌，心中苦笑，暗忖妮兒你有沒有想到，我項少龍會有一天被你的愛兒親手殺死？

「轟！」

整座塚堂晃動一下，不過大鐵門仍是紋風不動。

「轟！」

封著大鐵門的三枝鐵閂同時往內彎曲，門隙擴大，透入外面火把的光芒，喊叫聲立時變得眞切，潮水般從外湧進塚堂裡。

此時除他們外，其他人均進入地道。

項少龍喝道：「快退進去！」

誰還敢於此時怠慢，忙向地道蜂擁而入。

尚未有機會把地道上方鐵蓋闔上，轟然巨響，兩扇大鐵門連著部分磚石頹然倒下，揚起一片灰塵。

項少龍、滕翼、荊俊和紀嫣然四人守在地道入口處，準備對來者格殺勿論。

他們是不得不這麼做，整條地道塞滿了人，若讓敵人啣尾追來，他們休想有人走脫。愈能拖延敵人知道地道出口方向的時間，他們活命的機會愈大。

火光從地道口映下來。項少龍等移後少許，避到火光不及的暗處。

只聽有人喜叫道：「入口在這裡！他們連鐵蓋子也沒時間闔上。」

項少龍等心中叫苦時，地道入口外的塚堂倏地鴉雀無聲，接著是跪倒禮拜的聲音。

項少龍四人你眼望我眼，均想到是小盤龍駕到來。

一把沉厚有力的聲音道：「大王明鑒，剛才微臣貼地聽聲，發覺叛賊尚未離開地道，所以只要我們灌入濃煙，包保可殲滅部分叛賊。然後微臣再遣人循最接近這塚墓的城牆方向搜過去，找到出口，應可把叛賊一網成擒。」

項少龍等聽得牙癢癢的，又是心中惶恐萬分，偏是一籌莫展。此人該是那尉繚了。

嬴政出奇地默不作聲。

「噗！」

是有人跪地的聲音。

李斯的聲音在地道口外響起，顫聲道：「大王開恩！」

尉繚奇道：「廷尉大人？」

然後是一片奇異的沉默。

尉繚的聲音又道：「大王請立即頒令，否則時機一去不返。」

接著再乾咳一聲，問道：「大王爲何只看著這裡供奉的靈牌？」

項少龍等心中升起難以形容的感覺，恍然小盤正呆瞧著他至愛的母親妮夫人的靈位。

此刻除他們四人外，其他人已越過地道中段，尙有兩刻許的時間，應可撤離地道。

不過若小盤接受尉繚的提議，他們仍是死路一條。

小盤熟悉的聲音終於響起道：「尉卿和其他人全給寡人退出去，只李卿一人留下。」

尉繚愕然道：「大王……」

小盤大喝道：「退下！」

足音響起。

到所有人遠去後，小盤沉聲道：「如何可教天下人不談論這件事？」

李斯答道：「只要大王征服六國，統一天下，那時大王之令遍行大地，嚴諭誰敢提到項少龍三個字，誰就殺頭，必然人人噤口，此事自然不了了之。」

小盤冷冷道：「若他們嘴巴不說，卻寫成史書，有何法應付？」

李斯道：「那時大王就坑那些人，燒他們寫的書。」

下面的項少龍聽得目瞪口呆，原來焚書坑儒竟是因自己而起的，同時被燒的各類卜筮等書，只是掩人耳目的陪葬品。

小盤又道：「呂不韋爲項少龍所殺之事該如何處理？」

李斯朗聲道：「這個更容易，說他畏罪逃回食邑，最後飲毒酒自盡。」

足音響起，有人來至入口旁。

一陣靜默後，小盤的聲音輕輕傳下來道：「師父！願你一路平安！」

接著是小盤的斷喝道：「立即撤軍！」

足音遠去。

項少龍強忍著的熱淚終於奪眶而出。

他心中深切感受到那種創造歷史的動人滋味。

當小盤踏出乃母衣冠塚的一刻，他再非那來自邯鄲的趙小盤。因為他完全割斷和過去的關係，真正的成為嬴政。

以後他的心神會用在統一天下的大業上，他跨過倒下的鐵門那一刻，六國已註定逐一被殲滅的命運。

六國面對的是一個沒有人能擊倒的超級霸主，創建中國，被譽為千古一帝的秦始皇嬴政。

項少龍等收拾心情，追著大隊由地道口逸出，赫然發覺烏果竟和眾鐵衛雜在隊中。原來他們因昌文君控制水路，被迫改從陸路趕來，故比嬴政要遲上幾個時辰，卻剛好在地道出口附近與他們會合。

烏果同時帶來嫪毐被車裂於市的消息，朱姬替他生的兩個兒子則給活生生悶死，都是王翦告訴他們的。至於朱姬，則傳被押返咸陽。

眾人當然曉得朱姬已完了，被押返咸陽軟禁的只是嬴政安排的替身。

待嬴政大軍撤走，眾人再返回牧場，乘馬從容離開。

項少龍還帶走趙倩諸女包括妮夫人的靈牌。

三個月後，他們終於安抵塞外，完成渴求已久的夢想。

第四十章　統一六國

由於今次叛亂的呂不韋和嫪毐均是六國的人，加上鄭國渠一事暴露韓人的「破秦計」，而更爲嬴政擔心的是怕六國來的人繼續散播「謠言」，竟一意孤行，頒下「逐客令」，使從東方來的客卿人人自危。

李斯知道自己實在知得太多不該知的事，卻更清楚嬴政要統一天下的渴望，遂冒死上書進諫。其詞曰：

「臣聞吏議逐客，竊以爲過矣！昔穆公求士，西取由余於戎，東得百里奚於宛，迎蹇叔於宋，來丕豹、公孫支於晉；此五子者，不產於秦，而穆公用之，併國二十，遂霸西戎。孝公用商鞅之法，移風易俗，民以殷盛，國以富強，百姓樂用，諸侯親服，獲楚、魏之師，舉地千里，至今治強。惠王用張儀之計，拔三川之地，西併巴、蜀，北牧上郡，南取漢中，包九夷，制鄢、郢，東據成皋之險，割膏腴之壤，遂散六國之從，使之西面事秦，功施到今。昭王得范雎，廢穰侯，逐華陽，強公室，杜私門，蠶食諸侯，使秦成帝業。此四君者，皆以客之功。由此觀之，客何負於秦哉！向使四君卻客而不內，疏士而不用，是使國無富利之實，而秦無強大之名也。」

詞中又道：

「不問可否，不論曲直，非秦者去，為客者逐。然則是所重者，在乎色、樂、珠、玉；而所輕者，在乎人民也。此非所以跨海內、制諸侯之術也。」

李斯慷慨陳詞的《諫逐客書》，不但表達對嬴政的絕對忠誠，還闡述鐵錚錚的歷史事實。終使嬴政收回成命，撤銷「逐客令」。

項少龍和紀嫣然的老朋友韓非就在此時被嬴政慕其名強索入秦。然因他始終心懷故國，處處為韓說話，兼之口齒不伶俐，故不為嬴政所喜。最後更因開罪姚賈和李斯，加上兩人忌他才華，被毒死獄中。

嬴政掃除呂不韋和嫪毒後，收攬秦國的大權，遂展開征服六國的大業。

六國這時早失去獨力抗秦的力量，可是他們聯合起來，仍能在嬴政即位後的第六年使秦人吃了三晉和楚人的一個虧，韓闖於是役不幸戰死沙場。

田單由於失去呂不韋的支持，失勢下臺，齊國從此再無傑出人才。

嬴政亦學乖了，改採李斯和尉繚的獻計，巧妙地運用賄賂、離間、分化等種種手段，把六國逐一擊破。

秦王政十四年，韓王安首先對秦屈服稱臣。翌年，秦軍殺入新鄭，滅韓。

被項少龍一手提拔的桓齮，此時積功至上將軍，不幸遇上可使項少龍慘吃敗將的李牧，被其大破於合肥，無面目再見嬴政，避隱燕國。

終於到了王翦和李牧兩大名將正面對壘的時刻。

秦軍在王翦和楊端和的率領下大舉攻趙，李牧迎之邯鄲城外，彼此僵持不下，豈知郭開受李斯反間計所惑，竟慫恿趙王換將，李牧拒不受命，結果被趙王賜死。

大樹既倒，趙國再無可抗王翦之將，遂被秦軍以狂風掃落葉之勢，掃入歷史往昔的回憶裡。

秦王政十九年，太子丹派荊軻入秦圖刺嬴政，荊軻事敗後當場慘死。嬴政遂師出有名，派王翦攻燕，大破燕人於易水之西。翌年，攻陷燕人的薊都，燕王逃往遼東，殺太子丹求和未果，四年後滅亡。

王翦之子王賁，也攻佔楚人十餘城。次年他再大展神威，決水灌大梁，破之，魏亡。

二十三年，王翦攻楚，在平輿大破楚軍，次年與蒙武破壽春，楚王和李園被俘，李嫣嫣服毒自殺，楚亡。

秦王政二十六年，王賁攻入臨淄，齊王田建投降。

六國至此雲散煙消，盡歸於秦。

嬴政仍記著項少龍所說的「始皇帝」三字，於是命群臣研究是否適合他統一六國後的身分，眾人自是大聲叫好。

於是嬴政自號始皇帝，廢分封諸侯之制，分天下為三十六郡；收天下兵器，鑄金人十二；統一度量衡；定幣制；使車同軌、書同文；徙天下富豪十二萬戶到咸陽，確立日後中國的規模。

當嬴政登上始皇帝的寶座，宏偉的懷清臺同時建成。子民還以為是因他們的帝君為懷念寡婦清而建，只有像李斯、王翦等有限幾個知情者，才知嬴政實是因懷念著已遠離中土的項少龍而築的。

後　記

大地在馬蹄下飛快地往後方瀉去，項少龍和三位兄弟烏卓、滕翼、荊俊三人忘情地在綠草如茵、一望無際的大草原上全速策騎飛馳。

藍天白雲下，前方半里許處一群近千頭的野馬群受驚下往北逃去。

四人口中發出喝叫聲，夾馬轉向，追將上去。

項少龍等分作兩組，一組繞往前方，逼得帶頭的馬群領袖改變方向，另一組則在後方追上去。趕逐一會兒後，馬群被鞭子逼得逃到河裡，游往對岸。

項少龍等勒馬站定，大叫道：「兄弟們！看你們的本領哩！」

對岸驀地現出烏果、烏言著、趙大、劉巢等一眾百多人，人人手持繩索，興高采烈地等待馬兒送上門來。

項少龍大感興趣地看著兄弟手下們捕捉野馬，讚歎道：「大哥眞懂得揀地方，這裡處處均得大小河流灌溉，水源充沛，土壤肥沃，牧草茂盛，確是人間勝境。」

烏卓環目掃視無邊無際的草浪，嗅著青草傳來的香氣，笑道：「當年我初抵此處，心中頗有點我們是被迫自我放逐的味兒。但現在長居下來，殺了我都不肯離開這裡。」

荊俊忽地向隔岸大叫道：「那頭純白的！我要那頭純白的！」

滕翼見狀莞爾道：「這小子，丹兒已爲他生下三個兒子、兩個女兒，仍然像個長不大的孩子。」

黃昏時分，眾人滿載而歸，馳返今次出狩的營地。

紀嫣然、琴清、烏廷芳、趙致、田貞、田鳳、周薇、善蘭、鹿丹兒等正坐在一道斜坡上，看著坡下草地上三十多個介乎十二至十五歲的男孩女孩策馬追逐馬球爲樂。

歡笑聲直沖霄漢，其中一個是項寶兒。他長得比任何一個孩子更粗壯，頭戴鷹羽造的美麗帽子，濃眉大眼，極有個性。這時的他正從馬身上俯下來以棍子控球，誰也不能從他手下把球子奪去。

在他們腳下，無垠的草原延伸天際，仿如一片碧綠的大地氈。百多個營帳豎立一旁，炊煙緩起，十多個婦女正生火造飯，待丈夫兒子回來享用。

圖先、肖月潭兩人席地閒聊，目光不時往這邊梭巡過來。

眾女看到精采處，不斷拍手歡叫，其中以烏廷芳和鹿丹兒叫得最是厲害。

琴清忽地輕推身旁的紀嫣然一下，欣然道：「夫君大人回來哩！」

眾女遠眺平原盡處，百多個黑點逐漸擴大，蹄音隱隱傳來。

紀嫣然豪興忽起，站起來嬌呼道：「誰願隨我去迎接我們凱旋歸來的戰士？」

眾孩子早放下球戲，前呼後擁的策騎朝歸來者迎去，一時蹄聲震天。

紀嫣然的號召立即得到所有人的支持，全體翻上馬背，不一會兒在草原上與她們的男人會合，一起馳返營地。

小孩們則得意洋洋在前領頭。

項少龍與紀嫣然、琴清等緩騎而行，有感而發道：「老天爺待我們非常優厚，以前哪想過眞可過著這種無憂無慮的幸福日子。」

琴清歎道：「要有我們那種經歷的，方會明白這種草原生活的珍貴，像寶兒那小傢伙，就常嚷著要回中原去見識世面。」

烏廷芳怨道：「以後你最好不要再給他說中原的事，尤其是有關楚國的，寶兒最歡喜就是那裡，眞令人費解。」

項少龍笑道：「每個人總有他的夢想，因爲我們的夢想已成爲事實，所以樂於安享夢想，寶兒只是在追尋他的夢想罷了！我們既不該阻止，更不應強要他安於我們的夢想。」

紀嫣然欣然道：「夫君說得眞動聽，寶兒的夢想是要變成天上的飛鷹，可隨意翺翔，飛到大地任何一角去。」

趙致笑道：「人人都寵得他要命，我說呢！小貞和小鳳就寵得他太過分了。」

田貞和田鳳被說得掩嘴嬌笑，一臉幸福快樂之色。

紀嫣然像記起某事般笑道：「差點忘記告訴你這做人爹的，寶兒嫌自己的名字太過孩子氣，要改過另一個名字。」

項少龍毫不介意地欣然道：「改甚麼名字也可以，只要是姓項就成。」

烏廷芳佯作生氣道：「寶兒可是我取的，是他的乳名嘛！」

紀嫣然續道：「我見他這麼愛鷹，便提議給他起個鷹的別字。」

項少龍哈哈笑道：「項鷹！倒也不錯啊！」

琴清道：「你這做父親的眞不知孩兒的想法，他嫌鷹字太過像禽獸，怕人笑他，自己改了個

『羽』字。」

項少龍劇震，勒馬停下，失聲叫道：「甚麼？」

眾女和身邊的滕翼等人莫不愕然停下，目光全集中到他身上。

紀嫣然奇道：「你怎麼了，項羽不好聽嗎？」

項少龍此時心中掀起滔天浪潮。

項羽？豈非是與劉邦爭天下，最後偕美人虞姬自刎於烏江的楚霸王項羽嗎？

這究竟是甚麼一回事？難道只是同名同姓的巧合？

不過若計算時間，此事確大有可能。

在歷史上，秦朝歷二世覆亡。

由嬴政登上儲君之位，三十七年後南巡病死沙丘，接著秦二世即位，三年而亡。那時自己的兒子「項羽」應是三十多歲，正值壯年。

雖說歷史上的項羽嶄露頭角時仍是弱冠之年，家族背景更是截然不同，可是史書的眞確性有多準，他比任何人更清楚，因爲他曾親身印證體驗。

眾人的呼叫聲把他驚醒過來。

紀嫣然疑惑地道：「夫君大人不歡喜這名字嗎？寶兒卻非常歡喜，若你要他改別的名字，我們可不會和他說，你自己去跟他談好了。」

項少龍回過神來，正思忖應否向寶貝兒子預作警告，例如遇上一個叫劉邦的人時，立即揮刀殺了他。

但回心一想，縱是自己知道歷史的發展，最後還不是改變不了絲毫歷史的結局。

命運從不因人的努力或意志有分毫改移。人們以爲自己在創造命運，皆因他們根本不知命運朝哪個方向走，是甚麼一回事。惟有自己才能深深體會到箇中滋味。

自己的一個「兒子」小盤建立大秦帝國，自己的另一個「兒子」項羽則一手把大秦帝國毀掉。

琴清皺眉道：「夫君大人在想甚麼？」

項少龍忽地哈哈大笑道：「我想通了！」

滕翼的聲音傳過來道：「三弟想通了甚麼呢？」

項少龍奮然道：「項寶兒以後就是項羽。」

眾人齊聲失笑。

紀嫣然一臉疑惑道：「這也須想通或想不通的嗎？」

項少龍從馬背湊過去香她的粉臉一口，笑道：「我想通的是成又如何，敗又如何。成功、失敗根本無關重要，只要轟轟烈烈的活過，在歷史上留下千古不滅的美名，便不負此生！」

眾人更是一臉茫然，怎想得到他指的是自己兒子將來成爲名垂千古的楚霸王項羽一事。

項少龍豪情萬丈的哈哈大笑，策馬而出，放蹄朝早已去遠的「項羽」等一眾孩子趕去。眾人紛紛大喝催馬，追著去了。

人、馬與整片大地融合成一體，在落日壯麗的霞彩裡，形成了一幅充滿幸福和歡笑的畫卷。

《尋秦記》全書完

尋秦記

卷 08

〔完〕新編完整版

國家圖書館出版品預行編目資料

尋秦記 / 黃易著. --初版.--台北市 ：
蓋亞文化，2017.08 –
冊; 公分. --

ISBN 978-986-319-295-4 (卷8 : 平裝)

857.83　　　　106009654

作者／黃易
封面插圖／劉建文
封面題字／練任
裝幀設計／克里斯
出版／蓋亞文化有限公司
地址◎台北市103赤峰街41巷7號1樓
電話◎（02）25585438　傳真◎（02）25585439
部落格◎gaeabooks.pixnet.net/blog
服務信箱◎gaea@gaeabooks.com.tw
投稿信箱◎editor@gaeabooks.com.tw
郵撥帳號◎19769541　戶名：蓋亞文化有限公司
法律顧問／宇達經貿法律事務所
總經銷／聯合發行股份有限公司
地址◎新北市新店區寶橋路二三五巷六弄六號二樓
電話◎（02）29178022　傳真◎（02）29156275
初版一刷／2017年08月
定價／新台幣 370 元
Printed in Taiwan

ISBN／978-986-319-295-4